纯美阅读

林徽因文集·林徽因传

你是爱，是暖，是希望

林徽因
姜雯漪 著

中国华侨出版社
北京

图书在版编目（CIP）数据

你是爱，是暖，是希望：林徽因文集·林徽因传 / 林徽因，姜雯漪著 . — 北京：中国华侨出版社，2013.12（2022.2 重印）

ISBN 978-7-5113-4291-1

Ⅰ.①你… Ⅱ.①林… ②姜… Ⅲ.①中国文学 — 现代文学 — 作品综合集 ②林徽因（1904 ~ 1955）— 传记 Ⅳ.① I216.2 ② K826.16

中国版本图书馆 CIP 数据核字（2013）第 286626 号

你是爱，是暖，是希望：林徽因文集·林徽因传

著　　者：	林徽因　姜雯漪
责任编辑：	姜薇薇
封面设计：	韩　立
文字编辑：	黎　娜　贾　娟
美术编辑：	王静波　吴秀侠
经　　销：	新华书店
开　　本：	720mm×1020mm　1/16　印张：24　字数：460 千字
印　　刷：	鑫海达（天津）印务有限公司
版　　次：	2014 年 2 月第 1 版　2022 年 2 月第 4 次印刷
书　　号：	ISBN 978-7-5113-4291-1
定　　价：	68.00 元

中国华侨出版社　北京市朝阳区西坝河东里 77 号楼底商 5 号　邮编：100028

发 行 部：（010）58815874　　　　传　真：（010）58815857

网　　址：www.oveaschin.com　　　E－mail：oveaschin@sina.com

　　有这样一种美丽，逾越漫长的时空，仍旧定格在回眸的瞬间。

　　有这样一种聪慧，绕过激荡的暗流，徜徉在安稳的岁月静思。

　　她走过北平的晨烟，穿过康桥的夜雾，遥望远方时，便落进徐志摩的诗页。

　　她着一件青衫，在古雅的庙殿，虔诚晚祷时，便绘入梁思成的图纸。

　　她不仅有美丽的外貌，更有机智幽默的谈吐、优雅迷人的气质；她是一个才情横溢的诗人，一个入木三分的评论家，更是一个卓有成就的建筑学家；她是一个让人神魂颠倒的情人，一个让人如沐春风的朋友，更是一个可以患难与共的妻子；她对任何美的景、美的人、美的事都会兴奋……她，就是中国近百年的文化史上"才貌双全"的，集佳话、传奇、才艺、品学、美貌于一身的林徽因！

　　林徽因，福建闽县（今福建福州）人，出身于官宦世家。祖父林孝恂进士出身，父亲林长民曾任北洋政府司法总长。1904 年，林徽因生于浙江杭州，随祖父母居住。8 岁，移居上海。1916 年，举家迁往北京，就读于北京培华女中。1920 年 4 月，随父亲游历欧洲，在伦敦受到房东女建筑师的影响，立下了攻读建筑学的志向。在此期间，她结识了诗人徐志摩，对新诗产生了浓厚的兴趣。翌年，随父回国，仍到培华女中续学。1923 年，开始参加徐志摩、胡适等人在北京成立的新月社的文艺活动。1924 年 6 月，林徽因和梁启超的长子梁思成同时赴美攻读建筑学。由于当时美国宾州大学建筑系不收女生，她改入该校美术学院，而主要仍选修建筑系的课程。1927 年夏，从美术学院毕业后，又入耶鲁大学戏剧学院学习舞台美术设计。1928 年春，她同梁思成结婚。8 月，夫妻偕同回国。从 1930 年到 1945 年，夫妇二人共同走了中国的 15 个省，200 多个县，考察测绘各地古建筑物，很多古建筑就是通过他们的考察得到全中国乃至全世界的认识，从此加以保护。1949 年后，林徽因任清华大学建筑系教授及中国建筑学会理事，参加了中华人民共和国国徽的设计，以及天安门广场人民英雄纪念碑碑座纹饰和浮雕图案的设计，并抢救和改造了传统景泰蓝工艺，为民族及国家做出了莫大的贡献。1955 年春，严重的肺病过早地结束了林徽因的生命。挚友金岳霖上挽联"一身诗意千寻瀑，万古人间四月天"，可谓对这位才女恰如其分的赞誉。

林徽因之所以成为林徽因，并不仅仅在于她优雅温婉、美丽大方的外表或者是那些传奇的浪漫爱情故事，更是因为她卓然不群的才华。她不仅是中国第一位女性建筑学家，同时也被胡适誉为"中国一代才女"。和建筑学研究相比，虽然文学创作只是她"偶然为之"，却字字珠玑，其造诣并不亚于当时的许多名家圣手，在我国现代文坛中占有重要的地位。优越的地位和优裕的生活使她有条件把文学真正作为独立而自由的人生与艺术理想，从而成为天然的"为艺术而艺术"派。她的作品，既有严谨的科学内涵，又充满了诗情画意，把建筑学家的科学精神和作家的文学气质结合得浑然天成。

　　在相当长的时间内，林徽因都被湮没在梁思成和徐志摩的影子里，湮没在关于她的美貌和爱情的传说里，而真实的她，有着远比传说更为鲜活的姿态、更为丰富的人生。林徽因的一生经历了时代变迁与战火洗礼，她竭尽所能争取自己的人生，她用脚去丈量，用心去写作，用病体去工作，在忙碌中她的内心变得更加强大，不管身边是什么样的男性，都不必去依附。她赢得了他们的爱和尊重，一辈子。

　　她标志着一个时代的颜色，遗世独立、一缕诗魂，纯然为了美与爱而生；她温婉清逸，犹如一颗珍贵的珠玉，暗自发出无人能及的光彩；她就像一枝出水的白莲，带着浓浓的暖意迎风摇曳……她是爱，是暖，是希望。

　　林徽因是20世纪的传奇，是令人怀念的民国女子，她的名字如她的人一样，传至今天，仍为众人所称道。本书收录了林徽因的经典、唯美、精致的作品，包括诗歌、散文、小说、书信，语言温婉淡雅，如行云流水，又如拂面春风。还用清澈的文字、诗意的笔法、全面翔实的资料，生动地展现了她的传奇一生：她的才华，她的性格，她的信仰，她的苦难，她的事业，她美丽之外的坎坎坷坷、灿烂与辉煌。值得一提的是，我们以崭新的思路，采用一半彩色一半黑白的装帧方式，并选配了一些与文字相契合的图片，精心设计出一本图文并茂，融文学性、美学性、鉴赏性、典藏性于一体的纯美读本，给读者带来视觉享受的同时，也会扩大其想象空间。

目录 Contents

上篇：林徽因文集

一身诗意千寻瀑——诗歌

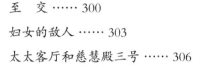

上篇：

林徽因文集

一身诗意千寻瀑——诗歌

你是人间的四月天

——句爱的赞颂

我说你是人间的四月天；
笑响点亮了四面风；轻灵
在春的光艳中交舞着变。

你是四月早天里的云烟，
黄昏吹着风的软，星子在
无意中闪，细雨点洒在花前。

那轻，那娉婷，你是，鲜妍
百花的冠冕你戴着，你是
天真，庄严，你是夜夜的月圆。

雪化后那片鹅黄，你像；新鲜
初放芽的绿，你是；柔嫩喜悦
水光浮动着你梦期待中白莲。

你是一树一树的花开，是燕
在梁间呢喃，——你是爱，是暖，
是希望，你是人间的四月天！

原载 1934 年 5 月《学文》第一卷第一期

八月的忧愁

黄水塘里游着白鸭，
高粱梗油青的刚高过头，
这跳动的心怎样安插，
田里一窄条路，八月里这忧愁？

天是昨夜雨洗过的，山岗
照着太阳又留一片影；
羊跟着放羊的转进村庄，
一大棵树荫下罩着井，又像是心！

从没有人说过八月甚么话，
夏天过去了，也不到秋天。
但我望着田垄，土墙上的瓜，
仍不明白生活同梦怎样的连牵。

二十五年夏末

原载 1936 年 9 月 30 日《大公报·文艺副刊》

秋天，这秋天

这是秋天，秋天，
风还该是温软；
太阳仍笑着那微笑，
闪着金银，夸耀
他实在无多了的
最奢侈的早晚！
这里那里，在这秋天，
斑彩错置到各处
山野，和枝叶中间，
像醉了的蝴蝶，或是
珊瑚珠翠，华贵的失散，

缤纷降落到地面上。
这时候心得像歌曲，
由山泉的水光里闪动，
浮出珠沫，溅开
山石的喉嗓唱。
这时候满腔的热情
全是你的，秋天懂得，
秋天懂得那狂放，——
秋天爱的是那不经意
不经意的凌乱！

但是秋天，这秋天，
他撑着梦一般的喜筵，
不为的是你的欢欣：
他撒开手，一掬璎珞，
一把落花似的幻变，
还为的是那不定的
悲哀，归根儿蒂结住
在这人生的中心！
一阵萧萧的风，起自
昨夜西窗的外沿，
摇着梧桐树哭。——
起始你怀疑着：
荷叶还没有残败；
小划子停在水流中间；
夏夜的细语，夹着虫鸣，
还信得过仍然偎着
耳朵旁温甜；
但是梧桐叶带来桂花香，
已打到灯盏的光前。
一切都两样了，他闪一闪说，
只要一夜的风，一夜的幻变。

冷雾迷住我的两眼，
在这样的深秋里，
你又同谁争？现实的背面
是不是现实，荒诞的，
果属不可信的虚妄？
疑问抵不住简单的残酷，
再别要悯惜流血的哀惶，
趁一次里，要认清
造物更是摧毁的工匠。
信仰只一细炷香，
那点子亮再经不起西风
沙沙的隔着梧桐树吹！

如果你忘不掉，忘不掉
那同听过的鸟啼；
同看过的花好，信仰
该在过往的中间安睡。……
秋天的骄傲是果实，
不是萌芽，——生命不容你
不献出你积累的馨芳；
交出受过光热的每一层颜色；
点点沥尽你最难堪的酸怆。
这时候，
切不用哭泣；或是呼唤；
更用不着闭上眼祈祷；
（向着将来的将来空等盼）；
只要低低的，在静里，低下去
已困倦的头来承受，——承受
这叶落了的秋天
听风扯紧了弦索自歌挽：
这夜，这夜，这惨的变换！

二十二年十一月中旬

原载 1933 年 11 月 18 日《大公报·文艺副刊》

情　愿

我情愿化成一片落叶，
让风吹雨打到处飘零；
或流云一朵，在澄蓝天，
和大地再没有些牵连。

但抱紧那伤心的标帜，
去触遇没着落的怅惘；
在黄昏，夜班，蹑着脚走，
全是空虚，再莫有温柔；

忘掉曾有这世界；有你；
哀悼谁又曾有过爱恋；
落花似的落尽，忘了去
这些个泪点里的情绪。

到那天一切都不存留，
比一闪光，一息风更少
痕迹，你也要忘掉了我
曾经在这世界里活过。

原载 1931 年 9 月《新月诗选》

雨后天

我爱这雨后天，
这平原的青草一片！
我的心没底止的跟着风吹，
风吹：
吹远了香草，落叶，
吹远了一缕云，像烟——
像烟。

原载 1936 年 3 月 15 日《大公报·文艺副刊》

静 坐

冬有冬的来意，
寒冷像花，——
花有花香，冬有回忆一把。
一条枯枝影，青烟色的瘦细，
在午后的窗前拖过一笔画；
寒里日光淡了，渐斜……
就是那样底
像待客人说话
我在静沉中默啜着茶。

二十五年冬十一月

原载 1937 年 1 月 31 日《大公报·文艺副刊》

那一晚

那一晚我的船推出了河心，
澄蓝的天上托着密密的星。
那一晚你的手牵着我的手，
迷惘的星夜封锁起重愁。
那一晚你和我分定了方向，
两人各认取个生活的模样。

到如今我的船仍然在海面飘，
细弱的桅杆常在风涛里摇。
到如今太阳只在我背后徘徊，
层层的阴影留守在我的周围。
到如今我还记着那一晚的天，
星光，眼泪，白茫茫的江边！
到如今我还想念你岸上的耕种：
红花儿黄花儿朵朵的生动。

那一天我希望要走到了顶层，
蜜一般酿出那记忆的滋润。
那一天我要挎上带羽翼的箭，
望着你花园里射一个满弦。
那一天你要听到鸟般的歌唱
那便是我静候着你的赞赏。
那一天你要看到凌乱的花影，
那便是我私闯入当年的边境！

原载 1931 年 4 月《诗刊》第二期，署名尺棰

忆

新年等在窗外，一缕香，
枝上刚放出一半朵红。
心在转，你曾说过的
几句话，白鸽似的盘旋。

我不曾忘，也不能忘
那天的天澄清的透蓝，
太阳带点暖，斜照在
每棵树梢头，像凤凰。

是你在笑，仰脸望，
多少勇敢话那天，你我
全说了，——像张风筝
向蓝穹，凭一线力量。

二十二年年岁终

原载 1934 年 6 月《学问》第一卷第二期

一首桃花

桃花，
那一树的嫣红，
像是春说的一句话：
朵朵露凝的娇艳，
是一些
玲珑的字眼，
一瓣瓣的光致，
又是些
柔的匀的吐息；
含着笑，
在有意无意间
生姿的顾盼。
看，——
那一颤动在微风里
她又留下，淡淡的，
在三月的薄唇边，
一瞥，
一瞥多情的痕迹！

二十年五月，香山

原载 1931 年 10 月《诗刊》第三期

莲 灯

如果我的心是一朵莲花，
正中擎出一枝点亮的蜡，
荧荧虽则单是那一剪光，
我也要它骄傲的捧出辉煌。
不怕它只是我个人的莲灯，
照不见前后崎岖的人生——
浮沉它依附着人海的浪涛
明暗自成了它内心的秘奥。
单是那光一闪花一朵——
像一叶轻舸驶出了江河——
宛转它漂随命运的波涌
等候那阵阵风向远处推送。
算做一次过客在宇宙里，
认识这玲珑的生从容的死，
这飘忽的途程也就是个——
也就是个美丽美丽的梦。

二十一年七月半，香山

原载 1933 年 3 月《新月》第四卷第六期

深　笑

是谁笑得那样甜，那样深，
那样圆转？一串一串明珠
大小闪着光亮，迸出天真！
清泉底浮动，泛流到水面上，
　　灿烂，
分散！

是谁笑得好花儿开了一朵？
那样轻盈，不惊起谁。
细香无意中，随着风过，
拂在短墙，丝丝在斜阳前
　　挂着
留恋。

是谁笑成这百层塔高耸，
让不知名鸟雀来盘旋？是谁
笑成这万千个风铃的转动，
从每一层琉璃的檐边
　　摇上
云天？

原载1936年1月5日《大公报·文艺副刊》

激 昂

我要借这一时的豪放
和从容，灵魂清醒的
再喝一泉甘甜的鲜露，
来挥动思想的利剑，
舞它那一瞥最敏锐的
锋芒，像皑皑塞野的雪
在月的寒光下闪映，
喷吐冷激的辉艳；——斩，
斩断这时间的缠绵，
和猥琐网布的纠纷，
剖取一个无瑕的透明，
看一次你，纯美，
你的裸露的庄严。
……

然后踩登
任一座高峰，攀牵着白云
和锦样的霞光，跨一条
长虹，瞰临着澎湃的海，
在一穹匀静的澄蓝里，
书写我的惊讶与欢欣，
献出我最热的一滴眼泪，
我的信仰，至诚，和爱的力量，
永远膜拜，
膜拜在你美的面前！

五月，香山

原载1931年9月《北斗》创刊号

病中杂诗

小　诗（一）

感谢生命的讽刺嘲弄着我，
会唱的喉咙哑成了无言的歌。
一片轻纱似的情绪，本是空灵，
现时上面全打着拙笨补钉。

肩头上先是挑起两担云彩，
带着光辉要在从容天空里安排；
如今黑压压沉下现实的真相，
灵魂同饥饿的脊梁将一起压断！

我不敢问生命现在人该当如何
喘气！经验已如旧鞋底的穿破，
这纷歧道路上，石子和泥土模糊，
还是赤脚方便，去认取新的辛苦。

小 诗（二）

小蚌壳里有所有的颜色；
整一条虹藏在里面。
绚彩的存在是他的秘密，
外面没有夕阳，也不见雨点。

黑夜天空上只一片渺茫；
整宇宙星斗那里闪亮，
远距离光明如无边海面，
是每小粒晶莹，给了你方向。

恶劣的心绪

我病中，这样缠住忧虑和烦扰，
好像西北冷风，从沙漠荒原吹起，
逐步吹入黄昏街头巷尾的垃圾堆；
在霉腐的琐屑里寻讨安慰，
自己在万物消耗以后的残骸中惊骇，
又一点一点给别人扬起可怕的尘埃！

吹散记忆正如陈旧的报纸飘在各处彷徨，
破碎支离的记录只颠倒提示过去的骚乱。
多余的理性还像一只饥饿的野狗
那样追着空罐同肉骨，自己寂寞的追着
咬嚼人类的感伤；生活是什么还说不上来，
摆在眼前的已是这许多渣滓！

我希望：风停了；今晚情绪能像一场小雪，
沉默的白色轻轻降落地上；
雪花每片对自己和他人都带一星耐性的仁慈，
一层一层把恶劣残破和痛苦的一起掩藏；
在美丽明早的晨光下，焦心暂不必再有，——
绝望要来时，索性是雪后残酷的寒流！

三十六年十二月病中动手术前改

写给我的大姊

当我去了，还有没说完的话，
好像客人去后杯里留下的茶；
说的时候，同喝的机会，都已错过，
主客黯然，可不必再去惋惜它。
如果有点感伤，你把脸掉向窗外，
落日将尽时，西天上，总还留有晚霞。

一切小小的留恋算不得罪过，
将尽未尽的衷曲也是常情。
你原谅我有一堆心绪上的闪躲，
黄昏时承认的，否认等不到天明；
有些话自己也还不曾说透，
他人的了解是来自直觉的会心。

当我去了，还有没说完的话，
当钟敲过后，时间在悬空里暂挂，
你有理由等待更美好的继续；
对忽然的终止，你有理由惧怕。
但原谅吧，我的话语永远不能完全，
亘古到今情感的矛盾做成了嘶哑。

一 天

今天十二个钟头，
是我十二个客人，
每一个来了，又走了，
最后夕阳拖着影子也走了！
我没有时间盘问我自己胸怀，
黄昏却蹑着脚，好奇的偷着进来！
我说：朋友，这次我可不对你诉说啊，
每次说了，伤我一点骄傲。
黄昏黯然，无言的走开，
孤单的，沉默的，我投入夜的怀抱！

三十一年春，李庄

对残枝

梅花你这些残了后的枝条，
是你无法诉说的哀愁！
今晚这一阵雨点落过以后，
我关上窗子又要同你分手。

但我幻想夜色安慰你伤心，
下弦月照白了你，最是同情，
我睡了，我的诗记下你的温柔，
你不妨安心放芽去做成绿荫。

对北门街园子

别说你寂寞；大树拱立，
草花烂漫，一个园子永远
睡着；没有脚步的走响。

你树梢盘着飞鸟，每早云天
吻你额前，每晚你留下对话
正是西山最好的夕阳。

十一月的小村

我想象我在轻轻的独语：
十一月的小村外是怎样个去处？
是这渺茫江边淡泊的天；
是这映红了的叶子疏疏隔着雾；
是乡愁，是这许多说不出的寂寞；
还是这条独自转折来去的山路？
是村子迷惘了，绕出一丝丝青烟；
是那白沙一片篁竹围着的茅屋？
是枯柴爆裂着灶火的声响，
是童子缩颈落叶林中的歌唱？
是老农随着耕牛，远远过去，
还是那坡边零落在吃草的牛羊？
是什么做成这十一月的心，
十一月的灵魂又是谁的病？
山坳子叫我立住的仅是一面黄土墙；
下午透过云霾那点子太阳！
一棵野藤绊住一角老墙头，斜睨
两根青石架起的大门，倒在路旁
无论我坐着，我又走开，
我都一样心跳；我的心前
虽然烦乱，总像绕着许多云彩，
但寂寂一湾水田，这几处荒坟，
它们永说不清谁是这一切主宰
我折一根柱枝，看下午最长的日影
要等待十一月的回答微风中吹来。

三十三年初冬　李庄

忧 郁

忧郁自然不是你的朋友；
但也不是你的敌人，你对他不能冤屈！
他是你强硬的债主，你呢？是
把自己灵魂押给他的赌徒。

你曾那样拿理想赌博，不幸
你输了；放下精神最后保留的田产，
最有价值的衣裳，然后你一切都
赔上，连自己的情绪和信仰，那不是自然？

你的债权人他是，那么，别尽问他脸貌
到底怎样！呀天，你如果一定要看清
今晚这里有盏小灯，灯下你无妨同他
面对面，你是这样的绝望，他是这样无情！

原载 1948 年 5 月《文学杂志》第二卷第十二期

山中一个夏夜

山中一个夏夜，深得

像没有底一样；

黑影，松林密密的；

周围没有点光亮。

　　对山闪着只一盏灯——两盏

　　像夜的眼，夜的眼在看！

满山的风全蹑着脚

像是走路一样；

躲过了各处的枝叶

各处的草，不响。

　　单是流水，不断的在山谷上

　　石头的心，石头的口在唱。

均匀的一片静，罩下

像张软垂的幔帐。

疑问不见了，四角里

模糊，是梦在窥探？

　　夜像在祈祷，无声的在期望，

　　幽馥的虔诚在无声里布漫。

一九三一年

原载 1933 年 6 月《新月》第四卷第七期

微 光

街上没有光，没有灯，
店廊上一角挂着有一盏；
他和她把他们一家的运命
含糊的，全数交给这黯淡。

街上没有光，没有灯，
店窗上，斜角，照着有半盏。
合家大小朴实的脑袋，
并排儿，熟睡在土炕上。

外边有雪夜；有泥泞；
沙锅里有不够明日的米粮；
小屋，静守住这微光，
缺乏着生活上需要的各样。

缺的是把干柴，是杯水；麦面……
为这吃的喝的，本说不到信仰，——
生活已然，固定的，单靠气力，
在肩臂上边，来支持那生的胆量。

明天，又明天，又明天……
一切都限定了，谁还说希望，——
即使是做梦，在梦里，闪着，
仍旧是这一粒孤勇的光亮？

街角里有盏灯，有点光，
挂在店廊；照在窗槛；
他和她，把他们一家的运命
明白的，全数交给这凄惨。

二十二年九月

原载 1933 年 9 月 27 日《大公报·文艺副刊》

别丢掉

别丢掉
这一把过往的热情，
现在流水似的，
轻轻
在幽冷的山泉底，
在黑夜，在松林，
你仍要保存着那真！
一样是月明，
一样是隔山灯火，
满天的星，
只使人不见，
梦似的挂起，
你问黑夜要回
那一句话——你仍得相信
山谷中留着
有那回音！

二十一年夏

原载 1936 年 3 月 15 日《大公报·文艺副刊》

谁爱这不息的变幻

谁爱这不息的变幻，她的行径？
　催一阵急雨，抹一天云霞，月亮，
　星光，日影，在在都是她的花样，
更不容峰峦与江海偷一刻安定。
骄傲的，她奉着那荒唐的使命：
　看花放蕊树凋零，娇娃做了娘；
　叫河流凝成冰雪，天地变了相；
都市喧哗，再寂成广漠的夜静！
　虽说千万年在她掌握中操纵，
她不曾遗忘一丝毫发的卑微。
难怪她笑永恒是人们造的谎，
　来抚慰恋爱的消失，死亡的痛。
但谁又能参透这幻化的轮回，
谁又大胆的爱过这伟大的变幻？

四月十二日　香山

原载 1931 年 4 月《诗刊》第二期

风　筝

看，那一点美丽　　　　　它只是
会闪到天空！　　　　　　轻的一片
几片颜色，　　　　　　　一点子美
挟住翅膀，　　　　　　　像是希望，又像是梦；
心，缀一串红。　　　　　一长根丝牵住
　　　　　　　　　　　　天穹，渺茫——

飘摇，它高高的去，　　　高高推着它舞去，
逍遥在太阳边　　　　　　白云般飞动，
太空里闪　　　　　　　　它也猜透了不是自己，
一小片脸，　　　　　　　它知道，知道是风！
但是不，你别错看了
错看了它的力量，　　　　　　　　　　　正月十一日
天地间认得方向！

原载 1936 年 2 月 14 日《大公报·文艺副刊》

27

前 后

河上不沉默的船
载着人过去了；
桥——三环洞的桥基，
上面再添了足迹；
早晨，
早又到了黄昏，
这赓续
绵长的路……

不能问谁
想望的终点，——
没有终点
这前面。
背后，
历史是片累赘！

原载 1937 年 5 月 16 日《大公报·文艺副刊》

28

去 春

不过是去年的春天，花香，
红白的相间着一条小曲径，
在今天这苍白的下午，再一次登山
回头看，小山前一片松风
就吹成长长的距离，在自己的身旁。

人去时，孔雀绿的园门，白丁香花，
相伴着动人的细致，在此时，
又一次湖水将解的季候，已全变了画。
时间里悬挂，迎面阳光不来，
就是来了也是斜抹一行沉寂记忆，树下。

原载 1937 年 8 月《文学杂志》第一卷第四期

仍　然

你舒伸得像一湖水向着晴空里
白云，又像是一流冷涧澄清
许我循着林岸穷究你的泉源：
我却仍然怀抱着百般的疑心
对你的每一个映影！

你展开像个千瓣的花朵！
鲜妍是你的每一瓣，更有芳沁，
那温存袭人的花气，伴着晚凉：
我说花儿，这正是春的捉弄人，
来偷取人们的痴情！

你又学叶叶的书篇随风吹展，
揭示你的每一个深思；每一角心境，
你的眼睛望着，我，不断的在说话：

我却仍然没有回答，一片的沉静
永远守住我的魂灵。

原载 1931 年 9 月《新月诗选》

记 忆

断续的曲子，最美或最温柔的
夜，带着一天的星。
记忆的梗上，谁不有
两三朵娉婷，披着情绪的花
无名的展开
野荷的香馥，
每一瓣静处的月明。

湖上风吹过，头发乱了，或是
水面皱起像鱼鳞的锦。
四面里的辽阔，如同梦
荡漾着中心彷徨的过往
不着痕迹，谁都
认识那图画，
沉在水底记忆的倒影！

二十五年二月

原载 1936 年 3 月 22 日《大公报·文艺副刊》

无　题

什么时候再能有
那一片静；
溶溶在春风中立着，
面对着山，面对着小河流？

什么时候还能那样
满掬着希望；
披拂新绿，耳语似的诗思，
登上城楼，更听那一声钟响？

什么时候，又什么时候，心
才真能懂得
这时间的距离；山河的年岁；
昨天的静，钟声
昨天的人
怎样又在今天里划下一道影！

二十五年春四月

原载 1936 年 5 月 3 日《大公报·文艺副刊》

时　间

人间的季候永远不断在转变
春时你留下多处残红，翩然辞别，
本不想回来时同谁叹息秋天！

现在连秋云黄叶又已失落去
辽远里，剩下灰色的长空一片
透彻的寂寞，你忍听冷风独语？

原载 1937 年 3 月 14 日《大公报·文艺副刊》

孤 岛

遥望它是充满画意的山峰，
远立在河心里高傲的凌耸，
可怜它只是不幸的孤岛，——天然没有埂堤，
人工没搭座虹桥。

他同他的映影永为周围水的囚犯；
陆地于它，是达不到的希望！
早晚寂寞它常将小舟挽住，
风雨时节任江雾把自己隐去。

晴天它挺着小塔，玲珑独对云心；
盘盘石阶，由钟声松林中，超出安静。
特殊的轮廓它苦心孤诣做成，
漠漠大地又那里去找一点同情？

原载 1947 年 1 月 4 日《益世报·文学周刊》第二十二期

展　缓

当所有的情感
都并入一股哀怨
如小河，大河，汇向着
无边的大海，——不论
怎么冲击，怎样盘旋，——
那河上劲风，大小石卵，
所做成的几处逆流
小小港湾，就如同
那生命中，无意的宁静
避开了主流；情绪的
平波越出了悲愁。

停吧，这奔驰的血液；
它们不必全然废弛的
都去造成眼泪。
不妨多几次辗转，溯回流水，
任凭眼前这一切撩乱，
这所有，去建筑逻辑。
把绝望的结论，稍稍
迟缓，拖延时间，——
拖延理智的判断，——
会再给纯情感一种希望！

原载 1947 年 5 月 4 日《大公报·星期文艺》

35

人 生

人生，
你是一支曲子，
我是歌唱的；

你是河流
我是条船，一片小白帆
我是个行旅者的时候，
你，田野，山林，峰峦。

无论怎样，
颠倒密切中牵连着
你和我，
我永从你中间经过；

我生存，
你是我生存的河道，
理由同力量。
你的存在
则是我胸前心跳里
五色的绚彩
但我们彼此交错
并未彼此留难。
……
现在我死了，
你，——
我把你再交给他人负担！

原载 1947 年 5 月 4 日《大公报·星期文艺》

36

六点钟在下午

用什么来点缀
六点钟在下午？
六点钟在下午
点缀在你生命中，
仅有仿佛的灯光
褪败的夕阳，窗外
一张落叶在旋转！

用什么来陪伴
六点钟在下午？
六点钟在下午
陪伴着你在暮色里闲坐
等光走了，影子变换，
一支烟，为小雨点
继续着，无所盼望！

原载 1948 年 2 月 22 日《经世日报·文艺周刊》第五十八期

昼 梦

昼梦
垂着纱
无从追寻那开始的情绪
还未曾开花；
柔韧得像一根
乳白色的茎，缠住
纱帐下；银光
有时映亮，去了又来；
盘盘丝络
一半失落在梦外。

花竟开了，开了；
零落的攒集，
从容的舒展
一朵，那千百瓣！
抖擞那不可言喻的
刹那情绪，
庄严峰顶——
天上一颗星……
晕紫，深赤，
天空外旷碧，
是颜色同颜色浮溢，腾飞……
深沉，
又凝定——
悄然香馥，
袅娜一片静。

昼梦

垂着纱，

无从追踪的情绪

开了花；

四下里香深，

低覆着禅寂，

间或游丝似的摇移，

悠忽一重影；

悲哀或不悲哀

全是无名，

一门娉婷。

二十五年暑中　北平

原载 1936 年 8 月 30 日《大公报·文艺副刊》

笑

笑的是她的眼睛，口唇，
和唇边浑圆的漩涡。
艳丽如同露珠，
朵朵的笑向
贝齿的闪光里躲。
那是笑——神的笑，美的笑：
水的映影，风的轻歌。

笑的是她惺松的鬓发，
散乱的挨着她耳朵。
轻软如同花影，
痒痒的甜蜜
涌进了你的心窝。
那是笑——诗的笑，画的笑：
云的留痕，浪的柔波。

原载 1931 年 9 月《新月诗选》

深夜里听到乐声

这一定又是你的手指，
轻弹着，
在这深夜，稠密的悲思。

我不禁颊边泛上了红，
静听着，
这深夜里弦子的生动。

一声听从我心底穿过，
忒凄凉
我懂得，但我怎能应和？

生命早描定她的式样，
太薄弱
是人们的美丽的想象。

除非在梦里有这么一天，
你和我
同来攀动那根希望的弦。

原载 1931 年 9 月《新月诗选》

年 关

哪里来，又向哪里去，
这不断，不断的行人，
奔波杂遝的，这车马？
红的灯光，绿的紫的，
织成了这可怕，还是
可爱的夜？高的楼影
渺茫天上，都象征些
什么现象？这噪聒中
为什么又凝着这沉静；
这热闹里，会是凄凉？

这是年关，年关，有人
由街头走着，估计着，
孤零的影子斜映着，
一年，又是一年辛苦，
一盘子算珠的艰和难。
日中你敛住气，夜里

你喘，一条街，一条街，
跟着太阳灯光往返，——
人和人，好比水在流，
人是水，两旁楼是山！
一年，一年，
连年里，这穿过城市
胸腑的辛苦，成千万，
成千万人流的血汗，
才会造成了像今夜
这神奇可怕的灿烂！
看，街心里横一道影
灯盏上开着血印的花
夜的凉雾和尘沙中
进展，展进，许多口里
在喘着年关，年关……

二十三年废历除夕

原载 1934 年 2 月 21 日《大公报·文艺副刊》

灵　感

是你，是花，是梦，打这儿过，
此刻像风在摇动着我；
告诉日子重叠盘盘的山窝；
清泉潺潺流动转狂放的河；
孤僻林里闲开着鲜妍花，
细香常伴着圆月静天里挂；
且有神仙纷纭的浮出紫烟，
衫裾飘忽映影在山溪前；
给人的理想和理想上
铺香花，叫人心和心合着唱；
直到灵魂舒展成条银河，
长长流在天上一千首歌！

是你，是花，是梦，打这里儿过，
此刻像风，在摇动着我；
告诉日子是这样的不清醒；
当中偏响着想不到的一串铃。
树枝里轻声摇曳；金镶上翠，
低了头的斜阳，又一抹光辉。
难怪阶前人忘掉黄昏，脚下草，
高阁古松，望着天上点骄傲，
留下檀香，木鱼，合掌
在神龛前，在蒲团上，
楼外又楼外，幻想彩霞却缀成
凤凰栏杆，挂起了塔顶上灯！

二十四年十月　北平

此诗在作者生前未曾发表，1985年3月人民文
学出版社出版的《林徽因诗集》初次编入

吊玮德

玮德，是不是那样，
你觉得乏了，有点儿
不耐烦，
并不为别的缘故
你就走了，
向着哪一条路？
玮德你真是聪明；
早早的让花开过了
那顶鲜妍的花朵
就选个这样春天的清晨，
挥一挥袖
对着晓天的烟霞
走去，轻轻的，轻轻的
背向着我们。
春风似的不再停住！

春风似的吹过，
你却留下
永远的那么一颗
少年人的信心；
少年的微笑
和悦的
洒落在别人的新枝上。
我们骄傲
你这骄傲
但你，玮德，独不惆怅
我们这一片
懦弱的悲伤？

黯然是这人间
美丽不常走来

你知道。
歌声如果有，也只在
几个唇边旋转！
一层一层尘埃，
凄怆是各样的安排，
即使狂飙不起，狂飙不起，
这远近苍茫，
雾里狼烟，
谁还看见花开！

你走了，
你也走了，
尽走了，再带着去
那些儿馨芳，
那些个嘹亮，
明天再明天，此后
寂寞的平凡中
都让谁来支持？
一星星理想，难道
从此都空挂到天上？

玮德你真是个诗人

你这般年轻，好像

天方放晓，钟刚敲响……

你却说倦了，有点儿

不耐烦忍心，

一条虹桥由中间拆断；

情愿听杜鹃啼唱，

相信有明月长照，

寒光水底能依稀映成

那一半连环

憬憧中

你诗人的希望！

玮德是不是那样

你觉得乏了，人间的怅惘

你不管；

莲叶上笑着展开

浮烟似的诗人的脚步。

你只相信天外那一条路？

原载 1935 年 6 月《文艺月刊》第七卷第六期

静　院

你说这院子深深的——
美从不是现成的。
这一掬静，
到了夜，你算，
就需要多少铺张？
月圆了残，叫卖声远了，
隔过老杨柳，一道墙，又转，
初一？凑巧谁又在烧香，……
离离落落的满院子，
不定是神仙走过，
仅是迷惘，像梦，……
窗槛外或者是暗的，
或透那么一点灯火。

这掬静，院子深深的
——有人也叫它做情绪——
情绪，好，你指点看
有不有轻风，轻得那样
没有声响，吹着凉？
黑的屋脊，自己的，人家的，
兽似的背耸着，又像
寂寞在嘶声的喊！
石阶，尽管沉默，你数，
多少层下去，下去，
是不是还得栏杆，斜斜的
双树的影去支撑？

对了，角落里边
还得有人低着头脸。
会忘记又会记起，——会想，
——那不论——或者是
船去了，一片水，或是
小曲子唱得嘹亮；
或是枝头粉黄一朵，
记不得谁了，有向谁认错！
又是多少年前，——夏夜。
有人说：
"今夜，天，……"（也许是秋夜）
又穿过藤萝，
指着一边，小声的，"你看，
星子真多！"
草上人描着影子；
那样点头，走，
又有人笑，……

静，真的，你可以相信
这平铺的一片——
不单是月光，星河，
雪和萤虫也远——
夜，情绪，进展的音乐，
如果慢弹的手指
能轻似蝉翼，
你拆开来看，纷纭，
那玄微的细网
怎样深沉的拢住天地，
又怎样交织成
这细致飘渺的彷徨！

二十五年一月

原载 1936 年 4 月 12 日《大公报·文艺副刊》

过杨柳

反复的在敲问心同心，
彩霞片片已烧成灰烬，
街的一头到另一条路，
同是个黄昏扑进尘土。

愁闷压住所有的新鲜，
奇怪街边此刻还看见，
混沌中浮出光妍的纷纠，
死色楼前垂一棵杨柳！

二十五年十月一日

原载 1936 年 11 月 1 日《大公报·文艺副刊》

空想（外四章）

终日的企盼企盼正无着落，——
太阳穿窗棂影，种种花样。
暮秋梦远，一首诗似的寂寞，
真怕看光影，花般洒在满墙。

日子悄悄的仅按沉吟的节奏，
尽打动简单曲，像钟摇响。
不是光不流动，花瓣子不点缀时候，
是心漏却忍耐，厌烦了这空想！

你来了

你来了，画里楼阁立在山边，
交响曲，由风到风，草青到天！
阳光投多少个方向，谁管？你，我
如同画里人掉回头，便就不见！
你来了，花开到深深的深红，
绿萍遮住池塘上一层晚梦，
鸟唱着，树梢交织着枝柯，——白云
却是我们，悠忽翻过几重天空！

"九一八"闲走

天上今早盖着两层灰，
地上一堆黄叶在徘徊，
惘惘的是我跟着凉风转，
荒街小巷，蛇鼠般追随！

我问秋天，秋天似也疑问我：
在这尘沙中又挣扎些什么，
黄雾扼住天的喉咙，
处处仅剩情绪的残破？

但我不信热血不仍在沸腾；
思想不仍铺在街上多少层；
甘心让来往车马狠命的轧压，
待从地面开花，另来一种完整。

藤花前
——独过静心斋

紫藤花开了
轻轻的放着香，
没有人知道……

紫藤花开了
轻轻的放着香，
没有人知道。
楼不管，曲廊不做声，
蓝天里的白云行去，
池子一脉静；
水面散着浮萍，

水底挂着倒影。

紫藤花开了
没有人知道！
蓝天里白云行去，
小院，
无意中我走到花前。
轻香，风吹过
花心，
风吹过我，——
望着无语，紫色点。

旅途中

我卷起一个包袱走，
过一个山坡子松，
又走过一个小庙门
在早晨最早的一阵风中。
我心里没有埋怨，人或是神；
天底下的烦恼，连我的
拢总，
已像交给谁去，……

前面天空。
山中水那样清，
山前桥那样白净，——
我不知道造物者认不认得
自己图画；
乡下人的笠帽，草鞋，
乡下人的性情。

暑中在山东乡间步行　二十五年夏

原载 1936 年 12 月《诗刊》第三期

红叶里的信念

年年不是要看西山的红叶，
谁敢看西山红叶？不是
要听异样的鸟鸣，停在
那一个静幽的树枝头，
是脚步不能自已的走——
走，迈向理想的山坳子
寻觅从未曾寻着的梦：
一茎梦里的花，一种香，
斜阳四处挂着，风吹动，
转过白云，小小一角高楼。

钟声已在脚下，松同松
并立着等候，山野已然
百般渲染豪侈的深秋。
梦在哪里，你的一缕笑，
一句话，在云浪中寻遍
不知落到哪一处？流水已经
渐渐的清寒，载着落叶
穿过空的石桥，白栏杆，
叫人不忍再看，红叶去年
同踏过的脚迹火一般。

好，抬头，这是高处，心卷起
随着那白云浮过苍茫，
别计算在哪里驻脚，去，
相信千里外还有霞光，
像希望，记得那烟霞颜色，
就不为编织美丽的明天，
为此刻空的歌唱，空的
凄恻，空的缠绵，也该放
多一点勇敢，不怕连牵
斑驳金银般旧积的创伤！

再看红叶每年，山重复的
流血，山林，石头的心胸
从不倚借梦支撑，夜夜
风像利刃削过大土壤，
天亮时沉默焦灼的唇，
忍耐的仍向天蓝，呼唤
瓜果风霜中完成，呈光彩，
自己山头流血，变坟台！
平静，我的脚步，慢点儿去，
别相信谁曾安排下梦来！
一路上枯枝，鸟不曾唱，
小野草香风早不是春天。
停下！停下！风同云，水同
水藻全叫住我，说梦在
背后，蝴蝶秋千理想的
山坳同这当前现实的
石头子路还缺个牵连！
愈是山中奇妍的黄月光
挂出树尖，愈得相信梦，
梦里斜晖一茎花是谎！

但心不信！空虚的骄傲
秋风中旋转，心仍叫喊

理想的爱和美，同白云
角逐；同斜阳笑吻；同树，
同花，同香，乃至同秋虫
石隙中悲鸣，要携手去；
同奔跃嬉游水面的青蛙，
盲目的再去寻盲目日子，——
要现实的热情另涂图画，
要把满山红叶采作花！

这萧萧瑟瑟不断的呜咽，
掠过耳鬓也还卷着温存，
影子在秋光中摇曳，心再
不信光影外有串疑问！
心仍不信，只因是午后，
那片竹林子阳光穿过
照暖了石头，赤红小山坡，
影子长长两条，你同我
曾经参差那亭子石路前，
浅碧波光老树干旁边！

生命中的谎再不能比这把
颜色更鲜艳！记得那一片
黄金天，珊瑚般玲珑叶子
秋风里挂，即使自己感受
内心流血，又怎样个说话？
谁能问这美丽的后面
是什么？赌博时，眼闪亮，
从不悔那猛上孤注的力量；
都说任何苦痛去换任何一分，
一毫，一个纤微的理想！

所以脚步此刻仍在迈进，
不能自已，不能停！虽然山中
一万种颜色，一万次的变，

各种寂寞已环抱这孤影；
热的减成微温，温的又冷，
焦黄叶压踏在脚下碎裂，
残酷地散排昨天的细屑，
心却仍不问脚步为甚固执，
那寻不着的梦中路线，——
仍依恋指不出方向的一边！
西山，我发誓地，指着西山，
别忘记，今天你，我，红叶，

连成这一片血色的伤怆！
知道我的日子仅是匆促的
几天，如果明年你同红叶
再红成火焰，我却不见，……
深紫，你山头须要多添
一缕抑郁热情的象征，
记下我曾为这山中红叶，
今天流血地存一堆信念！

原载 1937 年 1 月《新诗》第四期

一串疯话

好比这树丁香，几枝山红杏，
相信我的心里留着有一串话，
绕着许多叶子，青青的沉静，
风露日夜，只盼五月来开开花！

如果你是五月，八百里为我吹开
蓝空上霞彩，那样子来了春天，
忘掉腼腆，我定要转过脸来，
把一串疯话全说在你的面前！

原载 1948 年 2 月 22 日《经世日报·文艺周刊》第五十八期

给秋天

正与生命里一切相同，
我们爱得太是匆匆；
好像只是昨天，
你还在我的窗前！

笑脸向着晴空
你的林叶笑声里染红
你把黄光当金子般散开
稚气，豪侈，你没有悲哀。

你的红叶是亲切的牵绊，那零乱
每早必来缠住我的晨光。
我也吻你，不顾你的背影隔过玻璃！
你常淘气的闪过，却不对我忸怩。

可是我爱的多么疯狂，
竟未觉察凄厉的夜晚
已在背后尾随，——
等候着把你残忍的摧毁！

一夜呼号的风声
果然没有把我惊醒
等到太晚的那个早晨
啊。天！你已经不见了踪影。

我苛刻的咒诅自己
但现在有谁走过这里
除却严冬铁样长脸
阴雾中，偶然一见。

原载 1947 年 5 月 4 日《大公报·星期文艺副刊》

十月独行

像个灵魂失落在街边，
我望着十月天上十月的脸，
我向雾里黑影上涂热情
悄悄的看一团流动的月圆。

我也看人流着流着过去，来回
黑影中冲着波浪翻星点
我数桥上栏杆龙样头尾
像坐一条寂寞船，自己拉纤。

我像哭，像自语，我更自己抱歉！
自己焦心，同情，一把心紧似琴弦，——
我说哑的，哑的琴我知道，一出曲子
未唱，幻想的手指终未来在上面？

原载 1937 年 3 月 7 日《大公报·文艺副刊》

冥　思

心此刻同沙漠一样平，
思想像孤独的一个阿拉伯人；
仰脸孤独的向天际望
落日远边奇异的霞光，
安静的，又侧个耳朵听
远处一串骆驼的归铃。

在这白色的周遭中，
一切像凝冻的雕形不动；
白袍，腰刀，长长的头巾，
浪似的云天，沙漠上风！
偶有一点子振荡闪过天线，
残霞边一颗星子出现。

二十五年夏末

原载 1936 年 12 月 13 日《大公报·文艺副刊》

除夕看花

新从嘈杂着异乡口调的花市上买来，
碧桃雪白的长枝，同红血般的山茶花。
着自己小角隅再用精致鲜艳来结采，
不为着锐的伤感，仅是钝的还有剩余下！

明知道房里的静定，像弄错了季节，
气氛中故乡失得更远些，时间倒着悬挂；
过年也不像过年，看出灯笼在燃烧着点点血，
帘垂花下已记不起旧时热情、旧日的话。

如果心头再旋转着熟识旧时的芳菲，
模糊如条小径越过无数道篱笆，
纷纭的花叶枝条，草看弄的人昏迷，
今日的脚步，再不甘重踏上前时的泥沙。

月色已冻住，指着各处山头，河水更零乱，
关心的是马蹄平原上辛苦，无响在刻画，
除夕的花已不是花，仅一句言语梗在这里，
抖战着千万人的忧患，每个心头上牵挂。

原载 1939 年 6 月 28 日香港《大公报·文艺副刊》，署名灰因

中夜钟声

钟声
　敛住又敲散
　　　一街的荒凉
听——
　那圆的一颗颗声响
　直沉下时间
　　　　静寂的
　　　　　咽喉。
　像哭泣，
　像哀恸，
将这僵黑的
中夜
　葬入
　那永不见曙星的
　　空洞——

轻——重，……
　——重——轻……
这摇曳的一声声，
　又凭谁的主意
　把那余剩的忧惶
随着风冷——
　　纷纷
　　　掷给还不成梦的
　　　　　　人。

原载 1933 年 3 月《新月》第四卷第六期

城楼上

你说什么？
鸭子，太阳，
城墙上那护城河？
——我？
我在想，
——不是不在听——
想怎样
从前，……
——
对了，
也是秋天！

你也曾去过，
你？那小树林？
还记得么；
山窝，红叶像火？
映影

湖心里倒浸，
那静？
天！……
（今天的多蓝，你看！）
白云，
像一缕烟。

谁又啰嗦？
你爱这里城墙，
古墓，长歌，
蔓草里开野花朵。
好，我不再讲
从前的，单想
我们在古城楼上
今天，——
白鸽，
（你准知道是白鸽？）
飞过面前。

二十四年十月

原载 1935 年 11 月 8 日《大公报·文艺副刊》

古城春景

时代把握不住时代自己的烦恼，——
轻率的不满，就不叫它这时代牢骚——
偏又流成愤怨，聚一堆黑色的浓烟
喷出烟囱，那矗立的新观念，在古城楼对面！

怪得这嫩灰色一片，带疑问的春天
要泥黄色风沙，顺着白洋灰街沿，
再低着头去寻觅那已失落了的浪漫
到蓝布棉帘子，万字栏杆，仍上老店铺门坎？

寻去，不必有新奇的新发现，旧有保障
即使古老些，需要翡翠色甘蔗做拐杖
来支撑城墙下小果摊，那红鲜的冰糖葫芦
仍然光耀，串串如同旧珊瑚，还不怕新时代的尘土。

二十六年春　北平

原载 1937 年 4 月《新诗》第二卷第一期

你是爱，是暖，是希望

古城黄昏

我见到古城在斜阳中凝神；
城楼望着城楼，
忘却中间一片黄金的殿顶；
十条闹街还散在脚下，
虫蚁一样有无数行人。

我见到古城在黄昏中凝神；
乌鸦噪聒的飞旋，
废苑古柏在困倦中支撑。
无数坛庙寂寞与荒凉，
锁起一座一座剥落的殿门。

我听到古城在薄暮中独语；
僧寺消寂，熄了香火，
钟声沉下，市声里失去，
车马不断扬起年代的尘土，
到处风沙叹息着历史。

原载 1948 年 8 月 2 日《益世报·文学周刊》第一百〇三期

桥

他的使命：
　　　南北两岸莽莽两条路的携手；
他的完成
　　　不挡江月东西，船只上下的交流；
他的肩背
　　　坚定的让脚步上面通过，找各人的路去；
他的胸怀，
　　　虚空的环洞，不把江心的洪流堵住。

他是座桥：
　　　一条大胆的横梁，立脚于茫茫水面；
一堆泥石，
　　　辛苦堆积或造形的完美，在自然上边；
一掬理智，
　　　适应无数的神奇，支持立体的纪念；
一次人工，
　　　矫正了造化的疏忽，将隔绝的重新牵连！

他是座桥，
　　　看那平衡两排如同静思的栏杆；
他的力量，
　　　两座桥墩下。多粗壮的石头镶嵌；
他的忍耐，
　　　容每道车辙刻入脚印已磨光的石板；
他的安闲，
　　　岁月增进，让钓翁野草随在身旁。

他的美丽，
　　　如同山月的锁钥，正见出人类匠心；
他的心灵，
　　　浸入寒波，在一钩倒影里续成圆形。

他的存在，

　　却不为嬉戏的闲情——而为责任；

他的理想，

　　该寄给人生行旅者一种虔诚。

三十六年六月

原载 1948 年 8 月 2 日《益世报·文学周刊》第一百〇三期

山 中

紫色山头抱住红叶，将自己影射在山前，
人在小石桥上走过，渺小的追一点子想念。
高峰外云在深蓝天里镶白银色的光转，
用不着桥下黄叶，人在泉边，才记起夏天！

也不因一个人孤独的走路，路更蜿蜒，
短白墙房舍像画，仍画在山坳另一面，
只这丹红集叶替代人记忆失落的层翠，
深浅团抱这同一个山头，惆怅如薄层烟。

山中斜长条青影，如今红萝乱在四面，
百万落叶火焰在寻觅山石荆草边，
当时黄月下共坐天真的青年人情话，相信
那三两句长短，星子般仍挂秋风里不变。

二十五年秋

原载 1937 年 1 月 29 日《大公报·文艺副刊》

黄昏过泰山

记得那天
心同一条长河，
让黄昏来临，
月一片挂在胸襟。
如同这青黛山，
今天，
心是孤傲的屏障一面；
葱郁，
不忘却晚霞，
苍莽，
却听脚下风起，
来了夜——

原载 1936 年 7 月 19 日《大公报·文艺副刊》

题剔空菩提叶

认得这透明体,
智慧的叶子掉在人间?
消沉,慈净——
那一天一闪冷焰,
一叶无声的坠地,
仅证明了智慧寂寞
孤零的终会死在风前!
昨天又昨天,美
还逃不出时间的威严;
相信这里睡眠着最美丽的
骸骨,一丝魂魄月边留念,——
……
菩提树下清荫则是去年!

二十五年四月二十三日

原载 1936 年 5 月 17 日《大公报·文艺副刊》

昆明即景

一　茶　铺

这是立体的构画，
　　描在这里许多样脸
在顺城脚的茶铺里
　　隐隐起喧腾声一片。

各种的姿势，生活
　　刻划着不同方面：
茶座上全坐满了，笑的，
　　皱眉的，有的抽着旱烟。

老的，慈祥的面纹，
　　年轻的，灵活的眼睛，
都暂要时间茶杯上
　　停住，不再去扰乱心情！

一天一整串辛苦，
　　此刻才赚回小把安静，
夜晚回家，还有远路，
　　白天，谁有工夫闲看云影？
不都为着真的口渴，
　　四面窗开着，喝茶，
跷起膝盖的是疲乏，
　　赤着臂膀好同乡邻闲话。

也为了放下扁担同肩背
　　向运命喘息，倚着墙，

每晚靠这一碗茶的生趣
　　幽默估量生的短长……

这是立体的构画，
　　设色在小生活旁边，
阴凉南瓜棚下茶铺，
　　热闹照样的又过了一天！

二　小楼

张大爹临街的矮楼，
半藏着，半挺着，立在街头，
瓦覆着它，窗开一条缝，
夕阳染红它，如写下古远的梦。

矮檐上长点草，也结过小瓜，
破石子路在楼前，无人种花，
是老坛子，瓦罐，大小的相伴；
尘垢列出许多风趣的零乱。

但张大爹走过，不吟咏它好；
大爹自己（上年纪了）不相信古老。
他拐着杖常到隔壁沽酒，
宁愿过桥，土堤去看新柳！

原载 1948 年 2 月 22 日《经世日报·文艺周刊》第五十八期

哭三弟恒

——三十年空战阵亡

弟弟，我没有适合时代的语言
来哀悼你的死；
它是时代向你的要求，
简单的，你给了。
这冷酷简单的壮烈是时代的诗
这沉默的光荣是你。

假使在这不可免的真实上
多给了悲哀，我想呼喊，
那是——你自己也明了——
因为你走得太早，
太早了，弟弟，难为你的勇敢，
机械的落伍，你的机会太惨！

三年了，你阵亡在成都上空，
这三年的时间所做成的不同，
如果我向你说来，你别悲伤，
因为多半不是我们老国，
而是他人在时代中辗动，
我们灵魂流血，炸成了窟窿。

我们已有了盟友、物资同军火，
正是你所曾经希望过。
我记得，记得当时我怎样同你
讨论又讨论，点算又点算，
每一天你是那样耐性的等着，
每天却空的过去，慢得像骆驼！

现在驱逐机已非当日你最理想
驾驶的"老鹰式七五"那样——
那样笨，那样慢，啊，弟弟不要伤心，
你已做到你们所能做的，
别说是谁误了你，是时代无法衡量，
中国还要上前，黑夜在等天亮。

弟弟，我已用这许多不美丽言语
算是诗来追悼你，
要相信我的心多苦，喉咙多哑，
你永不会回来了，我知道，
青年的热血作了科学的代替；
中国的悲怆永沉在我的心底。

啊，你别难过，难过了我给不出安慰。
我曾每日那样想过了几回：
你已给了你所有的，同你去的弟兄
也是一样，献出你们的生命；
已有的年轻一切；将来还有的机会，
可能的壮年工作，老年的智慧；

可能的情爱，家庭，儿女，及那所有
生的权利，喜悦；及生的纠纷！
你们给的真多，都为了谁？你相信
今后中国多少人的幸福要在
你的前头，比自己要紧；那不朽
中国的历史，还需要在世上永久。

你相信，你也做了，最后一切你交出。
我既完全明白了，为何我还为着你哭？
只因你是个孩子却没有留什么给自己，
小时我盼着你的幸福，战时你的安全，
今天你没有儿女牵挂需要抚恤同安慰，
而万千国人像已忘掉，你死是为了谁！

三十三年　李庄

原载 1948 年 5 月《文学杂志》第二卷第十二期

同在花飞处——散文

悼志摩

十一月十九日我们的好朋友，许多人都爱戴的新诗人，徐志摩突兀的，不可信的，残酷的，在飞机上遇险而死去。这消息在二十日的早上像一根针刺猛触到许多朋友的心上，顿使那一早的天墨一般地昏黑，哀恸的咽哽锁住每一个人的嗓子。

志摩……死……谁曾将这两个句子联在一处想过！他是那样活泼的一个人，那样刚刚站在壮年的顶峰上的一个人。朋友们常常惊讶他的活动，他那像小孩般的精神和认真，谁又会想到他死？

突然的，他闯出我们这共同的世界，沉入永远的静寂，不给我们一点预告，一点准备，或是一个最后希望的余地。这种几乎近于忍心的决绝，那一天不知震麻了多少朋友的心？现在那不能否认的事实，仍然无情地挡住我们前面。任凭我们多苦楚的哀悼他的惨死，多迫切的希翼能够仍然接触到他原来的音容，事实是不会为体贴我们这悲念而有些须更改；而他也再不会为不忍我们这伤悼而有些须活动的可能！这难堪的永远静寂和消沉便是死的最残酷处。

我们不迷信的，没有宗教地望着这死的帷幕，更是丝毫没有把握。张开口我们不会呼吁，闭上眼不会入梦，徘徊在理智和情感的边沿，我们不能预期后会，对这死，我们只是永远发怔，吞咽枯涩的泪，待时间来剥削着哀恸的尖锐，痂结我们每次悲悼的创伤。那一天下午初得到消息的许多朋友不是全跑到胡适之先生家里么？但是除去拭泪相对，默然围坐外，谁也没有主意，谁也不知有什么话说，对这死！

谁也没有主意，谁也没有话说！事实不容我们安插任何的希望，情感不容我们不伤悼这突兀的不幸，理智又不容我们有超自然的幻想！默然相对，默然围坐……而志摩则仍是死去没有回头，没有音讯，永远地不会回头，永远地不会再有音讯。

我们中间没有绝对信命运之说的，但是对着这不测的人生，谁不感到惊异，对着那许多事实的痕迹又如何不感到人力的脆弱，智慧的有限。世事尽有定数？世事尽是偶然？对这永远的疑问我们什么时候能有完全的把握？

在我们前边展开的只是一堆坚质的事实：

"是的，他十九晨有电报来给我……

"十九早晨，是的！说下午三点准到南苑，派车接……

"电报是九时从南京飞机场发出的……

"刚是他开始飞行以后所发……

"派车接去了，等到四点半……说飞机没有到……

"没有到……航空公司说济南有雾……很大……"只是一个钟头的差别；下午三时到南苑，济南有雾！谁相信就是这一个钟头中便可以有这么不同事实的发生，志摩，我的朋友！

他离平的前一晚我仍见到，那时候他还不知道他次晨南旅的，飞机改期过三次，他曾说如果再改下去，他便不走了的。我和他同由一个茶会出来，在总布胡同口分手。在这茶会里我们请的是为太平洋会议来的一个柏雷博士，因为他是志摩生平最爱慕的女作家曼殊斐儿的姊丈，志摩十分的殷勤；希望可以再从柏雷口中得些关于曼殊斐儿早年的影子，只因限于时间，我们茶后匆匆地便散了。晚上我有约会出去了，回来时很晚，听差说他又来过，适遇我们夫妇刚走，他自己坐了一会儿，喝了一壶茶，在桌上写了些字便走了。我到桌上一看：——

"定明早六时飞行，此去存亡不卜……"我怔住了，心中一阵不痛快，却忙给他一个电话。

"你放心。"他说，"很稳当的，我还要留着生命看更伟大的事迹呢，哪能便死？……"

话虽是这样说，他却是已经死了整两周了！

现在这事实一天比一天更结实，更固定，更不容否认。志摩是死了，这个简单残酷的实际早又添上时间的色彩，一周，两周，一直地增长下去……

我不该在这里语无伦次的尽管呻吟我们做朋友的悲哀情绪。归根说，读者抱着我们文字看，也就是像志摩的请柏雷一样，要从我们口里再听到关于志摩的一些事。这个我明白，只怕我不能使你们满意，因为关于他的事，动听的，使青年人知道这里有个不可多得的人格存在的，实在太多，绝不是几千字可以表达得完。谁也得承认像他这样的一个人世间便不轻易有几个的，无论在中国或是外国。

我认得他，今年整十年，那时候他在伦敦经济学院，尚未去康桥。我初次遇到他，也就是他初次认识到影响他迁学的狄更生先生。不用说他和我父亲最谈得来，虽然他们年岁上差别不算少，一见面之后便互相引为知己。他到康桥之后由狄更生

介绍进了皇家学院，当时和他同学的有我姊丈温君源宁。一直到最近两个月中源宁还常在说他当时的许多笑话，虽然说是笑话，那也是他对志摩最早的一个惊异的印象。志摩认真的诗情，绝不含有丝毫矫伪，他那种痴，那种孩子似的天真实能令人惊讶。源宁说，有一天他在校舍里读书，外边下起了倾盆大雨——惟是英伦那样的岛国才有的狂雨——忽然他听到有人猛敲他的房门，外边跳进一个被雨水淋得全湿的客人。不用说他便是志摩，一进门一把扯着源宁向外跑，说快来我们到桥上去等着。这一来把源宁怔住了，他问志摩等什么在这大雨里。志摩睁大了眼睛，孩子似的高兴地说"看雨后的虹去"。源宁不止说他不去，并且劝志摩趁早将湿透的衣服换下，再穿上雨衣出去，英国的湿气岂是儿戏，志摩不等他说完，一溜烟地自己跑了。

以后我好奇地曾问过志摩这故事的真确，他笑着点头承认这全段故事的真实。我问：那么下文呢，你立在桥上等了多久，并且看到虹了没有？他说记不清但是他居然看到了虹。我诧异地打断他对那虹的描写，问他：怎么他便知道，准会有虹的。他得意地笑答我说："完全诗意的信仰！"

"完全诗意的信仰"，我可要在这里哭了！也就是为这"诗意的信仰"他硬要借航空的方便达到他"想飞"的宿愿！"飞机是很稳当的"他说，"如果要出事那是我的运命！"他真对运命这样完全诗意的信仰！

志摩我的朋友，死本来也不过是一个新的旅程，我们没有到过的，不免过分地怀疑，死不定就比这生苦，"我们不能轻易断定那一边没有阳光与人情的温慰"，但是我前边说过最难堪的是这永远的静寂。我们生在这没有宗教的时代，对这死实在太没有把握了。这以后许多思念你的日子，怕要全是昏暗的苦楚，不会有一点点光明，除非我也有你那美丽的诗意的信仰！

我个人的悲绪不竟又来扰乱我对他生前许多清晰的回忆，朋友们原谅。

　　诗人的志摩用不着我来多说，他那许多诗文便是估价他的天平。我们新诗的历史才是这样的短，恐怕他的判断人尚在我们儿孙辈的中间。我要谈的是诗人之外的志摩。人家说志摩的为人只是不经意的浪漫，志摩的诗全是抒情诗，这断语从不认识他的人听来可以说很公平，从他朋友们看来实在是对不起他。志摩是个很古怪的人，浪漫固然，但他人格里最精华的却是他对人的同情，和蔼，和优容；没有一个人他对他不和蔼，没有一种人，他不能优容，没有一种的情感，他绝对地不能表同情。我不说了解，因为不是许多人爱说志摩最不解人情么？我说他的特点也就在这上头。

　　我们寻常人就爱说了解；能了解的我们便同情，不了解的我们便很落寞乃至于酷刻。表同情于我们能了解的，我们以为很适当；不表同情于我们不能了解的，我们也认为很公平。志摩则不然，了解与不了解，他并没有过分地夸张，他只知道温存，和平，体贴，只要他知道有情感的存在，无论出自何人，在何等情况下，他理智上认为适当与否，他全能表几分同情，他真能体会原谅他人与他自己不相同处。从不会刻薄地单支出严格的迫仄的道德的天平指摘凡是与他不同的人。他这样的温和，这样的优容，真能使许多人惭愧，我可以忠实地说，至少他要比我们多数的人伟大许多；他觉得人类各种的情感动作全有它不同的，价值放大了的人类的眼光，同情是不该只限于我们划定的范围内。他是对的，朋友们，归根说，我们能够懂得几个人，了解几桩事，几种情感？哪一桩事，哪一个人没有多面的看法！为此说来志摩的朋友之多，不是个可怪的事；凡是认得他的人不论深浅对他全有特殊的感情，也是极为自然的结果。而反过来看他自己在他一生的过程中却是很少得着同情的。不止如是，他还曾为他的一点理想的愚诚几次几乎不见容于社会。但是他却未曾为这个鄙吝他给他人的同情心，他的性情，不曾为受了刺激而转变刻薄暴戾过，谁能不承认他几有超人的宽量。

　　志摩的最动人的特点，是他那不可信的纯净的天真，对他的理想的愚诚，对艺术欣赏的认真，体会情感的切实，全是难能可贵到极点。他站在雨中等虹，他甘冒社会的大不韪争他的恋爱自由；他坐曲折的火车到乡间去拜哈岱，他抛弃博士一类的引诱卷了书包到英国，只为要拜罗素做老师，他为了一种特异的境遇，一时特异的感动，从此在生命途中冒险，从此抛弃所有的旧业，只是尝试写几行新诗——这几年新诗尝试的运命并不太令人踊跃，冷嘲热骂只是家常便饭——他常能走几里路去采几茎花，费许多周折去看一个朋友说两句话；这些，还有许多，都不是我们寻常能够轻易了解的神秘。我说神秘，其实竟许是傻，是痴！事实上他只是比我们认真，虔诚到傻气，到痴！他愉快起来他的快乐的翅膀可以碰得到天，他忧伤起来，他的悲戚是深得没有底。寻常评价的衡量在他手里失了效用，利害轻重他自有他的看法，纯是艺术的情感的脱离寻常的原则，所以往常人常听到朋友们说到他总爱带着嗟叹的口吻说："那是志摩，你又有什么法子！"他真的是个怪人么？朋友们，不，一点都不是，他只是比我们近情近理，比我们热诚，比我们天真，比我们对万物都更有信仰，对神，对人，对灵，对自然，对艺术！

朋友们我们失掉的不止是一个朋友，一个诗人，我们丢掉的是个极难得可爱的人格。

至于他的作品全是抒情的么？他的兴趣只限于情感么？更是不对。志摩的兴趣是极广泛的。就有几件，说起来，不认得他的人便要奇怪。他早年很爱数学，他始终极喜欢天文，他对天上星宿的名字和部位就认得很多，最喜暑夜观星，好几次他坐火车都是带着关于宇宙的科学的书。他曾经译过爱因斯坦的相对论，并且在一九二二年便写过一篇关于相对论的东西登在《民铎》杂志上。他常向思成说笑："任公先生的相对论的知识还是从我徐君志摩大作上得来的呢，因为他说他看过许多关于爱因斯坦的哲学都未曾看懂，看到志摩的那篇才懂了。"今夏我在香山养病，他常来闲谈，有一天谈到他幼年上学的经过和美国克莱克大学两年学经济学的景况，我们不禁对笑了半天，后来他在他的《猛虎集》的"序"里也说了那么一段。可是奇怪的！他不像许多天才，幼年里上学，不是不及格，便是被斥退，他是常得优等的，听说有一次康乃尔暑校里一个极严的经济教授还写了信去克莱克大学教授那里恭维他的学生，关于一门很难的功课。我不是为志摩在这里夸张，因为事实上只有为了这桩事，今夏志摩自己便笑得不亦乐乎！

此外他的兴趣对于戏剧绘画都极深浓，戏剧不用说，与诗文是那么接近，他领略绘画的天才也颇可观，后期印象派的几个画家，他都有极精密的爱恶，对于文艺复兴时代那几位，他也很熟悉，他最爱鲍蒂切利和达文骞。自然他也常承认文人喜画常是间接地受了别人论文的影响，他的，就受了法兰（Roger Fry）和斐德（Walter Pater）的不少。对于建筑审美他常常对思成和我道歉说："太对不起，我的建筑常识全是 Ruskins 那一套。"他知道我们是讨厌 Ruskins 的。但是为看一

个古建的残址，一块石刻，他比任何人都热心，都更能静心领略。

他喜欢色彩，虽然他自己不会作画，暑假里他曾从杭州给我几封信，他自己叫它们做"描写的水彩画"，他用英文极细致地写出西（边？）桑田的颜色，每一分嫩绿，每一色鹅黄，他都仔细地观察到。又有一次他望着我园里一带断墙半晌不语，过后他告诉我说，他正在默默体会，想要描写那墙上向晚的艳阳和刚刚入秋的藤萝。

对于音乐，中西的他都爱好，不止爱好，他那种热心便唤醒过北京一次——也许唯一的一次——对音乐的注意。谁也忘不了那一年，克拉斯拉到北京在"真光"拉一个多钟头的提琴。对旧剧他也得算"在行"，他最后在北京那几天我们曾接连地同去听好几出戏，回家时我们讨论的热闹，比任何剧评都诚恳都起劲。

谁相信这样的一个人，这样忠实于"生"的一个人，会这样早地永远地离开我们另投一个世界，永远地静寂下去，不再透些须声息！

我不敢再往下写，志摩若是有灵听到比他年轻许多的一个小朋友拿着老声老气的语调谈到他的为人不觉得不快么？这里我又来个极难堪的回忆，那一年他在这同一个的报纸上写了那篇伤我父亲惨故的文章，这梦幻似的人生转了几个弯，曾几何时，却轮到我在这风紧夜深里握吊他的惨变。这是什么人生？什么风涛？什么道路？志摩，你这最后的解脱未始不是幸福，不是聪明，我该当羡慕你才是。

原载 1931 年 12 月 7 日《北平晨报》第九版 "北晨学院园哀悼志摩专号"

一片阳光

　　放了假，春初的日子松弛下来。将午未午时候的阳光，澄黄的一片，由窗棂横浸到室内，晶莹地四处射。我有点发怔，习惯地在沉寂中惊讶我的周围。我望着太阳那湛明的体质，像要辨别它那交织绚烂的色泽，追逐它那不着痕迹的流动。看它洁净地映到书桌上时，我感到桌面上平铺着一种恬静，一种精神上的豪兴，情趣上的闲逸；即或所谓"窗明几净"，那里默守着神秘的期待，漾开诗的气氛。那种静，在静里似可听到那一处琮琤琤的泉流，和着仿佛是断续的琴声，低诉着一个幽独者自娱的音调。看到这同一片阳光射到地上时，我感到地面上花影浮动，暗香吹拂左右，人随着晌午的光霭花气在变幻，那种动，柔谐婉转有如无声音乐，令人悠然轻快，不自觉地脱落伤愁。至多，在舒扬理智的客观里使我偶一回头，看看过去幼年记忆步履所留的残迹，有点儿惋惜时间；微微怪时间不能保存情绪，保存那一切情绪所曾流连的境界。

　　倚在软椅上不但奢侈，也许更是一种过失，有闲的过失。但东坡的辩护："懒者常似静，静岂懒者徒"，不是没有道理。如果此刻不倚榻上而"静"，则方才情绪所兜的小小圈子便无条件地失落了去！人家就不可惜它，自己却实在不能不感到这种亲密的损失的可哀。

　　就说它是情绪上的小小旅行吧，不走并无不可，不过走走未始不是更好。归根说，我们活在这世上到底最珍惜一些什么？果真珍惜万物之灵的人的活动所产生的种种，所谓人类文化？这人类文化到底又靠一些什么？我们怀疑或许就是人身上那一撮精神同机体的感觉，生理心理所共起的情感，所激发出的一串行为，所聚敛的一点智慧，——那么一点点人之所以为人的表现。宇宙万物客观的本无所可珍惜，反映在人性上的山川草木禽兽才开始有了秀丽，有了气质，有了灵犀。反映在人性上的人自己更不用说。没有人的感觉，人的情感，即便有自然，也就没有自然的美，质或神方面更无所谓人的智慧，人的创造，人的一切生活艺术的表现！这样说来，谁该鄙弃自己感觉上的小小旅行？为壮壮自己胆子，我们更该相信惟其人类有这类情绪的驰骋，实际的世间才赓续着产生我们精神所寄托的文物精萃。

　　此刻我竟可以微微一咳嗽，乃至于用播音的圆润口调说：我们既然无疑的珍惜文化，即尊重盘古到今种种的艺术——无论是抽象的思想的艺术，或是具体的驾驭天然材料另创的非天然形象，——则对于艺术所由来的渊源，那点点人的感觉，人的情感智慧（通称人的情绪），又当如何地珍惜才算合理？

但是情绪的驰骋，显然不是诗或画或任何其他艺术建造的完成。这驰骋此刻虽占了自己生活的若干时间，却并不在空间里占任何一个小小位置！这个情形自己需完全明了。此刻它仅是一种无踪迹的流动，并无栖身的形体。它或含有各种或可捉摸的素质，但是好奇地探讨这个素质而具体要表现它的差事，无论其有无意义，除却本人外，别人是无能为力的。我此刻为着一片清婉可喜的阳光，分明自己在对内心交流变化的各种联想发生一种兴趣的注意，换句话说，这好奇与兴趣的注意已是我此刻生活的活动。一种力量又迫着我来把握住这个活动，而设法表现它，这不易抑制的冲动，或即所谓艺术冲动也未可知！只记得冷静的杜工部散散步，看看花，也不免会有"江上被花恼不彻，无处告诉只颠狂"的情绪上一片紊乱！玲珑煦暖的阳光照人面前，那美的感人力量就不减于花，不容我生硬地自己把情绪分划为有闲与实际的两种，而权其轻重，然后再决定取舍的。我也只有情绪上的一片紊乱。

情绪的旅行本偶然的事，今天一开头并为着这片春初晌午的阳光，现在也还是为着它。房间内有两种豪侈的光常叫我的心绪紧张如同花开，趁着感觉的微风，深浅零乱于冷智的枝叶中间。一种是烛光，高高的台座，长垂的烛泪，熊熊红焰当帘幕四下时各处光影掩映。那种闪烁明艳，雅有古意，明明是画中景象，却含有更多诗的成分。另一种便是这初春晌午的阳光，到时候有意无意的大片子洒落满室，那些窗棂栏板几案笔砚浴在光霭中，一时全成了静物图案；再有红蕊细枝点缀几处，室内更是轻香浮溢，叫人俯仰全触到一种灵性。

这种说法怕有点会发生误会，我并不说这片阳光射入室内，需要笔砚花香那些儒雅的托衬才能动人，我的意思倒是：室内顶寻常的一些供设，只要一片阳光这样又幽娴又洒脱地落在上面，一切都会带上另一种动人的气息。

这里要说到我最初认识的一片阳光。那年我六岁，记得是刚刚出了水珠以

后——水珠即寻常水痘，不过我家乡的话叫它做水珠。当时我很喜欢那美丽的名字，忘却它是一种病，因而也觉到一种神秘的骄傲。只要人过我窗口问问出"水珠"么？我就感到一种

荣耀。那个感觉至今还印在脑子里。也为这个缘故，我还记得病中奢侈的愉悦心境。虽然同其他多次的害病一样，那次我仍然是孤独的被囚禁在一间房屋里休养的。那是我们老宅子里最后的一进房子；白粉墙围着小小院子，北面一排三间，当中夹着一个开敞的厅堂。我病在东头娘的卧室里。西头是婶婶的住房。娘同婶永远要在祖母的前院里行使她们女人们的职务

的，于是我常是这三间房屋惟一留守的主人。

在那三间屋子里病着，那经验是难堪的。时间过得特别慢，尤其是在日中毫无睡意的时候。起初，我仅集注我的听觉在各种似脚步，又不似脚步的上面。猜想着，等候着，希望着人来。间或听听隔墙各种琐碎的声音，由墙基底下传达出来又消敛了去。过一会儿，我就不耐烦了——不记得是怎样的，我就蹰着鞋，捱着木床走到房门边。房门向着厅堂斜斜地开着一扇，我便扶着门框好奇地向外探望。

那时大概刚是午后两点钟光景，一张刚开过饭的八仙桌，异常寂寞地立在当中。桌下一片由厅口处射进来的阳光，泄泄融融地倒在那里。一个绝对悄寂的周围伴着这一片无声的金色的晶莹，不知为什么，忽使我六岁孩子的心里起了一次极不平常的振荡。

那里并没有几案花香，美术的布置，只是一张极寻常的八仙桌。如果我的记忆没有错，那上面在不多时间以前，是刚陈列过咸鱼、酱菜一类极寻常俭朴的午餐的。小孩子的心却呆了。或许两只眼睛倒张大一点，四处地望，似乎在寻觅一个问题的答案。为什么那片阳光美得那样动人？我记得我爬到房内窗前的桌子上坐着，有意无意地望望窗外，院里粉墙疏影同室内那片金色和煦绝然不同趣味。顺便我翻开手边娘梳妆用的旧式镜箱，又上下摇动那小排状抽屉，同那刻成花篮形小铜坠子，不时听雀跃过枝清脆的鸟语。心里却仍为那片阳光隐着一片模糊的疑问。

时间经过二十多年，直到今天，又是这样一泄阳光，一片不可捉摸，不可思议流动的而又恬静的瑰宝，我才明白我那问题是永远没有答案的。事实上仅是如此：一张孤独的桌，一角寂寞的厅堂。一只灵巧的镜箱，或窗外断续的鸟语，和水珠——那美丽小孩子的病名——便凑巧永远同初春静沉的阳光整整复斜斜地成了我回忆中极自然的联想。

原载 1946 年 11 月 24 日《大公报·文艺副刊》

彼　此

　　朋友又见面了，点点头笑笑，彼此晓得这一年不比往年，彼此是同增了许多经验。个别地说，这时间中每一人的经历虽都有特殊的形相，含着特殊的滋味，需要个别的情绪来分析来描述。

　　综合地说，这许多经验却是一整片仿佛同式同色，同大小，同分量的迷惘。你触着那一角，我碰上这一头，归根还是那一片迷惘笼罩着彼此。七月！——这两字就如同史歌的开头那么有劲——八月，九月带来了那狂风，后来，后来过了年，——那无法忘记的除夕！——又是那一月，二月，三月，到了七月，再接再厉的又到了年夜。现在又是一月二月在开始……谁记得最清楚，这串日子是怎样地延续下来，生活如何的变？想来彼此都不会记得过分清晰，一切都似乎在这离中旋转，但谁又会忘掉那么切肤的重重忧患的网膜？

　　经过炮火或流浪的洗礼，变换又变换的日月，难道彼此脸上没有一点记载这经验的痕迹？但是当整一片国土纵横着创痕，大家都是“离散而相失……去故乡而就远”，自然“心婵媛而伤怀兮，眇不知其所蹠”，脸上所刻那几道并不使彼此惊讶，所以还只是笑笑好。口角边常添几道酸甜的纹路，可以帮助彼此咀嚼生活。何不默认这一点：在迷惘中人最应该有笑，这种的笑，虽然是敛住神经，敛住肌肉，仅是毅力的后背，它却是必需的，如同保护色对于许多生物，是必需的一样。

　　那一晚在 ×× 江心，某一来船的甲板上，热臭的人丛中，他记起他那时的困顿饥渴和狼狈，旋绕他头上的却是那真实倒如同幻象，幻象又成了真实的狂敌杀人的工具，敏捷而近代型的飞机：美丽得像鱼像鸟……！这里黯然的一掬笑是必需的，因为同样的另外一个人懂得那原始的骤然唤起纯筋肉反射作用的恐怖。他也正在想那时他在 ×× 车站台上露宿，天上有月，左右有人，零落如同被风雨摧落后的落叶，瑟索地蜷伏着，他们心里都在回味那一天他们所初次尝到的敌机的轰炸！谈话就可以这样无限制的延长，因为现在都这样的记忆，——比这样更辛辣苦楚的——在各人心里真是太多了！随便提起一个地名大家所熟悉的都会或商埠，随着全会涌起怎样的一个最后印象！

　　再说初入一个陌生城市的一天，——这经验现在又多普遍——尤其是在夜间，这里就把个别的情形和感触除外，在大家心底曾留下的还不是一剂彼此都熟识的清凉散？苦里带涩，那滋味侵入脾胃时，小小的冷噤会轻轻在背脊上爬过，用不着丝毫锐性的感伤！也许他可以说他在那夜进入某某城内时，看到一列小店门前凄惶的灯，黄黄的发出奇异的晕光，使他嗓子里如梗着刺，感到一种发紧的触觉。你所记得的却是某一号车站后面黯白的煤汽灯射到陌生的街心里，使你心里好像失落了什么。

那陌生的城市，在地图上指出时，你所经过的同他所经过的也可以有极大的距离，你同他当时的情形也可以完全的不相同。但是在这里，个别的异同似乎非常之不相干；相干的仅是你我会彼此点头，彼此会意，于是也会彼此的笑笑。

七月在卢沟桥与敌人开火以后，纵横中国土地上的脚印密密地衔接起来，更加增了中国地域广漠的证据。每个人参加过这广漠地面上流转的大韵律的，对于尘土和血，两件在寻常不多为人所理会的，极寻常的天然质素，现在每人在他个别的角上，对它们都发生了莫大亲切的认识。每一寸土，每一滴血，这种话，已是可接触，可把持的十分真实的事物，不仅是一句话一个"概念"而已。

在前线的前线，兴奋和疲劳已掺拌着尘土和血另成一种生活的形体魂魄。睡与醒中间，饥与食中间，生和死中间，距离短得几乎不存在！生活只是一股力，死亡一片沉默的恨，事情简单得无可再简单。尚在生存着的，继续着是力，死去的也继续着堆积成更大的恨。恨又生力，力又变恨，惘惘地却勇敢地循环着，其他一切则全是悬在这两者中间悲壮热烈地穿插。

在后方，事情却没有如此简单，生活仍然缓弛地伸缩着；食宿生死间距离恰像黄昏长影，长长的，尽向前引伸，像要扑入夜色，同夜溶成一片模糊。在日夜宽泛的循回里于是穿插反更多了，真是天地无穷，人生长勤。生之穿插零乱而琐屑，完全无特殊的色泽或轮廓，更不必说英雄气息壮烈成分。斑斑点点仅像小血锈凝在生活上，在你最不经意中烙印生活。如果你有志不让生活在小处窳败，逐渐减

损，由锐而钝，由张而弛，你就得更感谢那许多极平常而琐碎的磨擦，无日无夜地透过你的神经，肌肉或意识。这种时候，叹息是悬起了，因一切虽然细小，却绝非从前所熟识的感伤。每件经验都有它粗壮的真实，没有叹息的余地。口边那酸甜的纹路是实际哀乐所刻画而成，是一种坚忍韧性的笑。因为生活既不是简单的火焰时，它本身是很沉重，需要韧性地

支持，需要产生这韧性支持的力量。

现在后方的问题，是这种力量的泉源在哪里？绝不凭着平日均衡的理智，——那是不够的，天知道！尤其是在这时候，情感就在皮肤底下"踊跃其若汤"，似乎它所需要的是超理智的冲动！现在后方被缓的生活，紧的情感，两面磨擦得愁郁无快，居戚戚而不可解，每个人都可以苦恼而又热情地唱"终长夜之曼曼兮，掩此哀而不去"，或"宁溘死而流亡兮，不忍为此之常愁！"支持这日子的主力在哪里呢？你我生死，就不检讨它的意义以自大。也还需要一点结实的凭借才好。

我认得有个人，很寻常地过着国难日子的寻常人，写信给他朋友说，他的嗓子虽然总是那么干哑，他却要哑着嗓子私下告诉他的朋友：他感到无论如何在这时候，他为这可爱的老国家带着血活着，或流着血或不流着血死去，他都觉到荣耀，异于寻常的，他现在对于生与死都必然感到满足。这话或许可以在许多心弦上叩起回响，我常思索这简单朴实的情感是从那里来的。信念？像一道泉流透过意识，我开始明了理智同热血的冲动以外，还有个纯真的力量的出处。信心产生力量，又可储蓄力量。

信仰坐在我们中间多少时候了，你我可曾觉察到？信仰所给予我们的力量不也正是那坚忍韧性的倔强？我们都相信，我们只要都为它忠贞地活着或死去，我们的大国家自会永远地向前迈进，由一个时代到又一个时代。我们在这生是如此艰难，死是这样容易的时候，彼此仍会微笑点头的缘故也就在这里吧？现在生活既这样的彼此患难同味，这信心自是，我们此时最主要的连系，不信你问他为什么仍这样硬朗地活着，他的回答自然也是你的回答，如果他也问你。

信仰坐在我们中间多少时候了？那理智热情都不能代替的信心！

思索时许多事，在思流的过程中，总是那么晦涩，明了时自己都好笑所想到的是那么简单明显的事实！此时我拭下额汗，差不多可以意识到自己口边的纹路，我尊重着那酸甜的笑，因为我明白起来，它是力量。

话不用再说了，现在一切都是这么彼此，这么共同，个别的情绪这么不相干。当前的艰苦不是个别的，而是普遍的，充满整一个民族，整一个时代！我们今天所叫做生活的，过后它便是历史。客观的无疑我们彼此所熟识的艰苦正在展开一个大时代。所以别忽略了我们现在彼此的点点头。且最好让我们共同酸甜的笑纹，有力地，坚韧地，横过历史。

原载 1939 年 2 月 5 日《今日评论》第一卷第六期

窗子以外

话从那里说起？等到你要说话，什么话都是那样渺茫地找不到个源头。

此刻，就在我眼帘底下坐着是四个乡下人的背影：一个头上包着黯黑的白布，两个褪色的蓝布，又一个光头。他们支起膝盖，半蹲半坐的，在溪沿的短墙上休息。每人手里一件简单的东西：一个是白木棒，一个篮子，那两个在树荫底下我看不清楚。无疑的他们已经走了许多路，再过一刻，抽完一筒旱烟以后，是还要走许多路的。兰花烟的香味频频随着微风，袭到我官觉上来，模糊中还有几段山西梆子的声调，虽然他们坐的地方是在我廊子的铁纱窗以外。

铁纱窗以外，话可不就在这里了。永远是窗子以外，不是铁纱窗就是玻璃窗，总而言之，窗子以外！

所有的活动的颜色、声音，生的滋味，全在那里的，你并不是不能看到，只不过是永远地在你窗子以外罢了。多少百里的平原土地，多少区域的起伏的山峦，昨天由窗子外映进你的眼帘，那是多少生命日夜在活动着的所在；每一根青的什么麦黍，都有人流过汗；每一粒黄的什么米粟，都有人吃去；其间还有的是周折，是热闹，是紧张！可是你则并不一定能看见，因为那所有的周折，热闹，紧张，全都在你窗子以外展演着。

在家里罢，你坐在书房里，窗子以外的景物本就有限。那里两树马缨，几棵丁香；榆叶梅横出风的一大枝；海棠因为缺乏阳光，每年只开个两三朵——叶子上满是虫蚁吃的创痕，还卷着一点焦黄的边；廊子幽秀地开着扇子式，六边形的格子窗，透过外院的日光，外院的杂音。什么送煤的来了，偶然你看到一个两个被煤炭染成黔黑的脸；什么米送到了，一个人捎着一大口袋在背上，慢慢踱过屏门；还有自来水、电灯、电话公司来收账的，胸口斜挂着皮口袋，手里推着一辆自行车；更有时厨子来个朋友了，满脸的笑容，"好呀，好呀！"地走进门房；什么赵妈的丈夫来拿钱了，那是每月一号一点都不差的，早来了你就听到两个人唧唧哝哝争吵的声浪。那里不是没有颜色，声音，生的一切活动，只是他们和你总隔个窗子，——扇子式的，六边形的，纱的，玻璃的！

你气闷了把笔一搁说，这叫做甚么生活！你站起来，穿上不能算太贵的鞋袜，但这双鞋和袜的价钱也就比——想它做什么，反正有人每月的工资，一定只有这价钱的一半乃至于更少。你出去雇洋车了，拉车的嘴里所讨的价钱当然是要比例价高得多，难道你就傻子似地答应下来？不，不，三十二子，拉就拉，不拉，拉倒！心里也明白，如果真要充内行，你就该说，二十六子，拉就拉——但是你好意思争！

车开始辗动了，世界仍然在你窗子以外。长长的一条胡同，一个个大门紧紧地关着。就是有开的，那也只是露出一角，隐约可以看到里面有南瓜棚子，底下一个女的，坐在小凳上缝缝做做的；另一个，抓住还不能走路的小孩子，伸出头来喊那过路卖白菜的。至于白菜是多少钱一斤，那你是听不见了，车子早已拉得老远，并且你也无需乎知道。在你每月费用之中，伙食是一定占去若干的。在那一笔伙食费里，白菜又是多么小的一个数。难道你知道了门口卖的白菜多少钱一斤，你真把你哭丧着脸的厨子叫来申斥一顿，告诉他每一斤白菜他多开了你一个"大子儿"？

车越走越远了，前面正碰着粪车，立刻你拿出手绢来，皱着眉，把鼻子蒙得紧紧的，心里不知怨谁好。怨天做的事太古怪；好好的美丽的稻麦却需要粪来浇！怨乡下人太不怕臭，不怕脏，发明那么两个篮子，放在鼻前手车上，推着慢慢走！你怨市里行政人员不认真办事，如此脏臭不卫生的旧习不能改良，十余年来对这粪车难道真无办法？为着强烈的臭气隔着你窗子还不够远，因此你想到社会卫生事业如何还办不好。

路渐渐好起来，前面墙高高的是个大衙门。这里你简直不止隔个窗子，这一带高高的墙是不通风的。你不懂里面有多少办事员，办的都是什么事；多少浓眉大眼的，对着乡下人做买卖的吆喝诈取；多少个又是脸黄黄的可怜虫，混半碗饭分给一家子吃。自欺欺人，里面天天演的到底是甚么把戏？但是如果里面真有两三个人拼了命在那里奋斗，为许多人争一点便利和公道，你也无从知道！

到了热闹的大街了，你仍然像在特别包厢里看戏一样，本身不会，也不必参加那出戏；倚在栏杆上，你在审美的领略，你有的是一片闲暇。但是如果这里洋车夫问你在那里下来，你会吃一惊，仓卒不知所答。生活所最必需的你并不缺乏什么，你这出来就也是不必需的活动。

偶一抬头，看到街心和对街铺子前面那些人，他们都是急急忙忙的，在时间金钱的限制下采办他们生活所必需的。两个女人手忙脚乱地在监督着店里的伙计称秤。二斤四两，二斤四两的什么东西，且不必去管，反正由那两个女人的认真的神气上面看去，必是非同小可，性命交关的货物。并且如果称得少一点时，那两个女人为那点吃亏的分量必定感到重大的痛苦；如果称得多时，那伙计又知道这年头那损失在东家方面真不能算小。于是那两边的争持是热烈的，必需的，大家声音都高一点；女人脸上呈块红色，头发披下了一缕，又用手抓上去；伙计则维持着客气，口里嚷着：错不了，错不了！

热烈的，必需的，在车马纷纭的街心里，忽然由你车边冲出来两个人；男的，女的，各各提起两脚快跑。这又是干什么的，你心想，电车正在拐大弯。那两人原就追着电车，由轨道旁边擦过去，一边追着，一边向电车上卖票的说话。电车是不容易赶的，你在洋车上真不禁替那街心里奔走赶车的担心。但是你也知道如果这趟没赶上，他们就可以在街旁站个半点来钟，那些宁可盼穿秋水不雇洋车的人，也就是因为他们的生活而必需计较和节省到洋车同电车价钱上那相差的数目。

此刻洋车跑得很快，你心里继续着疑问你出来的目的，到底采办一些甚么必需的货物。眼看着男男女女挤在市场里面，门首出来一个进去一个，手里都是持着包包裹裹，里边虽然不会全是他们当日所必需的，但是如果当中夹着一盒稍微奢侈的物品，则亦必是他们生活中间闪着亮光的一个愉快！你不是听见那人说么？里面草帽，一块八毛五，贵倒贵点，可是"真不赖"！他提一提帽盒向着打招呼的朋友，他摸一摸他那剃得光整的脑袋，微笑充满了他全个脸。那时那一点迸射着光闪的愉快，当然的归属于他享受，没有一点疑问，因为天知道，这一年中他多少次的克己省俭，使他赚来这一次美满的，大胆的奢侈！

那点子奢侈在那人身上所发生的喜悦，在你身上却完全失掉作用，没有闪一星星亮光的希望！你想，整年整月你所花费的，和你那窗子以外的周围生活程度一比较，严格算来，可不都是非常靡费的用途？每奢侈一次，你心上只有多难过一次，所以车子经过的那些玻璃窗口，只有使你更惶恐，更空洞，更怀疑，前后彷徨不着边际。并且看了店里那些形形色色的货物，除非你真是傻子，难道不晓得它们多半是由那一国工厂里制造出来的！奢侈是不能给你愉快的，它只有要加增你的戒惧烦恼。每一尺好看点的纱料，每一件新鲜点的工艺品！

你诅咒着城市生活，不自然的城市生活！检点行装说，走了，走了，这沉闷没有生气的生活，实在受不了，我要换个样子过活去。健康的旅行既可以看看山水古刹的名胜，又可以知道点内地纯朴的人情风俗。走了，走了，天气还不算太坏，就是走他一个月六礼拜也是值得的。

没想到不管你走到哪里，你永远免不了坐在窗子以内的。不错，许多时髦的学者常常骄傲地带上"考察"的神气，架上科学的眼镜，偶然走到那里一个陌生的地方瞭望，但那无形中的窗子是仍然存在的。不信，你检查他们的行李，有谁不带着罐头食品，帆布床，以及别的证明你还在你窗子以内的种种零星用品，你

再摸一摸他们的皮包，那里短不了有些钞票；一到一个地方，你有的是一个提另的小小世界。不管你的窗子朝向那里望，所看到的多半则仍是在你窗子以外，隔层玻璃，或是铁纱！隐隐约约你看到一些颜色，听到一些声音，如果你私下满足了，那也没有甚么，只是千万别高兴起说什么接触了，认识了若干事物人情，天知道那是罪过！洋鬼子们的一些浅薄，千万学不得。

你是仍然坐在窗子以内的，不是火车的窗子，汽车的窗子，就是客栈逆旅的窗子，再不然就是你自己无形中习惯的窗子，把你搁在里面。接触和认识实在谈不到，得天独厚的闲暇生活先不容你。一样是旅行，如果你背上捎的不是照相机而是一点做买卖的小血本，你就需要全副的精神来走路：你得留神投宿的地方；你得计算一路上每吃一次烧饼和几颗沙果的钱；遇着同行的战战兢兢的打招呼，互相捧出诚意，遇着困难时好互相关照帮忙，到了一个地方你是真带着整个血肉的身体到处碰运气，紧张的境遇不容你不奋斗，不与其他奋斗的血和肉的接触，直到经验使得你认识。

前日公共汽车里一列辛苦的脸，那些谈话，里面就有很多生活的分量。陕西过来作生意的老头和那旁坐的一股客气，是不得已的；由交城下车的客人执着红粉包纸烟递到汽车行管事手里也是有多少理由的，穿棉背心的老太婆默默地挟住一个蓝布包袱，一个钱包，是在用尽她的全副本领的，果然到了冀村，她错过站头，还亏别个客人替她要求车夫，将汽车退行两里路，她还不大相信的望着那村站，口里噜苏着这地方和上次如何两样了。开车的一面发牢骚一面爬到车顶替老太婆拿行李，经验使得他有一种涵养，行旅中少不了有认不得路的老太太，这个道理全世界是一样的，伦敦警察之所以特别和蔼，也是从迷路的老太太孩子们身上得来的。

话说了这许多，你仍然在廊子底下坐着，窗外送来溪流的喧响，兰花烟气味早已消失，四个乡下人这时候当已到了上流"庆和义"磨坊前面。昨天那里磨坊的伙计很好笑的满脸挂着面粉，让你看着磨坊的构造；坊下的木轮，屋里旋转着的石碾，又在高低的

院落里，来回看你所不经见的农具在日影下列着。院中一棵老槐一丛鲜艳的杂花一条曲曲折折引水的沟渠，伙计和气的伴着说闲话。他用着山西口音，告诉你，那里一年可出五千多包的面粉，每包的价钱约略两块多钱。又说这十几年来，这一带因为山水忽然少了，磨坊关闭了多少家，外国人都把那些磨坊租去作他们避暑的别墅。惭愧的你说，你就是住在一个磨坊里面，他脸上堆起微笑，让面粉一星星在日光下映着，说认得认得，原来你所租的磨坊主人，一个外国牧师，待这村子极和气，乡下人和他还都有好感情。

这真是难得了，并且好感的由来还有实证。就是那一天早上你无意中出去探古寻胜，这一省山明水秀，古刹寺院，动不动就是宋辽的原物，走到山上一个小村的关帝庙里，看到一个铁铎，刻着万历年号，原来是万历赐这村里庆成王的后人的，不知怎样流落到卖古董的手里。七年前让这牧师买去，晚上打着玩，嘹亮的钟声被村人听到，急忙赶来打听，要凑原价买回，情辞恳切。说起这是他们吕姓的祖传宝物，绝不能让它流落出境，这牧师于是真个把铁铎还了他们，从此便在关帝庙神前供着。

这样一来你的窗子前面便展开了一张浪漫的图画，打动了你好奇，管它是隔一层或两层窗子，你也忍不住要打听点底细，怎么明庆成王的后人会姓吕！这下子文章便长了。

如果你的祖宗是皇帝的嫡亲弟弟，你是不会，也不愿，忘掉的。据说庆成王是永乐的弟弟，这赵庄村里的人都是他的后代。不过就是因为他们记得太清楚了，另一朝的皇帝都有些老大不放心，雍正间诏命他们改姓，由姓朱改为姓吕，但是他们还有用二十字排行的方法，使得他们不会弄错他们是这一脉子孙。

这样一来你就有点心跳了，昨天你雇来那打水洗衣服的不也是赵庄村来的，并且还姓吕！果然那土头土脑圆脸大眼的少年是个皇裔贵族，真是有失尊敬了。那么这村子一定穷得不得了，但事实上则不见得。

田亩一片，年年收成也不坏。家家户户门口有特种围墙，像个小小堡垒——

当时防匪用的。屋子里面有大漆衣柜衣箱，柜门上白铜擦得亮亮；炕上棉被红红绿绿也颇鲜艳。可是据说关帝庙里已有四年没有唱戏了，虽然戏台还高巍巍的对着正殿。村子这几年穷了，有一位王孙告诉你，唱戏太花钱，尤其是上边使钱。这里到底是隔个窗子，你不懂了，一样年年好收成，为什么这几年村子穷了，只模模糊糊听到什么军队驻了三年多等，更不懂的是，村子向上一年辛苦后的娱乐，关帝庙里唱唱戏，得上面使钱？既然隔个窗子听不明白，你就通气点别尽管问了。

隔着一个窗子你还想明白多少事？昨天雇来吕姓倒水，今天又学洋鬼子东逛西逛，跑到下面养有鸡羊，上面挂有武魁匾额的人家，让他们用你不懂得的乡音招呼你吃菜，炕上坐，坐了半天出到门口，和那送客的女人周旋客气了一回，才恍然大悟，她就是替你倒脏水洗衣裳的吕姓王孙的妈，前晚上还送饼到你家来过！

这里你迷糊了。算了算了！你简直老老实实地坐在你窗子里得了，窗子以外的事，你看了多少也是枉然，大半你是不明白，也不会明白的。

原载 1934 年 9 月 5 日《大公报·文艺副刊》

蛛丝和梅花

真真的就是那么两根蛛丝，由门框边轻轻的牵到一枝梅花上。就是那么两根细丝，迎着太阳光发亮……再多了，那还像样么？一个摩登家庭如何能容蛛网在光天白日里作怪，管它有多美丽，多玄妙，多细致，够你对着它联想到一切自然，造物的神工和不可思议处；这两根丝本来就该使人脸红，且在冬天够多特别！可是亮亮的，细细的，倒有点像银，也有点像玻璃制的细丝，委实不算讨厌，尤其是它们那么潇脱风雅，偏偏那样有意无意的斜着搭在梅花的枝梢上。

你向着那丝看，冬天的太阳照满了屋内，窗明几净，每朵含苞的，开透的，半开的梅花在那里挺秀吐香，情绪不禁迷茫缥缈的充溢心胸，在那刹那的时间中振荡。同蛛丝一样的细弱，和不必需，思想开始抛引出去：由过去牵到将来，意识的，非意识的，由门框梅花牵出宇宙，浮云沧波踪迹不定。是人性，艺术，还是哲学，你也无暇计较，你不能制止你情绪的充溢，思想的驰骋，蛛丝梅花竟然是瞬息可以千里！

好比你是蜘蛛，你的周围也有你自织的蛛网，细致地牵引着天地，不怕多少次风雨来吹断它，你不会停止了这生命上基本的活动。此刻"……一枝斜好，幽香不知甚处……"

拿梅花来说吧，一串串丹红的结蕊缀在秀劲的傲骨上，最可爱，最可赏，等半绽将开的错落在老枝上时，你便会心跳！梅花最怕开；开了便没话说。索性残了，沁香拂散同夜里炉火都能成了一种温存的凄清。

记起了，也就是说到梅花，玉兰。初是有个朋友说起初恋时玉兰刚开完，天气每天的暖，住在湖旁，每夜跑到湖边林子里走路，又静坐幽僻石上看隔岸灯火，感到好像仅有如此虔诚的孤对一片泓碧寒星远市，才能把心里情绪抓紧了，放在最可靠最纯净的一撮思想里，始不至亵渎了或是惊着那"寤寐思服"的人儿。那是极年轻的男子初恋的情景——对象渺茫高远，反而近求"自我的"郁结深浅，——他问起少女的情绪。

就在这里，忽记起梅花。一枝两枝，老枝细枝，横着，虬着，描着影子，喷着细香；太阳淡淡金色的铺在地板上；四壁琳琅，书架上的书和书签都像在发出言语；墙上小对联记不得是谁的集句；中条是东坡的诗。你敛住气，简直不敢喘息，踮起脚，细小的身形嵌在书房中间，看残照当窗，花影摇曳，你像失落了什么，有点迷惘。又像"怪东风着意相寻"，有点儿没主意！浪漫，极端的浪漫。"飞花满地谁为扫？"你问，情绪风似的吹动，卷过，停留在惜花上面。再回头看看，花依旧嫣然不语。"如此娉婷，谁人解看花意，"你更沉默，几乎热情的感到花的寂寞，开始怜花，把同情统统诗意的交给了花心！

这不是初恋，是未恋，正自觉"解看花意"的时代。情绪的不同，不止是男子和女子有分别，东方和西方也甚有差异。情绪即使根本相同，情绪的象征，情绪所寄托，所栖止的事物却常常不同。水和星子同西方情绪的联系，早就成了习惯。一颗星子在蓝天里闪，一流冷涧倾泄一片幽愁的平静，便激起他们诗情的波涌，心里甜蜜的，热情的便唱着由那些鹅羽的笔锋散下来的"她的眼如同星子在暮天里闪"，或是"明丽如同单独的那颗星，照着晚来的天"，或"多少次了，在一流碧水旁边，忧愁倚下她低垂的脸"。

惜花，解花太东方，亲昵自然，含着人性的细致是东方传统的情绪。

此外年龄还有尺寸，一样是愁，却跃跃似喜，十六岁时的，微风零乱，不颓废，不空虚，踮着理想的脚充满希望，东方和西方却一样。人老了脉脉烟雨，愁吟或牢骚多折损诗的活泼。大家如香山，稼轩，东坡，放翁的白发华发，很少不梗在诗里，至少是令人不快。话说远了，刚说是惜花，东方老少都免不了这嗜好，这倒不论老的雪鬓曳杖，深闺里也就攒眉千度。

最叫人惜的花是海棠一类的"春红"，那样娇嫩明艳，开过了残红满地，太招惹同情和伤感。但在西方即使也有我们同样的花，也还缺乏我们的廊庑庭院。有了"庭院深深深几许"才有一种庭院里特有的情绪。如果李易安的"斜风细雨"底下不是"重门须闭"也就不"萧条"得那样深沉可爱；李后主的"终日谁来"也一样的别有寂寞滋味。看花更须庭院，深深锁在里面认识，不时还得有轩窗栏杆，给你一点凭借，虽然也用不着十二栏杆倚遍，那么懦弱无聊。

当然旧诗里伤愁太多；一首诗竟像一张美的证券，可以照着市价去兑现！所以庭花，乱红，黄昏，寂寞太滥，诗常失却诚实。西洋诗，恋爱总站在前头，或是"忘掉"，或是"记起"，月是为爱，花也是为爱，只使全是真情，也未尝不太

腻味。就以两边好的来讲。拿他们的月光同我们的月色比，似乎是月色滋味深长得多。花更不用说了；我们的花"不是预备采下缀成花球，或花冠献给恋人的"，却是一树一树绰约的，个性的，自己立在情人的地位上接受恋歌的。

所以未恋时的对象最自然的是花，不是因为花而起的感慨，——十六岁时无所谓感慨，——仅是刚说过的自觉解花的情绪，寄托在那清丽无语的上边，你心折它绝韵孤高，你为花动了感情，实说你同花恋爱，也未尝不可，——那惊讶狂喜也不减于初恋。还有那凝望，那沉思……

一根蛛丝！记忆也同一根蛛丝，搭在梅花上就由梅花枝上牵引出去，虽未织成密网，这诗意的前后，也就是相隔十几年的情绪的联络。

午后的阳光仍然斜照，庭院阒然，离离疏影，房里窗棂和梅花依然伴和成为图案，两根蛛丝在冬天还可以算为奇迹，你望着它看，真有点像银，也有点像玻璃，偏偏那么斜挂在梅花的枝梢上。

二十五年新年漫记

选自 1936 年 2 月 2 日《大公报·文艺副刊》

惟其是脆嫩

活在这非常富于刺激性的年头里，我敢喘一口气说，我相信一定有多数人成天里为观察所闻到得，牵动了神经，从跳动而有血裹着的心底下累积起各种的情感，直冲出嗓子，逼成了语言到舌头上来。这自然丰富的累积，有时候更会倾溢出少数人的唇舌，再奔进到笔尖上，另具形式变成在白纸上驰骋的文字。这种文字便全是我们这个时代的出产，大家该千万珍视它！

现在，无论在哪里，假如有一个或多种的机会，我们能把许多这种自然触发出来的文字，交出给同时代的大众见面，因而或能激动起更多方面，更复杂的情感，和由这情感而形成更多方式的文字；一直造成了一大片丰富而且有力的创作的田壤，森林，江山……产生结结实实的我们这个时代特有的表情和文章；我们该不该诚恳的注意到这机会或能造出的事业，各人将各人的一点点心血献出来尝试？

假使，这里又有了机会联聚起许多人，为要介绍许多方面的文字，更进而研讨文章的质的方面；或指出以往文章的历程，或讲究到各种文章上比较的问题，进而无形的讲究到程度和标准等问题。我又敢相信，在这种景况定会发生更严重鼓励写作的主动力。使创作界增加问题，或许，惟其是增加了问题，才助益到创造界的活泼和健康。文艺绝不是蓬勃丛生的杂草。

我们可否直爽的承认一桩事？创作的鼓动时常要靠着刊物把它的成绩布散出去吹风，晒太阳，和时代的读者把晤的。被风吹冷了，太阳晒萎了，固常有的事。被读者所欢迎，所冷淡，或误会，或同情，归根应该都是激动创造力的药剂！至于，一来就高举趾，二来就气馁的作者，每个时代都免不了有他们起落踪迹。这个与创作界主体的展动只成枝节问题。哪一个创作兴旺的时代缺得了介绍散布作品的刊物，同那或能是同情，或不了解的读众？

创作品是不能不与时代见面的，虽然作者的名姓，则并不一定。伟大作品没有和本时代见面，而被他时代发现珍视的固然有，但也只是偶然例外的事。希腊悲剧是在几万人前面唱演的，莎士比亚的戏更是街头巷尾的粗人看得到的。到有刊物时代的欧洲，更不用说，一首诗文出来人人争买着看，就是中国在印刷艰难的时候，也是什么"传诵一时"；什么"人手一抄"等……

创作的主力固在心底，但逼迫着这只有时间性的情绪语言而留它在空间里的，却常是刊物这一类的鼓励和努力所促成。

现走遍人间是能刺激起创作的主力。尤其在中国，这种日子，那一副眼睛看到了些什么，舌头底下不立刻紧急的想说话，乃至于歌泣！如果创作界仍然有点消沉寂寞的话——努力的少，尝试的稀罕——那或是有别的缘故而使然。我们问：能鼓励创作界的活跃性的是些什么？刊物是否可以救济这消沉的？努力于刊物的诞生的人们，一定知道刊物又时常会因为别的复杂原因而夭折的。它常是极脆嫩的孩儿……那么有创作冲动的笔锋，努力于刊物的手臂，此刻何不联在一起，再来一次合作，逼着创造界又挺出一个新鲜的萌芽！管它将来能不能成田壤，成森林，成江山，一个萌芽是一个萌芽。脆嫩？惟其是脆嫩，我们大家才更要来爱护它。

这时代是我们特有的，结果我们单有情感而没有表现这情绪的艺术，眼看着后代人笑我们是黑暗时代的哑子，没有艺术，没有文章，乃至于怀疑到我们有不有感情！

回头再看到祖宗传流下那神气的衣钵，怎不觉得惭愧！说世乱，杜老头子过的是什么日子！辛稼轩当日的愤慨当使我们同情！……何必诉，诉不完。难道现在我们这时代没有形形色色的人物，悲剧喜剧般的人生作题？难道我们现时没有美丽，没有风雅，没有丑陋，恐慌，没有感慨，没有希望？！难道连经这些天灾人祸，我们都不会描述，身受这许多刺骨的辱痛，我们都不会愤慨高歌迸出一缕滚沸的血流？！

难道我们真麻木了不成？难道我们这时代的语辞真贫穷得不能达意？难道我们这时代真没有学问真没有文章？！朋友们努力挺出一根活的萌芽来，记着这个时代是我们的。

原载于 1933 年 9 月 23 日《大公报·文艺副刊》

山西通信

××××：

居然到了山西，天是透明的蓝，白云
更流动得使人可以忘记很多的事，单单在
一点什么感情底下，打滴溜转；更不用说
到那山山水水，小堡垒，村落，反映着夕
阳的一角庙，一座塔！景物是美得到处使
人心慌心痛。

我是没有出过门的，没有动身之前不
容易动，走出了之后却就不知道如何流落

才好。旬日来眼看去的都是图画，日子都是可以歌唱的古事。黑夜里在山场里看
河南来到山西的匠人，围住一个大红炉子打铁，火花和铿锵的声响，散到四团黑
影里去。微月中步行寻到田陇废庙，划一根"取灯"偷偷照看那瞭望观音的脸，
一片平静。几百年来，没有动过感情的，在那一闪光底下，倒像挂上一缕笑意。

我们因为探访古迹走了许多路；在种种情形之下感慨到古今兴废。在草丛里
读碑碣，在砖堆中间偶然碰到菩萨的一双手一个微笑，都是可以激动起一些不平
常的感觉来的。乡村的各种浪漫的位置，秀丽天真；中间人物维持着老老实实的
鲜艳颜色，老的扶着拐杖，小的赤着胸背，沿路上点缀的，尽是他们明亮的眼睛
和笑脸。由北平城里来的我们，东看看，西走走，夕阳背在背上，真和掉在另一
个世界里一样！云块，天，和我们之间似乎失掉了一切屏障。我乐时就高兴的笑，
笑声一直散到对河对山，说不定哪一个林子，哪一个村落里去！我感觉到一种平
坦，竟许是辽阔，和地面恰恰平行着舒展开来，感觉的最边沿的边沿，和大地的
边沿，永远赛着向前伸……

我不会说，说起来也只是一片疯话人家不耐烦听。以我描写一些实际情形我
又不大会，总而言之，远地里，一处田亩有人在工作，上面青的，黄的，紫的，
分行的长着；每一处山坡上，有人在走路，放羊，迎着阳光，背着阳光，投射着
转动光影；每一个小城，前面站着城楼，旁边睡着小庙，那里又托出一座石塔，
神和人，都服帖的，满足的，守着他们那一角天地，近地里，则更有的是热闹，

一条街里站满了人，孩子头上梳着三个小辫子的，四个小辫子，乃至于五六个小辫子的，衣服简单到只剩一个红兜肚，上面隐约也总有她嬷嬷挑的两三朵花！

娘娘庙前面树荫底下，你又能阻止谁来看热闹？教书先生出来了，军队里兵卒拉着马过来了，几个女人娇羞的手拉着手，也扭着来站在一边了，小孩子争着挤，看我们照相，拉皮尺量平面，教书先生帮忙我们拓碑文。说起来这个那个庙，都是年代可多了，什么时候盖的，谁也说不清了！说话之人来得太多，我们工作实在发生困难了，可是我们大家都顶高兴的，小孩子一边抱着饭碗吃饭，一边睁大眼睛看，一点子也不松懈。

我们走时总是一村子的人来送的，儿媳妇指着说给老婆婆听，小孩们跑着还要跟上一段路。开栅镇，小相村，大相村，哪一处不是一样的热闹，看到北齐天保三年造像碑，我们不小心的，漏出一个惊异的叫喊，他们乡里弯着背的，老点儿的人，就也露出一个得意的微笑，知道他们村里的宝贝，居然吓着这古怪的来客了。"年代多了吧？"他们骄傲地问。"多了多了。"我们高兴地回答，"差不多一千四百年了。""呀，一千四百年！"我们便一齐骄傲起来。

我们看看这里金元重修的，那里明季重修的殿宇，讨论那式样做法的特异处，塑像神气，手续，天就渐渐黑下来，嘴里觉到渴，肚里觉到饿，才记起一天的日子圆圆整整的就快结束了。回来躺在床上，绮丽鲜明的印象仍然挂在眼睛前边，引导着种种适意的梦，同时晚饭上所吃的菜蔬果子，便给养充实着，我们明天的精力，直到一大颗太阳，红红的照在我们的脸上。

原载于 1934 年 8 月 25 日《大公报·文艺副刊》

纪念志摩去世四周年

今天是你走脱这世界的四周年！朋友，我们这次拿什么来纪念你？前两次的用香花感伤的围上你的照片，抑住嗓子底下叹息和悲梗，朋友和朋友无聊的对望着，完成一种纪念的形式，俨然是愚蠢的失败。因为那时那种近于伤感，而又不够宗教庄严的举动，除却点明了你和我们中间的距离，生和死的间隔外，实在没有别的成效；几乎完全不能达到任何真实纪念的意义。

去年今日我意外的由浙南路过你的家乡，在昏沉的夜色里我独立火车门外，凝望着那幽暗的站台，默默的回忆许多不相连续的过往残片，直到生和死间居然幻成一片模糊，人生和火车似的蜿蜒一串疑问在苍茫间奔驰。我想起你的：

火车擒住轨，在黑夜里奔

过山，过水，过……

如果那时候我的眼泪曾不自主的溢出睫外，我知道你定会原谅我的。你应当相信我不会向悲哀投降，什么时候我都相信倔强的忠于生的，即使人生如你底下所说：

就凭那精窄的两道，算是轨，

驮着这份重，梦一般的累坠！

就在那时候我记得火车慢慢地由站台拖出一程一程的前进，我也随着酸怆的诗意，那"车的呻吟"，"过荒野，过池塘，……过噤口的村庄"。到了第二站——我的一半家乡。

今年又轮到今天这一个日子！世界仍旧一团糟，多少地方是黑云布满着粗筋络望理想的反面猛进，我并不在瞎说，当我写：

信仰只一细炷香，

那点子亮再经不起西风

沙沙的隔着梧桐树吹

朋友，你自己说，如果是你现在坐在我这位子上，迎着这一窗太阳：眼看着菊花影在墙上描画作态；手臂下倚着两叠今早的报纸；耳朵里不时隐隐的听着朝阳门外"打靶"的枪弹声；意识的，潜意识的，要明白这生和死的谜，你又该写成怎样一首诗来，纪念一个死别的朋友？

此时，我却是完全的一个糊涂！习惯上我说，每桩事都像是造物的意旨，归根都是运命，但我明知道每桩事都有我们自己的影子在里面烙印着！我也知道每一个日子是多少机缘巧合凑拢来拼成的图案，但我也疑问其间的摆布谁是主宰。据我看来：死是悲剧的一章，生则更是一场悲剧的主干！我们这一群剧中的角色自身性格与性格矛盾；理智与情感两不相容；理想与现实当面冲突，侧面或反面激成悲哀。日子一天一天向前转，昨日和昨日堆垒起来混成一片不可避脱的背景，做成我们周遭的墙壁或气氛，那么结实又那么缥缈，使我们每一人站在每一天的每一个时候里都是那么主要，又是那么渺小无能为！

此刻我几乎找不出一句话来说，因为，真的，我只是个完全的糊涂；感到生和死一样的不可解，不可懂。

但是我却要告诉你，虽然四年了你脱离去我们这共同活动的世界，本身停掉参加牵引事体变迁的主力，可是谁也不能否认，你仍立在我们烟涛渺茫的背景里，间接的是一种力量，尤其是在文艺创造的努力和信仰方面。间接的你任凭自然的音韵，颜色，不时的风轻月白，人的无定律的一切情感，悠断悠续的仍然在我们中间继续着生，仍然与我们共同交织着这生的纠纷，继续着生的理想。你并不离我们太远。你的身影永远挂在这里那里，同你生前一样的飘忽，爱在人家不经意

时茬止，带来勇气的笑声也总是那么嘹亮，还有，还有经过你热情或焦心苦吟的那些诗，一首一首仍串着许多人的心旋转。

　　说到你的诗，朋友，我正要正经的同你再说一些话。你不要不耐烦，这话迟早我们总要说清的。人说盖棺定论，前者早已成了事实，这后者在这四年中，说来叫人难受，我还未曾谈到一篇中肯或诚实的论评，虽然对你的赞美和攻讦由你去世后一两周间，就纷纷开始了。但是他们每人手里拿的都不像纯文艺的天秤；有的喜欢你的为人；有的疑问你私人的道德；有的单单尊崇你诗中所表现的思想哲学，有的仅喜爱那些软弱的细致的句子，有的每发议论必须牵涉到你的个人生活之合乎规矩方圆，或断言你是轻薄，或引证你是浮奢豪侈！朋友，我知道你从不介意过这些，许多人的浅陋老实或刻薄处你早就领略过一堆，你不止未曾生过气，并且常常表现怜悯同原谅；你的心情永远是那么洁净；头老抬得那么高；胸中老是那么完整的诚挚；臂上老有那么许多不折不挠的勇气。但是现在的情形与以前却稍稍不同，你自己既已不在这里，做你朋友的，眼看着你被误解、曲解，乃至于谩骂，有时真忍不住替你不平。

　　但你可别误会我心眼儿窄，把不相干的看成重要，我也知道误解曲解谩骂，都是不相干的，但是朋友，我们谁都需要有人了解我们的时候，真了解了我们，即使是痛下针砭，骂着了我们的弱处错处，那整个的我们却因而更增添了意义，一个作家文艺的总成绩更需要一种就文论文，就艺术论艺术的和平判断。

　　你在《猛虎集》"序"中说"世界上再没有比写诗更惨的事"，你却并未说明

为什么写诗是一桩惨事，现在让我来个注脚好不好？我看一个人一生为着一个愚诚的倾向，把所感受到的复杂的情绪尝味到的生活，放到自己的理想和信仰的锅炉里烧炼成几句悠扬铿锵的语言（哪怕是几声小唱），来满足他自己本能的艺术的冲动，这本来是个极寻常的事。那一个地方那一个时代，都不断有这种人。轮着做这种人的多半是为着他情感来的比寻常人浓富敏锐，而为着这情感而发生的冲动更是非实际的——或不全是实际的——追求，而需要那种艺术的满足而已。说起来写诗的人的动机多么简单可怜，正是如你"序"里所说"我们都是受支配的善良的生灵"！虽然有些诗人因为他们的成绩特别高厚广阔包括了多数人，或整个时代的艺术和思想的冲动，从此便在人间披上神秘的光圈，使"诗人"两字无形中挂着崇高的色彩。这样使一般努力于用韵文表现或描画人在自然万物相交错的情绪思想的，便被人的成见看做夸大狂的旗帜，需要同时代人的极冷酷的讥讪和不信任来扑灭它，以挽救人类的尊严和健康。

我承认写诗是惨淡经营，孤立在人中挣扎的勾当，但是因为我知道太清楚了，你在这上面单纯的信仰和诚恳的尝试，为同业者奋斗，卫护他们情感的愚诚，称扬他们艺术的创造，自己从未曾求过虚荣，我觉得你始终是很逍遥舒畅的。如你自己所说"满头血水"你"仍不曾低头"，你自己相信"一点性灵还在那里挣扎"，"还想在实际生活的重重压迫下透出一些声响来"。

简单的说，朋友，你这写诗的动机是坦白不由自主的，你写诗的态度是诚实，勇敢，而倔强的。这在讨论你诗的时候，谁都先得明了的。

至于你诗的技巧问题，艺术上的造诣，在这新诗仍在彷徨歧路的尝试期间，谁也不能坚决的论断，不过有一桩事我很想提醒现在讨论新诗的人，新诗之由于无条件无形制宽泛到几乎没有一定的定义时代，转入这讨论外形内容，以至于音节韵脚章句意象组织等艺术技巧问题的时期，即是根据着对这方面努力尝试过的那一些诗，你的头两个诗集子就是供给这些讨论见解最多材料的根据。外国的土话说"马总得放在马车的前面"不是？没有一些尝试的成绩放在那里，理论家是不能老在那里发一堆空头支票的，不是？

你自己一向不止在那里倔强的尝试用功，你还曾用尽你所有活泼的热心鼓励别人尝试，鼓励"时代"起来尝试，——这种工作是最犯风头嫌疑的，也只有你胆子大头皮硬顶得下来！我还记得你要印诗集子时我替你捏一把汗，老实说还替你在有文彩的老前辈中间难为情过，我也记得我初听到人家找你办"晨报副刊"时我的焦急，但你居然板起个脸抓起两把鼓槌子为文艺吹打开路乃至于扫地，铺鲜花，不顾旧势力的非难，新势力的怀疑，你干你的事"事在人为，做了再说"那股子劲，以后别处也还很少见。

现在你走了，这些事渐渐在人的记忆中模糊下来，你的诗和文也散漫在各小本集子里，压在有极新鲜的封皮的新书后面，谁说起你来，不是麻麻糊糊的承认你是过去中一个势力，就是拿能够挑剔看轻你的诗为本事（散文人家很少提到，或许"散文家"没有诗人那么光荣不值得注意）。朋友，这是没法子的事，我却一点不为此灰心，因为我有我的信仰。

我认为我们这写诗的动机既如前边所说那么简单愚诚；因在某一时，或某一刻敏锐的接触到生活上的锋芒，或偶然的触遇到理想峰巅上云彩星霞，不由得不在我们所习惯的语言中，编缀出一两串近于音乐的句子来，慰藉自己，解放自己，去追求超实际的真美，读诗者的反应一定有一大半也和我们这写诗的一样诚实天真，仅想在我们句子中间由音乐性的愉悦，接触到一些生活的底蕴，渗合着美丽的憧憬；把我们的情绪给他们的情绪搭起一座浮桥；把我们的灵感，给他们生活添些新鲜；把我们的痛苦伤心再揉成他们自己忧郁的安慰！

我们的作品会不会再长存下去，也就看它们会不会活在那一些我们从不认识的人，我们作品的读者，散在各时，各处互相不认识的孤单的人的心里的，这种事它自己有自己的定律，并不需要我们的关心的。你的诗据我所知道的，它们仍旧在这里浮沉流落，你的影子也就浓淡参差的系在那些诗句中，另一端印在许多不相识人的心里。朋友，你不要过于看轻这种间接的生存，许多热情的人他们会为着你的存在，而加增了生的意识的。伤心的仅是那些你最亲热的朋友们和同兴趣的努力者，你不在他们中间的事实，将要永远是个不能填补的空虚。

你走后大家就提议要为你设立一个"志摩奖金"来继续你鼓励人家努力诗文的素志，勉强象征你那种对于文艺创造拥护的热心，使不及认得你的青年人永远对你保存着亲热。如果这事你不觉到太寒伧不够热气，我希望你原谅你这些朋友们的苦心，在冥冥之中笑着给我们勇气来做这一些蠢诚的事吧。

二十四年十一月十九日，北平

原载 1935 年 12 月 8 日《大公报·文艺副刊》

纤纤文中有风骨——小说

窘

暑假中真是无聊到极点，维杉几乎急着学校开课，他自然不是特别好教书的，——平日他还很讨厌教授的生活——不过暑假里无聊到没有办法，他不得不想到做事是可以解闷的。拿做事当作消遣也许是堕落。中年人特有的堕落。"但是，"维杉狠命的划一下火柴，"中年了又怎样？"他又点上他的烟卷连抽了几口。朋友到暑假里，好不容易找，都跑了，回南的不少，几个年轻的，不用说，更是忙得可以。当然脱不了为女性着忙，有的远赶到北戴河去。只剩下少朗和老晋几个永远不动的金刚，那又是因为他们有很好的房子有太太有孩子，真正过老牌子的中年生活，谁都不像他维杉的四不像的落魄！

维杉已经坐在少朗的书房里有一点多钟了，说着闲话，虽然他吃烟的时候比说话的多。难得少朗还是一味的活泼，他们中间隔着十年倒是一件不很显著的事，虽则少朗早就做过他的四十岁整寿，他的大孩子去年已进了大学。这也是旧式家庭的好处，维杉呆呆地靠在矮榻上想，眼睛望着竹帘外大院子。一缸莲花和几盆很大的石榴树，夹竹桃，叫他对着北京这特有的味道赏玩。他喜欢北京，尤其是北京的房子院子。有人说北京房子傻透了，尽是一律的四合头，这说话的够多没有意思，他那里懂得那均衡即对称的庄严？北京派的摆花也是别有味道，连下人对盆花也是特别地珍惜，你看那一个大宅子的马号院里，或是门房前边，没有几盆花在砖头叠的座子上整齐的放着？想到马号维杉有些不自在了，他可以想像到他的洋车在日影底下停着，车夫坐在脚板上歪着脑袋睡觉，无条件的在等候他的主人，而他的主人……

无聊真是到了极点。他想立起身来走，却又看着毒火般的太阳胆怯。他听到少朗在书桌前面说："昨天我亲戚家送来几个好西瓜，今天该冰得可以了。你吃点吧？"

他想回答说："不，我还有点事，就要走了。"却不知不觉的立起身来说："少朗，这夏天我真感觉沉闷，无聊！委实说这暑假好不容易过。"

少朗递过来一盒烟，自己把烟斗衔到嘴里，一手在桌上抓摸洋火。他对维杉看了一眼，似笑非笑地皱了一皱眉头——少朗的眉头是永远有文章的。维杉不觉又有一点不自在，他的事情，虽然是好几年前的事情，少朗知道得最清楚——也许太清楚了。

"你不吃西瓜么？"维杉想拿话岔开。

少朗不响，吃了两口烟，一边站起来按电铃，一边轻轻地说："难道你还没有忘掉？"

"笑话！"维杉急了，"谁的记性抵得住时间？"

少朗的眉头又皱了一皱，他信不信维杉的话很难说。他嘱咐进来的陈升到东院和太太要西瓜，他又说："索性请少爷们和小姐出来一块儿吃。"少朗对于家庭是绝对的旧派，和朋友们一处时很少请太太出来的。

"孩子们放暑假，出去旅行后，都回来了，你还没有看见吧？"

从玻璃窗，维杉望到外边，从石榴和夹竹桃中间跳着走来两个身材很高活泼泼的青年和一个穿着白色短裙的女孩子。

"少朗，那是你的孩子长得这么大了？"

"不，那个高的是孙家的孩子，比我的大两岁，他们是好朋友，这暑假他就住在我们家里。你还记得孙石年不？这就是他的孩子，好聪明的！"

"少朗，你们要都让你们的孩子这样的长大，我，我觉得简直老了！"

竹帘子一响，旋风般地，三个活龙似的孩子已经站在维杉跟前。维杉和小孩子们周旋，还是维杉有些不自在，他很别扭地拿着长辈的样子问了几句话。起先孩子们还很规矩，过后他们只是乱笑。那又有什么办法？天真烂漫的青年知道什么？

少朗的女儿，维杉三年前看见过一次，那时候她只是十三四岁光景，张着一双大眼睛，转着黑眼珠，玩他的照相机。这次她比较腼腆地站在一边，拿起一把刀替他们切西瓜。维杉注意到她那只放在西瓜上边的手，她在喊"小篁哥"。她说："你要切，我可以给你这一半。"小嘴抿着微笑，她又说："可要看谁切得别致，要式样好！"她更笑得利害一点。

维杉看她比从前虽然高了许多，脸样却还是差不多那么圆满，除却一个小尖的下颏。笑的时候她的确比不笑的时候大人气一点，这也许是她那排小牙很有点少女的丰神的缘故。她的眼睛还是完全的孩子气，闪亮，闪亮的，说不出还是灵敏，还是秀媚。维杉呆呆的想：一个女孩子在成人的边沿真像一个绯红的刚成熟的桃子。

孙家的孩子毫不客气地过来催她说："你那里懂得切西瓜，让我来吧！"

"对了，芝妹，让他吧，你切不好的！"她哥哥也催着她。

"爹爹，他们又打伙着来麻烦我。"她柔和的唤她爹。

"真丢脸，现时的女孩子还要爹爹保护么？"他们父子俩对看着笑了一笑，他拉着他的女儿过来坐下问维杉说："你看她还是进国内的大学好，还是送出洋进外国的大学好？"

"什么？这么小就预备进大学？"

"还有两年，"芝先答应出来，"其实只是一年半，因为我年假里便可以完，要是爹让我出洋，我春天就走都可以的，爹爹说是不是？"她望着她的爹。

"小鸟长大了翅膀，就想飞！"

"不，爹，那是大鸟把他们推出巢去学飞！"他们父子俩又交换了一个微笑。这次她爹轻轻地抚着她的手背，她把脸凑在她爹的肩边。

两个孩子在小桌子上切了一会儿西瓜，小孙顶着盘子走到芝前边屈下一膝，顽皮的笑着说："这西夏进贡的瓜，请公主娘娘尝一块！"

她笑了起来拈了一块又向她爹说："爹看他们够多皮？"

"万岁爷，您的御口也尝一块！"

"沆，不先请客人，岂有此理！"少朗拿出父亲样子来。

"这位外邦的贵客，失敬了！"沆递了一块过来给维杉，又张罗着碟子。

维杉又觉着不自在——不自然！说老了他不算老，也实在不老。可是年轻？他也不能算是年轻，尤其是遇着这群小伙子。真是没有办法！他不知为什么觉得窘极了。

此后他们说些什么他不记得，他自己只是和少朗谈了一些小孩子在国外进大学的问题。他好像比较赞成国外大学，虽然他也提出了一大堆缺点和弊病，他嫌国内学生的生活太枯干，不健康，太窄，太老……

"自然，"他说，"成人以后看外国比较有尺寸，不过我们并不是送好些小学生出去，替国家做检查员的。我们只要我们的孩子得着我们自己给不了他们的东西。既然承认我们有给不了他们的一些东西，还不如早些送他们出去自由地享用他们年轻人应得的权利——活泼的生活。奇怪，真的连这一点子我们常常都给不了他们，不要讲别的了。"

"我们"和"他们"！维杉好像在他们中间划出一条界线，分明地分成两组，把他自己分在前辈的一边。他羡慕有许多人只是一味的老成，或是年轻，他虽然分了界线却仍觉得四不像，——窘，对了，真窘！芝看着他，好像在吸收他的议论，他又不自在到万分，拿起帽子告诉少朗他一定得走了。"有一点事情要赶着做。"他又听到少朗说什么"真可惜；不然倒可以一同吃晚饭的"。他觉着自己好笑，嘴里却说："不行，少朗，我真的有事非走不可了。"一边慢慢的踱出院子来。两个孩子推着挽着芝跟了出来送客。到维杉迈上了洋车后他回头看大门口那三个活龙般年轻的孩子站在门槛上笑，尤其是她，略歪着头笑，露着那一排小牙。

又过了两三天的下午，维杉又到少朗那里闲聊，那时已经差不多七点多钟，太阳已经下去了好一会，只留下满天的斑斑的红霞。他刚到门口已经听到院子里的笑声。他跨进西院的月门，只看到小孙和芝在争着拉天篷。

"你没有劲，"小孙说，"我帮你的忙。"他将他的手罩在芝的上边，两人一同狠命的拉。听到维杉的声音，小孙放开手，芝也停住了绳子不拉，只是笑。

维杉一时感着一阵高兴，他往前走了几步对芝说："来，让我也拉一下。"他刚到芝的旁边，忽然吱哑一声，雨一般的水点从他们头上喷洒下来，冰凉的水点骤浇到背上，吓了他们一跳，芝撒开手，天篷绳子从她手心溜了出去！原来小沅站在水缸边玩抽水机筒，第一下便射到他们的头上。这下子大家都笑，笑得利害。芝站着不住地摇她发上的水。维杉踌躇了一下，从袋里掏出他的大手绢轻轻的替她揩发上的水。她两颊绯红了却没有躲走，低着头尽看她擦破的掌心。维杉看到她肩上湿了一小片，晕红的肉色从湿的软白纱里透露出来，他停住手不敢也拿手绢擦，只问她的手怎样了，破了没有。她背过手去说："没有什么！"就溜的跑了。

少朗看他进了书房，放下他的烟斗站起来，他说维杉来得正好，他约了几个人吃晚饭。叔谦已经在屋内，还有老晋，维杉知道他们免不了要打牌的，他笑说："拿我来凑脚，我不来。"

"那倒用不着你，一会儿梦清和小刘都要来的，我们还多了人呢。"少朗得意地吃一口烟，叠起他的稿子。

"他只该和小孩子们耍去。"叔谦微微一笑，他刚才在窗口或者看到了他们拉天篷的情景。维杉不好意思了。可是又自觉得不好意思得毫无道理，他不是拿出老叔的牌子么？可是不相干，他还是不自在。

"少朗的大少爷皮着呢，浇了老叔一头的水！"他笑着告诉老晋。

"可不许你把人家的孩子带坏了。"老晋也带点取笑他的意思。

维杉恼了，恼什么他不知道，说不出所以然。他不高兴起来，他想走，他懊悔他来的，可是他又不能就走。他闷闷的坐下，那种说不出的窘又侵上心来。他接连抽了好几根烟，也不知都说了一些什么话。

晚饭时候孩子们和太太并没有加入，少朗的老派头。老晋和少朗的太太很熟，饭后同了维杉来到东院看她。她们已吃过饭，大家围住圆桌坐着玩。少朗太太虽然已经是中年的妇人，却是样子非常的年轻，又很清雅。她坐在孩子旁边倒像是姊弟。小孙在用肥皂刻一副象棋——他爹是学过雕刻的——芝低着头用尺画棋盘的方格，一只手按住尺，支着细长的手指，右手整齐地用钢笔描。在低垂着的细发底下，维杉看到她抿紧的小嘴，和那微尖的下颏。

"杉叔别走，等我们做完了棋盘和棋子，同杉叔下一盘棋，好不好？"沅问他。"平下，谁也不让谁。"他更高兴着说。

"那倒好，我们辛苦做好了棋盘棋子，你请客！"芝一边说她的哥哥，一边又看一看小孙。

"所以他要学政治。"小孙笑着说。好利害的小嘴！维杉不觉看他一眼，小孙一头微鬈的黑发让手抓得蓬蓬的。两个伶俐的眼珠老带些顽皮的笑。瘦削的脸却很健硕白皙。他的两只手真有性格，并且是意外的灵动，维杉就喜欢观察人家的手。他看小孙的手抓紧了一把小刀，敏捷地在刻他的棋子，旁边放着两碟颜色，每刻完了一个棋子，他在字上从容地描入绿色或是红色。维杉觉得他很可爱，便放一只手在他肩上说："真是一个小美术家！"

刚说完，维杉看见芝在对面很高兴地微微一笑。

少朗太太问老晋家里的孩子怎样了，又殷勤地搬出果子来大家吃。她说她本来早要去看晋嫂的，只是暑假中孩子们在家她走不开。

"你看，"她指着小孩子们说，"这一大桌子，我整天的忙着替他们当差。"

"好，我们帮忙的倒不算了。"芝抬起头来笑，又露着那排小牙。"晋叔，今天你们吃的饺子还是孙家篁哥帮着包的呢！"

"是么？"老晋看一看她，又看了小孙，"怪不得，我说那味道怪顽皮的！"

"那红烧鸡里的酱油还是'公主娘'御手亲自下的呢。"小孙嚷着说。

"是么？"老晋看一看维杉，"怪不得你杉叔跪接着那块鸡，差点没有磕头！"

维杉又有点不痛快，也不是真恼，也不是急，只是觉得窘极了。"你这晋叔的学位，"他说，"就是这张嘴换来的。听说他和晋婶婶结婚的那一天演说了五个钟头，等到新娘子和傧相站在台上委实站不直了，他才对客人一鞠躬说：'今天只有这几句极简单的话来谢谢大家来宾的好意！'"

小孩们和少朗太太全听笑了，少朗太太说："够了，够了，这些孩子还不够皮的，你们两位还要教他们？"

芝笑得仰不起头来，小孙瞟她一眼，哼一声说："这才叫做女孩子。"她脸胀红了瞪着小孙看。

棋盘，棋子全画好了。老晋要回去打牌，孩子们拉着维杉不放，他只得留下，老晋笑了出去。维杉只装没有看见。小孙和芝站起来到门边脸盆里争着洗手，维杉听到芝说：

"好痛，刚才绳子擦破了手心。"

小孙说："你别用胰子就好了。来，我看看。"他拿着她的手仔细看了半天，他们两人拉着一块手巾一同擦手，又吃吃咕咕的说笑。

维杉觉得无心下棋，却不得不下。他们三个人战他一个。起先他懒洋洋的没有注意，过一刻他真有些应接不暇了。不知为什么他却觉着他不该输的，他不愿意输！说起真好笑，可是他的确感着要占胜，孩子不孩子他不管！芝的眼睛镇住看他的棋，好像和弱者表同情似的，他真急了。他野蛮起来了，他居然进攻对方的弱点了，他调用他很有点神气的马了，他走卒了，棋势紧张起来，两边将帅都不能安居在当中了。孩子们的车守住他大帅的脑门顶上，吃力的当然是维杉的棋！没有办法。三个活龙似的孩子，六个玲珑的眼睛，维杉又有什么法子！他输了输了，不过大帅还真死得英雄，对方的危势也只差一两子便要命的！但是事实上他仍然是输了。下完了以后，他觉得热，出了些汗，他又拿出手绢来刚要揩他的脑门，忽然他呆呆地看着芝的细松的头发。

"还不快给杉叔倒茶。"少朗太太喊她的女儿。

109

芝转身到茶桌上倒了一杯，两只手捧着，端过来。维杉不知为什么又觉得窘极了。

孩子们约他清早里逛北海，目的当然是摇船。他去了，虽然好几次他想设法推辞不去的。他穿他的白嘀兰裤子葛布上衣，拿了他的草帽微觉得可笑，他近来永远的觉得自己好笑，这种横生的幽默，他自己也不了解的。他一径走到北海的门口还想着要回头的。站岗的巡警向他看了一眼，奇怪，有时你走路时忽然望到巡警的冷静的眼光，真会使你怔一下，你要自问你都做了些什么事，准知道没有一件是违法的么？他买到票走进去，猛抬头看到那桥前的牌楼。牌楼，白石桥，垂柳，都在注视他，——他不痛快极了，挺起腰来健步走到旁边小路上，表示不耐烦。不耐烦的脸本来与他最相宜的，他一失掉了"不耐烦"的神情，他便好像丢掉了好朋友，心里便不自在。懂得吧？他绕到后边，隔岸看一看白塔，它是自在得很，永远带些不耐烦的脸站着，——还是坐着？——它不懂得什么年轻，老。这一些无聊的日月，它只是站着不动，脚底下自有湖水，亭榭松柏，杨柳，人，——老的小的——忙着他们更换的纠纷！

他奇怪他自己为什么到北海来，不，他也不是懊悔，清早里松荫底下发着凉香，谁懊悔到这里来？他感着像青草般在接受露水的滋润，他居然感着舒快。奢侈的金黄色的太阳横着射过他的辉焰，湖水像锦，莲花莲叶并着肩挨挤成一片，像在争着朝觐这早上的云天！这富足，这绮丽的天然，谁敢不耐烦？维杉到五龙亭边坐下掏出他的烟卷，低着头想要仔细的，细想一些事，去年的，或许前年的，好多年的事，——今早他又像回到许多年前去——可是他总想不出一个所以然来。"本来是，又何必想？要活着就别想！这又是谁说过的话……"

忽然他看到芝一个人向他这边走来。她穿着葱绿的衣裳，裙子很短，随着她跳跃的脚步飘动，手里玩着一把未开的小纸伞。头发在阳光里，微带些红铜色，那倒是很特别的。她看到维杉笑了一笑，轻轻的跑了几步凑上来，喘着说："他们拿船去了。可是一个不够，我们还要雇一只。"维杉丢下烟，不知不觉得拉着她的手说：

"好，我们去雇一只，找他们去。"

她笑着让他拉着她的手。他们一起走了一些路，才找着租船的人。维杉看她赤着两只健秀的腿，只穿一双统子极短的袜子，和一双白布的运动鞋；微红的肉色和葱绿的衣裳叫他想起他心爱的一张新派作家的画。他想他可惜不会画，不然，他一定知道怎样的画她。——微红的头发，小尖下颏，绿的衣服，红色的腿，两只手，他知道，一定知道怎样的配置。他想象到这张画挂在展览会里，他想象到这张画登在月报上，他笑了。

她走路好像是有弹性地奔腾。龙，小龙！她走得极快，他几乎要追着她。他们雇好船跳下去，船人一竹篙把船撑离了岸，他脱下衣裳卷起衫袖，他好高兴！

她说她要先摇，他不肯，他点上烟含在嘴里叫她坐在对面。她忽然又腼腆起来低着头装着看莲花半晌没有说话，他的心像被蜂螫了一下，又觉得一阵窘，懊悔他出来。他想说话，却找不出一句话说，他尽摇着船也不知过了多少时候她才抬起头来问他说：

"杉叔，美国到底好不好？"

"那得看你自己。"他觉得他自己的声音粗暴，他后悔他这样尖刻的回答她诚恳的问话。他更窘了。

她并没有不高兴，她说："我总想出去了再说。反正不喜欢我就走。"

这一句话本来很平淡，维杉却觉得这孩子爽快得可爱，他夸她说：

"好孩子，这样有决断才好。对了，别错认学位做学问就好了，你预备学什么呢？"

她脸红了半天说："我还没有决定呢……爹要我先进普通文科再说……我本来是要想学……"她不敢说下去。

"你要学什么坏本领，值得这么胆怯！"

她的脸更红了，同时也大笑起来，在水面上听到女孩子的笑声，真有说不出的滋味，维杉对着她看，心里又好像高兴起来。

"不能宣布么？"他又逗着追问。

"我想，我想学美术——画……我知道学画不该到美国去的，并且……你还得有天才，不过……"

"你用不着学美术的，更不必学画。"维杉禁不住这样说笑。

"为什么？"她眼睛睁得很大。

"因为，"维杉这回觉得有点不好意思了，他低声说，"因为你的本身便是美术，你此刻便是一张画。"他不好意思极了，为什么人不能够对着太年轻的女孩子说这种恭维的话？你一说出口，便要感着你自己的蠢，你一定要后悔。她此刻的眼睛看着维杉，叫他又感着窘到极点了。她的嘴角微微地斜上去，不是笑，好像是鄙薄他这种的恭维她。——没法子，话已经说出来了，你还能收回去？！窘，谁叫他自己找事！

两个孩子已经将船拢来，到他们一处，高兴地嚷着要赛船。小孙立在船上，高高的细长身子穿着白色的衣裳在荷叶丛前边格外明显。他两只手叉在脑后，眼睛看着天，嘴里吹唱一些调子。他又伸只手到叶丛里摘下一朵荷花。

"接，快接！"他轻轻掷到

芝的面前，"怎么了，大清早里睡着了？"

她只是看着小孙笑。

"怎样，你要在那一边，快拣定了，我们便要赛船了。"维杉很老实地问芝，她没有回答。她哥哥替她决定了，说："别换了，就这样吧。"

赛船开始了，荷叶太密，有时两个船几乎碰上，在这种时候芝便

笑得高兴极了，维杉摇船是老手，可是北海的水有地方很浅有时不容易发展，可是他不愿意再在孩子们面前丢丑，他决定要胜过他们，所以他很加小心和力量。芝看到后面船渐渐要赶上时她便催他赶快，他也愈努力了。

太阳积渐热起来，维杉们的船已经比沉的远了很多，他们承认输了，预备回去，芝说杉叔一定乏了，该让她摇回去，他答应了她。

他将船板取开躺在船底，仰着看天。芝将她的伞借他遮着太阳。自己把荷叶包在头上摇船。维杉躺着看云，看荷花梗，看水，看岸上的亭子，把一只手丢在水里让柔润的水浪洗着。他让芝慢慢地摇他回去，有时候他张开眼看她，有时候他简直闭上眼睛，他不知道他是快活还是苦痛。

少朗的孩子是老实人，浑厚得很却不笨，听说在学校里功课是极好的。走出北海时，他跟维杉一排走路和他说了好些话。他说他愿意在大学里毕业了才出去进研究院的。他说，可是他爹想后年送妹妹出去进大学；那样子他要是同走，大学里还差一年，很可惜；如果不走，妹妹又不肯白白地等他一年。当然他说小孙比他先一年完，正好可以和妹妹同走。不过他们三个老是在一起惯了，如果他们两人走了，他一个人留在国内一定要感着闷极了，他说，"炒鸡子"这事简直是"糟糕一麻丝"。

他又讲小孙怎样的聪明，运动也好，撑杆跳的式样"简直是太好"，还有游水他也好，"不用说，他简直什么都干！"他又说小孙本来在足球队里的，可是这次和天津比赛时，他不肯练。"你猜为什么？"他问维杉，"都是因为学校盖个喷水池，他整天守着石工看他们刻鱼！"

"他预备也学雕刻么？他爹我认得，从前也学过雕刻的。"维杉问他。

"那我不知道，小孙的文学好，他写了许多很好的诗，——爹爹也说很好的，"沉加上这一句证明小孙的诗的好是可靠的。"不过，他乱得很，稿子不是撕了便

是丢了的。"他又说他怎样有时替他捡起抄了寄给《校刊》。总而言之沅是小孙的"英雄崇拜者"。

沅说到他的妹妹，他说他妹妹很聪明，她不像寻常的女孩那么"讨厌"，这里他脸红了，他说，"别扭得讨厌，杉叔知道吧？"他又说他班上有两个女学生，对于这个他表示非常的不高兴。

维杉听到这一大篇谈话，知道简单点讲，他维杉自己，和他们中间至少有一道沟，——并不是什么了不得的间隔，——只是一个年龄的深沟，桥是搭得过去的，不过深沟仍然是深沟，你搭多少条桥，沟是仍然不会消灭的。他问沅几岁，沅说："整整的快十九了，"他妹妹虽然是十七，"其实只满十六年。"维杉不知为什么又感着一阵不舒服，他回头看小孙和芝并肩走着，高兴地说笑。"十六，十七。"维杉嘴里哼哼着。究竟说三十四不算什么老，可是那就已经是十七的一倍了。谁又愿意比人家岁数大出一倍，老实说！

维杉到家时并不想吃饭，只是连抽了几根烟。

过了一星期，维杉到少朗家里来。门房里陈升走出来说："老爷到对过张家借打电话去，过会子才能回来。家里电话坏了两天，电话局还不派人修理。"陈升是个打电话专家，有多少曲折的传话，经过他的嘴，就能一字不漏地溜进电话筒。那也是一种艺术。他的方法听着很简单，运用起来的玄妙你就想不到。那一次维杉走到少朗家里不听到陈升在过厅里向着电话："喂，喂，外，我说，我说呀！"维杉向陈升一笑，他真不能替陈升想象到没有电话时的烦闷。

"好，陈升，我自己到书房里等他，不用你了。"维杉一个人踱过那静悄悄的西院，金鱼缸，莲花，石榴，他爱这院子，还有隔墙的枣树，海棠。他掀开竹帘走进书房。迎着他眼的是一排丰满的书架。壁上挂的朱拓的黄批，和屋子当中的一大盆白玉兰，幽香充满了整间屋子。维杉很羡慕少朗的生活。夏天里，你走进一个搭着天篷的一个清凉大院子，静雅的三间又大又宽的北屋，屋里满是琳琅的书籍，几件难得的古董，再加上两三盆珍罕的好花，你就不能不艳羡那主人的清福！

维杉走到套间小书斋里，想写两封信，他忽然看到芝一个人伏在书桌上。他奇怪极了，轻轻地走上前去。

"怎么了？不舒服么，还是睡着了？"

"吓我一跳！我以为是哥哥回来了……"芝不好意思极了。维杉看到她哭红了的眼睛。

维杉起先不敢问，心里感到不过意，后来他伸一只手轻抚着她的头说："好孩子，怎么了？"

她的眼泪更扑簌簌地掉到裙子上，她拈了一块——真是不到四寸见方——淡黄的手绢拼命地擦眼睛。维杉想，她叫你想到方成熟的桃或是否，绯红的，饱饱的一颗天真，让人想摘下来赏玩，却不敢真真的拿来吃，维杉不觉得没了主意。他逗她说：

"准是嬷打了！"

她拿手绢蒙着脸偷偷地笑了。

"怎么又笑了？准是你打了嬷了！"

这回她伏在桌上索性嗤嗤地笑起来。维杉糊涂了。他想把她的小肩膀搂住，吻她的粉嫩的脖颈，但他又不敢。他站着发了一会儿呆。他看到椅子上放着她的小纸伞，他走过去坐下开着小伞说玩。

她仰起身来，又擦了半天眼睛，才红着脸过来拿她的伞，他不给。

"刚从那里回来，芝？"他问她。

"车站。"

"谁走了？"

"一个同学，她是我最好的朋友，可是她……她明年不回来了！"她好像仍是很伤心。

他看着她没有说话。

"杉叔，您可以不可以给她写两封介绍信，她就快到美国去了。"

"到美国哪一个城？"

"反正要先到纽约的。"

"她也同你这么大么？"

"还大两岁多……杉叔您一定得替我写，她真是好，她是我最好的朋友了。……杉叔，您不是有许多朋友吗，你一定得写。"

"好，我一定写。"

"爹说杉叔有许多……许多女朋友。"

"你爹这样说了么？"维杉不知为什么很生气。他问了芝她朋友的名字，他说他明天替她写那介绍信。他拿出烟来很不高兴的抽。这回芝拿到她的伞却又不走。她坐下在他脚边一张小凳上。

"杉叔，我要走了的时候您也替我介绍几个人。"

他看着芝倒翻上来的眼睛，他笑了，但是他又接着叹了一口气。

他说："还早着呢，等你真要走的时候，你再提醒我一声。"

"可是，杉叔，我不是说女朋友，我的意思是：也许杉叔认得几个真正的美术家或是文学家。"她又拿着手绢玩了一会低着头说："篁哥，孙家的篁哥，他亦要去的，真的，杉叔，他很有点天才。可是他想不定学什么。他爹爹说他岁数太小，不让他到巴黎学雕刻，要他先到哈佛学文学，所以我们也许可以一同走……我亦劝哥哥同去，他可舍不得这里的大学。"这里她话愈说得快了，她差不多喘不过气来，"我们自然不单到美国，我们以后一定转到欧洲，法国，意大利，对了，篁哥连做梦都是做到意大利去，还有英国……"

维杉心里说："对了，出去，出去，将来，将来，年轻！荒唐的年轻！他们只想出去飞！飞！叫你怎不觉得自己落伍，老，无聊，无聊！"他说不出的难过，说老，他还没有老，但是年轻？！他看着烟卷没有话说。芝看着他不说话也不敢再开口。

"好，明年去时再提醒我一声，不，还是后年吧？……那时我也许已经不在这里了。"

"杉叔，到那里去？"

"没有一定的方向，也许过几年到法国来看你……那时也许你已经嫁了……"

芝急了，她说："没有的话，早着呢！"

维杉忽然做了一件很古怪的事，他俯下身去吻了芝的头发。他又伸过手拉着芝的小手。

少朗推帘子进来，他们两人站起来，赶快走到外间来。芝手里还拿着那把纸伞。少朗起先没有说话，过一会，他皱了一皱他那有文章的眉头问说："你什么时候来的？"

"刚来。"维杉这样从容的回答他，心里却觉着非常之窘。

"别忘了介绍信，杉叔。"芝叮咛了一句又走了。

"什么介绍信？"少朗问。

"她要我替她同学写几封介绍信。"

"你还在和碧谛通信么？还有雷茵娜？"少朗仍是皱着眉头。

"很少……"维杉又觉得窘到极点了。

星期三那天下午到天津的晚车里，旭窗遇到维杉在头等房间里靠着抽烟，问他到那里去，维杉说回南，旭窗叫脚行将自己的皮包也放在这间房子里说：

"大暑天，怎么倒不在北京？"

"我在北京，"维杉说，"感得，感得窘极了。"他看一看他拿出来拭汗的手绢，"窘极了！"

"窘极了？"旭窗此时看到卖报的过来，他问他要《大公报》看，便也没有再问下去维杉为什么在北京感着"窘极了"。

原载 1931 年 9 月《新月》第三卷第九期

九十九度中

　　三个人肩上各挑着黄色，有"美丰楼"字号的大圆篓，用着六个满是泥泞凝结的布鞋，走完一条被太阳晒得滚烫的马路之后，转弯进了一个胡同里去。

　　"劳驾，借光——三十四号甲在那一头？"在酸梅汤的摊子前面，让过一辆正在飞奔的家车——钢丝轮子亮得晃眼的——又向蹲在墙角影子底下的老头儿，问清了张宅方向后，这三个流汗的挑夫便又努力的往前走。那六只泥泞布履的脚，无条件的，继续着他们机械式的辗动。

　　在那轻快的一瞥中，坐在洋车上的卢二爷看到黄篓上饭庄的字号，完全明白里面装的是丰盛的筵席，自然地，他估计到他自己午饭的问题。家里饭乏味，菜蔬缺乏个性，太太的脸难看，你简直就不能对她提到那厨子问题。这几天天太热，太热，并且今天已经二十二，什么事她都能够牵扯到薪水问题。孩子们再一吵，谁能够在家里吃中饭！

　　"美丰楼饭庄"，黄篓上黑字写得很笨大，方才第三个挑夫挑得特别吃劲，摇摇摆摆的使那黄篓左右的晃……

　　美丰楼的菜不能算坏，义永居的汤面实在也不错……于是义永居的汤面？还是市场万花斋的点心？东城或西城？找谁同去聊天？逸九新从南边来的住在那里？或许老孟知道，何不到和记理发馆借个电话？卢二爷估计着，犹豫着，随着洋车的起落。他又好像已经决定了在和记借电话，听到伙计们的招呼，"……二爷您好早？……用电话，这边您哪！……"

　　伸出手臂，他睨一眼金表上所指示的时间，细小的两针分停在两个钟点上，但是分明的都在挣扎着到达十二点上边。在这时间中，车夫感觉到主人在车上翻动不安，便更抓稳了车把，弯下一点背，勇猛的狂跑。二爷心里仍然疑问着面或点心；东城或西城；车已赶过前面的几辆。一个女人骑着自行车，由他左侧冲过去，快镜似的一瞥鲜艳的颜色，脚与腿，腰与背，侧脸、眼和头发，全映进老卢的眼里，那又是谁说过的……老卢就是爱看女人！女人谁又不爱？难道你在街上真闭上眼不瞧那过路的漂亮的！

　　"到市场，快点。"老卢吩咐他车夫奔驰的终点，于是主人和车夫戴着两顶价格极不相同的草帽，便同在一个太阳底下，向东安市场奔去。

很多好看的碟子和鲜果点心，全都在大厨房院里，从黄色层篓中检点出来。立着监视的有饭庄的"二掌柜"和张宅的"大师傅"；两人都因为胖的缘故，手里都有把大蒲扇。大师傅举着扇，扑一下进来凑热闹的大黄狗。

"这东西最讨嫌不过！"这句话大师傅一半拿来骂狗，一半也是来权作和掌柜的寒喧。

"可不是？他×的，这东西最可恶。"二掌柜好脾气地用粗话也骂起狗。

狗无聊地转过头到垃圾堆边闻嗅隔夜的肉骨。

奶妈抱着孙少爷进来，七少奶每月用六元现洋雇她，抱孙少爷到厨房，门房，大门口，街上一些地方喂奶连游玩的。今天的厨房又是这样的不同；饭庄的"头把刀"带着几个伙计在灶边手忙脚乱地炒菜切肉丝，奶妈觉得孙少爷是更不能不来看：果然看到了生人，看到狗，看到厨房桌上全是好看的干果，鲜果，糕饼，点心，孙少爷格外高兴，在奶妈怀里跳，手指着要吃。奶妈随手赶开了几只苍蝇，拣一块山楂糕放到孩子口里，一面和伙计们打招呼。

忽然看到陈升走到院子里找赵奶奶，奶妈对他挤了挤眼，含笑的问，"什么事值得这么忙？"同时她打开衣襟露出前胸喂孩子奶吃。

"外边挑担子的要酒钱。"陈升没有平时的温和，或许是太忙了的缘故。老太太这次做寿，比上个月四少奶小孙少爷的满月酒的确忙多了。

此刻那三个粗蠢的挑夫蹲在外院槐树荫下，用黯黑的毛巾擦他们的脑袋，等候着他们这满身淋汗的代价。一个探首到里院偷偷看院内华丽的景象。

里院和厨房所呈的纷乱固然完全不同，但是它们纷乱的主要原因则是同样的，为着六十九年前的今天。六十九年前的今天，江南一个富家里又添了一个绸缎金银裹托着的小生命。经过六十九个像今年这样流汗天气的夏天，又产生过另十一个同样需要绸缎金银的生命以后，那个生命乃被称为长寿而又有福气的妇人。这个妇人，今早由两个老妈扶着，坐在床前，拢一下斑白稀疏的鬓发，对着半碗火腿稀饭摇头：

"赵妈，我那里吃得下这许多？你把锅里的拿去给七少奶的云乖乖吃罢……"

七十年的穿插，已经卷在历史的章页里，在今天的院里能呈露出多少，谁也不敢说，事实是今天，将有很多打扮得极体面的男女来庆祝，庆祝能够维持这样长久寿命的女人，并且为这一庆祝，饭庄里已将许多生物的寿命裁削了，拿它们的肌肉来补充这庆祝者的肠胃。

前两天这院子就为了这事改变了模样，簇新的喜棚支出瓦檐丈余尺高。两旁红喜字玻璃方窗，由胡同的东头，和顺车厂的院里是可以看得很清楚的。前晚上六点左右，小三和环子，两个洋车夫的儿子，倒土筐的时候看到了，就告诉他们嬷，"张家喜棚都搭好了，是那一个孙少爷娶新娘子？"他们嬷为这事，还拿了鞋样到陈大嫂家说个话儿。正看到她在包饺子，笑嘻嘻的得意很，说老太太做整寿，——多好福气——她当家的跟了张老太爷多少年。昨天张家三少奶还叫她进去，说到日子要她去帮个忙儿。

喜棚底下圆桌面就有七八张，方凳更是成叠的堆在一边；几个夫役持着鸡毛帚，忙了半早上才排列五桌。小孩子又多，什么孙少爷，侄孙少爷，姑太太们带来的那几位都够淘气的。李贵这边排好几张，那边小爷们又扯走了排火车玩。天热得厉害，苍蝇是免不了多，点心干果都不敢先往桌子上摆。冰化得也快，篓子底下冰水化了满地！汽水瓶子挤满了厢房的廊上，五少奶看见了只嚷不行，全要冰起来。

全要冰起来！真是的，今天的食品全摆起来够像个菜市，四个冰箱也腾不出一点空隙。这新买来的冰又放在那里好？李贵手里捧着两个绿瓦盆，私下里咕噜着为这筵席所发生的难题。

赵妈走到外院传话，听到陈升很不高兴的在问三个挑夫要多少酒钱。

"瞅着给罢。"一个说。

"怪热天多赏点吧。"又一个抿了抿干燥的口唇，想到方才胡同口的酸梅汤摊子，嘴里觉着渴。

就是这嘴里渴得难受，杨三把卢二爷拉到东安市场西门口，心想方才在那个"喜什么堂"门首，明明看到王康坐在洋车脚蹬上睡午觉。王康上月底欠了杨三十四吊钱，到现在仍不肯还；只顾着躲他。今天债主遇到赊债的赌鬼，心头起了各种的计算——杨三到饿的时候，脾气常常要比平时坏一点。天本来就太热，太阳简直是冒火，谁又受得了！方才二爷坐在车上，尽管用劲踩铃，金鱼胡同走道的学生们又多，你撞我闯的，挤得真可以的。杨三擦了汗一手抓住车把，拉了空车转回头去找王康要账。

"要不着八吊要六吊；再要不着，要他×的几个混蛋嘴巴！"杨三脖干儿上太阳烫得像火烧。"四吊多钱我买点羊肉，吃一顿好的。葱花烙饼也不坏——谁又说大热天不能喝酒？喝点又怕什么——睡得更香。卢二爷到市场吃饭，进去少不了好几个钟头……"

喜燕堂门口挂着彩，几个乐队里人穿着红色制服，坐在门口喝茶——他们把大铜鼓撂在一旁，铜喇叭夹在两膝中间。杨三知道这又是那一家办喜事。反正一礼拜短不了有两天好日子，就在这喜燕堂，那一个礼拜没有一辆花马车，里面搀出花溜溜的新娘？今天的花车还停在一旁……

“王康，可不是他！”杨三看到王康在小挑子的担里买香瓜吃。

“有钱的娶媳妇，和咱们没有钱的娶媳妇，还不是一样？花多少钱娶了她，她也短不了要这个那个的——这年头！好媳妇，好！你瞧怎么着？更惹不起！管你要钱，气你喝酒！再有了孩子，又得顾他们吃，顾他们穿。……”

王康说话就是要“逗个乐儿”，人家不敢说的话他敢说，一群车夫听到他的话，各各高兴的凑点尾声。李荣手里捧着大饼，用着他最现成的粗话引着那几个年轻的笑。李荣从前是拉过家车的——可惜东家回南，把事情就搁下来了——他认得字，会看报，他会用新名词来发议论，“文明结婚可不同了，这年头是最讲‘自由’‘平等’的了。”底下再引用了小报上捡来离婚的新闻打哈哈。

杨三没有娶过媳妇，他想娶，可是“老家儿”早过去了没有给他定下亲，外面瞎姘的他没敢要。前两天，棚铺的掌柜娘要同他做媒；提起一个姑娘说是什么都不错，这几天不知道怎么又没有讯儿了。今天洋车夫们说笑的话，杨三听了感着不痛快。看看王康的脸在太阳里笑得皱成一团，更使他气起来。

王康仍然笑着说话，没有看到杨三，手里咬剩的半个香瓜里面，黄黄的一把瓜子像不整齐的牙齿向着上面。

“老康！这些日子都到那里去了？我这儿还等着钱吃饭呢！”杨三乘着一股劲发作。

听到声，王康怔了向后看，“呵，这打那儿说得呢？”他开始赖账了，“你要吃饭，你打你 × 的自己腰包里掏！要不然，你出个份子，进去那里边，”他手指着喜燕堂，“吃个现成的席去。”王康的嘴说得滑了，禁不住这样嘲笑着杨三。

周围的人也都跟着笑起来。

本来准备着对付赖账的巴掌，立刻打在王康的老脸上了。必须的扭打，由蓝布幕的小摊边开始，一直扩张到停洋车的地方。来往汽车的喇叭，像被打的狗，呜呜叫号。好几辆正在街心奔驰的洋车都停住了，流汗车夫连喊着“靠里！”，“瞧车！”脾气暴的人顺口就是：“他 × 的，这大热天，单挑这么个地方！！”

巡警离开了岗位；小孩子们围上来；喝茶的军乐队人员全站起来看；女人们吓得直喊，“了不得，前面出事了罢！”

杨三提高嗓子直嚷着问王康：“十四吊钱，是你——是你拿走了不是——”

呼喊的声浪由扭打的两人出发，膨胀，膨胀到周围各种人的口里，“你听我说……”“把他们拉开……”“这样挡着路……瞧腿要紧。”嘈杂声中还有人叉着手远远地喊，“打得好呀，好拳头！”

喜燕堂正厅里挂着金喜字红幛，几对喜联，新娘正在服从号令，连连的深深的鞠躬。外边的喧吵使周围客人的头同时向外面转，似乎打听外面喧吵的原故。新娘本来就是一阵阵的心跳，此刻更加失掉了均衡：一下子撞上，一下子沉下，手里抱着的鲜花随着只是打颤。雷响深入她耳朵里，心房里……

"新郎新妇——三鞠躬"——"……三鞠躬。"阿淑在迷惘里弯腰伸直，伸直弯腰。昨晚上她哭，她妈也哭，将一串经验上得来的教训，拿出来赠给她——什么对老人要忍耐点，对小的要和气，什么事都要让着点——好像生活就是靠容忍和让步支持着！

她焦心的不是在公婆妯娌间的委曲求全。这几年对婚姻问题谁都讨论得热闹，她就不懂那些讨论的道理遇到实际时怎么就不发生关系。她这结婚的实际，并没有因为她多留心报纸上，新文学上，所讨论的婚姻问题，家庭问题，恋爱问题，而减少了问题。

"二十五岁了……"有人问到阿淑的岁数时，她妈总是发愁似的轻轻的回答那问她的人，底下说不清是叹息是哆嗦。

在这旧式家庭里，阿淑算是已经超出应该结婚的年龄很多了，她知道。父母那急着要她出嫁的神情使她太难堪！他们天天在替她选择合适的人家——其实那里是选择！反对她尽管反对，那只是消极的无奈何的抵抗，她自己明知道是绝对没有机会选择，乃至于接触比较合适，理想的人物！她挣扎了三年，三年的时间不算短，在她父亲看去那更是不可信的长久……

"余家又托人来提了，你和阿淑商量商量吧，我这身体眼见得更糟，这潮湿天……"父亲的话常常说得很响，故意要她听得见，有时在饭桌上脾气或许更坏

一点。"这六十块钱，养活这一大家子！养儿养女都不够，还要捐什么钱？干脆饿死！"有时更直接更难堪，"这又是谁的新褂子？阿淑，你别学时髦穿了到处走，那是找不着婆婆家的——外面瞎认识什么朋友我可不答应，我们不是那种人家！"……懦弱的母亲低着头装作缝衣，"妈劝你将就点……爹身体近来不好，……女儿不能在娘家一辈子的……这家子不算坏；差事不错，前妻没有孩子不能算填房。……"

　　理论和实际似乎永不发生关系；理论说婚姻得怎样又怎样，今天阿淑都记不得那许多了。实际呢，只要她点一次头，让一个陌生的，异姓的，异性的人坐在她家里，乃至于她旁边，吃一顿饭的手续，父亲和母亲这两三年——竟许已是五六年——来的难题便突然的在他们是觉得极文明的解决了。

　　对于阿淑这订婚的疑惧，常使她父亲像小孩子似的自己安慰自己：阿淑这门亲事真是运气呀，说时总希望阿淑听见这话。不知怎样，阿淑听到这话总很可怜父亲，想装出高兴样子来安慰他。母亲更可怜；自从阿淑定婚以来总似乎对她抱歉，常常哑着嗓子说："看在我做母亲的这份心上面。"

　　看在做母亲的那份心上面！那天她初次见到那陌生的，异姓的，异性的人，那个庸俗的典型触碎她那一点脆弱的爱美的希望，她怔住了，能去寻死，为婚姻失望而自杀么？可以大胆告诉父亲，这婚约是不可能的么？能逃脱这家庭的苛刑（在爱的招牌下的）去冒险，去漂落么？

　　她没有勇气说什么，她哭了一会儿，妈也流了眼泪，后来妈说：阿淑你这几天瘦了，别哭了，做娘的也只是一份心。……现在一鞠躬，一鞠躬的和幸福作别，事情已经太晚得没有办法了。

　　吵闹的声浪愈加明显了一阵，伴娘为新娘戴上戒指，又由赞礼的喊了一些命令。

　　迷离中阿淑开始幻想那外面吵闹的原因：洋车夫打电车吧，汽车轧伤了人吧，学生又请愿，当局派军警弹压吧……但是阿淑想怎么我还如是焦急，现在我该像死人一样了，生活的波澜该沾不上我了，像已经临刑的人。但临刑也好，被迫结婚也好，在电影里到了这种无可奈何的时候总有一个意料不到快慰人心的解脱，不合法，特赦，恋人骑着马星夜奔波地赶到……但谁是她的恋人？除却九哥！学政治法律，讲究新思想的九哥，得着他表妹阿淑结婚的消息不知怎样？他恨由父母把持的婚姻……但谁知道他关心么？他们多少年不来往了，虽然在山东住的时候，他们曾经邻居，两小无猜的整天在一起玩。幻想是不中用的，九哥先就不在北平，两年前他回来过一次，她记得自己遇到九哥扶着一位漂亮的女同学在书店前边，她躲过了九哥的视线，惭愧自己一身不入时的装束，她不愿和九哥的女友做个太难堪的比较。

感到手酸，心酸，浑身打颤，阿淑由一堆人拥簇着退到里面房间休息。女客们在新娘前后彼此寒喧照呼，彼此注意大家的装扮。有几个很不客气在批评新娘子，显然认为不满意，"新娘太单薄点。"一个摺着十几层下颔的胖女人，摇着扇和旁边的六姨说话。阿淑觉到她自己真可以立刻碰得粉碎；这位胖太太像一座石臼，六姨则像一根铁杵横在前面，阿淑两手发抖拉紧了一块丝巾，听老妈在她头上不住的搬弄那几朵绒花。

随着花露水香味进屋子来的，是锡娇和丽丽，六姨的两个女儿，她们的装扮已经招了许多羡慕的眼光。有电影明星细眉的锡娇抓把瓜子嗑着，猩红的嘴唇里露出雪白的牙齿。她暗中扯了她妹妹的衣襟，嘴向一个客人的侧面努了一下。丽丽立刻笑红了脸，拿出一条丝绸手绢蒙住嘴挤出人堆到廊上走，望着已经在席上的男客们。有几个已经提起筷子高高兴兴的在选择肥美的鸡肉，一面讲着笑话，顿时都为着丽丽的笑声，转过脸来，镇住眼看她。丽丽扭一下腰，又摆了一下，软的长衫轻轻展开，露出裹着肉色丝袜的长腿走过另一边去。

年轻的茶房穿着蓝布大褂，肩搭一块桌布，由厨房里出来，两只手拿四碟冷荤，几乎撞住丽丽。闻到花露香味，茶房忘却顾忌的斜过眼看。昨晚他上菜的时候，那唱戏的云娟坐在首席曾对着他笑，两只水钻耳坠，打秋千似的左右晃。他最忘不了云娟旁座的张四爷，抓住她如玉的手臂劝干杯的情形。笑眯眯的带醉的眼，云娟明明是向着正端着大碗三鲜汤的他笑。他记得放平了大碗，心还怦怦地跳。直到晚上他睡不着，躺在院里板凳上乘凉，随口唱几声"孤王……酒醉……"才算松动了些。今天又是这么一个笑嘻嘻的小姐，穿着这一身软，茶房垂下头去拿酒壶，心底似乎恨谁似的一股气。

"逸九，你喝一杯什么？"老卢做东这样问。

"我来一杯香桃冰其凌吧。"

"你去拣几块好点心，老孟。"主人又招呼那一个客。午饭问题算是如此解决了。为着天热，又为着起得太晚，老卢看到点心铺前面挂的"卫生冰其凌，咖啡，牛乳，各样点心"这种动人的招牌，便决意里面去消磨时光。约到逸九和老孟来聊天，老卢显然很满意了。

三个人之中，逸九最年少，最摩登。在中学时代就是一口英文，屋子里挂着不是"梨娜"就是"琴妮"的相片，从电影杂志里细心剪下来的，圆一张，方一张，满壁动人的娇憨。——他到上海去了两年，跳舞更是出色了，老卢端详着自己的脚，打算找逸九带他到舞场拜老师去。

"那个电影好，今天下午？"老孟抓一张报纸看。

邻座上两个情人模样男女，对面坐着呆看。男人有很温和的脸，抽着烟没有说话；女人的侧相则颇有动人的轮廓，睫毛长长的活动着，脸上时时浮微笑。她的青纱长衫罩着丰润的肩臂，带着神秘性的淡雅。两人无声的吃着冰其凌，似乎对于一切完全的满足。

老卢、老孟谈着时局，老卢既是机关人员，时常免不了说"我又有个特别的消息，这样看来里面还有原因"，于是一层一层的做更详细原因的检讨，深深的浸入政治波澜里面。

逸九看着女人的睫毛，和浮起的笑涡，想到好几年前同在假山后捉迷藏的琼两条发辫，一个垂前，一个垂后的跳跃。琼已经死了这六七年，谁也没有再提起过她。今天这青长衫的女人，单单叫他心底涌起琼的影子。不可思议的，淡淡的，记忆描着活泼的琼。在极旧式的家庭里淘气，二舅舅提根旱烟管，厉声的出来停止她各种的嬉戏。但是琼只是敛住声音低低的笑。雨下大了，院中满是水，又是琼胆子大，把裤腿卷过膝盖，赤着脚，到水里装摸鱼。不小心她滑倒了，还是逸九去把她抱回来。和琼差不多大小的还有阿淑，住在对门，他们时常在一起玩，逸九忽然记起瘦小，不爱说话的阿淑来。

"听说阿淑快要结婚了，嬷嘱咐到表姨家问候，不知道阿淑要嫁给谁！"他似乎怕到表姨家。这几年的生疏叫他为难，前年他们遇见一次，装束不入时的阿淑倒有种特有的美，一种灵性……奇怪今天这青长衫女人为什么叫他想起许多……

"逸九，你有相当的聪明，手腕，你又能巴结女人，你也应该来试试，我介绍你见老王。"

倦了的逸九忽然感到苦闷。

老卢手弹着桌边表示不高兴："老孟你少说话，逸九这位大少爷说不定他倒愿意去演电影呢！"种种都有一点落伍的老卢嘲笑着翩翩年少的朋友出气。

青纱长衫的女人和她朋友吃完了，站了起来。男的手托着女人的臂腕，无声的绕过他们三人的茶桌前面，走出门去。老卢逸九注意到女人有秀美的腿，稳健的步履。两人的融洽，在不言不语中流露出来。

"他们是甜心！"

"愿有情人都成眷属。"

"这女人算好看不？"

三个人同时说出口来，各各有所感触。

午后的热，由窗口外嘘进来，三个朋友吃下许多清凉的东西，更不知做什么好。

"电影院去，咱们去研究一回什么'人生问题'、'社会问题'吧？"逸九望着桌上的空杯，催促着卢孟两个走。心里仍然浮着琼的影子。活泼、美丽、健硕，全幻灭在死的幕后，时间一样的向前，计量着死的实在。像今天这样，偶尔的回忆就算是证实琼有过活泼生命的唯一的证据。

东安市场门口洋车像放大的蚂蚁一串，头尾衔接着放在街沿。杨三已不在他寻常停车的地方。

"区里去，好，区里去！咱们到区里说个理去！"就是这样，王康和杨三到底结束了殴打，被两个巡警弹压下来。

刘太太打着油纸伞，端正的坐在洋车上，想金裁缝太不小心了，今天这件绸衫下摆仍然不合适，领也太小，紧得透不了气，想不到今天这样热，早知道还不如穿纱的去。裁缝赶做的活总要出点毛病。实甫现在脾气更坏一点，老嫌女人们麻烦。每次有个应酬你总要听他说一顿的。今天张老太太做整寿，又不比得寻常的场面可以随便……

对面来了浅蓝色衣服的年轻小姐，极时髦的装束使刘太太睁大了眼注意了。

"刘太太哪里去？"蓝衣小姐笑了笑，远远招呼她一声过去了。

"人家的衣服怎么如此合适！"刘太太不耐烦的举着花纸伞。

"呜呜——呜呜……"汽车的喇叭响得震耳。

"打住。"洋车夫紧抓车把，缩住车身前冲的趋势。汽车过去后，由刘太太车旁走出一个巡警，带着两个粗人：一根白绳由一个的臂膀系到另一个的臂上。巡警执着绳端，板着脸走着。一个粗人显然是车夫；手里仍然拉着空车，嘴里咕噜着。很讲究的车身，各件白铜都擦得放亮，后面铜牌上还镌着"卢"字。这又是谁家的车夫，闹出事让巡警拉走。刘太太恨恨的一想车夫们爱肇事的可恶，反正他们到区里去少不了东家设法把他们保出来的……

"靠里！……靠里！"威风的刘家车夫是不耐烦挤在别人车后的——老爷是局长，太太此刻出去阔绰的应酬，洋车又是新打的，两盏灯发出银光……哗啦一下，靠手板在另一个车边擦一下，车已猛冲到前头走了。刘太太的花油纸伞在日光中摇摇荡荡的迎着风，顺着街心溜向北去。

胡同口酸梅汤摊边刚走开了三个挑夫。酸凉的一杯水，短时间的给他们愉快，六只泥泞的脚仍然踏着滚烫的马路行去。卖酸梅汤的老头儿手里正数着几十枚铜元，一把小鸡毛帚夹在腋下。他翻上两颗黯淡的眼珠，看看过去的花纸伞，知道这是到张家去的客人。他想今天为着张家做寿，客人多，他们的车夫少不得来摊上喝点凉的解渴。

"两吊……三吊！……"他动着他的手指，把一叠铜元收入摊边美人牌香烟的纸盒中。不知道今天这冰够不够使用的，他翻开几重荷叶，和一块灰黑色的破布，仍然用着他黯淡的眼珠向磁缸里的冰块端详了一回。"天不热，喝的人少，天热了，冰又化的太快！"事情那一件不有为难的地方，他叹口气再翻眼看看过去的汽车。汽车轧起一阵尘土，笼罩着老人和他的摊子。

寒暑表中的水银从早起上升，一直过了九十五度的黑线上。喜棚底下比较荫凉的一片地面上曾聚过各种各色的人物。丁大夫也是其间一个。

丁大夫是张老太太内侄孙，德国学医刚回来不久，麻俐，漂亮，现在社会上已经有了声望，和他同席的都借着他是医生的缘故，拿北平市卫生问题作谈料，什么虎疫，伤寒，预防针，微菌，全在吞咽八宝东瓜，瓦块鱼，锅贴鸡，炒虾仁中间讨论过。

"贵医院有预防针，是好极了。我们过几天要来麻烦请教了。"说话的以为如果微菌听到他有打预防针的决心也皆气馁了。

"欢迎，欢迎。"

厨房送上一碗凉菜。丁大夫踌躇之后决意放弃吃这碗菜的权利。

小孩们都抢了盘子边上放的小冰块，含到嘴里嚼着玩，其他客喜欢这凉菜的也就不少。天实在热！

张家几位少奶奶装扮得非常得体，头上都戴朵红花，表示对旧礼教习尚仍然相当遵守的。在院子中盘旋着做主人，各人心里都明白自己今天的体面。好几个星期前就顾虑到的今天，她们所理想到的今天各种成功，已然顺序的，在眼前实现。虽然为着这重要的今天，各人都轮流着觉得受过委屈；生过气；用过心思和手腕；将就过许多不如意的细节。

老太太颤巍巍地喘息着，继

续维持着她的寿命。杂乱模糊的回忆在脑子里浮沉。兰兰七岁的那年……送阿旭到上海医病的那年真热……生四宝的时候在湖南，于是生育，病痛，兵乱，行旅，婚娶，没秩序，没规则的纷纷在她记忆下掀动。

"我给老太太拜寿，您给回一声吧。"

这又是谁的声音？这样大！老太太睁开打瞌睡的眼，看一个浓装的妇人对她鞠躬问好。刘太太——谁又是刘太太，真的的！今天客人太多了，好吃劲。老太太扶着赵妈站起来还礼。

"别客气了，外边坐吧。"二少奶伴着客人出去。

谁又是这刘太太……谁？……老太太模模糊糊的又做了一些猜想，望着门槛又堕入各种的回忆里去。

坐在门槛上的小丫头寿儿，看着院里石榴花出神。她巴不得酒席可以快点开完，底下人们可以吃中饭，她肚子里实在饿得慌。一早眼睛所接触的，大部分几乎全是可口的食品，但是她仍然是饿着肚子，坐在老太太门槛上等候呼唤。她极想再到前院去看看热闹，但为想到上次被打的情形，只得竭力忍耐。在饥饿中，有一桩事她仍然没有忘掉她的高兴。因为老太太的整寿大少奶给她一副银镯。虽然为着捶背而酸乏的手臂懒得转动，她仍不时得意的举起手来，晃摇着她的新镯子。

午后的太阳斜到东廊上，后院子暂时沉睡在静寂中。幼兰在书房里和羽哭着闹脾气：

"你们都欺侮我，上次赛球我就没有去看。为什么要去？反正人家也不欢迎我……慧石不肯说，可是我知道你和阿玲在一起玩得上劲。"抽噎的声音微微的由廊上传来。

"等会客人进来了不好看……别哭……你听我说……绝对没有这么回事的。咱们是亲表谁不知道我们亲热，你是我的兰，永远，永远的是我的最爱最爱的……你信我……"

"你在哄骗我，我……我永远不会再信你的了……"

"你又来伤我，你心狠………"

声音微下去，也和缓了许多，又过了一些时候。才有轻轻的笑语声。小丫头仍然饿得慌，仍然坐在门槛上没有敢动，她听着小外孙小姐和羽孙少爷老是吵嘴，哭哭啼啼的，她不懂。一会儿他们又笑着一块儿由书房里出来。

"我到婆婆的里间洗个脸去。寿儿你给我打盆洗脸水去。"

寿儿得着打水的命令，高兴的站起来。什么事也比坐着等老太太睡醒都好一点。

"别忘了晚饭等我一桌吃。"羽说完大步的跑出去。

后院顿时又堕入闷热的静寂里；柳条的影子画上粉墙，太阳的红比得胭脂。墙外天蓝蓝的没有一片云，像戏台上的布景。隐隐的送来小贩子叫卖的声音——

卖西瓜的——卖凉席的，一阵一阵。

挑夫提起力气喊他孩子找他媳妇。天快要黑下来，媳妇还坐在门口纳鞋底子；赶着那一点天亮再做完一只。一个月她当家的要穿两双鞋子，有时还不够的，方才当家的回家来说不舒服，睡倒在炕上，这半天也没有醒。她放下鞋底又走到旁边一家小铺里买点生姜，说几句话儿。

断续着呻吟，挑夫开始感到苦痛，不该喝那冰凉东西，早知道这大暑天，还不如喝口热茶！迷惘中他看到茶碗，茶缸，施茶的人家，碗，碟，果子杂乱地绕着大圆篓，他又像看到张家的厨房。不到一刻他肚子里像纠麻绳一般痛，发狂的呕吐使他沉入严重的症候里和死搏斗。

挑夫媳妇失了主意，喊孩子出去到药铺求点药。那边时常夏天是施暑药的……

邻居积渐知道挑夫家里出了事，看过报纸的说许是霍乱，要扎针的。张秃子认得大街东头的西医丁家，他披上小褂子，一边扣钮子，一边跑。丁大夫的门牌挂得高高的，新漆大门两扇紧闭着。张秃子找着电铃死命的按，又在门缝里张望了好一会儿，才有人出来开门。什么事？什么事？门房望着张秃子生气，张秃子看着丁宅的门房说："劳驾——劳驾您大爷，我们'街坊'李挑子中了暑，托我来行点药。"

"丁大夫和管药房先生'出份子去了'，没有在家，这里也没有旁人，这事谁又懂得？！"门房吞吞吐吐的说，"还是到对门益年堂打听吧。"大门已经差不多关上。

张秃子又跑了，跑到益年堂，听说一个孩子拿了暑药已经走了。张秃子是信教的，他相信外国医院的药，他又跑到那边医院里打听，等了半天，说那里不是施医院，并且也不收传染病的，医生晚上也都回家了，助手没有得上边话不能随便走开的。

"最好快报告区里，找卫生局里人。"管事的告诉他，但是卫生局又在那里……

到张秃子失望的走回自己院子里的时候，天已经黑了下来，他听见李大嫂的哭声知道事情不行了。院里磁罐子里还放出浓馥的药味。他顿一下脚，"咱们这命苦的……"他已在想如何去捐募点钱，收殓他朋友的尸体。叫孝子挨家去磕头吧！

天黑了下来张宅跨院里更热闹，水月灯底下围着许多孩子，看变戏法的由袍子里捧出一大缸金鱼，一盘子"王母蟠桃"献到老太太面前。孩子们都凑上去验看金鱼的真假。老太太高兴的笑。

大爷熟识捧场过的名伶自动的要送戏，正院前边搭着戏台，当差的忙着拦阻外面杂人往里挤，大爷由上海回来，两年中还是第一次——这次碰着母亲整寿的面，不回来太难为情。这几天行市不稳定，工人们听说很活动，本来就不放心走开，并且厂里的老赵靠不住，大爷最记挂……

看到院里戏台上正开场，又看廊上的灯，听听厢房各处传来的牌声，风扇声，开汽水声，大爷知道一切都圆满的进行，明天事完了，他就可以走了。

"伯伯上哪儿去？"游廊对面走出一个清秀的女孩。他怔住了看，慧石——是他兄弟的女儿，已经长的这么大了？大爷伤感着，看他早死兄弟的遗腹女儿，她长得实在像她爸爸……实在像她爸爸……

"慧石，是你。长得这样俊，伯伯快认不得了。"

慧石只是笑，笑。大伯伯还会说笑话，她觉得太料想不到的事，同时她像被电击一样，触到伯伯眼里蕴住的怜爱，一股心酸抓紧了她的嗓子。

她仍只是笑。

"那一年毕业？"大伯伯问她。

"明年。"

"毕业了到伯伯那里住。"

"好极了。"

"喜欢上海不？"

她摇摇头："没有北平好。可是可以找事做，倒不错。"

伯伯走了，容易伤感的慧石急忙回到卧室里，想哭一哭，但眼睛湿了几回，也就不哭了，又在镜子前抹点粉笑了笑；她喜欢伯伯对她那和蔼态度。嬷常常不满伯伯和伯母的，常说些他们不高兴的话，但她自己却总觉得喜欢这伯伯的。

也许是骨肉关系有种不可思议的亲热，也许是因为感激知己的心，慧石知道她更喜欢她这伯伯了。

厢房里电话铃响。

"丁宅呀，找丁大夫说话？等一等。"

丁大夫的手气不坏，刚和了一牌三翻，他得意的站起来接电话：

"知道了，知道了，回头就去叫他派车到张宅来接。什么？要暑药的？发痧中暑？叫他到平济医院去吧。"

"天实在热，今天，中暑的一定不少。"五少奶坐在牌桌上抽烟，等丁大夫打电话回来。"下午两点的时候刚刚九十九度啦！"她睁大了眼表示严重。

"往年没有这么热，九十九度的天气在北平真可以的了。"一个客人摇了摇檀香扇，急着想做庄。

咯突一声，丁大夫将电话挂上。

报馆到这时候积渐热闹，排字工人流着汗在机器房里忙着。编辑坐到公事桌上面批阅新闻。本市新闻由各区里送到；编辑略略将张宅名伶送戏一节细细看了看，想到方才同太太在市场吃冰其凌后，遇到街上的打架，又看看那段斯打的新闻，于是很自然的写着"西四牌楼三条胡同卢宅车夫杨三……"新闻里将杨三王康的争斗形容得非常动听，一直到了"扭区成讼"。

再看一些零碎，他不禁注意到挑夫霍乱数小时毙命一节，感到白天去吃冰其凌是件不聪明的事。

杨三在热臭的拘留所里发愁，想着主人应该得到他出事的消息了，怎么还没有设法来保他出去。王康则在又一间房子里喂臭虫，苟且的睡觉。

"……那儿呀，我卢宅呀，请王先生说话，……"老卢为着洋车被扣已经打了好几个电话了，在晚饭桌他听着太太的埋怨……那杨三真是太没有样子，准是又喝醉了，三天两回闹事。

"……对啦，找王先生有要紧事，出去饭局了么，回头请他给卢宅来个电话！别忘了！"

这大热晚上难道闷在家里听太太埋怨？杨三又没有回来，还得出去雇车，老卢不耐烦的躺在床上看报，一手抓起一把蒲扇赶开蚊子。

原载 1934 年 5 月《学文》第一卷第一期

钟　绿

——模影零篇之一

钟绿是我记忆中第一个美人，因为一个人一生见不到几个真正负得起"美人"这称呼的人物，所以我对于钟绿的记忆，珍惜得如同他人私藏一张名画轻易不拿出来给人看，我也就轻易的不和人家讲她。除非是一时什么高兴，使我大胆的，兴奋的，告诉一个朋友，我如何如何的曾经一次看到真正的美人。

很小的时候，我常听到一些红颜薄命的故事，老早就印下这种迷信，好像美人一生总是不幸的居多。尤其是，最初叫我知道世界上有所谓美人的，就是一个身世极凄凉的年轻女子。她是我家亲戚，家中传统的认为一个最美的人。虽然她已死了多少年，说起她来，大家总还带着那种感慨，也只有一个美人死后能使人起的那样感慨。说起她，大家总都有一些美感的回忆。我婶娘常记起的是祖母出殡那天，这人穿着白衫来送殡。因为她是个已出嫁过的女子——其实她那时已孀居一年多——照我们乡例，头上缠着白头帕。试想一个静好如花的脸；一个长长窈窕的身材；一身的缟素；借着人家伤痛的丧礼来哭她自己可怜的身世，怎不是一幅绝妙的图画！婶娘说起她时，却还不忘掉提到她的走路如何的有种特有丰神，哭时又如何的辛酸凄惋动人。我那时因为过小，记不起送殡那天看到这素服美人，事后为此不知惆怅了多少回。每当大家晚上闲坐谈到这个人儿时，总害了我竭尽想象力，冥想到了夜深。

也许就是因为关于她，我实在记得不太清楚，仅凭一家人时时的传说，所以这个亲戚美人之为美人，也从未曾在

我心里疑问过。过了一些年月积渐的，我没有小时候那般理想，事事都有一把怀疑，沙似的挟在里面。我总爱说：绝代佳人，世界上不时总应该有一两个，但是我自己亲眼却没有看见过就是了。这句话直到我遇见了钟绿之后才算是取消了，换了一句：我觉得侥幸，一生中没有疑问的，真正的，见到一个美人。

我到美国××城进入××大学时，钟绿已是离开那学校的旧学生，不过在校里不到一个月的工夫，我就常听到"钟绿"这名字，老学生中间，每一提到校里旧事，总要联想到她。无疑的，她是他们中间最受崇拜的人物。

关于钟绿的体面和她的为人及家世也有不少的神话。一个同学告诉我，钟绿家里本来如何的富有；又一个告诉我，她的父亲是个如何漂亮的军官，哪一年死去的；又一个告诉我，钟绿多么好看，癖气又如何和人家不同。因为着恋爱，又有人告诉我，她和母亲决绝了，自己独立出来艰苦的半工半读，多处流落，却总是那么傲慢、潇洒，穿着得那么漂亮动人。有人还说钟绿母亲是希腊人，是个音乐家，也长得非常好看，她常住在法国及意大利，所以钟绿能通好几国文字。常常的，更有人和我讲了为着恋爱钟绿，几乎到发狂的许多青年的故事。总而言之，关于钟绿的事我实在听得多了，不过当时我听着也只觉到平常，并不十分起劲。

故事中仅有两桩，我却记得非常清楚，深入印象，此后不自觉的便对于钟绿动了好奇心。

一桩是同系中最标致的女同学讲的。她说那一年学校开个盛大艺术的古装表演，中间要用八个女子穿中世纪的尼姑服装。她是监制部的总管，每件衣裳由图案部发出，全由她找人比着裁剪，做好后再找人试服。有一晚，她出去晚饭回来稍迟，到了制衣室门口遇见一个制衣部里人告诉她说，许多衣裳做好正找人试着时，可巧电灯坏了，大家正在到处找来洋蜡点上。

"你猜，"她接着说，"我推开门时看到了什么？……"

　　她喘口气望着大家笑（听故事的人那时已不止我一个），"你想，你想一间屋子里，高高低低地点了好几根蜡烛；各处射着影子；当中一张桌子上面，默默的，立着那么一个钟绿——美到令人不敢相信的中世纪小尼姑，眼微微的垂下，手中高高擎起一枝点亮的长烛。简单静穆，直像一张宗教画！拉着门环，我半天肃然，说不出一句话来！……等到人家笑声震醒我时，我已经记下这个一辈子忘不了的印象。"

　　自从听了这桩故事之后，钟绿在我心里便也开始有了根据，每次再听到钟绿的名字时，我脑子里便浮起一张图画。隐隐约约的，看到那个古代年轻的尼姑，微微的垂下眼，擎着一枝蜡走过。

　　第二次，我又得到一个对钟绿依稀想象的背影，是由于一个男同学讲的故事里来的。这个脸色清癯的同学平常不爱说话，是个忧郁深思的少年——听说那个为着恋爱钟绿，到撒哈拉沙漠以南的非洲去旅行不再回来的同学，就是他的同房好朋友。有一天雨下得很大，我与他同在画室里工作，天已经积渐的黑下来，虽然还不到点灯的时候，我收拾好东西坐在窗下看雨，忽然听他说：

　　"真奇怪，一到下大雨，我总想起钟绿！"

　　"为什么呢？"我倒有点好奇了。

　　"因为前年有一次大雨，"他也走到窗边，坐下来望着窗外，"比今天这雨大多了，"他自言自语的眯上眼睛，"天黑得可怕，许多人全在楼上画图，只有我和勃森站在楼下前门口檐底下抽烟。街上一个人没有，树让雨打得像囚犯一样，低头摇曳。一种说不出来的黯淡和寂寞笼罩着整条没生意的街道，和街道旁边不作声的一切。忽然间，我听到背后门环响，门开了，一个人由我身边溜过，一直下了台阶冲入大雨中走去！……那是钟绿……

　　"我认得是钟绿的背影，那样修长灵活，虽然她用了一块折成三角形的绸巾蒙在她头上，一只手在项下抓紧了那绸巾的前面两角，像个俄国村姑的打扮。勃森说钟绿疯了，我也忍不住要喊她回来。'钟绿你回来听我说！'我好像求她那样恳切，听到声，她居然在雨里回过头来望一望，看见是我，她仰着脸微微一笑，露出一排贝壳似的牙齿。"朋友说时回过头对我笑了一笑，"你真想不到世上真有她那样美的人！不管谁说什么，我总忘不了在那狂风暴雨中，她那样扭头一笑，村姑似的包着三角的头巾。"

　　这张图画有力的穿过我的意识，我望望雨又望望黑影笼罩的画室。朋友叉着手，正经的又说：

　　"我就喜欢钟绿的一种纯朴，城市中的味道在她身上总那样的不沾着她本身的天真！那一天，我那个热情的同房朋友在楼窗上也发见了钟绿在雨里，像顽皮的村姑，没有笼头的野马，便用劲地喊。钟绿听到，俯下身子一闪，立刻就跑了。上边劈空的雷电，四围纷披的狂雨，一会儿工夫她就消失在那水雾迷漫之中了……"

　　"奇怪，"他叹口气，"我总老记着这桩事，钟绿在大风雨里似乎是个很自然的回忆。"

听完这段插话之后，我的想象中就又加了另一个隐约的钟绿。

半年过去了，这半年中这个清癯的朋友和我比较的熟起，时常轻声的来告诉我关于钟绿的消息。她是辗转的由一个城到另一个城，经验不断的跟在她脚边，命运好似总不和她合作，许多事情都不畅意。

秋天的时候，有一天我这朋友拿来两封钟绿的来信给我看，笔迹秀劲流丽如见其人，我留下信细读觉到它很有意思。那时我正初次在夏假中觅工，几次在市城熙熙攘攘中长了见识，更是非常的同情于这流浪的钟绿。

"所谓工业艺术你可曾领教过？"她信里发出嘲笑，"你从前常常苦心教我调颜色，一根一根的描出理想的线条，做什么，你知道么？……我想你绝不能猜到，两三星期以来，我和十几个本来都很活泼的女孩子，低下头都画一些什么，……你闭上眼睛，喘口气，让我告诉你！墙上的花纸，好朋友！你能相信么？一束一束的粉红玫瑰花由我们手中散下来，整朵的，半朵的——因为有人开了工厂专为制造这种的美丽！……

"不，不，为什么我要脸红？现在我们都是工业战争的斗士——（多美丽的战争！）——并且你知道，各人有各人不同的报酬；花纸厂的主人今年新买了两个别墅，我们前夜把晚饭减掉一点居然去听音乐了，多谢那一束一束的玫瑰花！……"

幽默的，幽默的她写下去那样顽皮的牢骚。又一封：

"……好了，这已经是秋天，谢谢上帝，人工的玫瑰也会凋零的。这回任何一束什么花，我也决意不再制造了，那种逼迫人家眼睛堕落的差事，需要我所没有的勇敢，我失败了，不知道在心里那一部分也受点伤。……

"我到乡村里来了，这回是散布智识给村里朴实的人！××书局派我来揽买卖，儿童的书，常识大全，我简直带着'智识'的样本到处走。那可爱的老太太却问我要最新烹调的书，工作到很瘦的妇人要城市生活的小说看——你知道那种穿着晚服去恋爱的城市浪漫！

"我夜里总找回一些矛盾的微笑回到屋里。乡间的老太太都是理想的母亲，我生平没有吃过更多的牛奶，睡过更软的鸭绒被，原来手里提着锄头的农人，都是这样母亲的温柔给培养出来的力量。我爱他们那简单的情绪和生活，好像日和夜，太阳和影子，农作和食睡，夫和妇，儿子和母亲，幸福和辛苦都那样均匀地放在天秤的两头。……

"这农村的妩媚，溪流树荫全合了我的意，你更想不到我屋后有个什么宝贝？一口井，老老实实旧式的一口井，早晚我都出去替老太太打水。真的，这样才是日子，虽然山边没有橄榄树，晚上也缺个织布的机杼，不然什么都回到我理想的已往里去。……

"到井边去汲水，你懂得那滋味么？天呀，我的衣裙让风吹得松散，红叶在

我头上飞旋，这是秋天，不瞎说，我到井边去汲水去。回来时你看着我把水罐子扛在肩上回来！"

看完信，我心里又来了一个古典的钟绿。

约略是三月的时候，我的朋友手里拿本书，到我桌边来，问我看过没有这本新出版的书，我由抽屉中也扯出一本叫他看。他笑了，说："你知道这个作者就是钟绿的情人。"

我高兴的谢了他，我说："现在我可明白了。"我又翻出书中几行给他看，他看了一遍，放下书默诵了一回，说：

"他是对的，他是对的，这个人实在很可爱，他们完全是了解的。"

此后又过了半个月光景。天气渐渐的暖起来，我晚上在屋子里读书老是开着窗子，窗前一片草地隔着对面远处城市的灯光车马。有个晚上，很夜深了，我觉到冷，刚刚把窗子关上，却听到窗外有人叫我，接着有人拿沙子抛到玻璃上，我赶忙起来一看，原来草地上立着那个清癯的朋友，旁边有个女人立在我的门前。朋友说："你能不能下来，我们有桩事托你。"

我蹑着脚下楼，开了门，在黑影模糊中听我朋友说："钟绿，钟绿她来到这里，太晚没有地方住，我想，或许你可以设法，明天一早她就要走的。"他又低声向我说："我知道你一定愿意认识她。"

这事真是来得非常突兀，听到了那么熟识，却又是那么神话的钟绿，竟然意外的立在我的前边，长长的身影穿着外衣，低低的半顶帽遮着半个脸，我什么也看不清楚。我伸手和她握手，告诉她在校里常听到她。她笑声的答应我说，希望她能使我失望，远不如朋友所讲的她那么坏！

在黑夜里，她的声音像银铃样，轻轻的摇着，末后宽柔温好，带点回响。她又转身谢谢那个朋友，率真的揽住他的肩膀说："百罗，你永远是那么可爱的一个人。"

她随了我上楼梯，我只觉到奇怪，钟绿在我心里始终成个古典人物，她的实际的存在，在此时反觉得荒诞不可信。

我那时是个穷学生，和一个同学住一间不甚大的屋子，却巧同房的那几天回家去了。我还记得那晚上我在她的书桌上，开了她那盏非常得意的浅黄色灯，还用了我们两人共用的大红浴衣铺在旁边大椅上，预备看书时盖在腿上当毯子享用。屋子的布置本来极简单，我们曾用尽苦心把它收拾得还有几分趣味：衣橱的前面我们用一大幅黑色带金线的旧锦挂上，上面悬着一副我朋友自己刻的金色美人面具，旁边靠墙放两架睡榻，罩着深黄的床幔和一些靠垫，两榻中间隔着一个薄纱的东方式屏风。窗前一边一张书桌，各人有个书架，几件心爱的小古董。

整个房子的神气还很舒适，颜色也带点古黯神秘。钟绿进房来，我就请她坐在我们唯一的大椅上，她把帽子外衣脱下，顺手把大红浴衣披在身上说："你真能让我独占这房里唯一的宝座么？"不知为什么，听到这话，我怔了一下，望着灯下披着红衣的她。看她里面本来穿的是一件古铜色衣裳，腰里一根很宽的铜质软带，一边臂上似乎套着两三副细窄的铜镯子，在那红色浴衣掩映之中，黑色古锦之前，我只觉到她由脸至踵有种神韵，一种名贵的气息和光彩，超出寻常所谓美貌或是漂亮。她的脸稍带椭圆，眉目清扬，有点儿南欧曼达娜的味道；眼睛深棕色，虽然甚大，却微微有点羞涩。她的头脸，耳，鼻，口唇，前颈，和两只手，则都像雕刻过的型体！每一面和他一面交接得那样清晰，又那样柔和，让光和影在上面活动着。

我的小铜壶里本来烧着茶，我便倒出一杯递给她。这回她却怔了说："真想不到这个时候有人给我茶喝，我这回真的走到中国了。"我笑了说："百罗告诉我你喜欢到井里汲水，好，我就喜欢泡茶。各人有她传统的嗜好，不容易改掉。"就在那时候，她的两唇微微地一抿，像朵花，由含苞到开放，毫无痕迹的轻轻的张开，露出那一排贝壳般的牙齿，我默默的在心里说，我这一生总可以说真正的见过一个称得起美人的人物了。

"你知道，"我说，"学校里谁都喜欢说起你，你在我心里简直是个神话人物，不，简直是古典人物；今天你的来，到现在我还信不过这事的实在性！"

她说："一生里事大半都好像做梦。这两年来我飘泊惯了，今天和明天的事多半是不相连续的多；本来现实本身就是一串不一定能连续而连续起来的荒诞。什么事我现在都能相信得过，尤其是此刻，夜这么晚，我把一个从来未曾遇见过的人的清静打断了，坐在她屋里，喝她几千里以外寄来的茶！"

那天晚上，她在我屋子里不止喝了我的茶，并且在我的书架上搬弄了我的书，我的许多相片，问了我一大堆的话，告诉我她有个朋友喜欢中国的诗——我知道

那就是那青年作家，她的情人，可是我没有问她。她就在我屋子中间小小灯光下愉悦的活动着，一会儿立在洛阳造像的墨拓前默了一会，停一刻又走过，用手指柔和的，顺着那金色面具的轮廓上抹下来，她搬弄我桌上的唐陶俑和图章，又问我壁上铜剑的铭文。纯净的型和线似乎都在引逗起她的兴趣。

一会儿她倦了，无意中伸个懒腰，慢慢的将身上束的腰带解下，自然的，活泼的，一件一件将自己的衣服脱下，裸露出她雕刻般惊人的美丽。我看着她耐性的，细致的，解除臂上的铜镯，又用刷子刷她细柔的头发，来回的走到浴室里洗面又走出来。她的美当然不用讲，我惊讶的是她所有举动，全个体态，都是那样的有个性，奏着韵律。我心里想，自然舞蹈班中几个美体的同学，和我们人体画班中最得意的两个模特，明蒂和苏茜，她们的美实不过是些浅显的柔和及妍丽而已，同钟绿真无法比较得来。我忍不住兴趣的直爽的笑对钟绿说：

"钟绿你长得实在太美了，你自己知道么？"

她忽然转过来看了我一眼，好癖气的笑起来，坐到我床上。

"你知道你是个很古怪的小孩子么？"她伸手抚着我的头后（那时我的头是低着的，似乎倒有点难为情起来），"老实告诉你，当百罗告诉我，要我住在一个中国姑娘的房里时，我倒有些害怕，我想着不知道我们要谈多少孔夫子的道德，东方的政治；我怕我的行为或许会触犯你们谨严的佛教！"

这次她说完，却是我打个哈欠，倒在床上好笑。

她说："你在这里原来住得还真自由。"

我问她是否指此刻我们不拘束的行动讲。我说那是因为时候到底是半夜了，房东太太在梦里也无从干涉，其实她才是个极宗教的信徒，我平日极平常的画稿，拿回家来还曾经惊着她的腼腆。男朋友从来只到过我楼梯底下的，就是在楼梯边上坐着，到了十点半，她也一定咳嗽的。

钟绿笑了说："你的意思是从孔子庙到自由神中间并无多大距离！"

那时我睡在床上和她谈天，屋子里仅点一盏小灯。她披上睡衣，替我开了窗，才回到床上抱着膝盖抽烟，在一小闪光底下，她努着嘴喷出一个一个的烟圈，我又疑心我在做梦。

"我顶希望有一天到中国来，"她说，手里搬弄床前我的夹旗袍，"我还没有看见东方的莲花是什么样子。我顶爱坐帆船了。"

我说，"我和你约好了，过几年你来，挑个山茶花开遍了时节，我给你披上一件长袍，我一定请你坐我家乡里最浪漫的帆船。"

"如果是个月夜，我还可以替你弹一曲希腊的弦琴。"

"也许那时候你更愿意死在你的爱人怀里！如果你的他也来。"我逗着她。

她忽然很正经的却用最柔和的声音说："我希望有这福气。"

就这样说笑着，我朦胧的睡去。

到天亮时，我觉得有人推我，睁开了眼，看她已经穿好了衣裳，收拾好皮包，俯身下来和我作别。

"再见了，好朋友，"她又淘气的抚着我的头，"就算你做个梦吧。现在你信不信昨夜答应过人，要请她坐帆船？"

可不就像一个梦，我眯着两只眼，问她为何起得这样早。她告诉我要赶六点十分的车到乡下去，约略一个月后，或许回来，那时一定再来看我。她不让我起来送她，无论如何要我答应她，等她一走就闭上眼睛再睡。

于是在天色微明中，我只再看到她歪着一顶帽子，倚在屏风旁边妩媚地一笑，便转身走出去了。一个月以后，她没有回来，其实等到一年半后，我离开××时，她也没有再来过这城的。我同她的友谊就仅仅限于那么一个短短的半夜，所以那天晚上是我第一次，也就是最末次，会见了钟绿。但是即使以后我没有再得到关于她的种种悲惨的消息，我也知道我是永远不能忘记她的。

那个晚上以后，我又得到她的消息时，约在半年以后，百罗告诉我说：

"钟绿快要出嫁了。她这种的恋爱真能使人相信人生还有点意义，世界上还有一点美存在。这一对情人上礼拜堂去，的确要算上帝的荣耀。"

我好笑忧郁的百罗说这种话，却是私下里也的确相信钟绿披上长纱会是一个奇美的新娘。那时候我也很知道一点新郎的样子和癖气，并且由作品里我更知道他留给钟绿的情绪，私下里很觉到钟绿幸福。至于他们的结婚，我倒觉得很平凡；我不时叹息，想象到钟绿无条件的跟着自然规律走，慢慢的变成一个妻子，一个母亲，渐渐离开她现在的样子，变老，变丑，到了我们从她脸上身上再也看不出她现在的雕刻般的奇迹来。

谁知道事情偏不这样的经过，钟绿的爱人竟在结婚的前一星期骤然死去，听说钟绿那时正在试着嫁衣，得着电话没有把衣服换下，便到医院里晕死过去在她未婚新郎的胸口上。当我得到这个消息时，钟绿已经到法国去了两个月，她的情人也已葬在他们本来要结婚的礼拜堂后面。

因为这消息，我却时常想起钟绿试装中世纪尼姑的故事，有点儿预兆。美人自古薄命的话，更好像有了凭据。但是最使我感恸的消息，还在此后两年多。

当我回国以后，正在家乡游历的时候，我接到百罗一封长信，我真是没有想到钟绿竟死在一条帆船上。关于这一点，我始终疑心这个场面，多少有点钟绿自己的安排，并不见得完全出自偶然。那天晚上对着一江清流，茫茫暮霭，我独立在岸边山坡上，看无数小帆船顺风飘过，忍不住泪下如雨，坐下哭了。

我耳朵里似乎还听见钟绿银铃似的温柔的声音说："就算你做个梦，现在你信不信昨夜答应过请人坐帆船？"

原载 1935 年 6 月 16 日《大公报·文艺副刊》

吉 公

——模影零篇之二

二三十年前，每一个老派头旧家族的宅第里面，竟可以是一个缩小的社会；内中居住着种种色色的人物，他们错综的性格，兴趣，和琐碎的活动，或属于固定的，或属于偶然的，常可以在同一个时间里，展演如一部戏剧。

我的老家，如同当时其他许多家庭一样，在现在看来，尽可以称它做一个旧家族。那个并不甚大的宅子里面，也自成一种社会缩影。我同许多小孩子既在那中间长大，也就习惯于里面各种错综的安排和纠纷，像一条小鱼在海滩边生长，习惯于种种螺壳，蛤蜊，大鱼，小鱼，司空见惯，毫不以那种戏剧性的集聚为希奇。但是事隔多年，有时反复回味起来，当时的情景反倒十分迫近。眼里颜色浓淡鲜晦，不但记忆浮沉驰骋，情感竟亦在不知不觉中重新伸缩，仿佛有所活动。

不过那大部的戏剧此刻却并不在我念中，此刻吸引是我回想的仅是那大部中一小部，那错综的人物中一个人物。

他是我们的舅公，这事实是经"大人们"指点给我们一群小孩子知道的。于是我们都叫他做"吉公"，并不疑问到这事实的确实性。但是大人们却又在其他的时候里间接的，直接的，告诉我们，他并不是我们的舅公的许多话！凡属于故事的话，当然都更能深入孩子的记忆里，这舅公的来历，就永远的在我们心里留下痕迹。

"吉公"是外曾祖母抱来的儿子。这故事一来就有些曲折，给孩子们许多想象的机会。外曾祖母本来自己是有个孩子的，据大人们所讲，他是如何的聪明，如何的长得俊！可惜在他九岁的那年一个很热的夏天里，竟然"出了事"。故事是如此的：他和一个小朋友，玩着抬起一个旧式的大茶壶桶，嘴里唱着土白的山歌，由供着神位的后厅抬到前面正厅里去……（我们心里在这里立刻浮出一张鲜明的图画：两个小孩子，赤着膊；穿着挑花大红肚兜，抬着一个朱漆木桶；里面装着一个白锡镶铜的大茶壶；多少两的粗茶叶，泡得滚热的；——）但是悲剧也就发生在这幅图画后面，外曾祖父手里拿着一根旱烟管，由门后出来，无意中碰倒了一个孩子，事儿就坏了！那无可偿补的悲剧，就此永远嵌进那温文儒雅读书人的生命里去。

这个吉公用不着说是抱来替代那惨死去的聪明孩子的。但这是又过了十年，外曾祖母已经老了，祖母已将出阁时候的事。讲故事的谁也没有提到吉公小时是如何长得聪明美丽的话。如果讲到吉公小时的情形，且必用一点叹息的口气说起这吉公如何的顽皮，如何的不爱念书，尤其是关于学问是如何的没有兴趣，长大起来，他也始终不能去参加他们认为光荣的考试。

就一种理论讲，我们自己既在那里读书学做对子，听到吉公不会这门事，在心理上对吉公发生了一点点轻视并不怎样不合理。但是事实上我们不止对他的感情总是那么柔和，时常且对他发生不少的惊讶和钦佩。

吉公住在一个跨院的旧楼上边。不止在现时回想起来，那地方是个浪漫的去处，就是在当时，我们也未尝不觉到那一曲小小的旧廊，上边斜着吱吱哑哑的那么一道危梯，是非常有趣味的。

我们的境界既被限制在一所四面有围墙的宅子里，那活泼的孩子心有时总不肯在单调的生活中磋磨过去，故必定竭力的，在那限制的范围以内寻觅新鲜。在一片小小的地面上，我们认为最多变化，最有意思的，到底是人：凡是有人住的，无论哪一个小角落里，似乎都藏着无数的奇异，我们对它便都感着极大兴味。所以挑水老李住的两间平房，远在茶园子的后门边，和退老的老陈妈所看守的厨房以外一排空房，在我们寻觅新鲜的活动中，或可以说长成的过程中，都是绝对必需的。吉公住的那小跨院的旧楼，则更不必说了。

在那楼上，我们所受的教育，所吸取的智识，许多确非负责我们教育的大人们所能想象得到的。随便说吧，最主要的就有自鸣钟的机轮的动作，世界地图，油画的外国军队军舰，和照像技术的种种，但是最要紧的还是吉公这个人，他的生平，他的样子，癖气，他自己对于这些新智识的兴趣。

吉公已是中年人了，但是对于种种新鲜事情的好奇，却还活像个孩子。在许多人跟前，他被认为是个不读书不上进的落魄者，所以在举动上，在人前时，他便习惯于惭愧，谦卑，退让，拘束的神情，惟独回到他自己的旧楼上，他才恢复过来他种种生成的性格，与孩子们和蔼天真的接触。

在楼上他常快乐的发笑；有时为着玩弄小机器一类的东西，他还会带着嘲笑似的，骂我们迟笨——在人前，这些便是绝不可能的事。用句现在极普通的语言讲，吉公是个有"科学的兴趣"的人，那个小小楼屋，便是他私人的实验室。但在当时，吉公只是一个不喜欢做对子读经书的落魄者，那小小角

隅实是祖母用着布施式的仁慈和友爱的含忍，让出来给他消磨无用的日月的。

夏天里，约略在下午两点的时候。那大小几十口复杂的家庭里，各人都能将他一份事情打发开来，腾出一点时光睡午觉。小孩们有的也被他们母亲或看妈抓去横睡在又热又闷气的床头一角里去。在这个时候，火似的太阳总显得十分寂寞，无意义的罩着一个两个空院，一处两处洗晒的衣裳；刚开过饭的厨房，或无人用的水缸。在清静中，喜鹊大胆的飞到地面上，像人似的来回走路，寻觅零食，花猫黄狗全都蜷成一团，在门槛旁把头睡扁了似的不管事。

我喜欢这个时候，这种寂寞对于我有说不出的滋味。饭吃过，随便在哪个荫凉处呆着，用不着同伴，我就可以寻出许多消遣来。起初我常常一人走进吉公的小跨院里去，并不为的找吉公，只站在门洞里吹穿堂风，或看那棵大柚子树的树荫罩在我前面来回的摇晃。有一次我满以为周围只剩我一人的，忽然我发现廊下有个长长的人影，不觉一惊。顺着人影偷着看去，我才知道是吉公一个人在那里忙着一件东西。他看我走来便向我招手。

原来这时间也是吉公最宝贵的时候，不轻易拿来糟蹋在午睡上面。我同他的特殊的友谊便也建筑在这点点同情上。他告我他私自学会了照相，家里新买到一架照相机已交给他尝试。夜里，我是看见过的，他点盏红灯，冲洗那种旧式玻璃底片，白日里他一张一张耐性的晒片子，这还是第一次让我遇到！那时他好脾气的指点给我一个人看，且请我帮忙，两次带我上楼取东西。平常孩子们太多他没有工夫讲解的道理，此刻慢吞吞的也都和我讲了一些。

吉公楼上的屋子是我们从来看不厌的，里面东西实在是不少，老式钟表就有好几个，都是亲戚们托他修理的，有的是解散开来卧在一个盘子里，等他一件一件再细心的凑在一起。桌上竟还放着一副千里镜，墙上满挂着许多很古怪翻印的

油画，有的是些外国皇族，最多还是有枪炮的普法战争的图画，和一些火车轮船的影片以及大小地图。

"吉公，谁教你怎么修理钟的？"

吉公笑了笑，一点不骄傲，却显得更谦虚的样子，努一下嘴，叹口气说："谁也没有教过吉公什么！"

"这些机器也都是人造出来的，你知道！"他指着自鸣钟，"谁要喜欢这些东西尽可拆开来看看，把它弄明白了。"

"要是拆开了还不大明白呢？"我问他。

他更沉思的叹息了。

"你知道，吉公想大概外国有很多工厂教习所，教人做这种灵巧的机器，凭一个人的聪明一定不会做得这样好。"说话时吉公带着无限的怅惘。我却没有听懂什么工厂什么教习所的话。

吉公又说："我那天到城里去看一个洋货铺，里面有个修理钟表的柜台，你说也真奇怪，那个人在那里弄个钟，许多地方还没有吉公明白呢！"

在这个时候，我以为吉公尽可以骄傲了，但是吉公的脸上此刻看去却更惨淡，眼睛正望着壁上火轮船的油画看。

"这些钟表实在还不算有意思。"他说，"吉公想到上海去看一次火轮船，那种大机器转动起来够多有趣？"

"伟叔不是坐着那么一个上东洋去了么？"我说，"你等他回来问问他。"

吉公苦笑了。"傻孩子，伟叔是读书人，他是出洋留学的，坐到一个火轮船上，也不到机器房里去的，那里都是粗的工人火伕等管着。"

"那你呢？难道你就能跑到粗人火伕的机器房里去？"孩子们受了大人影响，怀疑到吉公的自尊心。

"吉公喜欢去学习，吉公不在乎那些个。"他笑了，看看我为他十分着急的样子，忙把话转变一点安慰我说："在外国，能干的人也有专管机器的，好比船上的船长吧，他就也得懂机器还懂地理。军官吧，他就懂炮车里机器，尽念古书不相干的，

洋人比我们能干，就为他们的机器……"

这次吉公讲的话很多，我都听不懂，但是我怕他发现我太小不明白他的话，以后不再要我帮忙，故此一直勉强听下去，直到吉公记起廊下的相片，跳起来拉了我下楼。

又过了一些日子，吉公的照相颇博得一家人的称赞，尤其是女人们喜欢的了不得。天好的时候，六婶娘找了几位妯娌，请祖母和姑妈们去她院里照相。六婶娘梳着油光的头，眉目细细的，淡淡的画在她的白皙脸上，就同她自己画的兰花一样有几分勉强。她的院里有几棵梅花几竿竹，一个月门，还有一堆假山，大家都认为可以入画的景致。但照相前，各人对于陈设的准备，也和吉公对于照相机底片等等的部署一般繁重。婶娘指挥丫头玉珍，花匠老王，忙着摆茶几，安放细致的水烟袋及茶杯。前面还要排着讲究的盆花，然后两旁列着几张直背椅，各人按着辈分岁数各各坐成一个姿势，有时还拉着一两个孩子做衬托。

在这种时候，吉公的头与手在他黑布与机器之间耐烦的周旋着。周旋到相当时间，他认为已经到达较完满的程度，才把头伸出观望那被摄影的人众。每次他有个新颖的提议，照相的人们也就有说有笑的起劲。这样祖母便很骄傲起来，这是连孩子们都觉察得出的，虽然我们当时并未了解她的许多伤心。吉公呢，他的全副精神却在那照相技术上边，周围的空气人情并不在他注意中。等到照相完了，他才微微的感到一种完成的畅适，兴头地掮着照相机，带着一群孩子回去。

还有比这个严重的时候，如同年节或是老人们的生日，或宴客，吉公的照相职务便更为重要了。早上你到吉公屋里去，便看得到厚厚的红布黑布挂在窗上，里面点着小红灯，吉公驼着背在黑暗中来往的工作。他那种兴趣，勤劳和认真，现在回想起来，我相信如果他晚生了三十年，这个社会里必定会有他一个结实的地位的。照相不过是他当时一个不得已的科学上活动，他对于其他机器的爱好，却并不在照相以下。不过在实际上照相既有所贡献于接济他生活的人，他也只好安于这份工作了。

另一次我记得特别清楚，我那喜欢兵器，武艺的祖父，拿了许多所谓"洋枪"到吉公那里，请他给揩擦上油。两人坐在廊下谈天，小孩子们也围上去。吉公开一瓶橄榄油，扯点破布，来回的玩那些我们认为颇神秘的洋枪，一边议论着洋船，洋炮，及其他洋人做的事。

吉公所懂得的均是具体知识，他把枪支在手里，开开这里，动动那里，演讲一般指手画脚讲到机器的巧妙，由枪到炮，由炮到船，由船到火车，一件一件。祖父感到惊讶了，这已经相信维新的老人听到吉公这许多话，相当的敬服起来，微笑凝神的在那里点头领教。大点的孩子也都闻所未闻的睁大了眼睛；我最深的印象便是那次是祖父对吉公非常愉悦的脸色。

祖父谈到航海，说起他年轻的时候，极想到外国去，听到某处招生学洋文，保送到外洋去，便设法想去投考。但是那时他已聘了祖母，丈人方面得到消息大大的不高兴，竟以要求退婚要挟他把那不高尚的志趣打消。吉公听了，黯淡的一笑，或者是想到了他自己年少时多少的梦，也曾被这同一个读书人给毁掉了。

他们讲到苏彝士运河，吉公便高兴的，同情的，把楼上地图拿下来，由地理讲到历史，甲午呀，庚子呀，我都是在那时第一次听到。我更记得平常不说话的吉公当日愤慨的议论，我为他不止一点的骄傲，虽然我不明白为什么他的结论总回到机器上。

但是一年后吉公离开我们家，却并不为着机器，而是出我们意料外的为着一个女人。

也许是因为吉公的照相相当的出了名，并且时常的出去照附近名胜风景，让一些人知道了，就常有人来请他去照相。为着对于技术的兴趣，他亦必定到人家去尽义务的为人照全家乐，或带着朝珠补褂的单人留影。酬报则时常是些食品，果子。

有一次有人请他去，照相的却是一位未曾出阁的姑娘，这位姑娘因在择婿上稍稍经过点周折，故此她家里对于她的亲事常怀着悲观。与吉公认识的是她堂房哥哥，照相的事是否这位哥哥故意的设施，家里人后来议论得非常热烈，我们也始终不得明了。要紧的是，事实上吉公对于这姑娘一家甚有好感，为着这姑娘的相片也颇尽了些职务；我不记得他是否在相片上设色，至少那姑娘的口唇上是抹了一小点胭脂的。

这事传到祖母耳里，这位相信家教谨严的女人便不大乐意。起前，她觉得

一个未出阁的女子，相片交给一个没有家室的男子手里印洗，是不名誉不正当的。并且这女子既不是和我们同一省份，便是属于"外江"人家的，事情尤其要谨慎。在这纠纷中，我才又得听到关于吉公的一段人生悲剧。多少年前他是曾经娶过妻室的，一位年轻美貌的妻子，并且也生过一个孩子，却在极短的时间内，母子两人全都死去。这事除却在吉公一人的心里，这两人的存在几乎不在任何地方留下一点凭据。

现在这照相的姑娘是吉公生命里的一个新转变，在他单调的日月里开出一条路来。不止在人情上吉公也和他人一样需要异性的关心和安慰，就是在事业的野心上，这姑娘的家人也给吉公以不少的鼓励，至少到上海去看火轮船的梦是有了相当的担保，本来悠长没有着落的日子，现在是骤然的点上希望。虽然在人前吉公仍是沉默，到了小院里他却开始愉快的散步；注意到柚子树又开了花；晚上有没有月亮；还买了几条金鱼养到缸里。在楼上他也哼哼一点调子，把风景照片镶成好看的框子，零整地拿出去托人代售。有时他还整理旧箱子；多少年他没有心绪翻检的破旧东西，现在有时也拿出来放在床上，椅背上，尽小孩子们好奇的问长问短，他也满不在乎了。

忽然突兀的他把婚事决定了，也不得我祖母的同意，便把吉期选好，预备去入赘。祖母生气到默不做声，只退到女人家的眼泪里去，呜咽她对于这弟弟的一切失望。家里人看到舅爷很不体面的，到外省人家去入赘，带着一点箱笼什物，自然也有许多与祖母表同情的。但吉公则终于离开那所浪漫的楼屋，去另找他的生活了。

那布着柚子树荫的小跨院渐渐成为一个更寂寞的角隅，那道吱吱哑哑的木梯从此便没有人上下，除却小孩子们有时淘气，上到一半又赶忙下来。现在想来，我不能不称赞吉公当时那一点挣扎的活力，能不甘于一种平淡的现状。那小楼只能尘封吉公过去不幸的影子，却不能把他给活埋在里边。

吉公的行为既是叛离亲族，在旧家庭里许多人就不能容忍这种的不自尊。他婚后的行动，除了带着新娘来拜过祖母外，其他事情便不听到有人提起！似乎过了不久的时候，他也就到上海去，多少且与火轮船有关系。有一次我曾大胆的问过祖父，他似乎对于吉公是否在火轮船做事没有多大兴趣，完全忘掉他们一次很融洽的谈话。在祖母生前，吉公也还有来信，但到她死后，就完全地渺然消失，不通音讯了。

两年前我南下，回到幼年居住的城里去，无意中遇到一位远亲，他告诉我吉公住在城中，境况非常富裕；子女四人，在各个学校里读书，对于科学都非常嗜好，尤其是内中一个，特别聪明，屡得学校奖金等等。于是我也老声老气的发出人事的感慨。如吉公自己生早了三四十年，我说，我希望他这个儿子所生的时代与环境合适于他的聪明，能给他以发展的机会不再复演他老子的悲剧。并且在生命的

道上，我祝他早遇到同情的鼓励，敏捷的达到他可能的成功。这得失且并不仅是吉公个人的，而可以计算作我们这老朽的国家的。

至于我会见到那六十岁的吉公，听到他离开我们家以后一段奋斗的历史，这里实没有细讲的必要，因为那中年以后不经过训练，自己琢磨出来的机器师，他的成就必定是有限的。纵使他有相当天赋的聪明，他亦不能与太不适当的环境搏斗。由于爱好机器，他到轮船上做事，到码头公司里任职，更进而独立的创办他的小规模丝织厂，这些全同他的照相一样，仅成个实际上能博取物质胜利的小事业，对于他精神上超物质的兴趣，已不能有所补助，有所启发。年老了，当时的聪明一天天消失，所余仅是一片和蔼的平庸和空虚。认真的说，他仍是个失败者。如果迷信点的话，相信上天或许要偿补给吉公他一生的委曲，这下文的故事，就应该在他那个聪明孩子和我们这个时代上。但是我则仍然十分怀疑。

原载 1935 年 8 月 11 日《大公报·文艺副刊》

文 珍

——模影零篇之三

　　家里在复杂情形下搬到另一个城市去，自己是多出来的一件行李。大约七岁，似乎已长大了，篁姊同家里商量接我到她处住半年，我便被送过去了。

　　起初一切都是那么模糊，重叠的一堆新印象乱在一处：老大的旧房子，不知有多少老老少少的人，楼，楼上憧憧的人影，嘈杂陌生的声音，假山，绕着假山的水池，很讲究的大盆子花，菜圃，大石井，红红绿绿小孩子，穿着很好看或粗糙的许多妇人围着四方桌打牌的，在空屋里养蚕的，晒干菜的，生活全是那么混乱繁复和新奇。自己却总是孤单，怯生，寂寞。积渐的在纷乱的周遭中，居然挣扎出一点头绪，认到一个凝固的中心，在寂寞焦心或怯生时便设法寻求这个中心，抓紧它，旋绕着它要求一个孩子所迫切需要的保护，温暖，和慰安。

　　这凝固的中心便是一个约摸十七岁年龄的女孩子。她有个苗条身材，一根很黑的发辫，扎着大红绒绳；两只灵活真叫人喜欢黑晶似的眼珠；和一双白皙轻柔无所不会的手。她叫做文珍。人人都喊她文珍，不管是梳着油光头的妇人，扶着拐杖的老太太，刚会走路的"孙少"，老妈子或门房里人！

文珍随着喊她的声音转，一会儿在楼上牌桌前张罗，一会儿下楼穿过廊子不见了，又一会儿是哪个孩子在后池钓鱼，喊她去寻钓竿，或是另一个迫她到园角攀摘隔墙的还不熟透的桑椹。一天之中这扎着红绒绳的发辫到处可以看到，跟着便是那灵活的眼珠。本能的，我知道我寻着我所需要的中心，和骆驼在沙漠中望见绿洲一样。清早上寂寞地踱出院子一边望着银红阳光射在藤萝叶上，一边却盼望

着那扎着红绒绳的辫子快点出现。凑巧她过来了；花布衫熨得平平的，就有补的地方，也总是剪成如意或桃子等好玩的式样，雪白的袜子，青布的鞋，轻快地走着路，手里持着一些老太太早上需要的东西，开水，脸盆或是水烟袋，看着我，她就和蔼亲切的笑笑：

"怎么不去吃稀饭？"

难为情的，我低下头。

"好吧，我带你去。尽怕生不行的呀！"

感激的我跟着她走。到了正厅后面（两张八仙桌上已有许多人在吃早饭），她把东西放在一旁，携着我的手到了中间桌边，顺便的喊声："五少奶，起得真早，"等五少奶转过身来，便更柔声地说："小客人还在怕生呢，一个人在外边吹着，也不进来吃稀饭！"于是把我放在五少奶旁边方凳上，她自去大锅里盛碗稀饭，从桌心碟子里挟出一把油炸花生，拣了一角有红心的盐鸡蛋放在我面前，笑了一笑走去几步，又回头来，到我耳朵边轻轻地说：

"好好的吃，吃完了，找阿元玩去，他们早上都在后池边看花匠做事，你也去。"或是："到老太太后廊子找我，你看不看怎样挟燕窝？"

红绒发辫暂时便消失了。

太阳热起来，有天我在水亭子里睡着了，睁开眼正是文珍过来把我拉起来，"不能睡，不能睡，这里又是日头又是风的，快给我进去喝点热茶。"害怕的我跟着她去到小厨房，看着她拿开水冲茶，听她嘴里哼哼的唱着小调。篁姊走过看到我们便喊："文珍，天这么热你把她带到小厨房里做什么？"我当时真怕文珍生气，文珍却笑嘻嘻地："三少奶奶，你这位妹妹真怕生，总是一个人闷着，今天又在水亭里睡着了，你给她想想法子解解闷，这里怪难为她的。"

篁姊看看我说："怎么不找那些孩子玩去？"我没有答应出来，文珍在篁姊背后已对我挤了挤眼，我感激地便不响了。篁姊走去，文珍拉了我的手说："不要紧，

不找那些孩子玩时就来找我好了，我替你想想法子。你喜不喜欢拆旧衣衫？我给你一把小剪子，我教你。"

于是面对面我们两人有时便坐在树荫下拆旧衣，我不会时她就叫我帮助她拉着布，她一个人剪，一边还同我讲故事。

指着大石井，她说："文环比我大两岁，长得顶好看了，好看的人没有好命，更可怜！我的命也不好，可是我长得老实样，没有什么人来欺侮我。"文环是跳井死的丫头，这事发生在我未来这家以前，我就知道孩子们到了晚上，便互相逗着说文环的鬼常常在井边来去。

"文环的鬼真来么？"我问文珍。

"这事你得问芳少爷去。"

我怔住不懂，文珍笑了，"小孩子还信鬼么？我告诉你，文环的死都是芳少爷不好，要是有鬼，她还不来找他算账，我看，就没有鬼，文环白死了！"我仍然没有懂，文珍也不再往下讲了，自己好像不胜感慨的样子。

过一会儿她忽然说：

"芳少爷讲书倒讲得顶好了，我替你出个主意，等他们早上讲诗的时候，你也去听。背诗挺有意思的，明天我带你去听。"

到了第二天她果然便带了我到东书房去听讲诗。八九个孩子看到文珍进来，都看着芳哥的脸。文珍满不在乎地坐下，芳哥脸上却有点两样，故作镇定的向着我说：

"小的孩子，要听可不准闹。"我望望文珍，文珍抿紧了嘴不响，打开一个布包，把两本唐诗放在我面前，轻轻地说："我把书给你带来了。"

芳哥选了一些诗，叫大的背诵，又叫小的跟着念；又讲李太白怎样会喝酒的故事。文珍看我已经很高兴地在听下去，自己便轻脚轻手的走出去了。此后每天我学了一两首新诗，到晚上就去找文珍背给她听，背错了她必提示我，每背出一首她还替我抄在一个本子里——如此文珍便做了我的老师。

五月节中文珍裹的粽子好，做的香袋更是特别出色，许多人便托她做，有的送她缎面鞋料，有的给她旧布衣衫，她都一脸笑高兴地接收了。有一天在她屋子里玩，我看到她桌子上有个古怪的纸包；我问她里边是些什么，她也很稀奇的说连她都不知道。我们两人好奇地便一同打开看。原来里边裹着是一把精致的折扇，上面画着两三朵菊花，旁边细细的写着两行诗。

"这可怪了，"她喊了起来，接着眼珠子一转，仿佛想起什么了，便轻声的骂着，"鬼送来的！"

听到鬼，我便联想到文环，忽然恍然，有点明白这是谁送来的！我问她可是芳哥？她望着我看看，轻轻拍了我一下，好脾气地说："你这小孩子家好懂事，可是，"她转了一个口吻，"小孩子家太懂事了，不好的。"过了一会儿，看我好像很难过，又笑逗着我："好娇气，一句话都吃不下去！轻轻说你一句就值得撅着嘴这半天！以后怎做人家儿媳妇？"我羞红了脸便和她闹，半懂不懂地大声念扇子上的诗。这下她可真急了，把扇子夺在手里说："你看我稀罕不稀罕爷们的东西！死了一个丫头还不够呀？"一边说一边狠狠的把扇子撕个粉碎，伏在床上哭起来了。

我从来没有想到文珍会哭的，这一来我慌了手脚，爬在她背上摇她，一直到自己也哭了，她才回过头来说，"好小姐，这是怎么闹的，快别这样了。"替我擦干了眼泪，又哄了我半天。一共做了两个香包才把我送走。

在夏天有一个薄暮里大家都出来到池边乘凉看荷花，小孩子忙着在后园里捉萤火虫，我把文珍也拉去绕着假山竹林子走，一直到了那扇永远锁闭着的小门前边。阿元说那边住的一个人家是革命党，我们都问革命党是什么样子，要爬在假山上面往那边看。文珍第一个上去，阿元接着我推上去。等到我的脚自己能立稳的时候，我才看到隔壁院里一个剪发的年轻人，仰着头望着我们笑。文珍急着要下来，阿元却正挡住她的去路。阿元上到山顶冒冒失失的便向着那人问："喂，喂，我问你，你是不是革命党呀？"那人皱一皱眉又笑了笑，问阿元敢不敢下去玩，文珍生气了说阿元太顽皮，自己便先下去把我也接下去走了。

过了些时，我发现这革命党邻居已同阿元成了至交，时常请阿元由墙上过去玩，他自己也越墙过来同孩子们玩过一两次。他是个东洋留学生，放暑假回家的，很自然的我注意到他注意文珍，可是一切事在我当时都是一片模糊，莫明其所以的。文珍一天事又那么多，有时被孩子们纠缠不过，总躲了起来在楼上挑花做鞋去，轻易不见她到花园里来玩的。

可是忽然间全家里空气突然紧张，大点的孩子被二少奶老太太传去问话；我自己也被篁姊询问过两次关于小孩子们爬假山结交革命党的事，但是每次我都咬定了不肯说有文珍在一起。在那种大家庭里厮混了那么久，我也积渐明白做丫头是怎样与我们不同，虽然我却始终没有看到文珍被打过。

经过这次事件以后，文珍渐渐变成沉默，没有先前活泼了。多半时候都在正厅耳房一带，老太太的房里或是南楼上，看少奶奶们打牌。仅在篁姊生孩子时，晚上过来陪我剪花样玩，帮我写两封家信。看她样子好像很不高兴。

中秋前几天阿元过来，报告我说家里要把文珍嫁出去，已经说妥了人家，一个做生意的，长街小钱庄里管账的，听说文珍认得字，很愿意娶她，一过中秋便要她过门，我一面心急文珍要嫁走，却一面高兴这事的新鲜和热闹。

"文珍要出嫁了！"这话在小孩子口里相传着。但是见到文珍我却没有勇气问她。下意识的，我也觉到这桩事的不妙；一种黯淡的情绪笼罩着文珍要被嫁走的新闻上面。我记起文珍撕扇子那一天的哭，我记起我初认识她时她所讲的文环的故事，这些记忆牵牵连连的放在一起，都似乎叫我非常不安。到后来我忍不住了，在中秋前两夜大月亮和桂花香中看文珍正到我们天井外石阶上坐着时，上去坐在她旁边，无暇思索的问她：

"文珍，我同你说。你真要出嫁了么？"

文珍抬头看看树枝中间月亮：

"她们要把我嫁了！"

"你愿意么？"

"什么愿意不愿意的，谁大了都得嫁不是？"

"我说是你愿意嫁给那么一个人家么？"

"为什么不？反正这里人家好，于我怎么着？我还不是个丫头，穿得不好，说我不爱体面，穿得整齐点，便说我闲话，说我好打扮，想男子！……说我……"

她不说下去，我也默然不知道说什么。

"反正，"她接下去说，"丫头小的时候可怜，好容易捱大了，又得遭难！不嫁老在那里磨着，嫁了不知又该受些什么罪！活该我自己命苦，生在凶年……亲爹嬷背了出来卖给人家！"

我以为她又哭了，她可不，忽然立了起来，上个小山坡，颠起脚来连连折下许多桂花枝，拿在手里嗅着。

"我就嫁！"她笑着说，"她们给我说定了谁，我就嫁给谁！管他呢，命要不好，遇到一个醉汉打死了我，不更干脆？反正，文环死在这井里，我不能再在他们家上吊！这个那个都待我好，可是我可伺候够了，谁的事我不做一堆？不待我好，难道还要打我？"

"文珍，谁打过你？"我问。

"好，文环不跳到井里去了么，谁现在还打人？"她这样回答，随着把手里桂花丢过一个墙头，想了想，笑起来。我是完全的莫名其妙。

"现在我也大了，闲话该轮到我了，"她说了又笑，"随他们说去，反正是个丫头，我不怕！……我要跑就跑，跟卖布的，卖糖糕的，卖馄饨的，担臭豆腐挑子沿街喊的，出了门就走了！谁管得了我？"她放声地咭咭呱呱地大笑起来，两只手拿我的额发辫着玩。

我看她高兴，心里舒服起来。寻常女孩子家自己不能提婚姻的事，她竟说要

跟卖臭豆腐的跑了，我暗暗稀罕她说话的胆子，自己也跟说疯话：

"文珍，你跟卖馄饨的跑了，会不会生个小孩子也卖馄饨呀？"

文珍的脸忽然白下来，一声不响。

××钱庄管账的来拜节，有人一直领他到正院里来，小孩们都看见了。这人穿着一件蓝长衫，罩一件青布马褂，脸色乌黑，看去真像有了四十多岁，背还有点驼，指甲长长的，两只手老筒在袖里，顽皮的大孩子们眼睛骨碌碌的看着他，口上都在轻轻的叫他新郎。

我知道文珍正在房中由窗格子里可以看得见他，我就跑进去找寻，她却转到老太太床后拿东西，我跟着缠住，她总一声不响。忽然她转过头来对我亲热的一笑，轻轻地，附在我耳后说，"我跟卖馄饨的去，生小孩，卖小馄饨给你吃。"说完噗嗤地稍稍大声点笑。我乐极了就跑出去。但所谓"新郎"却已经走了，只听说人还在外客厅旁边喝茶，商谈亲事应用的茶礼，我也没有再出去看。

此后几天，我便常常发现文珍到花园里去，可是几次，我都找不着她，只有一次我看见她从假山后那小路回来。

"文珍你到哪里去？"

她不答应我，仅仅将手里许多杂花放在嘴边嗅，拉着我到池边去说替我打扮个新娘子，我不肯，她就回去了。

又过了些日子我家来人接我回去，晚上文珍过来到我房里替篁姊收拾我的东西。看见房里没有人，她把洋油灯放低了一点，走到床边来同我说：

"我以为我快要走了，现在倒是你先去，回家后可还记得起来文珍？"

我眼泪挂在满脸，抽噎着说不出话来。

"不要紧，不要紧。"她说，"我到你家来看你。"

"真的么？"我伏在她肩上问。

"那谁知道！"

"你是不是要嫁给那钱庄管账的？"

"我不知道。"

153

"你要嫁给他，一定变成一个有钱的人了，你真能来我家么？"

"我也不知道。"

我又哭了。文珍摇摇我，说："哭没有用的，我给你写信好不好？"我点点头，就躺下去睡。

回到家后我时常盼望着文珍的信，但是她没有给我信。真的革命了，许多人都跑上海去住，篁姊来我们家说文珍在中秋节后快要出嫁以前逃跑了，始终没有寻着。这消息听到耳里同雷响一样，我说不出的牵挂、担心她。我鼓起勇气地问文珍是不是同一个卖馄饨的跑了，篁姊惊讶地问我：

"她时常同卖馄饨的说话么？"

我摇摇头说没有。

"我看，"篁姊说，"还是同那革命党跑的！"

一年以后，我还在每个革命画册里想发现文珍的情人。文珍却从没有给我写过一封信。

原载 1936 年 6 月 14 日《大公报·文艺副刊》

绣　绣

——模影零篇之四

　　因为时局，我的家暂时移居到 ××。对楼张家的洋房子楼下住着绣绣。

　　那年绣绣十一岁，我十三。起先我们互相感觉到使彼此不自然，见面时便都先后红起脸来，准备彼此回避。但是每次总又同时彼此对望着，理会到对方有一种吸引力，使自己不容易立刻实行逃脱的举动。于是在一个下午，我们便有意距离彼此不远底同立在张家楼前，看许多人用旧衣旧鞋热闹底换碗。

　　还是绣绣聪明，害羞的由人丛中挤过去，指出一对美丽的小磁碗给我看，用秘密亲昵的小声音告诉我她想到家里去要一双旧鞋来换。我兴奋地望着她回家的背影，心里漾起一团愉悦的期待。不到一会儿工夫，我便又佩服又喜悦的参观到绣绣同换碗的贩子一段交易的喜剧，变成绣绣的好朋友。

　　那张小小的图画今天还顶温柔的挂在我的胸口。这些年了，我仍能见到绣绣的两条发辫系着大红绒绳，睁着亮亮的眼，抿紧着嘴，边走边跳的过来，一只背在后面的手里提着一双旧鞋。挑卖磁器的贩子口里衔着旱烟，像一个高大的黑影，笼罩在那两簇美丽得同云一般各色磁器的担子上面！一些好奇的人都伸过头来看。"这么一点点小孩子的鞋,谁要？"贩子坚硬的口气由旱烟管的斜角里呼出来。

　　"这是一双皮鞋，还新着呢！"绣绣抚爱的望着她手里旧皮鞋。那双鞋无疑的曾经一度给过绣绣许多可骄傲的体面。鞋面有两道鞋扣。换碗的贩子终于被绣绣说服，取下口里旱烟扣在灰布腰带上，把鞋子接到手中去端详。绣绣知道这机会不应该失落。也就很快的将两只渴慕了许多时候的小花碗捧到她手里。但是鹰爪似的贩子的一只手早又伸了过来，将绣绣手里梦一般美满的两只小碗仍然收了回去。绣绣没有话说，仰着绯红的脸，眼睛潮润着失望的光。

我听见后面有了许多嘲笑的声音，感到绣绣孤立的形势和她周围一些侮辱的压迫，不觉起了一种不平。"你不能欺侮她小！"我听到自己的声音威风的在贩子的肋下响，"能换就换换，不能换，就把皮鞋还给她！"贩子没有理我，也不去理绣绣，忙碌的同别人交易，小皮鞋也还夹在他手里。

"换了吧老李，换了吧，人家一个孩子。"人群中忽有个老年好事的人发出含笑慈祥的声音。"倚老卖老"的他将担子里那两只小碗重新捡出交给绣绣同我："哪，你们两个孩子拿着这两只碗快走吧！"我惊讶的接到一只碗，不知所措。绣绣却挨过亲热的小脸扯着我的袖子，高兴的笑着示意我同她一块儿挤出人堆来。那老人或不知道，他那时塞到我们手里的不止是两只碗，并且是一把鲜美的友谊。

自此以后，我们的往来一天比一天亲密。早上我伴绣绣到西街口小庐里买点零星东西。绣绣是有任务的，她到店里所买的东西都是油盐酱醋，她妈妈那一天做饭所必需的物品，当我看到她在店里非常熟识的要她的货物了，从容的付出或找入零碎铜元同吊票时，我总是暗暗的佩服她的能干，羡慕她的经验。最使我惊异的则是她妈妈所给我的印象。黄瘦的，那妈妈是个极懦弱无能的女人，因为带着病，她的脾气似乎非常暴躁。种种的事她都指使着绣绣去做，却又无时无刻不咕噜着，教训着她的孩子。

起初我以为绣绣没有爹，不久我就知道原来绣绣的父亲是个很阔绰的人物。他姓徐，人家叫他徐大爷，同当时许多父亲一样，他另有家眷住在别一处的。绣绣同她妈妈母女两人早就寄住在这张家亲戚楼下两小间屋子里，好像被忘记了的孤寡。绣绣告诉我，她曾到过她爹爹的家，那还是她那新姨娘没有生小孩以前，她妈叫她去同爹要一点钱，绣绣说时脸红了起来，头低了下去，挣扎着心里各种的羞愤和不平。我没有敢说话，绣绣随着也就忘掉了那不愉快的方面，抬起头来告诉我，她爹家里有个大洋狗非常的好，"爹爹叫它坐下，它就坐下。"还有一架洋钟，绣绣也不能够忘掉，"钟上面有个门，"绣绣眼里亮起来，"到了钟点，门会打开，里面跳出一只鸟来，几点钟便叫了几次。""那是——那是爹爹买给姨娘的。"绣绣又偷偷告诉我。

"我还记得有一次我爹爹抱过我呢，"绣绣说，她常同我讲点过去的事情。"那时候，我还顶小，很不懂事，就闹着要下地，我想那次我爹一定很不高兴的！"绣绣追悔的感到自己的不好，惋惜着曾经领略过又失落了的一点点父亲的爱。"那时候，你太小了当然不懂事。"我安慰着她。"可是……那一次我到爹家里去时，又弄得他不高兴呢！"绣绣心里为了这桩事，大概已不止一次的追想难过着，"那天我要走的时候，"她重新说下去，"爹爹翻开抽屉问姨娘有什么好玩艺儿给我玩，我看姨娘没有答应，怕她不高兴便说，我什么也不要，爹听见就很生气把抽屉关上，说：不要就算了！"——这里绣绣本来清脆的声音显然有点哑，"等我再想说话，

156

爹已经起来把给妈的钱交给我，还说，你告诉她，有病就去医，自己乱吃药，明日吃死了我不管！"这次绣绣伤心的对我诉说着委屈，轻轻抽噎着哭，一直坐在我们后院子门槛上玩，到天黑了才慢慢的踱回家去，背影消失在张家灰黯的楼下。

夏天热起来，我们常常请绣绣过来喝汽水，吃藕，吃西瓜。娘把我太短了的花布衫送给绣绣穿，她活泼地在我们家里玩，帮着大家择菜，做凉粉，削果子做甜酱，听国文先生讲书，讲故事。她的妈则永远坐在自己窗口里，摇着一把蒲扇，不时颤声地喊："绣绣！绣绣！"底下咕噜着一些埋怨她不回家的话，"……同她父亲一样，家里总坐不住！"

有一天，天将黑的时候，绣绣说她肚子痛，匆匆跑回家去。到了吃夜饭时候，张家老妈到了我们厨房里说，绣绣那孩子病得很，她妈不会请大夫，急得只坐在床前哭。我家里人听见了就叫老陈妈过去看绣绣，带着一剂什么急救散。我偷偷跟在老陈妈后面，也到绣绣屋子去看她。我看到我的小朋友脸色苍白的在一张木床上呻吟着，屋子在那黑夜小灯光下闷热的暑天里，显得更凌乱不堪。那黄病的妈妈除却交叉着两只手发抖的在床边敲着，不时呼唤绣绣外，也不会为孩子预备一点什么适当的东西。大个子的蚊子咬着孩子的腿同手臂，大粒子汗由孩子额角沁出流到头发旁边。老陈妈慌张前后的转，拍着绣绣的背，又问徐大妈妈——绣绣的妈——要开水，要药锅煎药。我偷个机会轻轻溜到绣绣床边叫她，绣绣听到声音还勉强的睁开眼睛看看我作了一个微笑，吃力地低声说，"蚊香……在屋角……劳驾你给点一根……"她显然习惯于母亲的无用。

"人还清楚！"老陈妈放心去熬药。这边徐大妈妈咕噜着，"告诉你过人家的汽水少喝！果子也不好，我们没有那命吃那个……偏不听话，这可招了祸！……你完了小冤家，我的老命也就不要了……"绣绣在呻吟中间显然还在哭辩着，"哪里是那些，妈……，今早上……我渴，喝了许多泉水。"

家里派人把我拉回去。我记得那一夜我没得好睡，惦记着绣绣，做着种种可怕的梦。绣绣病了差不多一个月，到如今我也不知道到底患的什么病，他们请过两次不同的大夫，每次买过许多杂药。她妈天天给她稀饭吃。正式的医药没有，营养更是等于零的。

因为绣绣的病，她妈妈埋怨过我们，所以她

病里谁也不敢送吃的给她。到她病将愈的时候，我天天只送点儿童画报一类的东西去同她玩。

病后，绣绣那灵活的脸上失掉所有的颜色，更显得异样温柔，差不多超尘的洁净，美得好像画里的童神一般，声音也非常脆弱动听，牵得人心里不能不漾起怜爱。但是以后我常常想到上帝不仁的摆布，把这么美好敏感，能叫人爱的孩子虐待在那么一个环境里，明明父母双全的孩子，却那样零仃孤苦、使她比失却怙恃更茕孑无所依附。当然我自己除却给她一点童年的友谊，作个短时期的游伴以外，毫无其他能力护助着这孩子同她的运命搏斗。

她父亲在她病里曾到她们那里看过她一趟，停留了一个极短的时间。但他因为不堪忍受绣绣妈的一堆存积下的埋怨，他还发气狠心的把她们母女反申斥了、教训了，也可以说是辱骂了一顿。悻悻的他留下一点钱就自己走掉，声明以后再也不来看她们了。

我知道绣绣私下曾希望又希望着她爹去看她们，每次结果都是出了她孩子打算以外的不圆满。这使她很痛苦。这一次她忍耐不住了，她大胆的埋怨起她的妈，"妈妈，都是你这样子闹，所以爹气走了，赶明日他再也不来了！"其实绣绣心里同时也在痛苦着埋怨她爹。她有一次就轻声的告诉过我："爹爹也太狠心了，妈妈虽然有脾气，她实在很苦的，她是有病。你知道她生过六个孩子，只剩我一个女的，从前，她常常一个人在夜里哭她死掉的孩子，日中老是做活计，样子同现在很两样，脾气也很好的。"但是绣绣虽然告诉过我——她的朋友——她的心绪，对她母亲的同情，徐大奶奶都只听到绣绣对她一时气愤的埋怨，因此便借题发挥起来，夸张着自己的委屈，向女儿哭闹，谩骂。

那天张家有人听得不过意了，进去干涉，这一来，更触动了徐大奶奶的歇斯塔尔利亚的脾气，索性气结的坐在地上狠命地咬牙捶胸，疯狂似的大哭。等到我也得到消息过去看她们时，绣绣已哭到眼睛红肿，蜷伏在床上一个角里抽搐得像个可怜的迷路的孩子。左右一些邻居都好奇，好事地进去看她们。我听到出来的人议论着她们的事说："徐大爷前月生个男孩子。前几天替孩子做满月办了好几桌席，徐大奶奶本来就气得几天没有吃好饭，今天大爷来又说了她同绣绣一顿，她更恨透了，巴不得同那个新的人拼命去！凑巧绣绣还护着爹，倒怨起妈来，你想，她可不就气疯了，拿孩子来出气么？"

我还听见有人为绣绣不平，又有人说："这都是孽债，绣绣那孩子，前世里该了他们什么吧？怪可怜的，那点点年纪，整天这样捱着。你看她这场病也会不死？这不是该他们什么还没有还清么？！"

绣绣的环境一天不如一天，的确好像有孽债似的，她妈的暴躁比以前更迅速的加增，虽然她对绣绣的病不曾有效的维护调摄，为着忧虑女儿的身体那烦恼的事实却增进她的衰弱怔忡的症候，变成一个极易受刺激的妇人。为着一点点事，她就得狂暴的骂绣绣。有几次简直无理的打起孩子来。楼上张家不胜其烦，常常干涉着，因之又引起许多不愉快的口角，给和平的绣绣更多不方便同为难。

我自认已不迷信的了，但是人家说绣绣似来还孽债的话，却偏偏深深印在我脑子里，让我回味又回味着，不使我摆脱开那里所隐示的果报轮回之说。读过《聊斋志异》同《西游记》的小孩子的脑子里，本来就装着许多荒唐的幻想的，无意的迷信的话听了进去便很自然发生了相当影响。此后不多时候我竟暗同绣绣谈起观音菩萨的神通来。两人背着人描下柳枝观音的像夹在书里，又常常在后院向西边虔敬的做了一些滑稽的参拜，或烧几炷家里的蚊香。我并且还教导绣绣暗中临时念"阿弥陀佛，救苦救难观世音菩萨"，告诉她那可以解脱突来的灾难。病得瘦白柔驯，乖巧可人的绣绣，于是真的常常天真地双垂着眼，让长长睫毛美丽地覆在脸上，合着小小手掌，虔意的喃喃向着传说能救苦的观音祈求一些小孩子的奢望。

"可是，小姊姊，还有耶稣呢？"有一天她突然感觉到她所信任的神明问题有点儿蹊跷，我们两人都是进过教会学校的——我们所受的教育，同当时许多小孩子一样本是矛盾的。

"对了，还有耶稣！"我呆然，无法给她合理的答案。

神明本身既发生了问题，神明自有公道慈悲等说也就跟着动摇了。但是一个漂泊不得于父母的寂寞孩子显然需要可皈依的主宰的，所以据我所知道，后来观音同耶稣竟是同时庄严的在绣绣心里受她不断地敬礼！

这样日子渐渐过去，天凉快下来，绣绣已经又被指使着去临近小店里采办杂物，单薄的后影在早晨凉风中摇曳着，已不似初夏时活泼。看到人总是含羞的不说什么话，除却过来找我一同出街外，也不常到我们这边玩了。

突然的有一天早晨，张家楼下发出异样紧张的声浪，徐大奶奶在哭泣中锐声气愤的在骂着，诉着，喘着，与这锐声相间而发的有沉重的发怒的男子口音。事情显然严重。借着小孩子身份，我飞奔过去找绣绣。张家楼前停着一辆讲究的家车，徐大奶奶房间的门开着一线，张家楼上所有的仆人，厨役，打杂同老妈，全在过道处来回穿行，好奇地听着热闹。屋内秩序比寻常还要紊乱，刚买回来的肉在荷叶上挺着，一把蔬菜萎靡得像一把草，搭在桌沿上，放出灶边或菜市里那种特有气味，一堆碗箸，用过的同未用的，全在一个水盆边放着。墙上美人牌香烟的月份牌已让人碰得在歪斜里悬着。最奇怪的是那屋子里从来未有过的雪茄烟的气雾。徐大爷坐在东边木床上，紧紧锁着眉，怒容满面，口里衔着烟，故作从容地抽着，徐大奶奶由邻居里一个老太婆同一个小脚老妈子按在一张旧藤椅上还断续的颤声地哭着。

当我进门时，绣绣也正拉着楼上张太太的手来，看见我头低了下去，眼泪显然涌出，就用手背去擦着已经揉得红肿的眼皮。

徐大奶奶见到人进来就锐声地申诉起来。她向着楼上张太太："三奶奶，你听听我们大爷说的没有理的话！……我就有这么半条老命，也不能平白让他们给弄死！我熬了这二十多年，现在难道就这样子把我撵出去？人得有个天理呀！……我打十七岁来到他家，公婆面上什么没有受过，捱过，……"

张太太望望徐大爷，绣绣也睁着大眼睛望着她的爹，大爷先只是抽着烟严肃的冷酷的不做声。后来忽然立起来，指着绣绣的脸，愤怒地做个强硬的姿势说："我告诉你，不必说那许多废话，无论如何，你今天非把家里那些地契拿出来交还我不可，……这真是岂有此理！荒唐之至！老家里的田产地契也归你管了，这还成什么话！"

夫妇两人接着都有许多驳难的话；大奶奶怨着丈夫遗弃，克扣她钱，不顾旧情，另有所恋，不管她同孩子两人的生活，在外同那女人浪费。大爷说他妻子，不识大体，不会做人，他没有法子改良她，他只好提另再娶能温顺着他的女人另外过活，坚不承认有何虐待大奶奶处。提到地契，两人各据理由争执，一个说是那一点该是她老年过活的凭藉，一个说是祖传家产不能由她做主分配。相持到吃中饭时分，大爷的态度愈变强硬，大奶奶却喘成一团，由疯狂的哭闹，变成无可奈何的啜泣。别人已渐渐退出。

直到我被家里人连催着回去吃饭时，绣绣始终只缄默的坐在角落里，无望地伴守着两个互相仇视的父母，听着楼上张太太的几次清醒的公平话，尤其关于绣绣自己的地方。张太太说的要点是他们夫妇两人应该看绣绣面上，不要过于固执。她说："那孩子近来病得很弱。"又说："大奶奶要留着一点点也是想到将来的事，女孩子长大起来还得出嫁，你不能不给她预备点。"她又说："我看绣绣很聪明，下季就不进学，开春也应该让她去补习点书。"她又向大爷提议："我看以后大爷每月再给绣绣筹点学费，这年头女孩不能老不上学，尽在家里做杂务的。"

这些中间人的好话到了那生气的两个人耳里，好像更变成一种刺激，大奶奶听到时只是冷讽着："人家有了儿子了，还顾了什么女儿！"大爷却说："我就给她学费，她那小气的妈也不见得送她去读书呀？"大奶奶更感到冤枉了，"是我不让她读书么？你自己不说过：女孩子不用读那么些书么？"

无论如何，那两人固执着偏见，急迫只顾发泄两人对彼此的仇恨，谁也无心用理性来为自己的纠纷寻个解决的途径，更说不到顾虑到绣绣的一切。那时我对绣绣的父母两人都恨透了，恨不得要同他们说理，把我所看到各种的情形全盘不平地倾吐出来，叫他们醒悟，乃至于使他们悔过，却始终因自己年纪太小，他们情形太严重，拿不起力量，懦弱地抑制下来。但是当我咬着牙毒恨他们时，我偶

然回头看到我的小朋友就坐在那里，眼睛无可奈何的向着一面，无目的愣着，忽然使我起一种很奇怪的感觉。我悟到此刻在我看去无疑问的两个可憎可恨的人，却是那温柔和平绣绣的父母。我很明白即使绣绣此刻也有点恨他们，但是蒂结在绣绣温婉的心底的，对这两人到底仍是那不可思议的深爱！

我在惘惘中回家去吃饭，饭后等不到大家散去，我就又溜回张家楼下。这次出我意料以外的，绣绣房前是一片肃静。外面风刮得很大，树叶和尘土由甬道里卷过，我轻轻推门进去，屋里的情形使我不禁大吃一惊，几乎失声喊出来！方才所有放在桌上木架上的东西，现在一起打得粉碎，扔散在地面上……大爷同大奶奶显然已都不在那里，屋里既无啜泣，也没有沉重的气愤的申斥声，所余仅剩苍白的绣绣，抱着破碎的想望，无限的伤心，坐在老妈子身边。雪茄烟气息尚香馨地笼罩在这一幅惨淡滑稽的画景上面。

"绣绣，这是怎么了？"绣绣的眼眶一红，勉强调了一下哽咽的嗓子，"妈妈不给那——那地契，爹气了就动手扔东西，后来…… 他们就要打起来，隔壁大妈给劝住，爹就气着走了…… 妈让他们挟到楼上'三阿妈'那里去了。"

小脚老妈开始用条帚把地上碎片收拾起来。

忽然在许多凌乱中间，我见到一些花磁器的残体，我急急拉过绣绣两人一同俯身去检验。

"绣绣！"我叫起来，"这不是你那两只小磁碗？也……让你爹砸了么？"

绣绣泪汪汪的点点头，没有答应，云似的两簇花磁器的担子和初夏的景致又飘过我心头，我捏着绣绣的手，也就默然。外面秋风摇撼着楼前的破百叶窗，两个人看着小脚老妈子将那美丽的尸骸同其他茶壶粗碗的碎片，带着茶叶剩菜，一起送入一个旧簸箕里，葬在尘垢中间。

这世界上许多纷纠使我们孩子的心很迷惑——那年绣绣十一，我十三。

终于在那年的冬天，绣绣的迷惑终止在一个初落雪的清早里。张家楼房背后那一道河水，冻着薄薄的冰，到了中午阳光隔着层层的雾惨白地射在上面，绣绣已不用再缩着脖颈，顺着那条路，迎着冷风到那里去了！无意的她却把她的迷惑留在我心里，飘忽于张家楼前同小店中间直到了今日。

原载 1937 年 4 月 18 日《大公报·文艺副刊》

情深怕说当时事——书信

致沈从文

（一）

沈二哥：

　　初二回来便忙乱成一堆，莫名其所以然。文章写不好，发脾气时还要讴出韵文！十一月的日子我最消化不了，听听风，知道枫叶又凋零得不堪，只想哭。昨天哭出的几行勉强叫它做诗，日后呈正。

　　萧先生文章甚有味。我喜欢，能见到当感到畅快。你说的是否礼拜五？如果是下午，五时在家里候教，如嫌晚星六早上也一样可以的。

　　关于云冈现状是我正在写的一短篇，那天再赶个落花流水时当送上。

　　思成尚在平汉线边沿吃尘沙，星六晚上可以到家。

　　此问

俪安

二嫂统此

徽音拜上

此信原件无日期，估计写于 1933 年 11 月

（二）

二哥：

　　怎么了？大公报到底被收拾，真叫人生气！有办法否？

　　昨晚我们这里忽收到两份怪报，名叫《亚洲民报》，篇幅大极，似乎内中还

162

有文艺副刊，是大规模的组织，且有计划的，看情形似乎要《大公报》永远关门。气糊涂了我！我只希望是我神经过敏。社论看了叫人毛发能倒竖。

这日子如何"打法"？我们这国民连骨头都腐了！有消息请告一二。

徽因

此信写于 1935 年《大公报》被扣时

（三）

二哥：

世间事有你想不到的那么古怪，你的信来的时候正遇到我双手托着头在自恨自伤的一片苦楚的情绪中熬着。在廿四个钟头中，我前前后后，理智的，客观的，把许多纠纷痛苦和挣扎或希望或颓废的细目通通看过好几遍，一方面展开事实观察，一方面分析自己的性格情绪历史，别人的性格情绪历史，两人或两人以上互相的生活，情绪和历史，我只感到一种悲哀，失望，对自己对生活全都失望无兴趣。我觉到像我这样的人应该死去；减少自己及别人的痛苦！这或是暂时的一种情绪，一会儿希望会好。

在这样的消极悲伤的情景下，接到你的信，理智上，我虽然同情你所告诉我你的苦痛（情绪的紧张），在情感上我却很羡慕你那么积极那么热烈，那么丰富的情绪，至少此刻同我的比，我的显然萧条颓废消极无用。你的是在情感的尖锐上奔进！

可是此刻我们有个共同的烦恼，那便是可惜时间和精力，因为情绪的盘旋而耗废去。你希望抓住理性的自己，或许找个聪明的人帮忙整理一下你的苦恼或是"横溢的情感"设法把它安排妥帖一点，你竟找到我来，我懂得的，我也常常被同种的纠纷弄得左不是右不是，生活掀在波澜里盲目的同危险周旋，累得我既为旁人焦灼，又为自己操心，又同情于自己又很不愿意宽恕放任自己。

不过我同你有大不同处：就是在横溢奔放的情感中时，我便觉到抓住一种生活的意义，即使这横溢奔放的情感所发生的行为上纠纷是快乐与苦辣对渗的性质，我也不难过不在乎。我认定了生活本身原质是矛盾的，我只要生活；体验到极端的愉快，灵质的，透明的，美丽的近于神话理想的快活，以下我情愿也随着赔偿这天赐的幸福，埋在悲痛，纠纷，失望，无望，寂寞中挨过若干时候，好像等自己的血来在创伤上结痂一样！一切我都在无声中忍受，默默的等天来布置我，没有一句话说！（我且说说来给你做个参考）

我所谓极端的、浪漫的或实际的都无关系，反正我的主义是要生活。没有情感

163

的生活简直是死！生活必须体验丰富的情感，把自己变成丰富，宽大，能优容，能了解，能同情种种"人性"，能懂得自己，不苛责自己，也不苛责旁人，不难自己以所不能，也不难别人所不能，更不怨运命或是上帝，看清了世界本是各种人性混合做成的纠纷，人性又就是那么一回事，脱不掉生理、心理、环境习惯先天特质的凑合！把道德放大了讲，别裁判或裁削自己。任性到损害旁人时如果你不忍，你就根本办不到任性的事（如果你办得到，那你那种残忍，便是你自己性格里的一点特性，也用不着过分的去纠正），想做的事太多，并且互相冲突时，拣最想做——想做到顾不得旁的牺牲——的事做，未做时心中发生纠纷是免不了的，做后最用不着后悔，因为你既会去做，那桩事便一定是不可免的，别尽着罪过自己。

我方才所说到极端的愉快，灵质的，透明的，美丽的，快乐不知道你有否同一样感觉。我的确有过，我不忘却我的幸福。我认为最愉快的事都是一闪亮的，在一段较短的时间内进出神奇的——如同两个人透彻的了解：一句话打到你心里，使得你理智和感情全觉到一万万分满足；如同相爱：在一个时候里，你同你自身以外另一个人互相以彼此存在为极端的幸福；如同恋爱，在那时那刻眼所见，耳所听，心所触无所不是美丽，情感如诗歌自然的流动，如花香那样不知其所以。这些种种便都是一生中不可多得的瑰宝。世界上没有多少人有那机会，且没有多少人有那种天赋的敏感和柔情来尝味那经验，所以就有那种机会也无用。如果有如诗剧神话般的实景，当时当事者本身却没有领会诗的情感又如何行？即使有了，只是浅俗的赏月折花的限量那又有什么话说？！转过来说，对悲哀的敏感容易也是生活中可贵处。当时当事，你也许得流出血泪，过去后那些在你经验中也是不可鄙视的创痂（此刻说说话，我倒暂时忘记了昨天到今晚已整整哭了廿四小时，中间仅仅睡着三四个钟头，方才在过分的失望中颓废着觉到浪费去时间精力，很使自己感叹）。在夫妇中间为着相爱纠纷自然痛苦，不过那种痛苦也是夹着极端丰富的幸福在内的。冷漠不关心的夫妇结合才是真正的悲剧！

如果在"横溢情感"和"僵死麻木的无情感"中叫我来拣一个，我毫无问题要拣上面的一个，不管是为我自己或是为别人。人活着的意义基本的是在能体验情感。能体验情感还得有智慧有思想来分别了解那情感——自己的或别人的！如果再能表现你自己所体验所了解的种种在文字上——不管那算是宗教或哲学，诗，或是小说，或是社会学论文——（谁管那些）——使得别人也更得点人生意义，那或许就是所有的意义了——不管人文明到什么程度，天文地理科学地通到哪里去，这点人性还是一样的主要，一样的是人生的关键。

（在一些微笑或皱眉印象上称较分量，在无边际人事上驰骋细想正是一种生活。）

算了吧！二哥，别太虐待自己，有空来我这里，咱们再费点时间讨论讨论它，你还可以告诉我一点实在情形。我在廿四小时中只在想自己如何消极到如此田地苦到如此如此，而使我苦得想去死的那个人自己在去上海火车中也苦得要命，已经给我来了两封电报一封信，这不是"人性"的悲剧么？那个人便是说他最不喜管人性的梁二哥！

徽因

你一定得同老金①谈谈，他真是能了解同时又极客观极同情极懂得人性，虽然他自己并不一定会提起他的历史。

此信写于 1934 年 2 月 27 日

（四）

二哥：

我欠你一封信，欠得太久了！现在第一件事要告诉你的就是我们又都在距离相近的一处了。大家当时分手得那么突兀惨淡，现在零零落落的似乎又聚集起来。一切转变得非常古怪，两月以来我种种的感到糊涂。事情越看得多点，心越焦，我并不奇怪自己没有青年人抗战中兴奋的情绪，因为我比许多人明白一点自己并没有抗战，生活离前线太远，一方面自己的理智方面也仍然没有失却它寻常的职能，观察得到一些叫人心里顶难过的事。心里有时像个药罐子。

①指金岳霖。

自你走后我们北平学社方面发生了许多叫我们操心的事，好容易挨过了俩仨星期（我都记不清有多久了）才算走脱，最后我是病的，却没有声张，临走去医院检查一遍，结果是得着医生严重的警告——但警告白警告，我的寿命是由天的了。临行的前夜一直弄到半夜三点半，次早六时由家里出发，我只觉得是硬由北总布胡同扯出来上车拉倒。东西全弃下倒无所谓，最难过的是许多朋友都像是放下忍心的走掉，端公①太太、公超太太住在我家，临别真是说不出地感到似乎是故意那么狠心地把她们抛下，兆和②也是一个使我顶不知怎样才好的，而偏偏我就根本赶不上去北城一趟看看她。我恨不得是把所有北平留下的太太孩子挤在一块走出到天津再说。可是我也知道天津地方更莫名其妙，生活又贵，平津那一节火车情形那时也是一天一个花样，谁都不保险会出什么样把戏的。

这是过去的话了，现在也无从说起，自从那时以后，我们真走了不少地方。由卢沟桥事变到现在，我们把中国所有的铁路都走了一段！最紧张的是由北平到天津，由济南到郑州。带着行李小孩奉着老母，由天津到长沙共计上下舟车十六次，进出旅店十二次，这样走法也就是很够经验的，所为的是回到自己的后方。现在后方已回到了，我们对于战时的国家仅是个不可救药的累赘而已。同时我们又似乎感到许多我们可用的力量废放在这里，是因为各方面缺乏更好的组织来尽量的采用。我们初到时的兴奋，现实已变成习惯的悲感。更其糟的是这几天看到许多过路的队伍兵丁，由他们吃的穿的到其他一切一切。"惭愧"两字我嫌它们过于单纯，所以我没有字来告诉你，我心里所感触的味道。

前几天我着急过津浦线上情形，后来我急过"晋北"的情形——那时还是真正的"晋北"——由大营道繁峙代县，雁门朔县宁武原平崞县忻县一带路，我们是熟极的，阳明堡以北到大同的公路更是有过老朋友交情，那一带的防御在卢变以后一星期中我们所知道的等于是"鸡蛋"。我就不信后来赶得及怎样"了不起"的防御工作，老西儿的军队更是软懦到万分见不得风的，怎不叫我跳急到万分！好在现在情形已又不同了，谢老天爷，但是看战报的热情是罪过的。如果我们再按紧一点事实的想象：天这样冷……（就不说别的！！）战士们在怎样的一个情形下活着或死去！三个月以前，我们在那边已穿过棉！所以一天到晚，我真不知想什么好，后方的热情是罪过，不热情的话不更是罪过？二哥，你想，我们该怎样地活着才有法子安顿这一副还未死透的良心？

我们太平时代（考古）的事业，现时谈不到别的了，在极省俭的法子下维护它不死，待战后再恢复算最为得体的办法。个人生活已甚苦，但尚不到苦到"不堪"。我是女人，当然立即变成纯净的"糟糠"的典型，租到两间屋子，烹调、课子、洗衣、铺床，每日如在走马灯中过去。中间来几次空袭警报，生活也就饱满到万分。注：

①指钱端升。
②指沈从文的妻子张兆和。

一到就发生住的问题，同时患腹泻，所以在极马虎中租到一个人家楼上的两间屋。就在火车站旁，火车可以说是从我窗下过去！所以空袭时颇不妙，多暂避于临时大学（熟人尚多见面，金甫亦"高个子"如故）。文艺思想都像在北海王龙亭看虹那么样，是过去中一种偶然的遭遇，现实只有一堆矛盾的现实抓在手里。

话又说多了，且乱，正像我的老样子。二哥你现在做什么，有空快给我一封信。（在汉口时，我知道你在隔江，就无法来找你一趟。）我在长沙回首雁门，正不知有多少伤心呢，不日或起早到昆明，长途车约七八日，天已寒冷，秋气肃杀，这路不太好走，或要去重庆再到成都，一切以营造学社工作为转移。（而其间问题尚多，今天不谈了。）现在因时有空袭警报，所以一天不能离开老的或小的，精神上真是苦极苦极，一天的操作也于我的身体有相当的威胁。

徽因　在长沙

此信写于 1937 年 10 月

（五）

二哥：

在黑暗中，在车站铁篷子底分别很有种清凉的味道，尤其是走的人没有找着车位，车上又没有灯，送的打着雨伞，天上落着很凄楚的雨，地下一块亮一块黑的反映着泥水洼，满车站的兵——开拔到前线的，受伤开回到后方的！那晚上很代表我们这一向所过的日子的最黯淡的底层。——这些日子表面上固然还留一点未曾全褪败的颜色。

这十天里长沙的雨更象征着一切霉湿、凄怆、惶惑的生活。那种永不开缝的阴霾封锁着上面的天，留下一串串继续又继续着檐漏般不痛快的雨，屋里人冻成更渺小无能的小动物，缩着脖子只在呆想中让时间赶到头里，拖着自己半蛰伏的灵魂。接到你第一封信后我又重新发热伤风过一次，这次很规矩地躺在床上发冷，或发热，日子清苦得无法设想，偏还老那么悬着，叫人着一种无可奈何的急。如果有天，天又有意旨，我真想他明白点告诉我一点事，好比说我这种人需要不需要活着，不需要的话，这种悬着日子也不都是侈奢？好比说一个非常有精神喜欢挣扎着生存的人，为什么需要肺病，如果是需要，许多希望着健康的想念在她也就很侈奢，是不是最好没有？死在长沙矩里，死得虽未免太冷点，往昆明跑，跑后的结果如果是一样，那又怎样？昨天我们夫妇算算到昆明去，现在要不就走，再去怕更要落雪落雨发生问题，就走的话，除却旅费，到了那边时身上一共剩下三百来元，万一学社经费不成功，带着那一点点钱一家子老老小小流落在那里颇不妥当，最好得等基金方面一点消息。……

可是今天居然天晴，并且有大蓝天，大白云，顶美丽的太阳光！我坐在一张破藤椅上，破藤椅放在小破廊子上，旁边晒着棉被和雨鞋，人也就轻松一半，该想的事暂时不再想它，想想别的有趣的事：好比差不多二十年前，我独自坐在一间顶大的书房里看雨，那是英国的不断的雨。我爸爸到瑞士国联开会去，我能在楼上嗅到顶下层楼下厨房里炸牛腰子同洋咸肉，到晚上又是在顶大的饭厅里（点着一盏顶暗的灯）独自坐着（垂着两条不着地的腿同刚刚垂肩的发辫），一个人吃饭一面咬着手指头哭——闷到实在不能不哭！理想的我老希望着生活有点浪漫的发生，或是有个人叩下门走进来坐在我对面同我谈话，或是同我同坐在楼上炉边给我讲故事，最要紧的还是有个人要来爱我。我做着所有女孩的梦。而实际上却只是天天落雨又落雨，我从不认识一个男朋友，从没有一个浪漫聪明的人走来同我玩——实际生活上所认识的人从没有一个像我所想像的浪漫人物，却还加上一大堆人事上的纠纷。

话说得太远了，方才说天又晴了，我却怎么又转到落雨上去？真糟！肚子有点饿，嗅不着炸牛腰子同咸肉，更是无法再想英国或廿年前的事，国联或其他！

方才念到你的第二信，说起爸爸的演讲，当时他说的顶热闹，根本没有想到注意近在自己身边的女儿的日常一点点小小苦痛比那种演讲更能表示他真的懂得那些问题的重要。现在我自己已做了嬷嬷，我不愿意在任何情形下把我的任何一角酸辛的经验来换他当时的一篇漂亮话，不管它有多少风趣！这也许是我比他诚实，也许是我比他缺一点幽默！

好久了，我没有写长信，写这么杂乱无系统的随笔信，今晚上写了这许多，谁知道我方才喝了些什么，此刻真是冷，屋子里谁都睡了，温度仅仅五十一度，也许这是原因！

明早再写关于沅陵及其他向昆明方面设想的信！

又接到另外一封信，关于沅陵，我们可以想想，关于大举移民到昆明的事，还是个大悬点挂在空里，看样子如果再没有计划就因无计划而在长沙留下来过冬，不过关于一切，我仍然还须给你更具体的回信一封，此信今天暂时先拿去付邮而免你惦挂。

昨天张君劢老前辈来此，这人一切仍然极其"混沌"（我不叫它做天真）。天下事原来都是一些极没有意思的，我们理想着一些美妙的完美，结果只是处处悲观叹息着。我真佩服一些人仍然整天说着大话，自己支持着极不相干的自己以至令别人想哭！

匆匆

徽因
十一月九至十日

此信写于 1937 年 11 月 9—10 日

（六）

二哥：

决定了到昆明，以便积极的做走的准备，本买二日票，后因思成等周寄梅先生把票退了，再去买时，已经连七号的都卖光了，只好买八号的。

今天中午到了沅陵。昨晚里住在官庄的。沿途景物又秀丽又雄壮时就使我们想到你二哥对这些苍翠的，天排布的深浅山头，碧绿的水和其间稍稍带点天真的人为的点缀，如何的亲切爱好，感到一种愉快。天气是好到不能更好，我说如果不是在这战期中时时心里负着一种悲伤哀愁的话，这旅行真是不知几世修来。

昨晚有人说或许这带有匪倒弄得我们心有点慌慌的，住在小旅店里灯火荧荧如豆，外边微风撼树，不由得不有一种特别情绪，其实我们很平安的到达很安静的地带。

今天来到沅陵，风景愈来愈妙，有时颇疑心有翠翠这种的人物在！沅陵城也极好玩我爱极了。你老兄的房子在小山上非常别致有雅趣，原来你一家子都是敏感的有精致爱好的。我同思成带了两个孩子来找他，意外还见到你的三弟，新从前线回来，他伤已愈可以拐杖走路，他们待我们太好（个个性情都有点像你）。我们真欢喜极了，都又感到太打扰得他们有点不过意。虽然，有半天工夫在那里楼上廊子上坐着谈天，可是我真感到有无限亲切。沅陵的风景，沅陵的城市，同沅陵的人物，在我们心里是一片很完整的记忆，我愿意再回到沅陵一次，无论什么时候，最好当然是打完仗！

说到打仗你别过于悲观，我们还许要吃苦，可是我们不能不争到一种翻身的地步。我们这种人太无用了，也许会死，会消失，可是总有别的法子，我们中国

国家进步了，弄得好一点，争出一种新的局面，不再是低着头地被压迫着，我们根据事实时有时很难乐观，但是往大处看，抓紧信心，我相信我们大家根本还是乐观的，你说对不对？

这次分别大家都怀着深忧！不知以后事如何？相见在何日？只要有着信心，我们还要再见的呢。

无限亲切的感觉，因为我们在你的家乡。

徽因

昆明住址云南大学王赣愚先生转

此信写于 1937 年 12 月 9 日

（七）

二哥：

事情多得不可开交，情感方面虽然有许多新的积蓄，一时也不能够去清理（这年头也不是清理情感的时候），昆明的到达既在离开长沙三十九天之后，其间的故事也就很有可纪念的。我们的日子至今尚似走马灯的旋转，虽然昆明的白云悠闲疏散在蓝天里。现在生活的压迫似乎比从前更有分量了。我问我自己三十年底

下都剩一些什么，假使机会好点我有什么样的一两句话说出来，或是什么样事好做，这种问题在这时候问，似乎更没有回答——我相信我已是一整个的失败，再用不着自己过分的操心——所以朋友方面也就无话可说——现在多半的人都最惦挂我的身体。一个机构多方面受过损伤的身体实在用不着惦挂，我看黔滇间公路上所用的车辆颇感到一点同情，在中国做人同在中国坐车子一样都要承受那种的待遇，磨到焦

头烂额照样有人把你拉过来推过去爬着长长的山坡，你若使懂事多了，挣扎一下，也就不见得不会喘着气爬山过岭到了你最后的一个时候。

不，我这比喻打得不好，它给你的印象好像是说我整日里在忙着服务，有许多艰难的工作做，其实，那又不然，虽然思成与我整天宣言我们愿意义务的，替政府或其他公共机关效力，到如今，人家还是不找我们做正经事，现在所忙的仅是一些零碎的私人所委托的杂务，这种私人相委的事，如果他们肯给我们一点实际的酬报，我们生活可以稍稍安定，挪点时候做些其他有价值的事也好，偏又不然，所以我仍然得另想办法来付昆明的高价房租，结果是又接受了教书生涯，一星期来往爬四次山坡走老远的路到云大去教六点钟的补习英文，上月净得四十余元法币，而一方面为一种我们最不可少的皮尺，昨天花了二十三元买来！

到如今我还不大明白我们来到昆明是做生意，是"走江湖"，还是做"社会性的骗子"——因为梁家老太爷的名分，人家常抬举这对愚夫妇，所以我们是常常有些阔绰的应酬需要我们笑脸的应付——这样说来，好像是牢骚，其实也不尽然，事实上就是情感良心均不得均衡！前昨同航空毕业班的几个学生谈，我几乎要哭起来，这些青年叫我一百分的感激同情，一方面我们这租来的房子墙上还挂着那位主席将军的相片，看一眼，话就多了——现在不讲——天天早上那些热血的人在我们上空练习速度，驱逐和格斗，底下芸芸众生吃喝得仍然有些讲究，思成不能酒，我不能牌，两人都不能烟，在做人方面已经是非常惭愧！现在昆明人才济济，哪一方面人都有，云南的权贵，香港的服装，南京的风度，大中华民国的洋钱，把生活描画得十三分对不起那些在天上冒险的青年，其他更不用说了，现在我们

　　所认识的穷愁朋友已来了许多，同感者自然甚多。

　　陇海全线的激战使我十分兴奋，那一带地方我比较熟习，整个心都像在那上面滚，有许多人似乎看那些新闻印象里只是一堆内地县名根本不发生感应，我就奇怪！我真想在山西随军，做什么自己可不大知道！

　　二哥，我今天心绪不好，写出信来怕全是不好听的话，你原谅我，我要搁笔了。

　　这封信暂做一个赔罪的先锋，我当时也知道朋友们一定会记挂，不知怎么我偏不写信，好像是罚自己似的——一股坏脾气发作！

徽因

此信写于 1938 年春

致梁思成

（一）

思成：

……

我现在正在由以养病为任务的一桩事上考验自己，要求胜利完成这个任务，在胃口方面和睡眠方面都已得到非常好的成绩，胃口可以得到九十分，睡眠八十分。现在最难的是气管，气管影响痰和呼吸又影响心跳甚为复杂，气管能进步一切进步最有把握，气管一坏，就全功尽废了。

我的工作现实限制在碑建会设计小组的问题，有时是把几个有限的人力拉在一起组织一下分配一下工作，技术方面讨论如云纹，如碑的顶部；有时是讨论应如何集体向上级反映一些具体意见作一两种重要建议，今天就是刚开了一次会有阮邱莫吴梁连我六人，前天已开过一次，拟了一信稿呈郑副主任和薛秘书长的，今天阮将所拟稿带来又修正了一次，今晚抄出大家签名明天可发出（主要要求立即通知施工组停扎钢筋，美工合组事难定了，尚未开始，所以也趁此时再要求增加技术人员加强设计实力，反映我们对去掉大台认为对设计有利，可能将塑型改善，而减掉复杂性质的陈列室和厕所设备等等使碑的思想性明确单纯许多）。再冰小弟都曾回来，娘也好，一切勿念。

到时可能已过三月廿一日了。

天安门追悼会的情形已见报我不详写了。

昨李宗津由广西回来还不知道你到莫斯科呢。

徽因 三月十二日写完

此信写于 1953 年 3 月 12 日

（二）

思成：

今天是十六日。此刻黄昏六时，电灯没有来，房很黑又不能看书做事，勉强写这封信已快看不见了。十二日发一信后仍然忙于碑的事。今天小吴老莫都到城中开会去，我只能等听他们的传达报告了。讨论内容为何，几方面情绪如何，决议了什么具体办法，现在也无法知道。昨天是星期天，老金不到十点钟就来了，刚进门再冰也回来，接着小弟来了，此外无他人，谈得正好，却又从无线电中传到捷克总统逝世的消息。这种消息来在那样沉痛的斯大林同志的殡仪之后，令人发愣发呆，不能相信不幸的事可以这样的连着发生。大家心境又黯然了……

中饭后老金小弟都走了。再冰留到下午六时，她又不在三月结婚了，想改到

国庆，理由是于中干①说他希望在广州举行。那边他们两人的熟人多，条件好，再冰可以玩一趟。这次他来时间不够也没有充分心理准备，六月又太热。我是什么都赞成。反正孩子高兴就好。

我的身体方面吃得那么好，睡得也不错，而不见胖，还是爱气促和闹清痰打"呼噜出泡声"，血脉不好好循环冷热不正常等等，所以疗养还要彻底，病状比从前深点，新陈代谢作用太坏，恢复的现象极不显著，也实在慢，今天我本应该打电话问校医室血沉率和痰化验结果，今晚便可以报告，但因害怕结果不完满因而不爱去问！

学习方面可以报告的除了报上主要政治文章和理论文章外，我连着看了四本书都是小说式传记。都是英雄的真人真事……

还要和你谈什么呢？又已经到了晚饭时候，该吃饭了，只好停下来（下午一人甚闷时，关肇业来坐一会儿，很好。太闷着看书觉到晕昏）。（十六日晚写）

（十七日续）我最不放心的是你的健康问题，我想你的工作一定很重，你又容易疲倦，一边又吃 Rimifon②不知是否更易累和困，我的心里总惦着，我希望你停 Rimifon 已经满两个半月了。苏联冷，千万注意呼吸器官的病。

昨晚老莫回来报告，大约把大台③改低是人人同意，至于具体草图什么时候可以画出并决定，是真真伤脑筋的事，尤其是碑顶仍然意见分歧。

徽因匆匆写完三月十七午

此信紧接上信，时间是 1953 年 3 月 17 日

---

①是林徽因长女梁再冰的丈夫。
②雷米封，一种防治结核病的药。
③指人民英雄纪念碑的基座。

致金岳霖

老金：

多久多久了，没有用中文写信，有点儿不舒服。

John[①]到底回美国了，我们愈觉到寂寞，远，闷，更盼战事早点结束。

一切都好。近来身体也无问题的复原，至少同在昆明时完全一样。本该到重庆去一次，一半可玩，一半可照 X 光线等。可惜天已过冷，船甚不便。

思成赶这一次大稿[②]，弄得苦不可言。可是总算了一桩大事，虽然结果还不甚满意，它已经是我们好几年来想写的一种书的起头。我得到的教训是，我做这种事太不行，以后少做为妙，虽然我很爱做。自己过于不 efficient[③]，还是不能帮思成多少忙！可是我学到许多东西，很有趣的材料，他们本身于我也还是有益。已经是半夜，明早六时思成行。

我随便写几行，托 John 带来，权当晤面而已。

徽寄爱

原信无日期，据推断，时应在 1943 年 11 月下旬，写于李庄

---

①指费正清。

②指梁思成用英文撰写的《图像中国建筑史》。

③有效率。

下篇：

林徽因传

梦回江南烟雨中

　　林徽因幼年时的照片留下的不多，大抵由于年代久远不知失落在何处吧。有一张徽因大约3岁时的照片被保存下来：一个小小的女孩子站在庭院里，背靠一张老式藤椅，清澈的眼睛注视着前方。这老宅已有百年光阴，这藤椅亦默默守候了很多人的欢笑和泪珠。唯有这女孩尚不知人事，亦不知那遥远处会有怎样的期待和遭遇。

　　只是人从降生之日，便意味着远离纯然，追逐于茫茫世海，寻找所谓归宿。其实人又何来真正的故土，都只是暂将身寄罢了。咫尺天涯，还不就在转身之间，甚至念之一瞬。

　　林徽因是林家的第一个孩子，祖父母和父亲，自然视其为掌上明珠。她也是怨妾的女儿，与父亲聚少离多。人生就是这么悲喜交加。

　　然而人生又何来绝对的完美？悲观者说人生下来即为承担罪孽，繁华世间又何尝不是一杯毒酒，以为自己早已厌倦，却总想一醉贪欢。

　　而那被时光遗忘的欢颜，此时还在烟雨蒙蒙中等待着谁呢？

徽音，徽因

　　几场梅雨，几卷荷风，杭州城已是烟水迷离。

　　淡妆浓抹总相宜的西湖，恍若梦境的烟雨小巷，青翠掩映下的幽深庭院……它们静静地，不知道在等待着什么。

　　也许是在等待一个人的到来，让这座古城更加风情万种。

　　微雨西湖，莲花徐徐地舒展绽放。

　　一座本就韵味天然的城，被秋月春风的情怀滋养，又被诗酒年华的故事填满。这是梦里才有的故园，让人沉迷其中，但愿长醉不复醒。

　　1904年6月10日，杭州。陆官巷如往日一样古朴安详，空气中飘散着栀子花的清淡香气。林宅的主人——太守林孝恂的长子，28岁的林长民此时并不在家中。他正与一群志同道合的朋友为自己的政治理想奔忙着，和热血沸腾的宪政名士来往，用笔杆子为他们的主张摇旗呐喊。他整日忙碌，极少过问家中事，甚至包括自己待产的太太。

忽然间，一声婴儿清亮的啼哭打破了这座巍巍官宅燥热的宁静。这一声啼哭在太守和妻子游氏听来犹如天籁——林孝恂的长孙女，长民的长女出生了。

这个小婴儿为沉寂许久的林宅带来了无限的希望和欢喜。尽管当时男尊女卑，尽管这是个女孩子，但也是上苍赐给林家的一份不早不晚的厚礼。弄瓦之喜嘛。

一个女孩子，又是长女，名字一定得精雕细琢了，取什么名字好呢？林老太爷是光绪己丑年（1889年）年进士，自然是饱读诗书，信手拈来。《诗经·大雅·思齐》有诗云："思齐大任，文王之母。思媚周姜，京室之妇。大姒嗣徽音，则百斯男。"长孙女遂名为林徽音。

无数诗词歌赋中有那么多美丽娇媚的名字，为什么给孩子取名为徽音呢？

《诗经·雅·大雅·文王之什》的全诗是：

思齐大任，文王之母，思媚周姜，京室之妇。大姒嗣徽音，则百斯男。
惠于宗公，神罔时怨，神罔时恫。刑于寡妻，至于兄弟，以御于家邦。
雍雍在宫，肃肃在庙。不显亦临，无射亦保。
肆戎疾不殄，烈假不瑕。不闻亦式，不谏亦入。肆成人有德，小子有造。古之人无斁，誉髦斯士。

这首诗的大意为歌颂周文王善于修身齐家治国。首章六句是对三位女性的赞美，即"周室三母"：文王的祖母周姜（太姜），文王的母亲大任（太任）和文王

179

妻子大姒（太姒）。作者认为，周文王如此贤明，与这三位女性息息相关。文王的祖母、母亲和妻子都是贤良端庄的女性，文王耳濡目染，处在一个很好的人际环境中。诗作后半部分赞扬了文王作为圣人的行动和好结果：孝敬祖先，故祖先无怨无痛，庇佑文王；文王以身作则于妻子，使大姒母仪天下；做兄弟们的榜样，使兄弟温文有礼，整个家族和邦国都和平、温馨。

虽然时光倒流千年，儒家的先哲们对女性却并不存在偏见，他们承认女性在相夫教子中的重要地位并颂扬之。林孝恂明显继承了这一优良文化传统。并且，长子林长民把这一传统发扬光大，甚至更进一步。他把长女徽音当作儿子一样培养，送她读书，带着她出国游学。让人没想到的是，这个女孩子在未来不仅做到了相夫教子，更在男性占据绝对优势的领域争取到了一席之地，留名中国建筑史。即使是在力求两性平等的今天，这样的成就也足以令人赞叹，更何况她还是一名天赋禀异的诗人。

徽音改为徽因是20世纪30年代的事情了。当时她常有诗作发表，另一位经常写诗的男性作者名林微音，报纸杂志经常把他们的名字混淆。《诗刊》还专门就这件事发过更正声明。于是林徽因自己给自己改了名字。

"我倒不怕别人把我的作品当成了他的作品，我只怕别人把他的作品当成了我的。"此后，林徽音正式更名为林徽因。

林徽因对改名字的解释，流露出她独有的傲气。她相信自己是独一无二的，不愿泯然于众人。从字形上看，徽因比徽音更男性化，似乎不太适合面容秀丽的她。但这恰好契合了她的性格。林徽因"人艳如花"的外表下，是不输给七尺男儿的坚韧。她短暂却耀眼的一生，诠释了一位女性是如何把坚强和美丽、风情和理智完美地结合在一起。她仿佛是一个遥不可及的梦，一个筑在高高的崖壁上、在云间若隐若现的城堡中的梦。

庭院深深深几许

那座古朴灵性的深深庭院，带着温厚的江南底蕴。只是不知道青瓦灰墙下，有过几多冷暖交替的从前；老旧的木楼上，又有何人凝注过飞入百姓家的堂前燕。

园内的栀子花还在不识愁滋味地开着，梁间的燕巢仍在，桌上的景泰蓝花瓶已落满尘埃。它们还不知道，这宅院里的人都去了哪里。

幸福宁静之下总是隐藏着苦涩的暗涌，就像花容月貌终将抵不过春恨秋悲的凋零。

这深深庭院，倒是适合上演这么一些说不清道不明的前尘往事。

林徽因出身高贵，是真正的书香门第的后代。祖父林孝恂历任浙江海宁、石门、仁和各州县，他资助的旅日青年学子多参加孙中山领导的革命运动。父亲林长民1906年赴日留学，回国之后就读于杭州东文学校，后再次东渡日本，于早稻田大学学习政治法律。林长民气质儒雅，善诗文，工书法，翻译过《西方东侵史》，也是《译林》月刊的创始人之一。徽因的叔叔、姑姑们也是才华横溢。总之，林家人才辈出，风气向学，志在荡涤陋习，除旧迎新。

只有一个人与这个环境格格不入，那就是徽因的母亲何雪媛。

何雪媛是林长民的续弦。她来自浙江小城嘉兴，家里开着小作坊，属于典型的小家碧玉。林长民原配是门当户对的叶氏，两人系指腹为婚，感情淡薄。叶氏早早病逝，来不及留下一儿半女。何雪媛在这样的情况下嫁入林家，名为续弦，实与原配无异。对于一个小作坊主的女儿来说，已经是祖坟冒青烟的喜事了。

但何雪媛并不幸福。她大字不识，又不会女红，脾气也不好。因此，她和丈夫没有任何共同语言。她也不理解林家上下那种读书人的作为：一家子聚在一起吟诗作对，讲历史典故，针砭时弊，激扬文字。她不懂，更没有兴趣，觉得他们很可笑。如果是算计升官发财的途径，也情有可原，可这些丝毫没有实用价值的行为有何用呢？

林家人也曾试图向何雪媛解释这一切，但很快发现他们根本是两个世界的人，于是他们不再跟她费口舌，丈夫回家的次数越来越少。她试图参与一些家务事，但那套小作坊带来的行事做派根本入不了婆婆的法眼。甚至连佣人也把她的指挥当耳边风，他们只听游氏——这个优雅干练，有文化的女人的话。

何雪媛就这样在书香门第中煎熬着，性格渐渐变得暴躁，喜怒无常。特别是女儿林徽因被公公婆婆带走教读书识字这件事更让她感到孤立无援。何雪媛常常无故冲小小的徽因发脾气，过后又后悔甚至哭泣起来。徽因战战兢兢地和母亲相处着，不知如何是好。

父母的言行势必会影响孩子日后的人生。何雪媛给了林徽因性格上负面的影响，至少急躁是其中之一。几十年后，林徽因为人妻为人母，仍然和母亲住在一起，两个急躁的女性处在同一屋檐下，冲突无可避免。她在给好友费慰梅的信中说："我自己的母亲碰巧是个极其无能又爱管闲事的女人，而且她还是天下最没有耐性的人。刚才这又是为了女佣人……我经常和妈妈争吵，但这完全是傻帽和自找苦吃。"

林徽因爱着母亲，但无法令人放松的母女关系也成了她一生的精神包袱。徽因好友金岳霖写给费正清的信中如此看待林母：

她属于完全不同的一代人，却又生活在一个比较现代的家庭中，她在这个家庭中主意很多，也有些能量，可是完全没有正经事可做，她做的只是偶尔落到她手中的事。她自己因为非常非常寂寞，迫切需要与人交谈，唯一能够与之交流的就是徽因，但徽因由于全然不了解她的一般观念和感受，几乎不能和她交流。其结果是她和自己的女儿之间除了争吵以外别无接触。她们彼此相爱，却又相互不喜欢。

何雪媛和林徽因的关系，就像她和林长民一样，无话可说，说话必争吵。何雪媛就在这种"无话可说""无事可做"的状态下，直到她八十多岁去世。她的一生中经历了两件大事情，一是给自己 51 岁的女儿送终，二是几年后给女婿送终。为她送终的，则是她女婿的续弦。

蔡官巷

人的性情多为天生，有些人骨子里即是安静，有些人生来便怀着躁动不安的因子。但后天之启蒙亦尤为重要，倘若一个沉静之人被放逐于喧嚣市井，难免不为浮华所动。而将一个浮躁之人搁置于庙宇山林，亦可稍许净化。我们都在潜移默化的时光中改变着自己，熟悉又陌生，陌生又熟悉。

1909 年，5 岁的林徽因随家人搬迁至蔡官巷的一处宅院，在这里住了三年。时光短暂，但却给一代才女风华绝代的人生奠定了不可动摇的根基。徽因的大姑林泽民成为她的启蒙老师。林泽民是典型的大家闺秀，打小接受私塾教育，

琴棋书画样样精通，诗词歌赋也不落人后。就是这位知书达理、温文尔雅的姑母教会了徽因读书识字。

最重要的是，林徽因由于林泽民的启蒙，爱上了书香。

拨开时光的雾霭，我们仿佛可以看到幼小的徽因手捧一册册书本，在月上柳梢头的夜晚，在暮色低垂的黄昏，在朝暮喷薄的清晨安静而沉醉地阅读着，用小小的心体会着。也许那时她还不能完全明白其中美好的意象，也读不懂诗意的情怀和人情冷暖的故事，但她从此爱上了读书。那些早早就映入脑海的或瑰丽或清淡的文字，在她成年后，幻化成一树一树的花开，幻化成忧郁的秋天，幻化成少女的巧笑倩兮和不息的变幻，成为中国现代文学的星空中最特别的那一颗星子。

但林徽因的童年并非单纯愉快，她的家庭注定了她不能用符合这个年纪的行事与大人们交流。何雪媛由于得不到父亲的宠爱和家族的首肯，生出抱怨之心。那时候她跟母亲住在后院，每次高高兴兴从前院回来，何雪媛就会无休止地数落女儿。从那时候起，徽因的内心深处就交织着对父母又爱又怨的矛盾感情。

她爱儒雅清俊才华横溢的父亲，却又怪他对母亲的冷淡无情；她也爱着给她温暖和爱的母亲，又怨着她总在怨怼中把父亲推得更远。

年纪小小的徽因背上了成年人强加的沉重。她既要在祖父母、父亲面前当乖巧伶俐的"天才少女"，又得在母亲面前做个让她满意的乖顺的女儿。多年以后林徽因写了一篇叫作《绣绣》的小说，说的是一个乖巧的女孩子绣绣生活在一个不幸的家庭，母亲性格懦弱、心胸狭隘又无能，父亲冷落妻子，又娶了二太太。绣绣整日夹在父母的争执中彷徨不安，最终因病死去了。绣绣还未成熟的心灵里深藏着对父母爱恨交织的情绪，爱莫能助的无奈。这一切又何尝不是林徽因童年生活的写照呢。

徽因7岁时，祖母游氏去世。一直对婆婆怀有复杂感情的何雪媛在葬礼上失声痛哭。这个女人是她的"敌人"，也是她的偶像。恨、嫉妒、崇拜、感激（何雪媛结婚后多年未生育，游氏告诫儿子洁身自好不要急着纳妾）交织着她被抱怨占据的内心。现在，已成为林家女主人的何雪媛原谅了这个又爱又恨的"仇敌"。她变得平静很多，就算是抱怨也能做到心平气和，不像以前那样喜怒无常。

也许，徽因的父亲未必是个薄情之人，只是他与妻子之间无任何爱的交集。人总是在不断的错失中走过一生，相伴的人未必是曾经憧憬过的那个人，但仍然要努力地走下去。彼此厌烦并非罪不可赦，只可惜天意弄人，流水落花，造出这么多痴男怨女，不得尽如人意。

大半生在与肺病做着抗争，尝尽人间冷暖的林徽因也清楚地了解这些吧。她生命中有据可查的感情，哪怕是和梁思成神仙眷侣，哪一段是真正意义上的圆满呢，哪能没有丝毫遗憾呢？就算风华绝代，也不过是个饮食烟火的平凡女人，也曾有过惆怅和踟蹰，只不过她终究做到了收放自如，并懂得如何取舍罢了。

一辈子的心结

可能很少有人知道，林徽因是林家的长女，得宠，但林家人却吝于将这份宠爱分给她的母亲。

林徽因的生母，这个脾气喜怒无常，常常伤害尚且年幼的女儿的怨妇，也许并不知道，她的性格是如何影响了女儿一生对爱情的抉择。

好日子就像薄薄的第一场冬雪，还没等把美景看个究竟就消失得无踪迹了。徽因九岁，林长民娶了二太太程桂林。作为大太太的何雪媛，是最后一个知道老爷要纳妾的。林长民禀告了老太爷一回，得了默许。林太守已是垂暮的夕阳，实在没有心力再来操心37岁大儿子的第三桩婚事了。那时候他们已经举家搬迁到上海。

何雪媛听到这个消息很平静，她知道该来的总会来的，丈夫终究是熬不住自己了。那个时代三妻四妾的男人多的是，甚至一些女性为了取悦丈夫，遇到纳妾的事儿比丈夫本人还积极。但何雪媛做不到。她虽不是什么大户人家的千金，也是家中老小，父母娇宠爱护。要她和别的女人分享一个丈夫是没办法的。

何雪媛对于二太太很是好奇。她到底是个怎样的女性呢？一定很美丽吧，或者是个清丽的女学生，一个风情万种的交际花？她也会像林家人一样吟诗作对吗？会说洋话，识洋文吗？她会怎么看待这个大太太呢？

程桂林在何雪媛忐忑不安的期待中终于来了。何雪媛看她一眼就大失所望。她不年轻，不美丽，个头不高，勉强能赞一句娇小玲珑。而且听八卦的老妈子说，二太太也是个目不识丁的俗气女人。何雪媛终于松下一口气，看来这不是个值得防备

的竞争对手。况且，程桂林对她还算友善，她也挑不出什么理，遂同样亲热相待。

但何雪媛很快就对二太太亲热不起来了。她原本以为依着林长民的性子，对程桂林八成也是不冷不热，没想到这个大字不识的女人把丈夫牢牢地绑走了。林长民每次归来，就直奔程桂林的房间。离家的时候，最多冷淡地和大太太打个招呼。这简直太不公平了！

其实，林长民宠爱程桂林也是有原因的。程桂林虽然没有文化，但胜在识得眉眼高低，说话轻言细语，不像何雪媛那样漂亮话一句没有。她从来不会发脾气，最多嗲着嗓子冲老爷叫："宗孟——你到底要怎么样嘛！"听得何雪媛掉一地鸡皮疙瘩。可是没关系，宗孟可是受用得很。

林长民被嗲声嗲气的程桂林哄得高兴，带着她到处玩乐，出差，出席朋友的聚会，还新起了一个名号"桂林一支室主"。

何雪媛被气得头昏脑涨，但是二太太对大太太的怒气好像感觉不到一样，照样温言软语跟她搭讪。何雪媛没办法，只好另找途径发泄。猫呀狗呀，连仆人们都遭了殃。林长民偶尔来一趟也不得幸免，最后干脆眼不见为净了。

后来，程桂林像示威似的，接二连三地生下三儿一女。比起前院的其乐融融，何雪媛的后院彻底成了"冷宫"。何雪媛知道，自己一辈子只能是林长民的妾了。都说妻不如妾，这话对从妻的位子上退下来的何雪媛何其讽刺呀！她永远不能堂堂正正地做她的林太太了。

以前，他不乐意，是她自己倔，不讨人喜欢；现在，他更不会愿意了，她要是扶了正，程桂林往哪摆呢？他可不愿意这么做。

因为二太太的到来和得宠，何雪媛对"太太"的名分彻底死心了。这个名分是何雪媛和女儿林徽因一辈子的心结，一辈子的痛楚。多年后林徽因拒绝徐志摩的追求，有人说最大的原因就是徐志摩当时已与张幼仪结婚，林徽因若是与他一起，必定是"小"；甚至徐志摩最终顶着压力离了婚，她也不肯回头，而是选择了梁启超的大公子。

林徽因的儿子梁从诫这么理解她的母亲的：

她爱父亲，却恨他对自己母亲的无情；她爱自己的母亲，却又恨她不争气；她以长姊真挚的感情，爱着几个异母的弟妹，然而，那个半封建的家庭中扭曲了的人际关系却在精神上深深地伤害过她。（《倏忽人间四月天》）

多年后林徽因又一次被推到一个旋涡的中心，始作俑者是三个爱她的男人。也正是这几段感情让她遭到非议。天意？人意？红颜已逝，谁说得清楚呢？

你是暖，是爱，是希望

林家有女初长成

我们各自带着使命降临人间，无论多么平凡渺小，多么微不足道，总会有一处角落将他搁置，亦会有一个人需要他的存在。有些人在属于自己的狭小世界守着简单的安稳，不惊不扰直到尘归尘、土归土；有些人情愿一生奔忙，亦要体会这世界的悲欢离合而不曾后悔。

心静则国土静，心动则万象动，若能懂得随遇而安，任何的迁徙都不会成为困扰，更不至于改变生活的初衷。每个人都于漫漫人生路努力找寻着适合自己的方向，不至于太过曲折，不至于在拐弯处过于彷徨。

不管童年的天真遗失了多少，时间的沙漏仍然静静地渗着，蔡官巷和西湖渐行渐远。林徽因懵懵懂懂地撞进了她的少女时代。十六岁的青春，将在伦敦的轻雾中绽放。

即便当得起风华绝代，林徽因也一定不会满足于小情小梦，守着一世清净了却此生。许多年前她就与江南告别，从此接受了迁徙的命运。这种迁徙并不仅仅是颠沛流离，而是顺应时代，是自我放逐。本是追梦的年龄，又怎可过于安静，枉自蹉跎时光。

父女和知己

他是林徽因生命中最重要的男人。

她是他血脉的延续，期望的寄托。他对她的爱是那样复杂，甚至又那样沉重。

她是那个畸形的家庭中唯一能与他交流的人，不经意的，他把不应该让她背负的沉重交予了她。

她一生的繁华和努力隐藏的酸楚，都与这个男人息息相关。

虽然林长民在家的时间极少，但他仍不失为一个好父亲。他心性开朗，特别喜欢跟孩子们在一块儿。在他这里，孩子们不分前院后院，前院的丫头小子，后院的两个丫头，都是他最爱的心肝宝贝。莫说是自家孩子，就是姑妈家的表姐表弟们，也少不了这位舅舅的宠爱。大姑姑对待徽因两姐妹，也同对待自己的孩子无异。

187

　　林徽因长到 10 岁时，祖父也去世了。父亲常年在外，大太太什么都放手不管，二太太弱不禁风，和老爷书信往来，伺候两位太太，照顾年纪尚幼的弟妹，甚至打点搬家的行装，家中大事小事，竟然都是这个十一二岁的大小姐一己承担。俗话说，穷人的孩子早当家，出身名门的徽因，也早早地当起家来了。

　　林长民爱那一大群孩子，但最爱的还是长女林徽因。

　　林徽因早早被启蒙读书，天资聪敏，6 岁就能识文断字，开始为祖父代笔给林长民写家书。林家保存了一批林长民的回信，最早的那一封是徽因七岁时写的：

徽儿：

　　知悉得汝两信，我心甚喜。儿读书进益，又驯良，知道理，我尤爱汝。闻娘娘往嘉兴，现已归否？趾趾闻甚可爱，尚有闹癖（脾）气否？望告我。祖父日来安好否？汝要好好讨老人欢喜。兹奇甜真酥糕一筒赏汝。我本期不及作长书，汝可禀告祖父母，我都安好。

父长民三月廿日。

　　林长民特别喜欢这个长女，不但因为她天资聪慧，还在于她早早就领会了这个大家庭的人情世故。父亲眼里的林徽因"驯良""知道理"，这当然让他高兴，喜欢。从成年人的角度讲，家里有这样一个孩子实在是很好的。可是，对于只有七八岁的小女孩来说，这样的重视和赞美，是否有些残酷呢？原本应该和玩伴们肆无忌惮地争抢糖果玩具的年龄，由于成人有意无意地施压，必须要学会察言观色，努力用成年人的眼光看世界，甚至处理大人们之间的纷争。林徽因就在这样一个有点畸形的家庭环境中匆匆地成长着。就好像北方的植物一样，生怕错过短暂奢侈的温暖，一个劲地长，让枝叶最大限度地靠近冰冷的阳光。

长辈眼中，她是林家的长孙女，天资过人，温良有礼；和孩子们在一起，她嬉笑打闹，无伤大雅地争抢零食和玩具。到底哪一个才是真实的林徽因呢？大人们选择忽略这个问题，他们只要一个讨人喜欢，明事理的林徽因就可以了。林长民有时甚至忘了她只是一个小女孩，书信往来之中对她吐露心声，把她当成了同辈的伙伴、知己。

本日寄一书当已到。我终日在家理医药，亦籍此偷闲也。天下事，玄黄未定，我又何去何从？念汝读书正是及时。蹉跎误了，亦爹爹之过。二娘病好，我当到津一作计□。春深风候正暖，庭花丁香开过，牡丹本亦有两三范向人作态，惜儿未来耳。葛雷武女儿前在六国饭店与汝见后时时念汝，昨归国我饯其父母，对我依依，为汝留□，并以相告家事。儿当学理，勿尽作孩子气，千万□□。

徽儿 桂室老人五月五日

对长女寄托殷殷厚望的家人们就这样不经意地拿走了林徽因的童年和天真。这个没有真正意义上的童年时光的女孩子果然谨遵父训，一生都把澎湃的感情压制于庄重的理智之下。这是林徽因和同时代女性的最大的区别。

林长民对林徽因的爱是复杂的。林徽因把家务事打理得井井有条，心无芥蒂地爱护着异母的弟妹，对二娘尊重有加，固然让离家在外的林长民欣慰。但从另一方面理解这份父女之情，林徽因的文化修养也占了重要的部分。

林长民是一个文人，但不幸的是他的妻妾都是文盲。他和她们身处两个世界，他的满腹才情和济事救国的抱负对她们来说如同天书。林长民的内心是寂寥的，无人应和，他必须努力用最浅白的语言和妻妾交流，以免她们听不懂。只有这个从小跟随祖父母和大姑学习的长女能懂得他，可以用文人的语言与他对话交流。不知不觉中，林徽因成了林长民在这个半旧半新的家庭中的唯一的同类、知己。

林长民曾感叹："做一个有天分的女儿的父亲，不是容易享的福，你得放低你天伦的辈分，先求做到友谊的了解。"

林长民对林徽因的影响如此地大，他是她生命中最重要的男人。他"清奇的相貌""清奇的谈吐"（徐志摩语）在林徽因的身上传承下来。父女双方都对彼此怀有复杂的情感，这样的情感对林徽因来说甚至成了一块石头。父亲的冷漠让母亲成了妾，她怨他——看《我们太太的客厅》，就知道林徽因一直在意着母亲妾的身份；刚刚懂事的时候，她留恋父亲给予的片刻温暖，再大一点，又开始同情父亲的寂寥。

一个过于理智的人，反而会在爱恨之间挣扎不断。毫无疑问的爱，却无法爱到忘记缺点，不能爱得忘我；那被恨占据了的爱，更没有让人心安的纯粹。成人后的林徽因在爱情和婚姻中也是这样理智着，清醒着。被有些人评论为"只爱自己""自私"。

栀子花开

这个秀美灵慧的女孩子离开杭州古城，开始了她一段崭新的人生历程。她带走了江南水乡的灵秀，带走了小巷里栀子花的清雅，还有西湖水面的一缕薄烟。小小年纪的她，还不懂相忘于江湖，不懂迁徙意味着时光的诀别。这时候她还未到风华绝代的年龄，但已经能够好好打理自己的青春韶华。有那么一天，她的风采将倾倒这座皇城。

林徽因9岁，父亲林长民居北京，全家则从杭州迁居上海，住在虹口区金益里，林徽因和表姐妹们一同进入虹口爱国小学读二年级。后来，徽因12岁上，全家又从临时落脚的天津迁往京城与林长民团聚。林徽因进入著名的北京培华女子中学上学，表姐妹们也与她一同入读了教会学校。

林徽因的大部分传记都取"就读培华女子中学"这一观点，并说这是当时的顶级名校。该校由英国教会创办，是一所教风严谨的贵族学校，培养出的学生皆具上流社会的气度风采。但有人考证，现今已寻不到培华女校的记载，林徽因就读的可能是"培根女校"，培华是培根的笔误。遂以讹传讹下来。

不过，这所学校是外国人创办的教会中学这点可以确证无疑。

教会在中国创办女学的历史可以追溯到19世纪中期。初期的教会女子学校实质上仅仅是识字班，招收的学生多为侍婢、弃女和贫苦的儿童。她们与其说是想上学，不如说是求得一件单衣，一口薄粥罢了。直到1914年，随着启明女中、贝满女中、圣玛利亚女校、中西女塾等名校在中国相继创办，教会女校走出识字班的初级阶段，变得全面、正规。把孩子送到教会学校受教育，是当时上层人士的一种时髦行为。

当时，一些开明学者主张对西方文化兼容并收，女性观念逐渐开明，足不出户的待字闺中的大小姐已经稍显落伍，教会学校提供的"读西书、明外事、擅文才"，兼通中西礼仪的"淑女教育"成为上层社会的理想形式。教会学校也顺应潮流，一改从前扶贫助若的慈善形象，收取高额学费。背景、条件尚可的家庭，有些出于传统思想，希望女儿能符合新的审美，将来嫁个好人家；有些则希望女性能接受平等的教育，拥有独立的人格。留日归来，又与梁启超交好，林长民当是出于后一种目的吧。

1916 年的某一天，开学不久，徽因和一同入读的表姐妹们穿着校服拍了一张合影。照片上姐妹四人出落得亭亭玉立，气质不凡，尤徽因更甚。她已经不是四年前那个和姐妹们嬉笑打闹的小女孩子了，这几年无论是世事还是家中都发生了大的变化。曾经在徽因姐姐膝下撒娇的小妹麟趾已安睡在另一个世界。家也不再是和母亲两个人的家，而是需要和更多的人分享。林徽因秀丽的双眼蒙上了一层抹不去的忧郁。

从氤氲的江南水乡来到这座尊贵的皇城，初晓人事的林徽因感到一种与历史相联的沧桑和沉重。自己仿佛是一粒微小的尘埃，没有人会注意到她的存在。虽然敏感多愁，但也十分坚强，将自己和家都打理得干净漂亮。其实，在林徽因心中，自从祖父母相继离世，家已经变了，不再是往日安宁的归宿，而是一个需要时时小心的战场。在徽因 10 岁时去世的祖父，感受不到何雪媛和程桂林之间的波涛暗涌，但林徽因夹在中间却体验个明明白白。唯一能让她得到放松休憩的就是读书。这是属于她的世外桃源，在另一个世界里，她可以暂时忘记那些没有硝烟的你争我夺，放下林家长女的身份，只做单纯的林徽因。

爱读书，容貌美丽又有才华，林徽因自然博得了老师和同学的好感。并且他们对她的喜爱是毫无动机的，仅仅因为她的优秀和可人。如果当年也有校花一说，林徽因当之无愧。她在学校里如鱼得水，与同学相处融洽，和表姐妹们叽叽喳喳地笑闹着。成年之后林徽因在朋友圈里是个公认爱说话喜辩论的人，好像她要把在"家"中压抑的情感

统统释放出来一样。

两个女人的战争让林徽因纤细的心灵缠上了剪不断理还乱的藤蔓，有时几乎令她透不过气来。幸好还有书，有阳光明媚的学校、知识渊博的老师和单纯的同窗。这些夹缝中的阳光慢慢塑造了林徽因的性格，充实着她的认知。

国学典籍、诗词歌赋、历史典故这些旧学在林徽因的教育启蒙阶段就已经扎稳了根基，也是她事业的基点之一。教会学校的教学是现在成为流行的双语式，这给林徽因一种全新的体验。另一扇门向着她敞开了：自然科学和历史地理拓宽了她的知识面；音乐美术课程陶冶了她的艺术涵养，对美的敏锐触感融入了日后她对建筑的独到见解中；最重要的是英语的学习，让她进入了一个全然不同的文化世界，不知疲倦地在其中徜徉了一生。

1918 年，林长民卸任段祺瑞内阁司法总长，不久之后就与汤化龙、蓝公武去日本游历。林徽因独自在家感到寂寞无趣，还想着给父亲一个惊喜，便翻出家中收藏的诸多字画，一件一件地整理分类，编成收藏目录。待到林长民归来，徽因兴致勃勃地拿给他看，满怀期望能得到嘉许。但林长民仔细阅读后指出了很多纰漏，让徽因情绪低落了好一阵子。她在父亲写给自己的家书上批注道："徽自信能担任编字画目录，及爹爹归取阅，以为不适用，颇暗惭。"

林徽因就像一株新鲜的栀子花，给这座高贵沧桑的北方城市增添了诗意与柔情。栀子花清雅的香气徐徐飘散着，美丽着而不自知。有些人的美丽与生俱来，有些则要经历时光的沉淀方能绽放。林徽因是前者。高贵清白的出身，眉目如画的容颜，满腹诗书的才情，这样的林徽因注定有一个不平凡的人生开端。很快她就要漂洋过海，接受更绝美的绽放。

欧洲之旅

在那个诞生无数传奇的年代，漂洋过海是一种时尚。大家闺秀的林徽因自是顺应了着潮流。任何的执拗都无法改变初衷。当乘上远航的船，面对烟波浩渺的苍茫大海，她头一次深刻地明白，自己不过是一朵微弱的浪花。

倘若没有那次漂洋过海，大约林徽因的生命轨迹会走向另一个方向。但无论怎样，以她的聪慧都能把握得很好。任何时候，任何境况，她都不至于让自己过于狼狈。

那时的她还未想过风云不尽，她还是个少女，只想在自己的空间里筑梦。

那是世界上最多情的蓝。

夹杂着全部光谱颜色的浪花，热烈地拥抱着布莱顿海湾。仿佛是分割了彩虹，独取那道靛青作为海的底色，即锋利又温暖，碰一下就能撞出脆响的颜色。没有人能说清那到底是一种怎么样的蓝。

16岁的林徽因注视着这片海。

和祖父祖母一样，林长民对长女徽因寄予了厚望。他也理解这个时时令人窒息的家庭对徽因来说意味着什么。虽然女儿从未抱怨，但林长民敏锐地察觉到了她的忧郁。林长民觉得有必要让这个孩子解放一下了。

1920年，林长民将赴欧洲考察西方宪制并在英国讲学，他决定携徽因同往。这次远行主要的目的是增长见识，接受更先进的教育和文化熏陶，其次是避开让人身心俱疲的琐碎家庭纷争。林徽因跟着父亲旅居国外一年半，这正是中国最传统的教育方式之一——游学。

我此次远游携汝同行。第一要汝多观察诸国事物增长见识。第二要汝近我身边能领悟我的胸次怀抱。第三要汝暂时离去家庭繁琐生活，俾得扩大眼光，养成将来改良社会的见解与能力。（1920 年林长民致林徽因家书）

那时候漂洋过海也是一种时尚。1920 年 4 月，林徽因跟着父亲登上法国 Pauliecat 邮轮，从上海出发前往欧洲。这一次远行让林徽因踏上了人生的新旅程，也意味着告别青涩的少女时代。她将看到一番新事物、新景致、新思想。对一个行将成长成熟的女孩子来说这新奇将带给她鲜活、神奇的美丽。

虽然生于江南水乡，但海天一色、碧波万顷的风光仍然带给林徽因雀跃的欣喜。海鸥舒展双翼在船头盘旋着鸣叫，带着海水腥味的风吹起少女的长发和纱巾，朝阳落日把碧空烧出血来，又泼洒在海面，那是大自然铺展开的最壮美的油画。

林徽因在旅途中看到了一个与往日不同的年轻的、充满生气的父亲。父亲在家中时，虽然温文尔雅，对孩子们关爱有加，但总给徽因一种无法排遣的寂寥之感。而此时的林长民，却是如此满怀激情，热情善辩。五四纪念日，船上赴法国勤工俭学的 100 多名中国留学生举行"五四运动纪念会"，林长民登台发表了慷慨激昂的演说：

"吾人赴外国，复宜切实考察。若预料中国将来必害与欧洲同样之病，与其毒深然后暴发，不如种痘，促其早日发现，以便医治。鄙人亦愿前往欧洲，以从诸君之后，改造中国。"（见《时事新报》6 月 14 日刊载的通讯《赴法船中之五四纪念会》）

清晨的第一缕阳光冲破了乌云，宛如流水从绝壁上飞跃而下，溅起点点金色，将林长民笼罩于一圈光晕之中。林徽因注视着意气风发的父亲，倾听着她从未听过的掷地有声的语言，懵懵懂懂之间，她好像明白了父亲的期望，一股无可名状的勇气和热情，也仿佛要冲破年轻的心房了。

1920 年 5 月 7 日，经过一个多月的航行，Pauliecat 邮轮平安抵达法国。那时欧洲的各学校正是暑假，于是林长民决定先带着女儿漫游欧洲大陆。林徽因跟随着父亲游历巴黎、日内瓦、罗马、法兰克福、柏林等地。她见识了巴黎浪漫优雅的风情，领略过显赫一时的古罗马帝国的庄严华美，她被异国那些从未想象过的美丽征服了。

父女二人的第一站是日内瓦湖。

这是一个无法划分国籍的湖。它地处阿尔卑斯山区，在瑞士占地 140 平方英里，另有 84 平方英里在法国境内。湖面海拔 375 米，平均水深 150 米，最深处可达 310 米。湖水流向从东往西，形状略似新月，法国便与月缺部分衔接。湖水呈湛蓝，清澈又神秘的气质倾倒了众多艺术名流。亨利·詹姆斯称之为"出奇的蓝色的湖"；

在拜伦笔下它是一面晶莹的镜子，"有着沉思所需要的养料和空气"；对于巴尔扎克来说，它是"爱情的同义词"。

林徽因看着在湖面戏水的天鹅，在湖畔徜徉的白鸽，著名的人工喷泉在阳光的照射下浮现出若隐若现的彩虹，从未体验过酒香的女孩醉了，沉思了。某个瞬间，她好像身处小时候在故事里才能看到的仙境。

所谓诗酒趁年华，青春不挥霍也会过去，何必将自己持久地困于笼中？世间百态必要亲自品尝，世间美景也必要亲身置于其中，方能领略生命之珍贵。而漫漫长路，唯有亲自丈量，才能知晓它的长度与距离。每个人即从拥有这份生命开始，若可扬帆天涯，万万无须回避。一旦融入茫茫沧海，亦无须渴求回头。

1920年9月，林长民带着林徽因抵达伦敦。他们先暂时入住Rortland，后来在伦敦西区阿尔比恩门27号安顿下来。林徽因入读St. Mary's College。

虽然林徽因在国内已经接受了英文教育，但一下子置身于全英文的陌生环境，还是有些不适应。尤其是当父亲去欧洲大陆开会时，十六七岁的少女不得不独自挨过，想法子打发从早到晚的孤单。也就是这段日子，林徽因阅读了大量书籍，名家的小说、诗歌、戏剧她都一一涉猎。在伦敦时，林徽因也经常以女主人的角色加入父亲的各种应酬，由此与众多文化名流有过接触。这对她后来的文学创作奠定了深厚基础。她有过游学经历，又得著名学者点拨，因此她在文坛上的起步高于同时代许多女作家。

与建筑结缘

终生纷繁，有人过得迷糊，有人生得清醒。有人一生寻找，怅然若失着，有人早早认定今生挚爱，永不放手。

世界如此之大，能与挚爱相逢已是不易，有缘相处更是极其珍贵。所以我们都应当懂得珍惜。纵然如此，一路行来，还是太容易与缘分擦肩而过，所拥有的也渐次失去。并非由于不懂珍重，只是缘分的长短大抵已被注定，玩不住的终究是刹那芳华。

布莱顿海湾的沙滩是柔软的金色地毯，一把细沙过手，掌上便灿然闪烁着无数金色的星星。卖海鲜的小贩都是些十来岁的孩子，篮子里放着煮成金红色的蟹和淡紫色的小龙虾。他们苏格兰民歌一样的叫卖声穿梭在阳伞之间。不远处，拖着修长影子的华美建筑是皮尔皇宫。这座阁楼式的皇宫建于大帝国摄政时期，神秘的东方韵味使其成为这座小城最豪华、最漂亮的海外休闲别墅。

林徽因跟着柏列特医生一家来到布莱顿度暑假。

布莱顿是英国南部的一座小城，面朝英吉利海峡，北距伦敦约 80 公里。早在 11 世纪，这里就是一个航运发达、鱼市兴盛的地方。如今布莱顿已经成了一处绝好的度假胜地。据说这里的海水有治疗百病的神奇功效。差不多每家观光旅馆都竖着一块"天然水，海水浴"的招牌来招揽生意。

头发花白的柏列特医生站在浅水处，一边往身上撩着水，一边招呼着女儿们下水。他是林长民的老友，50 多岁，个性幽默亲切。他有五个女儿：吉蒂、黛丝、苏珊、苏娜、斯泰西。吉蒂 20 岁；苏珊和苏娜是一对双生子，面貌几乎一模一样；

黛丝和林徽因同龄，最小的妹妹斯泰西还是个小学生。五个亭亭玉立的花样女孩加上东方美人林徽因，立刻吸引了众多游人的注目。

吉蒂和柏列特医生很快游到远处的深水区去了。黛丝留在浅水区教林徽因游泳，一边照应着三个妹妹。黛丝给徽因做着示范动作，徽因伏在橡皮圈上按照黛丝的指点划着水。黛丝一边纠正动作一边鼓励她："别怕，菲利斯，这海水浮力很大，不会沉下去的。"

菲利斯是林徽因在英国的教名，柏列特的女儿们都这么称呼她。

小妹妹斯泰西用沙子堆起一座城堡，快完成的时候，一下子又塌了下来，她又努力了一次，仍然失败。"来！工程师，帮帮忙。"她冲躺在阳伞下休息的黛丝喊道。

黛丝很快就给妹妹建起一座漂亮精致的沙子城堡。林徽因问："为什么叫你工程师？"

黛丝说："我对建筑感兴趣。将来是要做工程师的。看到你身后那座王宫了吗？那是中国风格的建筑，明天我要去画素描，你可以跟我一起去吗？顺便也给我讲讲中国的建筑。"

"你说的是盖房子吗？"林徽因问。

"不，建筑和盖房子不完全是一回事。"黛丝说，"建筑是一门艺术，就像诗歌和绘画一样，它有自己独特的语言，这是大师们才能掌握的。"

林徽因的心弦被拨动了，这是她有生以来第一次听到这样的事。

第二天，黛丝就领着林徽因去皮尔皇宫画素描。这座建筑的设计完全是东方阁楼式的，大门口挂着两个极富中国风情的八角灯笼，里面的飞檐、梁柱、窗棂都是中国式的，让林徽因想起杭州的老宅，异常亲切。黛丝如获至宝，兴致勃勃地到处参观着，不停地写写画画，一天很快就过去了。

一星期后，林徽因收到林长民的来信：

得汝来信，未即复。汝行后，我无甚事，亦不甚闲，匆匆过了一个星期，今日起整理归装。"波罗加"船展期至10月14日始行。如是则发行李亦可少缓。汝如觉得海滨快意，可待至九月七八日，与柏列特家人同归。此间租屋，14日期满，行李能于12、13日发出为便，想汝归来后结束余件当无不及也。9月14日以后，汝可住柏列特家，此意先与说及，我何适，尚未定，但欲一身轻快随便游行了，用费亦可较省。老斐理普尚未来，我亦不欲多劳动他。此间余务有其女帮助足矣。但为远归留别，姑俟临去时，图一晤，已嘱他不必急来，其女九月梢入越剧训练处，汝更少伴，故尤以住柏家为宜，我即他住。将届开船时，还是到伦敦与汝一路赴法，一切较便。但手边行李较之寻常行李不免稍多，姑到临时再图部署。盼汝涉泳日谙，心身俱适。

8月24日父手书。

获准继续住在柏列特家，正是林徽因求之不得的，因为她已经被"建筑师"黛丝迷住了。黛丝领着林徽因走遍布莱顿的大街小巷，一座桥、一条路、一栋房子、一根柱子、一扇窗，在黛丝的讲解下，忽然都像变戏法似的，变了另外一副令人着迷的样子。林徽因从未知道，这些习以为常的建筑竟然还蕴藏着这么多的魅力。

林徽因领悟能力过人，她独特的审美也让黛丝称赞不已，她惊异于这个东方少女的聪慧："菲利斯，你对建筑很有感觉，你在审美方面有不可思议的灵感，你一定很适合当一个建筑师！"

"是吗？可是，我就要回中国去了，未来会怎么样——还不知道呢！"归期将至，未来会以什么面目迎接这个初长成的女孩子呢？林徽因感到一丝迷茫。

海风一下一下地推着浪花，把它们推到少女的脚边，片刻后又退下去，仿佛也洞悉了这一颗不安的年轻的心。

几天后，林徽因又接到了林长民于 8 月 31 日写的信，催她提前回去，因为他已经安排好女儿九月六日参观泰晤士报馆，所以希望她五日赶回去。不管有多么不舍，离别已经近在咫尺了。

1921 年 10 月 4 日，泰晤士河出海口被清晨的阳光涂成了猩红色，海面如同一块玛瑙静静地在前方闪耀着华贵的光泽。雾气渐散，汽笛悠然拉响，"波罗加"号就要起航了。地中海的信天翁展开细长的双翼从船舷旁掠过。海风吹拂着一面面彩旗，如同船舷上的女客挥舞着纱巾。

林徽因和父亲站在甲板上。她着一袭湖绿色连衣裙，亭亭而立，清新又娇艳，在一群金发碧眼的男女中格外引人注目。她磁白的面容上有一朵淡淡的红晕，一双清澈的眼睛带着忧郁和不舍，注视着送行的人群中另一双饱含深情的眼睛。

那双眼睛的主人叫徐志摩。

爱是天时地利的迷信

电视剧《人间四月天》的开头，张幼仪孤独地走在异国，那时徐志摩已死去多年，她是在追忆自己的过往前尘。此时的张幼仪装扮已现风情，说流利的外语，对周遭事物亦是毫无陌生之感，面容上是阅尽风华的平淡安逸。

有人不原谅徐志摩，不管他怎样口口声声说追求真自由，都抵消不了他对一个有孕在身的弱女子的残忍。而这一切缘起于林徽因。

徐志摩说："我这一辈子只那一春，说也可怜，算是不曾虚度。就只那一春，我的生活是自然的，是真愉快的。"

林徽因大抵是不能苟同的，如若她亦像陆小曼一样，是个爱情至上者，就没有后来梁思成和金岳霖的故事。

那时年少，因为她一句话，他把建筑作为一生的事业，他娶了她，却没得多少安稳，在贫病交加中过了许多年。他是梁思成，中国著名的建筑学家，因车祸落下终身病患，第一部中国人的建筑史，是他用玻璃瓶垫着下巴支撑着身体完成的。

1931 年，在新月派诗人徐志摩的引荐下，他见了她，从此一眼万年，他追随她几十年，不告白，终身不娶，她去世时他写的挽联被传诵至今。他是金岳霖，哲学家，将逻辑学引进中国的第一人。

到底是何种风情，令三个最优秀的男人为她倾倒？

更何况她是个理智甚至冰冷的女人，爱情于她，大概只能算是点缀。

那是最坏的年代，也是最好的年代，大时代下的风情和浪漫从此再不会有。那时的爱情故事也就凝成了传奇。林徽因，徐志摩，梁思成，金岳霖……那些人的魂魄或许早已散落于红尘。是谁惊艳了时光？又是谁温柔了岁月？

你我相逢在黑夜的海上

每每提起感情，或者谁又与谁相遇，谁又与谁相恋，总会与缘分纠缠不清。有缘之人，无论相隔千山万水，终会聚在一起，携手红尘。无缘之人，纵使近在咫尺，也恍如陌路，无份相牵。

也只有康桥才能配得上那倾城之恋。

康河的雨雾，从来无须约定，就这样不期而至。异国的一场偶遇，让他们仿佛找到了相同的自我。沉静的心不再沉静，从容的姿态亦不再从容。

　　只是人本多情，多情才无情，所有结果亦只能独自承担。他遇上她，无论是缘是债，是苦是甜，都得学会尝试，学会开始，学会终结。

　　这个只有几十户人家的小镇沙士顿，正处在一年中最生动的季节。妖艳的罂粟三朵两朵摇曳在青草黄花之间，苹果已经红了半边脸庞。高高低低的农舍被栗树的浓荫遮盖着。由于年代久远，农舍的墙壁呈现出斑驳的灰色。

　　这里的一切都有着中世纪英格兰最具古典意味的情调。

　　靠近村边的一间农舍的篱笆门打开了，一个穿着长衫，戴着眼镜的高瘦的中国青年推着自行车走出来。他眉清目秀的妻子同样年轻，站在门口目送着他推着自行车消失在通向剑桥的小路的尽头。她脸上的表情似乎有一些忧郁，不太符合她这个年纪，但是青年看起来心情颇好。路过镇子上的理发店他停了下来。他不是去剪头发，这间理发店兼做邮亭，门口挂着一个简陋的造型古怪的邮箱。肩负信使职责的是个五短身材，留着大胡子的男人，名字叫约瑟，喜欢喝酒，随身的酒壶里永远装着土酿威士忌。他身背一个羊皮邮袋，每天在镇子上巡视三次，投送收取沙士顿的来往信件。这个爱唱英格兰民歌，爱喝酒的大胡子是沙士顿欢乐和悲伤的使者。

　　中国青年差不多一两天寄一次信，同样隔个一两天就又来取信了。和他通信的人住在并不远的剑桥，是个17岁的中国少女。

　　青年把一封信交到约瑟手中。约瑟的脸上漾出难得一见的笑容，用力拍着他的肩膀，称赞着他年轻的妻子。

　　中国青年装在信封里的信就像他此时的心迹一样，忧郁、热烈：

　　——如果有一天我获得了你的爱，那么我飘零的生命就有了归宿，只有爱才可以让我匆匆行进的脚步停下，让我在你的身边停留一小会儿吧，你知道忧伤正像锯子锯着我的灵魂……

如果没有那一次登门拜访，就不会有今日这份甜蜜又痛苦的思念和挣扎了吧？

1920 年 9 月 24 日，这个 24 岁的中国青年跟着在伦敦大学政治经济学院留学的江苏籍学生陈通伯来到阿尔比恩门 27 号，接待他们的是个相貌清俊、气度不凡的中年男人。陈通伯向这个男人引荐中国青年：“这位叫徐志摩，浙江海宁人，在经济学院师从赖世基读博士学位，敬重先生，慕名拜访。”

阿尔比恩门 27 号的主人林长民是被派到欧洲“国际联盟中国协会”任理事，并对各国政治动向进行考察的。实质上已经远离了国内的实权派，可谓官场失意。但文人本质的林长民也乐得摆脱政坛困扰，回归本色，吟诗作对，泼墨书画，更兼呼朋伴友，结交青年学子，倒也过得潇洒愉快。

恰好林长民曾在海宁度过童年，和徐志摩也算老乡了。异乡相逢，又都是性情中人，两人一见如故，经常促膝长谈，很快就成了无话不谈的忘年交。

徐志摩就是在这里邂逅了林长民的千金，是年 16 岁的林徽因。徽因第一次见到高高瘦瘦，戴着一副玳瑁眼镜的徐志摩，差点脱口而出喊他叔叔。虽然只比徽因长 8 岁，但他已经是个 3 岁孩子的父亲，看起来老成不少。

每天下午 4 点，是林家的下午茶时间。这是典型的英国式的生活方式，也是林家祖上的习俗。英国人对茶的喜爱有 300 多年的历史了，茶的英文即其故乡福建方言的发音。林家的下午茶完全是英式的，但所用茶壶是传统的中国帽筒式，用来保温的棉套做成穿长裙的少女的样式。

林长民聚会的时候，林徽因就给客人泡茶，准备甜点，陪客人聊天，有时也会代替父亲接送客人。客人们谈兴正浓的时候，徽因清丽的身影会时不时出现，恰到好处地续上茶水，端来刚出炉的美味点心。极少数的时候她会好奇地插言。在这个纯男性的世界，她不是主角，但在徐志摩的眼里，不知不觉就只能看见这个文静又不失大方的美丽少女了。

到底是她纯真率性的谈吐吸引了徐志摩，还是她的翦水双瞳中暗藏的忧郁和寂寞叩开了年轻诗人的心门呢？徐志摩相信没有人比自己更懂得忧郁的滋味。

徐志摩是海宁富商徐申如唯一的儿子，但他并非一个游手好闲的公子哥。他在求学之路上不曾懈怠。他在麻省的克拉克大学读过历史，在哥伦比亚大学读过经济。为了追随偶像罗素，远渡重洋来到伦敦，不想罗素已经离开。学习金融是父亲的期望，但他不确定那是否就是自己真实的心意。已经是个 3 岁孩子的父亲，却没有经历过真正的恋爱。张幼仪嫁给他的时候和林徽因同岁，张家也是江苏宝山的名门，他们的婚姻是张幼仪二哥，中央银行总裁张嘉璈撮合的。但他不爱她。尽管张幼仪端庄贤惠，但他们之间没有爱情。他不快乐，一天一天地熬着日子。

直到见到林徽因。

他遇见她，爱上她，好像如梦初醒一般，明白了谁才是与他相配的那个人。他们有太多共同语言，而不是跟张幼仪那样相对无言。他谈自己的求学经历，政

治理想；他们讨论着济慈、雪莱、拜伦和狄更斯，丝毫不觉得时间飞逝。时间于他们，或者说于他来说是静止的。他期望时间静止，这样就能待在她身边不离开了。

那些日子，伦敦的雨雾好似特别在为徐志摩和林徽因营造一种浪漫的气氛，若有若无地飘散着，笼罩其间的剑桥仿佛少女湿漉漉的眼睛，看不真切却无限动人。这对年轻人漫步在康河畔，听着教堂里飘出的晚祷的钟声，悠远而苍凉。三三两两的金发白裙的少女用长篙撑着小船从叹息桥的桥洞下穿过，青春的笑声撞开了雾和月光的帷幕。

"我很想像那些英国姑娘一样，用长篙撑起木船，穿过一座座桥洞，可惜我试过几次，那些篙在我手里不听摆布，不是原地打转，就是没头没脑往桥上撞。"徐志摩说。

他们走上王家学院的"数学家桥"时，徐志摩又说道："这座桥没有一颗钉子，1902年，有一些物理学家出于好奇，把桥拆下来研究，最后无法复原，只好用钉子才重新组装起来。每一种美都有它固有的建构，不可随意拆卸，人生就不同，你可以更动任何一个链条，那么，全部的生活也就因此改变了。"

这话应和了徐志摩自己的人生。他更动了人生中最重要的链条，使三个人的人生发生了巨变。他把那封信投入了沙士顿唯一的邮筒，就像交付自己唯一的一颗真心。

终于有一天，张幼仪从邮差约瑟那里接到一只信封，她无意中拆开，没读完便觉天旋地转。那是林家大小姐的亲笔信。

时至今日，那封信的内容已经无从知晓，有人说是这么写的：我不是那种滥用感情的女子，你若真的能够爱我，就不能给我一个尴尬的位置，你必须在我和张幼仪之间做出选择……

直到最后，张幼仪仍然是那个温顺的张幼仪，她没有和变心的丈夫吵闹，怀着他们的第二个孩子，她孑然一身去柏林留学。幼仪离开的那天，沙士顿田野上开满了太阳花，金色的火焰却温暖不了她冰冷的心。善良的大胡子约瑟，从远方飘来一支歌伴她上路。她的眼中噙着泪水，离开了这个给过她温暖和痛楚的小镇。

真的令人难以想象，在妻子怀有身孕的时候，徐志摩能弃她而去，和她离婚。有人说，你守得住一个负心汉，却守不住一个痴情郎。徐志摩到底是专情还是无情呢？别说什么要听从自己的心，人都是自私的，听从自己的心，就要伤了别人的心。远在异国的张幼仪已经开始了新生活，她不恨他，可是她结了茧的心，再也抽不出丝了。

　　那么对于女儿和有妇之夫的交往，林长民的态度如何呢？实际上林长民也是个潇洒开明的人，他欣赏徐志摩的浪漫诗情，认为女儿可以与他恋爱，但需要适可而止，且不可论及婚嫁。因为徐志摩已有妻儿，况且他已与好友梁启超有口头之约，将来要把女儿许配给梁家的大公子。

　　年少的林徽因夹在这样两个男人中间，何去何从？也许她无意破坏徐志摩和张幼仪的婚姻，也许就像林长民给徐志摩的信中说的"徽亦惶恐不知何以为答"。不管怎么说，徐、林二人最终走向了不同的方向。他们交会时互放的光芒耀眼而又短暂，仿佛是流星刹那划过天际。从林徽因跟随父亲回国的那一天起，她就已经背他而行了。在徐志摩余下的生命中，林徽因成了他的挚友、知己。这位一生都在追求自由和真爱的诗人曾说："我将于茫茫人海中访我唯一的灵魂伴侣，得之，我幸；不得，我命，如此而已。"

执子之手

世间难以言说的奇缘偶遇是真正存在。置身于碌碌红尘，每一日都有相逢，每一日都有离散。茫茫人海中是数不胜数的陌路擦肩。某一个人走入你的视线，成为令你心动的风景，而他却不知道这世上存在过一个你。又或者，你落入别人的风景，却不知世界上还有一个默默注视自己的人。不知道多少年后，再次相遇，算是初见还是重逢呢？

1918 年，林徽因 14 岁，在教会女校读中学，日子过得平静如水。不过，人生总是在不经意的时候，用一件很小很小的事情——可能是一次平平常常的会面，一次客客气气的寒暄，来调转你人生的方向。而你正沉浸在自己构筑的小世界里不自知呢。

有一天，一个叫梁思成的少年到林家拜访。他戴着眼镜，有着坚毅的眼睛和端正的面孔，只是神态有些局促不安，这让林家大小姐觉得很有趣。之前父亲林长民告诉过她，这个少年是他的好朋友、大名鼎鼎的维新派领军人物梁启超的长子。林徽因就像接待其他的来客那样礼貌而周全地招待了他。

梁思成走后，二娘程桂林对徽因打趣道："宝宝，这个梁公子怎么样？你爹打算招他当女婿呢。"徽因立刻羞红了脸，低头跑开了。

二娘不会无缘无故说这句话的。林长民和她亲近，必然跟她提起过什么。可是从那以后。父亲好像忘了那个面目端正的少年来拜访的事儿，梁思成也就此从林徽因的生命中淡出了。

三年之后，已经是个花季少女的林徽因才重遇梁思成。

1921 年 10 月 14 日，结束了一年多的欧洲游学，林徽因和父亲乘坐"波罗加"号邮轮从伦敦转道法国，踏上归国的旅程。林徽因又得和父亲分开生活了，父亲留在上海，她回到北京的教会女中继续上学。梁启超派人来接林徽因。然后，梁思成出现了。他是专门来拜访林徽因的。

梁思成是年 20 岁，在清华学校（今天的清华大学）上学，美术、音乐、政治都是他的追求。他在学校广受欢迎，颇有名气。小小年纪便有丰富阅历的林徽因和他相谈甚欢，不知不觉竟然已经过去了好几个时辰。

他们谈起各自的理想，梁思成笑言："我啊，跟父亲一样，样样都爱，样样都不精，也许，我以后会和他一样，从政？"

林徽因并不以为然："从政需要磨炼，也需要天赋，古往今来，把政治之路走得顺风顺水的不多，即使我的父亲，也许还有尊驾——不好意思，唐突了，不过这不是我操心的，我感兴趣的是建筑。"

梁思成感到惊讶："建筑？你是说，盖房子？女孩子家怎么做这个呢？"

"不仅仅是盖房子，准确地说，是 architecture，叫建筑学或者建筑艺术吧，那是集艺术和工程于一体的一门学科。"林徽因对他解释道。

回到家，梁思成告诉父亲梁启超两件事：第一，他要把建筑作为终生的事业和追求；第二，他想要约会林家大小姐。

梁思成女儿梁再冰在《回忆我的父亲》中讲述了她的父亲母亲第一次见面的情景：

父亲大约 17 岁时，有一天，祖父要父亲到他的老朋友家里去见见他的女儿林徽因（当时名林徽音）。父亲明白祖父的用意，虽然他还很年轻，并不急于谈恋爱，但他仍从南长街的梁家来到景山附近的林家。在"林叔"的书房里，父亲暗自猜想，按照当时的时尚，这位林大小姐的打扮大概是：绸缎裤衫，梳一条油光光的大辫子。不知怎的，他感到有些不自在。

门开了，年仅 14 岁的林徽因走进房来。父亲看到的是一个亭亭玉立却仍带稚气的小姑娘，梳两条小辫，双眼清亮有神采，五官精致有雕琢之美，左颊有笑靥；浅色半袖短衫罩在长仅及膝下的黑色绸裙上；她翩然转身告辞时，飘逸如一个小仙子，给父亲留下了极深刻的印象。

梁思成对林徽因可能算不上绝对的一见钟情，但有好感应该是没错的。从梁再冰的记述可以看出来，林徽因和梁思成身边的女孩子都不一样，正是这份特别的清新气质吸引了他。三年之后，当年的 14 岁少女已经脱去了稚气，一年多的异国生活令她的眼界比寻常人家的女孩开阔许多，自然多了一份大气脱俗。再加上敏捷的思维，优秀的谈吐和出落得越发美丽的容貌，20 岁的梁思成真的动了心。

梁启超很高兴，对儿子说："徽因这孩子不错，爸爸早就支持你们交往，其他的，就要随缘分了。"

梁启超最想看到的就是这样的情况：父母留意，选定人选，然后创造适当的机会让两人接触，经过充分地了解，自由恋爱后的结合是最好的，这是这位维新派大人物心目中的"理想的婚姻制度"。

　　梁家的大小姐梁思顺就是父亲"理想的婚姻制度"的实践者。梁启超选定的得意女婿周希哲，原本出身寒微，但后来成为驻菲律宾和加拿大使馆总领事，对梁思顺和梁家都很好，这是梁启超一直引以为傲的。1923 年 11 月 5 日他给女儿写信说：

　　……徽因我也很爱她，我常和你妈妈说，又得一个可爱的女儿……我对于你们的婚姻，得意得不得了，我觉得我的方法好极了，由我留心观察看定一个人，给你们介绍，最后的决定在你们自己，我想这真是理想的婚姻制度。好孩子，你想希哲如何，老夫眼力不错罢。徽因又是我的第二回的成功。

　　林徽因没有拒绝梁思成的追求，他们时常选在环境优美的北海公园游玩约会，一起逛太庙，也会去清华学堂看梁思成参加的音乐演出。虽然梁思成比起徐志摩少了些浪漫温柔，但多了一份踏实稳重，又是个风度翩翩的青年才俊。而且梁思成和林徽因年龄相仿，感兴趣的话题相近。更重要的是，和梁思成在一起，林徽因才真正恢复了与年纪相符的轻松，而不是那种混合着负罪感和忧愁的沉重。

事情进展颇顺。这对金童玉女相处愉快，彼此好感渐长。其实早在 1923 年 1 月 7 日，梁启超就在给思顺的家书提起梁、林两家联姻的事宜了：

> 思成和徽因已有成言（我告思成和徽因须彼此学成之后乃订婚约，婚约定后不久便结婚）。林家欲即行订婚，朋友中也多说该如此，你的意见呢？

梁启超不急于让两个孩子订婚当然不是他对未来的儿媳妇不满意。他延缓婚期大概是出于多方面的考虑：一是学业的问题。梁思成是他一直寄予厚望的长子，不想他沉溺于儿女情长误了前途；二是梁太太李惠仙，李惠仙思想传统，看不惯留洋归来的林徽因的新派作风。她对林徽因的偏见甚至影响了居住海外的大女儿梁思顺。再来，梁启超毕竟思想开明，想尽量减少家族对孩子们感情的影响，让他们有足够的时间相互了解、磨合，甚至做出新的选择。只有这个过程够长，婚姻才越稳定。

林家即是女方，林徽因按现在的话说条件一流，理应矜持一些才对，为何提出即行订婚呢？有人认为这和徐志摩有关。林长民一方面看好梁思成，一方面也希望女儿早日断了对徐志摩的念想。最终双方家长经过商讨，同意了梁启超的提议，暂不订婚。林徽因和梁思成直到 1927 年一起获得宾夕法尼亚大学学士学位才订婚，次年三月二人结婚。

这对恋人终于结成了伴侣，从此将共度漫漫人生，一切尘埃落定。大概是因为从一开始就知道结局吧，所以没有多少惊喜，一切都很安静。梁、林二人的婚姻，成为中国现代文化史上的美谈，多少人在称赞他们的郎才女貌，相敬如宾。他们有共同的追求，谁也没有遮掩谁的光芒，如此的交相辉映着。战争和疾病没有分开他们，而是让他们更坚定地握紧彼此的手，直到林徽因生命的最后一刻。

结婚之前，梁思成曾问林徽因："有一句话，我只问这一次，以后都不会再问，为什么是我？"林徽因回答他："答案很长，我得用一生去回答你，准备好听我了吗？"这个答案就像林徽因这个人一样，太特别，太令人深陷了。她果然用一生给出了答案，甚至她留在人世的最后两个字，是她丈夫的名字。

你记得也好，最好你忘掉

人总想求得圆满，觉得好茶要配好壶，好花当配好瓶。可世间圆满不易寻，缺憾倒是俯首皆是。殊不知，缺憾也许伤人一时，完美却可能伤人一世。打算在人世间行走，就不要奢求那许多。且当每一条路都是荒径，每一个人都是过客，每一篇记忆都是曾经。

一切都有尘埃落定的一天，你有你的港湾，我有我的归宿。人生原本亦没有相欠，又何来偿还之说？转身天涯，各自安好，那么这风尘的世间就算有烟火蔓延，却不会再有伤害。

再也没有比秋天更适合忧郁这个词的季节了。即使是严冬也没有这份令人心生疲惫的萧瑟。苍蓝的天空愈加高远，连带着仰望它的人的心都变得空落落的。落叶挣扎着不愿离开树梢，最终认命地跌落进泥土，连哭泣都是微弱的。一声寂寥的鸣叫，是落了单的候鸟在呼唤着同伴。没有回音，它焦急地拍动疲惫的双翼，可是旅途那么漫长，方向不辨，何时才能到达目的地呢？

徐志摩仰头看着那孤单的身影消失在天际。他觉得自己就是那候鸟，身心俱疲，带一身的伤痛终于停留下来，未来却更加迷茫。

他现在眼前全是刚刚在林家的书房"雪池斋"看到的福建老诗人陈石遗赠给林长民的诗：

七年不见林宗孟，划去长髯貌瘦劲
入都五旬仅两面，但觉心亲非面敲

小妻两人皆掉我，常服黑色无妆靓
……
长者有女年十八，游学欧洲高志行
君言新会梁氏子，已许为婚但未聘

命运真是不可抗拒的存在。一番挣扎之后，也逃不过既定的结局。

1922 年 9 月，徐志摩乘坐日本商船回国。六个月之前，他写信给在柏林留学的妻子张幼仪，开诚布公地谈了自己对爱情和婚姻的理解：

真生命必自奋斗自求得来，真幸福亦必自奋斗求得来，真恋爱亦必自奋斗自求得来！彼此前途无限，……彼此有改良社会之心，彼此有造福人类之心，其先自做榜样，勇决智断，彼此尊重人格，自由离婚，止绝苦痛，始兆幸福，皆在此矣。

信刚一寄出，他就动身前往柏林。此时张幼仪已经生下第二个儿子彼得。小彼得刚满月，笑容纯真，全然不知父亲就要离开自己。徐志摩请了金岳霖、吴经熊作证人，与张幼仪在离婚协议上签了字。

走到这一步，徐志摩已经为他的所爱抛下了一切，即使顶着抛弃妻子的罪名也在所不惜。该去的都去了，该来的能如期来吗？

1922 年 10 月 15 日，恢复单身的徐志摩抵达上海。刚刚下船，他的头上就炸响了一个晴天霹雳：林徽因和梁启超的大公子梁思成将结为秦晋之好。他不敢也不愿相信，但是朋友告诉他，梁启超已经写信给长女梁思顺，明明白白地讲了林徽因同梁思成的婚事"已有成言"。

徐志摩呆若木鸡，思维停滞了。他的大脑仿佛正本能地拒绝这个现实：他的心上人就要成为别人的妻子！

耐不住这份煎熬，一个月后，徐志摩硬着头皮坐上了北上的火车，他一定要亲口向林徽因求证。可是他没有在林家见到林徽因，而是看到了那首彻底打碎他抱有最后一丝希望的诗。徐志摩望着那副悬挂在墙上的诗作，觉得自己也像个死刑犯一样被吊起来了。

随即，徐志摩收到了恩师梁启超从上海寄来的一封长信。梁启超一直以为徐志摩和张幼仪彼此再不能相处，所以也没有反对他们离婚。但他却听张君劢（幼仪大哥）说，徐志摩回国后和张幼仪"通信不绝"，"常常称道她"，觉得很奇怪。梁启超给了学生两条忠告：万万不可把自己的快乐建立在弱妻幼子之上；真爱固然神圣，但可遇不可求，不可勉强。信写得情深意切，语重心长。但陷在感情旋涡的徐志摩哪里看得进去，他即刻给梁启超回了一封慷慨陈词的信：

我之甘冒世之不韪，竭全力以斗者，非特求免凶惨之苦痛，实求良心之安顿，求人格之确立，求灵魂之救渡耳。……我将于茫茫人海中访我唯一的灵魂伴侣，得之，我幸；不得，我命，如此而已。

徐志摩是真正的为爱而生，自由的爱情是他一生的理想和追求。世俗无法理解，也无法容忍，但这份真心他必须要向恩师剖白。

人总是有隐藏的反骨，世俗越是阻挠，越是激起徐志摩的决心。虽然林徽因正在和梁思成恋爱，并且"已有成言"，但不是还没订婚吗？既然如此为何不可以追求呢？徐志摩和林长民仍是好友，梁启超是他的老师，他和梁思成也算是师兄弟，来找林徽因也没什么不妥。

当时，林徽因和梁思成经常在北海公园的快雪堂约会见面。这是一处安静典雅的院落，里面是松坡图书馆的藏书，馆长正是梁启超，持有图书馆钥匙。图书馆星期天不开馆，林徽因和梁思成就在这读书。徐志摩当时在图书馆担任英文干事，和林徽因见面很方便，并且他并不避讳梁思成。次数多了，好脾气的梁思成也忍不下去了，就在门口贴了一张条子，上书"lovers want to be left alone"。徐志摩见了，也只得识趣离开。

和徐志摩分开，回国的林徽因仍然在教会女校读书。她用这段清静的时间好好地考虑了自己的感情和婚姻。她曾多次把徐志摩和梁思成放在天平上称过，论才华诗情，她更倾向于徐志摩，林长民也没有明确地反对过。但两个姑姑坚决不同意。林徽因是名门之后，徐志摩离过婚，嫁给他不就等于填房吗？这无疑会辱了林家的名声，林徽因也会被人戳脊梁骨。徽因自己又何尝没有这样的顾虑？她是那么看重自尊，那么骄傲，做"小"这样的事怎么会发生在自己身上！梁思成又待她如此，她也欣赏他的才华。虽然这么做，对不起一往情深的徐志摩，看到他伤心的模样她也一样痛苦。但是她必须做出一个让大家都满意、顾全大局、损失最小的选择。

这就是林徽因。当年她只有 18 岁，却能如此冷静地抉择自己的人生。

一切的转折在 1923 年 5 月 7 日。那是林徽因和梁思成感情史上重要的一天。那天是个阳光灿烂的星期一，大学生上街举行"五七国耻日"（1919 年 5 月 7 日，日本政府向袁世凯提出卖国二十一条）的游行。梁思成带着弟弟梁思永骑着摩托车，从梁家所在的南长街去追赶游行队伍。当他们经过长安街时，一辆大轿车迎面撞上了摩托车。悲剧只在刹那间，摩托车被撞翻，重重地把梁思成压在了下面，梁思永被甩出去老远。坐在轿车里的官员视而不见，命令司机继续前行。梁思永挣扎着爬起来，流了很多血。他发现哥哥不省人事，慌忙赶回家叫人。一个仆人赶到车祸现场背回了梁思成。

被带回家的梁思成眼珠已经不会转了，面无血色，一家人见状大哭小叫。刚从陕西赶回来的梁启超极力稳住心神，差人去开车找医生来。大约一个钟头，一个年轻的外科医生像押俘虏似的被带来了。检查之后断定梁思成左腿骨折，马上送去了协和医院抢救。

梁家两兄弟住在同一间病房，弟弟一个星期就出院了，梁思成得在这里待上八个星期。

得到消息后的林徽因立刻赶到协和医院。梁家上下全挤在病房里。梁启超安慰惊慌的林徽因："思成的伤不要紧，医生说只是左腿骨折，七八个星期就能复原，你不要着急。"

林长民和夫人随后也赶来了。两家从中午守到傍晚，送来的饭菜在桌子上冷

了热，热了冷，谁也没有心思动筷子。林徽因呆呆地坐着，梁思成每一声呻吟她都跟着疼。

林徽因从学校请了一个星期的假在医院照顾梁思成。她寸步不离地守在梁思成的病床前，细心地喂饭喂药。梁思成刚动过手术，身子不能动弹，但精神却一下子好了很多。徽因怕他无聊，就经常拿报纸来给他读上面的新闻。有一回她给梁思成看《晨报》，开玩笑地说："你看，你成明星啦。"原来是他车祸的消息上了头条。

梁思成看了一眼，苦笑着说："这我倒不感兴趣，你在这儿陪我，就三生有福了。"

一旁的李惠仙却皱起了眉头。

梁思成身体还很虚弱，动一下都很困难，林徽因就一次次帮他翻身，尽管动作已经尽量轻柔，梁思成还是大汗淋漓。徽因顾不得自己擦汗，便用帕子先给梁思成擦拭额头。每当这时，李夫人就不高兴地把帕子抢过去，弄得徽因也有些尴尬。

梁启超却很高兴。他知道夫人对现代女性有成见，就出来打圆场："这本来就是徽因应该做的事嘛。"

其实梁启超一直担心徐志摩和林徽因旧情复燃，伤了儿子的感情，梁家也没面子。特别是之前和徐志摩通过信，学生态度坚定地表白了心意，令他如芒在背。再加上同样受过西方教育的林徽因，他的忧心并不多余。好在这次的意外事故，歪打正着地检验了林徽因对梁思成的感情。梁启超看到了一个有情有义，善良懂事的好女孩。心里的一块大石头终于放了下来，喜不自禁。

最开始的时候医院认为梁思成没有骨折，不需要手术，后来诊断是复合型骨折，到五月底已经做了三次手术。从那时起，梁思成的左腿比右腿短了一截，造成后来的终生跛足。

梁启超借着养伤的这段时间，让儿子研读中国古代经典名著，从《论语》《孟子》开始，到《左传》《战国策》等一一涉猎，用以积累他的知识。

李夫人对撞伤梁思成的官员恼火不已，她亲自登门拜访黎元洪，要求处罚那个官员，最后说是司机的失职。李夫人不接受这个敷衍，直到黎元洪替那个官员道歉为止。

一个半月后，林徽因带着一束花来接梁思成出院。这个时候她已经从教会女中毕业，考取了半官费留学。

大概就是这场车祸彻底坚定了林徽因要和梁思成一道走下去的信念吧？因为照顾病人，林徽因和梁思成才有了自恋爱以来从未有过的频繁的亲密接触。这次有惊无险的意外让林徽因看清了自己的心，她和梁思成再不能轻易地别离了。

我们总是失去了才懂得珍惜。老天慷慨地给了林徽因弥补的机会，在一切还来得及的时候让她重新选择安排自己的缘分。如果没有这次生死考验，也许林徽因还在徐志摩和梁思成之间苦恼不已。其实命运不一定残酷，在你感到迷茫的时候它会给你暗示，让你选择自己想要走的路。虽然选择也会有得有失，但人生本就不能完全无憾。

对于已经不再相爱的那个人，有人选择还是朋友，有人老死不相往来。这两种态度不能说谁对谁错，因为性格决定选择，想要以何种关系继续以后的生活，就要保证自己不被那种关系所搅乱。林徽因和徐志摩此后一直是好朋友，因为林徽因够理智够清醒，她知道自己的心已经给了梁思成，再无可能与他分开，所以才能坦然地与徐志摩相处。

人的一生终究是一个人的一生。不是说要孤独终老，而是大家各自有所追求，有缘分就相遇，有缘无分，情深缘浅是常事，分开也未尝就会痛苦得无法自持。人生如戏，一场落幕下一场又要开始，自然也不必过分耽于昨天。你记得也好，你忘记也罢，生命本就如轮回一般，来来去去，何曾为谁有过丝毫停歇。

一生挚爱，一生等待

人生若只如初见，何事秋风悲画扇。可人生又怎能只如初见。如果说初见灿若春花，携手一段漫长人生，便可看秋叶之静美了。只是情到薄处，难免会有所失落，怅惘追忆曾经之美好。然而亦有些人，爱上了便可情深不寿。在他的生命中，所有光阴都如初见时美好绝伦。

真爱无悔，无论你我以何种方式对待自己的情感。只要付出过，珍重过，拥有过，便是爱的慈悲。相离亦不一定是背叛，给彼此一个美好祝福，或许都会海阔天空。

有人说衡量一位女性有多大魅力，看看她身边的男性质量如何就知道了。这么说的话，林徽因必定是个风姿绰约、魅力超凡的女性了。建筑学家梁思成是她的丈夫，新月派诗人徐志摩是她的知己。还有一位一直与林徽因联系在一起的优秀男人，就是"择林而居"的哲学家金岳霖。

很多年前的清华大学清华园，有几位著名人物，人称"清华三苏"，同时也是著名的"单身汉三人帮"。其中有个哲学家叫金龙荪的，就是金岳霖，大家都习惯喊他老金。

老金生长于三江大地，年长梁思成六岁。他自幼聪慧，小小年纪便考进清华。1914 年毕业后留学英美。刚到美国的时候，他服从家人的安排读商科，后来到哥伦比亚大学改学政治学，仅两年就拿到了博士学位。在美国短期任教后，他又游学欧洲近十年。有一天，他在巴黎大街上闲逛的时候，忽然听得一帮法国人在那里激烈地辩论，他越听越有兴趣。于是这位政治学博士转攻逻辑学，并将之作为自己终生的事业。

金岳霖也按照当时风行的"清华——放洋——清华"的人生模式，从欧洲回国后执教于清华哲学系，看上去又回到了起点。但此"点"绝非彼"点"。不一样就是不一样。金岳霖受了十几年欧美文化的熏陶，生活作风相当洋化。他在清华教书的时候，总是一身笔挺的正装，打扮入时。加上超过一米八的个子，仪表堂堂，非常有绅士派头。清华哲学系最初只有一位老师，就是老金，当年他只有三十出头。但逻辑学这门年轻的学科，差不多就是这位年轻的学者引进中国的。时人有言，中国只有三四个分析哲学家，金岳霖是第一个。张申府说："如果中国有一个哲学界，那么金岳霖当是哲学界之第一人。"

关于老金的逸闻趣事，最引人注目的就是他暗恋建筑学家、诗人林徽因，并为之终身未娶。据说老金在英国读书时，收获不少外国女同学的爱慕，其中一位金发美人丽琳还跟着他来到了中国，并同居了一段时间。在当时看来，这位丽琳属于女性中的异类，她是个不婚主义者，但对中国的家庭生活极为有兴趣，表示要以同居的方式体验中国家庭内部生活与爱情的真谛，于是便和老金在北平同居下来。

至于这位美国美人何因何时离开老金回国，在文献中记载极少。或许是当时的文人们欲维护老金颜面，对此事大多讳莫如深。我们能知道的就是，随着老金和梁氏夫妇结为好友，思维和处事方法极另类的哲学家就打包行李搬到北总布胡同三号"择林而居"（老金语）了。

老金晚年回忆说："他们住前院，大院；我住后院，小院。前后院都单门独户。30年代，一些朋友每个星期六有集会，这些集会都是在我的小院里进行的。因为我是单身汉，我那时吃洋菜。除了请了一个拉东洋车的外，还请了一个西式厨师。

'星期六碰头会'吃的咖啡冰其凌和喝的咖啡都是我的厨师按我要求的浓度做出来的。除早饭在我自己家吃外，我的中饭、晚饭大都搬到前院和梁家一起吃。这样的生活一直维持到七七事变为止。抗战以后，一有机会，我就住他们家。"老金还说"一离开梁家，就像丢了魂似的"。

老金因为一直单身，没有什么牵绊，所以始终是梁家聚会上的座上宾。梁家和老金志趣相投，背景相似，交情自然非比寻常。老金对林徽因的才华人品赞不绝口，对她本人亦是呵护有加。徽因对老金则有一种后辈对前辈的仰慕之情，两人感情甚笃。徐志摩去世后，金、林二人交往愈发亲密。

关于林徽因和金岳霖的这段感情，多年之后梁思成曾有过谈论。梁思成第二任夫人林洙说："我曾经问起过梁公关于金岳霖为林徽因而终身不娶的事。梁公笑了笑说：'我们住在总布胡同的时候，老金就住在我们家后院，但另有旁门出入。可能是在1931年，我从宝坻调查回来，徽因见到我哭丧着脸说，她苦恼极了，因为她同时爱上了两个人，不知怎么办才好。她和我谈话时一点不像妻子和丈夫谈话，却像个小妹妹在请哥哥拿主意。听到这事我半天说不出话，一种无法形容的痛苦紧紧地抓住了我，我感到血液也凝固了，连呼吸都很困难。但我感谢徽因，她没有把我当一个傻丈夫，她对我是坦白和信任的。我想了一夜该怎么办。我问自己：徽因到底和我幸福还是和老金一起幸福？我把自己、老金和徽因三个人反复放在天平上衡量。我觉得尽管自己在文学艺术各方面有一定的修养，但我缺少老金那哲学家的头脑，我认为自己不如老金，于是第二天，我把想了一夜的结论告诉徽因。我说她是自由的，如果她选择了老金，祝愿他们永远幸福。我们都哭了。'"

林徽因把梁思成的话告诉了老金，老金对她说："看来思成是真正爱你的，我不能去伤害一个真正爱你的人。我应该退出。"从那以后，林徽因和梁思成再未谈及此事。

老金是个守信用的人，林徽因同样是个诚实的人。他们三人始终是很好的朋友。"我自己在工作上遇到难题也常去请教老金，甚至连我和徽因吵架也常要老金来'仲裁'，因为他总是那么理性，把我们因为情绪激动而搞糊涂的问题分析得一清二楚。"梁思成说。

从好事者的调查猜测和可考证的文字看，这三人的关系很像西洋小说中的人物关系，这个故事的结局是：林徽因、金岳霖一直相爱、相依、相存，但又无法结为夫妇。老金孑然一身，默默地守护着心中挚爱。怎奈天意弄人，徽因红颜薄命，这趟爱情旅行只剩下老金踽踽独行了。

事实上，上面梁思成的那些话出自林洙所写的《梁思成、林徽因与我》。当她写这段故事的时候，三个当事人已全部作古，是否完全还原事实无从考证。总之，只要一提起林徽因和金岳霖，大家必说起这个故事并唏嘘感动一番，到了这分上，也就无必要评判真假了。

老金大概真的对林徽因有感情，只是感情的深浅、表达的程度，特别是林徽因的回应，从旁的地方很难得到证实。旁证倒也不是没有，但都像白开水一样，缺乏好事者期待的那种惊世骇俗的浪漫。

汪曾祺先生在《金岳霖先生》一文中记载，林徽因去世以后，有一天老金在北京饭店请客，老友们收到通知都很纳闷怎么老金忽然要请客呢？到了之后，金岳霖才宣布："今天是林徽因的生日。"

林徽因对金岳霖的回应有一个算得上可靠的证据。她在1932年元旦写给胡适的信中提到老金时，称他为"另一个爱我的人"。

在林、梁、金三人中最长寿的是老金，享年89岁。晚年的老金和林徽因的儿子梁从诫生活在一起，从诫以"尊父"之礼事之，称之为"金爸"。不过这也没什么可惊讶的，老金在梁家住过，后来梁家搬到四川，老金住在好友钱瑞升家里时，钱家的孩子也是亲热地喊他"金爸"。

老金晚年时，有人请求他给再版的林徽因诗集写一些话。他考虑良久，拒绝了。"我所有的话都应当同她自己说，我不能说。"停顿一下，补充道，"我没有机会同她自己说的话，我不愿意说，也不愿意有这种话。"

喜欢一个人，爱一个人，是一件沉重而长远的事，可能会是一生一世。这要靠行动而非语言。喜欢，或者爱，于用情至深之人，是千钧的重量，一旦化成语言就减轻了分量；是付出，而非索取，一旦索取就不再纯粹。

佛把他变成了一棵树，永远等在她必经的路旁。世上再无金岳霖，那份可能称为"爱"的感情，也永远无法复制。

诟 病

"他如果活着恐怕我待他仍不能改变，事实上也是不大可能，也许那就是我不够爱他的缘故。"林徽因这么说的时候，康桥之恋已经过去许多年，她的生活已然平静安稳。也许她的骨子里还存有少女般的浪漫，梦的时候，她可以比谁都诗意，一旦醒转，又比谁都理智。她用理智超越了情感。

人间情爱莫过于此。时光氤氲，我们更无法分清当年的落花流水，到底是谁有情，谁无意。又或许本就没有过情意之说，不过是红尘中的一场偶遇，一旦分别，两无痕迹。

1932 年，林徽因给胡适去了一封信，在信中提及自己最近的愁闷心情：

我自己也到了相当的年纪，也没什么成就，眼看得机会愈少——我是个兴奋型的人，靠突然的灵感和神来之笔做事，现在身体也不好，家常的负担也繁重，真是怕从此平庸处世，做妻生子的过一世！我禁不住伤心起来。想到志摩今夏对于我富于启迪性的友谊和 love，我难过极了。

因为和三位优秀的男性都有过感情纠葛，很多人在这一点上批评林徽因。特别是在与金岳霖的关系上这一点。那时她已是梁思成的妻子，却仍然和金岳霖有不清不楚的关系。在这场"三角"旋涡中，金岳霖表现得是那么痴情、隐忍，梁思成又是那么宽容，简直就是现代女性梦寐以求的好男人！但是，相比被镀上一层金的两位男士，林徽因就不是那么被人称道了。这完全就是不守妇德、用情不专的典型嘛。

用现在的观点看，林徽因大概会被归类到"很会释放荷尔蒙的女性"那一队里吧。

事实真是这样？

关于金、林二人的感情关系，实际上很容易举出反驳的例证。两人一个是逻辑学家，一个是建筑学家，都是以理智清醒著称。林徽因在感情与婚姻中令人惊异的理性也是她作为一名女性的成功之处。她既然能拒绝了浪漫多情的诗人，怎么面对常人眼里的"怪胎"逻辑学家就冲昏头脑了？她接受过西方文化的熏染是没错，但在婚姻之中她始终有着中国人的传统思维方式，她爱着丈夫和一双儿女，顾虑到家族的名誉，怎么会不管不顾地和金岳霖坠入罗曼蒂克、惊世骇俗的爱河呢？

很多人都认为金岳霖终身不娶是因为痴恋林徽因。但是别忘了，金岳霖是个哲学家，准确地说是个逻辑学家。哲人的精神世界又如何用常识去揣测？只有理智和智慧在他们眼中闪烁着永恒价值的光彩。金岳霖不是诗人徐志摩，把爱与美看成至高无上。如果说金岳霖为了林徽因单身一辈子，那么，让柏拉图、叔本华、康德这些前辈终身未娶的女神又是谁呢？金岳霖曾经的女友丽琳也是一位不婚主义者，两人同居而不谈婚姻，说明金岳霖在这个问题上极有可能与之达成一致。梁思成大姐梁思顺曾说："有人激进到连婚姻也不相信。"——这是在说金岳霖。

金岳霖终身不娶，并非仅仅因为林徽因这么简单，而是哲学家追求理性和智慧的一种极端的表现。当然，林徽因的出现可能坚定了他这一想法。哲学家特有的理智，对女性的要求在林徽因身上寻求到了一个完美。他必不会去破坏这份完美，必将去维护这份完美。

金岳霖始终理智地看待自己所处的位置，并理性地掌控着他的处世哲学。许多时候他用"打发日子"来形容他长期单身的寂寞。他后来写文章把自己和梁家的关系做了描述，并发挥了对"爱"和"喜欢"这两种感情与感觉的分析。老金的逻辑是："爱与喜欢是两种不同的感情或感觉。这二者经常是统一的，不统一的时候也不少，就人说可能还非常之多。爱，说的是父母、夫妇、姐妹、兄弟之间比较自然的感情，他们彼此之间也许很喜欢。""喜欢，说的是朋友之间的喜悦，它是朋友之间的感情。我的生活差不多完全是朋友之间的生活。"

那么和徐志摩呢？

林徽因与徐志摩的一段剑桥情缘无可非议，当时林徽因与梁思成毫无关系，是绝对的自由身。但有人认为林徽因相当于第三者，拆散了徐志摩和张幼仪。一大批研究者相信徐、林二人是有过爱情的。韩石山研究整合了与徐志摩相关联的

218

三位女性的资料，肯定地说："（张）幼仪不记恨陆小曼，她记恨的是林徽因。她记恨的并非是为自己，倒有一半是为了志摩。她恨林答应了他，却没有嫁给他。……两人的恋情，肯定是有的。徐志摩为了赶听林在协和小礼堂的报告，才匆匆坐飞机殒命的。"

林徽因遭人议论最多的，就是她在已经和梁思成交往的前提下仍然和徐志摩关系甚密。她和梁思成在宾大读书时也曾主动写信给徐志摩。但是从另一方面看，当时北平文化圈的名人来来去去就那么多，低头不见抬头见，要完全避开，简直是不可能的。

梁从诫、梁再冰一再重申"徐、林之间没有爱情"。梁再冰说："徐志摩去世时我年纪还小，但作为林徽因和梁思成的女儿，我很了解徐志摩同我父母之间关系的性质。徐志摩是我家两代人的朋友。他曾经追求过年轻时的母亲，但她对他的追求没有做出回应。他们之间只有友谊，没有爱情。……母亲在世时从不避讳徐志摩追求过她，但她也曾明确地告诉过我，她无法接受这种追求，因为她当时并没有对徐志摩产生爱情。她曾在一篇散文中披露过16岁时的心情：不是初恋，而是未恋。……她曾说过，徐志摩当时并不了解她，他所追求的与其说是真实的她，不如说是他自己心目中一个理想化和诗化了的人物。"

梁从诫也强调，林徽因很坦然地承认她和徐志摩之间的感情，但不是那种谈婚论嫁的爱。"他们都非常懂得，爱一个人，首先是尊重一个人，宽容一个人，给对方留有余地，这才是它的魅力所在，所以我们才说它崇高。"

林徽因挚友费慰梅在回忆林徽因时说，她在谈到徐志摩的时候，总是把他和英国诗人、大文豪联系在一起。可见林徽因对徐志摩更多的是待之以文学上的师友。梁从诫认为"这才是他们之间的真实关系"。

我们可以肯定地说，林徽因绝对没有辜负梁思成。无论是车祸之后的精心照料，还是二人结婚之后的夫唱妇随。人们只道梁思成在建筑上的成就，但若没有林徽因相伴，梁思成的成就也许不会如此耀眼。林徽因在丈夫的研究中，做了大量不为人知的工作。一切都是默默地进行，她没有署上自己的名字。因为她与梁思成早已不分彼此。

民国，这是个连字形都被染上了浪漫、风情、传奇气息的词汇。那个年代的才女不止林徽因一个，引人入胜的爱情故事也不止这一桩。很多民国才女，她们的爱情或热烈，或淳朴。她们的爱情有时也很决绝，比如张爱玲，比如蒋碧薇，还有萧红。这些才女们并没有比林徽因笨拙，她们有足够的智慧和才情。她们的天赋才华，民国以后再难寻找。可她们在爱情中，总会伤了自己。大抵是那份执着太锋利了，生生割断了情感中聪慧的弦，才变傻了，被伤了。但林徽因的感情是民国才女中的异类。她是真聪明的。要知道，世上最坚韧的，不是石头，是水。林徽因像流水，灵活柔软地避开了执着的利刃，在那个年代特有的风花雪月的迷阵中，全身而退。

林徽因是一位复杂的女性。她善良、聪慧，用现在的话说 EQ（情商）极高，她能理解对方，为对方设身处地地着想，从不会嘲笑他们。但从另一方面看，她又是那么理智甚至冰冷无情。面对热烈追求的徐志摩她能决然地转身，面对默默守护的金岳霖她以礼相待，面对丈夫的宽容呵护她也能坦然相告"我同时爱上了两个人"。从某种程度上来说，林徽因算得上是爱情的终结者吧？她不是一个特别适合谈恋爱的人。恋爱大概是属于徐志摩、陆小曼那一类人的，赴汤蹈火，无怨无悔，蜡炬成灰泪始干。而林徽因占上风的始终是理智。她是一个特别清醒、特别从容的人，不会为了某种情绪让自己深深沉沦。她有属于自己的坚持和原则，有自己独立的空间。所以她能留下许多的瞬间和剪影，有些人记住的是她的柔情婉转，有些人记住的是她的淡然自若，有些人记住的是她的热情执着。或许正是由于她的复杂，不可名状，才会有那么多人仰慕她，爱恋她，甚至一生一世守在她身边。

光芒初绽

张爱玲说：出名要趁早。

林徽因便是如此。她没有不得志过，更不是大器晚成。在她尚未拥有"中国第一代女建筑学家""新月派诗人"这样熠熠生辉的头衔之时，她年轻秀美的面庞就已经让许多人铭记。

林徽因这一生虽说也经历过至亲的死亡，自己亦是落下一身病骨，但在那个风起云涌的年代，亦算说得上安稳。她不是张幼仪，命运所逼终于成就一位新女性。她高贵的出身，开明的父亲让她年纪轻轻就站在了与平凡女孩决然不同的位置。更不要说林徽因本就天赋异禀。生得美丽，又有才华，性格机敏讨喜，这对一个女人来说，已经是太充裕了。

大幕拉开，是马尼浦王的女儿的绝世风采；宾大校园里还留着那个东方女孩清雅的身影；欧陆的古建筑还记得那双闪烁着光彩的美丽的眼睛……林徽因风华绝代的一生，就此开启。

新 月

那个为爱而生的诗人曾对他的朋友说："我要把生命留给更伟大的事业呢。"但这事业终究是未完成。有人说，徐志摩再走下去，也许会长大，孩子总有一天会看清现实的样子，上天没有再给他十年。所以他永远单纯着信仰，怀抱着赤子的天真。

一提到"新月"会想起什么？

诗哲泰戈尔的《新月集》是自然的。这本诗集的名字同样也是中国现代新诗史上一个重要流派的名字。闻一多曾在《诗的格律》中提出著名的"三美"主张，即"音乐美（音节）、绘画美（辞藻）、建筑美（节的匀称和句的均齐）"。它是针对当时的新诗形式过分散体化而提出来的。这一主张奠定了新格律学派的理论基础，对新诗的发展做出了一定的贡献。因此，新月派又被称作新格律诗派。后期新月派提出了"健康""尊严"的原则，坚持的仍是超功利的、自我表现的、贵族化的"纯诗"的立场，讲求"本质的醇正、技巧的周密和格律的谨严"，但诗的艺术表现、抒情方式与现代派趋近。

说新月派，自然不能不说写《再别康桥》的徐志摩。

一切开始于北京西单附近的石虎胡同七号。那里有一座王府似的宅子，古树参天。这座宅子名气不小，住过平西王吴三桂，清代名臣裘曰修也曾是它的主人。还有人说这宅子里闹鬼，是座凶宅。后来维新派大人物梁启超把松坡图书馆专门收藏西书的分馆办在这里。徐志摩从英国回来，在图书馆当英文干事，将其中的一间房屋作为自己的居所。

1924 年初春，林徽因走进了石虎胡同七号。

这座宅子有两进两出的幽静的庭院。院落不大，布局倒是严谨有加，一正两厢，掠檐斗拱，颇为气派。乍暖还寒，院子里的柿子树槐树还未返青，只在枝梢上泛出些微的绿意。倒是那藤萝耐不住性子，迎着稀薄的日光抽出黄绿色的新叶来，料峭春寒好像也不那么漫长了。那是个微弱的季节，同时也是不可忽视的力量。

林徽因推开北正厅的大门，迎接她的是粉刷一新的墙壁和新铺的红地毯。地毯四周摆放了一圈沙发。房间被打扫得窗明几净，几盆仙客来竞相绽放，粉白紫红相间的娇嫩的花瓣如颤动的蝴蝶的翅膀，仿佛就要振翅向春天飞去了。

那个春天，徐志摩正等待着泰戈尔来华。有人说徐志摩伶俐会来事儿，定是为了讨得诗哲欢心，才应景似的将自己创立的团体命名为"新月"。徐志摩的"新月社"当然与《新月集》有联系，可"新月"二字，自然也镌刻着徐志摩的追求。

徐志摩喜欢月，写过许多和月有关的诗，人也如月般浪漫，情感如月般明澈，毫无遮掩。这正应和了新月的清澈明亮。但同时这也是他遭遇情感风波和文坛风波的原因。

就连徐志摩自己都无法确定，自己一个二十几岁，毫无根基的青年究竟能做出些什么成就来。那时候，一大批青年学子海外归来，北京城里藏龙卧虎。你看那逼仄胡同里一扇不起眼的门后，不定就坐着个惊才绝艳的人中龙凤。一场新文化运动催生了多少雨后春笋，文学研究社、创造社锋芒毕露，《小说月刊》《新青年》风生水起。清丽的月光真的能照彻他的理想吗？

徐志摩没有太多时间考虑这些，眼下他正红着眼睛忙碌着。今天是个重要的日子，为了筹备新月社成立，他已经连续数日寝食不安了。这件事确实为难了他，筹集经费，请厨师，粉刷房屋，事事都得操心。多亏有个能干的黄子美跑前跑后地帮衬，也亏得徐申如与儿子冰释前嫌，慷慨解囊，这个由周末聚会托生的新月社才不至于胎死腹中。

"好漂亮哟！"林徽因带着福建官话味儿的京片子脆生生地俏皮。

"让林小姐夸奖可不容易呀！"徐志摩打趣说，一边给她搬来一把椅子。

林徽因哪里闲得住，她兴致勃勃地绕着大厅走了一圈儿，又去院子里看藤萝。她惊奇地叫起来："志摩你看！这藤萝出新叶啦！用不了多久就会有一串一串的紫花开出来，那时这小院就更美啦。"

徐志摩的布满血丝的眼睛亮起来："新月社就像这藤萝一样，有新叶就会有花朵，看上去那么纤弱，可它却是生长着，咱们的新月也会有圆满的一天，你说是吗？"

林徽因连连点头。

"就凭咱们这一班儿爱做梦的人，凭咱们那点子不服输的傻气，什么事干不成！当年萧伯纳、韦伯夫妇一起，在文化艺术界，就开辟出一条新道路。新月、新月，难道我们这新月是用纸板剪成的吗？"

"把树都给栽到一处，才容易长高啊！"林徽因不无感慨地说。

"咱们有许多大事要做，要排戏，要办刊物，要在中国培养一种新的风气，回复人的天性，开辟一条全新的路。"徐志摩说，"眼下最重要的是排练《齐德拉》，到时候你可是要演马尼浦王的女儿呢。"

说到专门为了泰戈尔来华排练的舞台剧，林徽因的情绪更加热烈起来。

社员们三三两两地走进了院子。

胡适是第一个来的。穿一件蓝布棉袍，袖着手。这位蜚声中外的学者看起来倒像个乡塾冬烘先生。一进门，就冲着厨子用徽州土话嚷："老倌，多加点油啊！"

徐志摩笑说："胡先生，给你来一个一品锅怎么样啊？保险不比江大嫂手艺差！"

林徽因拊掌笑起来。难得这位不苟言笑的胡博士幽上一默。

随后来的是陈伯通和凌叔华。陈伯通瘦高个儿，温文尔雅，一副闲云野鹤的派头；凌叔华安安静静的，鹅蛋脸上挂着淡淡的微笑。

高个头儿的金岳霖侧着身子进来。林徽因笑道："老金一来，这屋子就矮了！"

大家都笑起来。

梁启超和林长民这对老友姗姗来迟。梁启超穿着宽大的长袍，秃顶宽下巴，看着倒也精神潇洒。他左顾右盼一番，赞道："收拾得不错，蛮像样子的嘛！"

一屋子的人吵闹着："今天林先生来晚了，罚他唱段甘露寺！"

林长民抱拳过头向四座拱手道："多谢列位抬举，老夫的戏从来是压轴的，现在不唱！现在不唱！"

这些在中国现代文化史上留下名字的天之骄子们谁也没有意识到，他们以泰戈尔诗集命名的这个小小的社团，就在这初春里的平平常常的一天，走进了新文化运动的历史。

尚且年轻的林徽因自己也没有注意到，她将和这些文采飞扬的朋友、前辈们一起，为改变中国现代文坛的格局留下清新却坚实有力的一笔。

苍松竹梅三友图

流水过往，一去不返，可人又是为何在悲伤惆怅的时候无法抑制地怀想从前呢？大抵是我们都自知太过庸常，经不住平淡流光日复一日地冲刷。想当初立于别离的渡口。多少人说出誓死不回头的话语。末了偏生是那些人需要依靠回忆度日，将泛黄的过往前尘一遍又一遍阅读，泪水涟涟。

1924年4月23日，9时24分。墨绿色的车厢如同从远海归航的古船停泊在了北京前门火车站的月台上。一群文化名人装扮一新，神情严肃中透出期待和焦急。梁启超、蔡元培、胡适、蒋梦麟、梁漱溟、辜鸿铭、熊希龄、范源濂、林长民等人或西装革履，或长衫飘逸，个个气度不凡。万绿丛中一点红的林徽因，着咖啡色连衣裙搭配米黄色上装，素净淡雅。她手捧一束红色郁金香，年轻娇美的面容被衬托得更加动人。

车门打开。

一位头戴红色柔帽，身穿浅棕色长袍，鹤发童颜，长髯飘逸的老人在一个清秀的中国青年的搀扶下下了车。林徽因感到自己的心跳一下子加快了。这就是得到诺贝尔奖的诗哲泰戈尔吗？分明是慈眉善目的东方寿星呀。林徽因觉得他仿佛来自一个童话世界，一个圣灵的国度。如果不是同时下车的徐志摩提醒，她差点忘了献上手中的花。

鞭炮响了，是一千响的霸王鞭。这是最具中国古典韵味的欢迎仪式。泰戈尔兴奋地展开双臂，像个孩子那样地笑着，好像要拥抱这座尊贵古老的皇城。

从4月12日"热田丸"号徐徐驶入黄浦江开始，中国知识界的神经就已经兴奋起来了，泰戈尔也同样激动，他终于来到了这个早已心向往之的国度。桃花似锦的龙华，草长莺飞的西湖，六朝烟霞的秦淮……都深深吸引这位印度诗人。泰戈尔踏访遗迹，发表演讲，与学者们交流互动，乐此不疲。徐志摩作为忘年交的好友和翻译一直陪伴在他身边。

泰戈尔访华的演讲稿是徐志摩事先翻译好的，诗哲的行程也是他精心安排的。他们在这段朝夕相处的日子谈创造的生活，谈心灵的自由，谈普爱的实现，谈教育的改造。在杭州游西湖时，徐志摩一时诗兴大发，在一株海棠树下作诗达旦。梁启超特别集宋人吴萌宵、姜白石的词作了一首对联赠给学生：

> 临流可奈清癯，第四桥边，呼棹过环碧
>
> 此意平生飞动，海棠树下，吹笛到天明

林徽因的情感也许没有诗人那么外露和激荡，但是她的内心也平静不下来。从泰戈尔到达国内的那天起，她就每天看着报纸为他们计算着行期。对于泰戈尔那些脍炙人口的名作，爱诗的林徽因早已熟烂于心，他时刻都在盼望着能早一点见到这位睿智的偶像。当泰戈尔真正出现在她的眼前时，她就像掉进了一个童话世界似的，几乎要分不清是真是幻了。

鸽哨清亮悠扬地划过碧空如洗。日坛公园的草坪修剪一新，阳光铺展其上，每一片草叶都闪耀着淡淡的金色光泽，蒸发起令人心情舒畅的植物清香。那是一种令人想起梦境中的故园的清香，遥远、古老而又安宁。

欢迎泰戈尔的集会就在这片草坪上进行。原本的计划是在天坛公园集会，但天坛公园是收门票的，考虑到学生们大多经济不自由，于是改在免费的日坛公园。

林徽因挽扶着泰戈尔登上演讲台，担任同声翻译的是徐志摩。当天京城的各大报纸都在头条报道了这次集会的盛况。说林小姐人艳如花，和老诗人挟臂而行，加上长袍白面，郊寒岛瘦的徐志摩，犹如苍松竹梅的一幅三友图，林徽因的青春美丽、徐志摩的风度翩翩，和诗哲的仙风道骨相映成趣，一时成为京城美谈。

泰戈尔的即兴演讲，充满了真挚、亲善的情感。他说："今天我们集会在这个美丽的地方，象征着人类的和平、安康和丰足。多少个世纪以来，贸易、军事和其他职业的客人，不断地来到你们这儿。但在这以前，你们从未考虑过邀请任何人，你们不是欣赏我个人的品格，而是把敬意奉献给新时代的春天。"

老人清清嗓子接着说："现在，当我接近你们，我想用自己那颗对你们和亚洲伟大的未来充满希望的心，赢得你们的心。当你们的国家为着那未来的前途，站立起来，表达自己民族的精神，我们大家将分享那未来前途的愉快。我再次指出，不管真理从哪方来，我们都应该接受它，毫不迟疑地赞扬它。如果我们不接受它，我们的文明将是片面的、停滞的。科学给我们理智力量，他使我们具有能够获得自己理想价值积极意识的能力。"

饮了一口林徽因送上的热茶，泰戈尔望着远方的天空，情绪有点激动。

225

"为了从垂死的传统习惯的黑暗中走出来，我们十分需要这种探索。我们应该为此怀着感激的心情，转向人类活生生的心灵。"他提醒说，"今天，我们彼此命运是息息相关的。归根到底，社会是通过道德价值来抚育的，那些价值尽管随着时间的变化而变化，但仍然具有——道德精神。恶尽管能够显示胜利，但不是永恒的。"他雪白的长髯微微飘拂着，嗓音洪亮，精神矍铄，宛如圣哲站在阿尔卑斯山巅对着全人类布道，"在结束我的讲演之前，我想给你们读一首我喜爱的诗句：

> 仰仗恶的帮助的人，建立了繁荣昌盛，
> 依靠恶的帮助的人，战胜了他的仇敌，
> 依赖恶的帮助的人，实现了他们的愿望，
> 但是，有朝一日他们将彻底毁灭。"

徐志摩文采飞扬的传译伴随着诗哲淙淙流水般的演讲，让参加集会的学生都出了神。一旁的林徽因不时向他投去赞许的目光。讲演结束之后，林徽因对徐志摩说："今天你的翻译发挥得真好，好多人都听得入迷了。"

徐志摩说："跟泰戈尔老人在一起，我的灵感就有了翅膀，总是立刻就能找到最好的感觉。"

林徽因说："我只觉得老人是那样深邃，你还记得在康桥你给我读过的惠特曼的诗吗？——从你，我仿佛看到了宽阔的入海口。面对泰戈尔老人，觉得他真的就像入海口那样，宽广博大。"

林徽因、徐志摩一左一右，相伴泰戈尔的大幅照片，登在了当天的许多家报纸上，京城一时"洛阳纸贵"。

5月8日，由胡适做主席，400位京城最著名的文化界名人出席了泰戈尔64岁的生日宴会。这是一场按照中国传统方式操办的宴会，泰戈尔得到了十几张名画和一件瓷器作为寿礼，但最让他高兴的是自己有了一个中国名字。命名仪式由梁启超亲自主持。梁启超解释道，泰戈尔的英文名字Rabindranath译作中文即"太阳"和"雷"，"震旦"二字由此而来。而"震旦"恰恰是古代印度称呼中国的名字Cheenastnana，音译应为"震旦"，意译应为"泰士"。梁启超又说，按照中国人的习惯，名字应该有姓，印度国名天竺，泰戈尔当以国名为姓，全称为"竺震旦"。泰戈尔先生的中文名字象征着中印文化永久结合。

同样是为了给泰戈尔祝寿，新月社排演了他根据印度史诗《摩诃德婆罗多》写的《齐德拉》。因是专场演出，且人物对白全部用英语，观众只有几十个人，不太懂英文的梁启超由陈通伯担任翻译。

这是一个与爱情有关的故事。齐德拉是马尼浦国王的女儿，马尼浦王系中，代代都有一个男孩传宗接代，可是齐德拉却是他的父亲齐德拉瓦哈那唯一的女儿，

因此父亲想把她当成儿子来传宗接代，并立为储君。公主齐德拉生来不美，从小受到王子应受的训练。邻国的王子阿顺那在还苦行誓愿的路上，来到了马尼浦。一天王子在山林中坐禅睡着了，被入山行猎的齐德拉唤醒，并一见钟情。齐德拉生平第一次感到，她没有女性美是最大的缺憾，失望的齐德拉便向爱神祈祷，赐予她青春的美貌，哪怕只有一天也好。爱神被齐德拉的诚心感动了，答应给她一年的美貌，丑陋的齐德拉一变而成为如花似玉的美人，赢得了王子的爱，并结为夫妇。可是这位女中豪杰不甘冒充美人，同时，王子又表示敬慕那个平定了盗贼的女英雄齐德拉，他不知他的妻子就是这位公主。于是，齐德拉祈祷爱神收回她的美貌，在丈夫面前显露了她本来的面目。

在这个故事里，观众最关注的不是王子公主，而是公主和爱神。林徽因饰演齐德拉，徐志摩扮爱神玛达那。

天鹅绒大幕缓缓拉开了。

林徽因和徐志摩没有想到，他们竟然那么快就进入情境。他们的配合是如此默契，每一次眼神交会都是心灵的相连。台词好像不需要记忆，因为完全可以从对方的眼神里读出。真情演绎出的戏剧无疑能打动所有人。他们似乎忘记了舞台的存在，也忘记了台下的观众。当然，他们也无暇注意到台下英文并不灵光的梁启超的惊愕、愠怒的目光。

演出大获成功。随着幕布的落下，观众纷纷起身鼓掌，为他们精湛的表演叫好。掌声在四壁如潮水般回旋着。泰戈尔登上台，拍着女主角的肩膀赞许道："马尼浦王的女儿，你的美丽和智慧不是借来的，是爱神早已给你的馈赠，不只是让你拥有一天、一年，而是伴随你终生，你因此而放射出光辉。"

尽管林徽因光芒四射的美貌和演技为北京文化界增了光，添了彩，也得到了诗哲的赏识，但梁家可是高兴不起来。李夫人和大女儿梁思顺耿耿于怀，梁思成也有些郁闷。因为一场戏擦出火花，俨然现在八卦绯闻的桥段。但这桩绯闻很难让人不当真。当时周围的朋友都知道徐、林二人余情未了，特别是徐志摩，一直没有完全放弃追求林徽因，这几乎是公开的秘密。他回国后一直殷切地待她，如初见一般温柔热切。就算林徽因当时确实如外界传言的那样有些动摇，也是在情理之中。

但是，林徽因依旧是那个理智得令大多数女性羡慕的林徽因。可能她有过短暂的挣扎矛盾，但她最终选择了远离感情是非。她马上就要跟梁思成一起去美国读书了。

5月20日是泰戈尔离开的日子。在北京时，林徽因一直不离诗哲左右，令泰戈尔欣赏有加。临别时特别写了一首诗赠给林徽因：

蔚蓝的天空
俯瞰苍翠的森林，
他们中间
吹过一阵喟叹的清风。

陪同泰戈尔的徐志摩在靠窗的桌子上铺开纸笔。他不敢看站台上的林徽因。看了又能怎么样呢？他们之间的爱情苏醒宛如一次生命的回光返照。最终他们会渐行渐远，消失在彼此眼里。原来，爱情是这般脆弱呀！简直是不敢相信！

徐志摩匆匆写着：

"我真不知我要说的是什么话，我已经好几次提起笔来想写，但是每次总是写不成篇。这两日我的头脑总是昏沉沉的，开着眼闭着眼却只见大前晚模糊的凄清的月色，照着我们不愿意的车辆，迟迟地向荒野里退缩。离别！怎么能叫人相信？我想着了就要发疯。这么多丝，谁能割得断？我的眼前又黑了！"

　　徐志摩害怕各种形式的离别，每一次离别对他来说都是一种死亡。他曾私下里对泰戈尔说过自己仍然爱着林徽因，泰戈尔也觉得两人般配，代为求情，却没有使林徽因回心转意。他们这次真的要天各一方了。

　　徐志摩没有时间写完，火车已经要启程了。他心下焦急，冲向站台。同行的泰戈尔的英文秘书恩厚之见他如此悲伤激动，便将他拦下，替他把信收起。

　　这封没有写完的信永不会被寄出。

　　汽笛不解离人的别意，硬是执拗地拉响了。列车缓缓驶出站台。徐志摩朝车窗外看了一眼，所有的景物都一片迷离，他觉得自己那颗心，已经永远地种在了站台上。

　　灯火飞快地向后退去。

　　就像自己无疾而终的爱情一样被岁月留在了记忆里。单凭理想和一腔热忱，确实无法与现实抵抗。"去罢，青年，去罢！悲哀付于暮天的群鸦"；从那幻梦里醒过来，"去罢，梦乡，去罢！我把幻境的玉杯摔破"。

绮色佳的枫情

人在梦中总可以随心所欲，犯过的错不必去弥补，闯出的祸事不必去承担。可一旦醒来，飘荡的灵魂始终还是要寻找一个安稳的归宿。怀想往事固然美好，可灯火阑珊之时，一切都该结束，而你我依旧需要独自面对人世纷扰，市井繁华。

正值七月，美国东部的枫叶才刚刚泛出些微的红色。绮色佳这座万树环绕的小城正准备迎接一年中最丰盛最风情的时节。湖光山色没有想象中热烈，反而多了几分庄重素雅。泉水从山涧中潺潺奔流而出，跌宕于岩石之间，形成精巧的瀑布。彩虹在水雾间若隐如现，与红树碧水一起环抱着康奈尔大学。

绮色佳小城居民 10000，其中有 6000 是康大学子。

1924 年 6 月，20 岁的林徽因和 23 岁的梁思成共同赴美，前往康奈尔大学读预科班，为正式读大学做准备。7 月 7 日抵达学校报到。同行的还有梁思成的弟弟梁思永。

康奈尔大学校园夹在两道峡谷之间，三面环山，一面是水光潋滟的卡尤噶湖。康大的建筑多为奶黄和瓦灰，很是素净。这是一座田园牧歌式的大学城。

刚刚放下行李，他们就立刻办理入学手续。Summer school（暑期班）从今天正式开课，他们已经迟了一天了。报名、缴费、选课……忙碌了好半天才办妥当。林徽因选择了户外写生、高等代数等课程，梁思成则将要学习三角、水彩静物和户外写生。

除了梁思永，一同来康大就读的还有梁思成在清华的好友兼室友陈植。

林徽因喜欢这里的山光水色。这里的美有一种中国山水画的意境，再加之主观的感情渲染，引发了她若有似无的乡恋。这样的美丽陶醉着他们，西方式教学的开放创新也使他们如鱼得水。每天清早，梁思成和林徽因携着画具，伴着鸟鸣去野外感受大自然生动的色彩，心灵得到前所未有的自由的释放。每一天都有不一样的新收获。最吸引他们的还是康大的校友会。校友会是一栋淡黄色的雅致建筑，大厅里挂着康大从成立以来历任校长的肖像油画。栗色的长桌上，陈列着每一届毕业生的名册，记录了他们在学术和社会贡献上的成就以及对母校的慷慨回馈。毕业生和在校生捐赠的桌椅等物品都刻着捐赠者的名字。

他们在校友会结识了许多新朋友，大家经常聚在一起畅谈理想，讨论人生观，放松时办舞会，生活比国内充实快乐了许多。他们非常珍惜这段生活，因为再过两个月，他们就要按照计划动身去宾夕法尼亚大学攻读建筑专业。这里的每一天，每一分钟都值得用心体会。

但是，新鲜的异国学习生活并不能搬走他们心里压着的那块石头。因泰戈尔访华崭露头角的林徽因，非但没有改变李夫人的偏见，反而更让她不满。李夫人本就不赞同梁、林两家联姻，从这时候起就更加反对。梁思成常常收到大姐梁思顺的信，心中对林徽因责难有加。特别是最近的一封，大姐说母亲重病，也许至死都不会接受徽因做梁家的儿媳妇。

林徽因知道以后非常伤心，梁思成也很焦急，不知道怎么安慰她。徽因无法忍受李夫人和大姐的种种非难，更无法忍受的是他人对她的品行的质疑和独立人格的干预。于是她对梁思成说，summer school 的课程结束后她不准备和他一起去宾大了。她要留在康奈尔，她需要这里恬静的景致和生活为自己疗伤。听到恋人这么说，梁思成的情绪更加低落，很快消瘦下去。他给大姐写信说：感觉做错多少事，就受到多少惩罚，非受完了不会转过来。这是宇宙间唯一的真理，佛教说"业"和"报"就是这个真理。

此时此刻，远在北京独自伤心的徐志摩忽然收到林徽因的一封来信。那信很短，只说希望能收到他的回信。不用写什么，报个平安也好。

徐志摩已经冷却的希望又被点燃了。他生怕写信太慢，连忙跑到邮局发了一封加急电报给林徽因。从邮局回到石虎胡同，徐志摩一路被兴奋和喜悦包围着。红鼻子老塞拉住他喝酒，喝到半酣，他猛然想起什么，放下酒杯，再次跑到邮局。当他把拟好的电稿交给营业室的老头时，老人看了看笑了："你刚才不是拍过这样一封电报了吗？"徐志摩这才反应过来，不好意思地笑笑。确实，他刚才已经发过一遍了。

回到寓所，抑制不住激动心情的徐志摩备好纸笔，他要立刻给林徽因去一封信。谁承想信没写成，一首诗却满篇云霞地落在纸上。

啊，果然有今天，就不算如愿，
她这"我求你"也够可怜！
"我求你"，她信上说，"我的朋友，
给我一个快电，单说你平安，
多少也叫我心宽。"叫她心宽！
扯来她忘不了的还是我——我

231

虽则她的傲气从不肯认服；
害得我多苦，这几年叫痛苦
带住了我，像磨面似的尽磨！
还不快发电去，傻子，说太显——
或许不便，但也不妨占一点
颜色，叫她明白我不曾改变，
咳何止，这炉火更旺似从前！
我已经靠在发电处的窗前，
震震的手写来震震的情电，
递给收电的那位先生，问这
该多少钱，但他看了看电文，
又看我一眼，迟疑地说："先生
您没重打吧？方才半点钟前，
有一位年轻的先生也来发电，
那地址，那人名，全跟这一样，
还有那电文，我记得对，我想，
也是这……先生，你明白，反正
意思相似，就这签名不一样！"——
"呒！是吗？噢，可不是，我真是昏！
发了又重发；拿回吧！劳驾，先生。"——

当这首诗寄到绮色佳的时候，林徽因已经在医院的病床上躺了好几天了。她发着高烧，分不清是梦里还是醒着，是幻觉还是真实。她一会儿感觉自己躺在冰冷的山谷里，周围没有花朵，没有清泉，黑夜像一只怪兽的大嘴吞噬着她，又像一只沉重的大钟扣在她的头顶。一会儿又漂流在茫茫然的海上，望不到尽头的海，鱼儿在天空游着，飞鸟掠过海底，海浪摇晃着她疲倦的身体，越来越厉害，她感到头晕目眩……不行，不敢睁开眼睛，那太阳就在离她很近很近的地方，一定会被灼伤瞳孔……

当她终于张开双目的时候，看到的是淡金色的阳光洒在窗帘上，温暖却不刺眼。她艰难地动了一下，稍稍转过头，床头有一束新鲜的花，刚刚从山野采来的花，露水还未来得及蒸发掉，在花瓣上晶莹闪烁着。

一只手轻轻放在她的额头上。她听到梁思成如释重负的声音："烧总算退了一点儿，谢天谢地。"

林徽因看向梁思成，见他双眼通红，笑容疲惫，面色十分难看，心里就有了不好的预感。

勉强吃了点东西，林徽因总算觉得好了些。梁思成扶着她坐起来，从口袋里掏出一封电报给她看：母病危重，速归。

1922年，李夫人在马尼拉做了癌切除手术，当时姐夫周希哲任菲律宾使馆总领事，大姐一家住在那里，夏天父亲梁启超派梁思成到马尼拉把母亲接回天津。此时林徽因知道李夫人的病已到晚期，日子不能长久了。她焦急地问："你准备什么时候起程？"

梁思成说他已经往家里拍了电报，说不回去了。

林徽因住院的那段时间，梁思成每天早晨采一束带露的鲜花，骑上摩托车，准时赶到医院。每天的一束鲜花，让她看到了生命不断变化着的色彩。一连许多天，她整个的心腌渍在这浓得化不开的颜色里。

当他们结束了 summer school 的课程，准备一同前往宾夕法尼亚大学时，绮色佳漫山遍野的枫叶正如火一般燃烧着……

筑梦宾大

日子又回到了往日的平静，两片流云短暂交会后，飘向不同的方向。同在一片天空，自会有难免的交集，但分离之后能换来长久的安稳亦是值得。离别并非只会带来永无休止的牵挂和痛苦，人事万物自有它的去处，况且还有那么多至美的梦等着你我去营造。咖啡虽不是纯粹的甘甜，你沉浸于浓郁的芬芳，亦会忘记那最初的苦涩。

宾夕法尼亚州别名"拱顶石"，是美国东部的工业大州。首府费城坐落在特拉华额丘尔基尔两条河流涨潮时的交汇处。这里曾是美利坚合众国的第一个首都所在地。从丘尔基尔河开始，是费城的西城，闻名全球的宾夕法尼亚大学就建在河的西岸。

成立于18世纪的宾夕法尼亚大学属于常春藤大学联盟，是一间以浓厚的学术氛围闻名的大学，历任校长思想活跃，研究院办得也很出色。梁思成就读的建筑学研究院就是宾大的招牌研究院之一。法国建筑师保尔·P. 克雷（1876—1945）在那里主持建筑学研究院的教学工作。克雷1896年进入巴黎美院就读，接受了建筑、建筑史及简洁漂亮的透视图的强化训练。此时克雷已经在建筑和数学方面崭露头角。他的设计包括华盛顿泛美联盟大厦、联邦储备局大厦和底特律美术学校等有名的建筑，充分显示了他的才华和实力。

宾夕法尼亚大学与德克莱赛尔大学比邻而建，与哈佛大学、斯坦福大学并列全美最好的三所大学。

9月，梁思成和林徽因结束康奈尔的summer school，一同前往宾大正式读大学。梁思成很快便入读了建筑学研究院。但林徽因却得到一个令人沮丧的消息，建筑系不招收女生。校方给出的解释是：建筑系学生经常需要熬夜画图，一个女孩子处在这样的环境中比较危险。林徽因只好"曲线救国"，和美国女学生一样去读美术系，注册的是戏剧学院舞台美术设计专业，辅修建筑系的主要课程。

这样，林徽因和梁思成就成了同窗，一起上课，一起完成设计作业。没课的时候，林徽因、梁思成就会约上早一年到宾大的陈植，去校外郊游散步。兴致好的时候，他们便坐了车子到蒙哥马利、切斯特和葛底斯堡等郊县去，看福谷和白兰地韦恩战场、拉德诺狩猎场和长木公园。林徽因和梁思成对那里的盖顶桥梁很感兴趣，总是流连忘返，陈植却醉心于那连绵起伏、和平宁静的田园。有时三个

人也会去逛逛集贸市场。在农家的小摊上，总能买到各种新鲜的水果和蔬菜，林徽因喜欢吃油炸燕麦包，梁思成却喜欢黎巴嫩香肠和瑞士干奶酪，陈植说他什么也吃不惯，只是喜欢独具风味的史密尔开斯。劳逸结合，求学生活过得倒也惬意。

　　林徽因漂洋过海来到美国追求自己的建筑梦，只因为性别就被轻飘飘地拒之门外，要强的她怎么会就此甘心？她的倔强和才华注定不会令她埋没于人。她只是一个建筑系的旁听生，却和其他正式的学生一样认真地上课，交作业，交报告。她的成绩不是第一也是第二。她和梁思成共同完成的建筑图给当时一位年轻的讲师约翰·哈贝逊留下了极深的印象。后来哈贝逊成为著名的建筑师，还能回忆起那份"棒极了"的作业。

　　天道酬勤，林徽因很快得到了应得到回报。从 1926 年春季开始，她就成为建筑设计的业余助教；在 1926—1927 学年又升为该专业的业余教师。

　　林徽因的厉害之处在于，不仅仅靠着勤奋和天赋得到学业上的成功，同时也能拥有良好的人际关系而绝非只是个两耳不闻窗外事的书呆子。那个时候，美国的学生戏称中国来的留学生为"拳匪学生"，因为他们非常刻板和死硬，只会埋头死读书，极少交际。只有林徽因和陈植例外。林徽因外表美丽，能讲很棒的英文，活泼健谈，走到哪里都是焦点，大家都喜欢跟她做朋友。陈植常在大学合唱俱乐部里唱歌，大方幽默，也是最受欢迎的男生。

　　与他们相反，梁思成是一个严肃用功的学生。而林徽因在学业上也和人际关系上一样，思维活跃富于创造性。她常常是先画一张草图，随后又多次修改，甚至丢弃。当交图期限快到的时候，还是梁思成参加进来，以他那准确、漂亮的绘图功夫，把林徽因绘制的乱七八糟的草图，变成一张清楚而整齐的作品。

　　1926 年 1 月 17 日，一个美国同学比林斯给她的家乡《蒙塔纳报》写了一篇访问记，记录了林徽因在宾大的学习生活：

　　她坐在靠近窗户能够俯视校园中一条小径的椅子上，俯身向一张绘图桌，她那瘦削的身影匍匐在那巨大的建筑习题上，当它同其他三十到四十张习题一起挂在巨大的判分室的墙上时，将会获得很高的奖赏。这样说并非捕风捉影，因为她的作业总是得到最高的分数或是偶尔得第二。她不苟言笑，幽默而谦逊。从不把自己的成就挂在嘴边。

"我曾跟着父亲走遍了欧洲。在旅途中我第一次产生了学习建筑的梦想。现代西方的古典建筑启发了我，使我充满了要带一些回国的欲望。我们需要一种能使建筑物数百年不朽的良好建筑理论。

"然后我就在英国上了中学。英国女孩子并不像美国女孩子那样一上来就这么友好。她们的传统似乎使得她们变得那么不自然的矜持。"

"对于美国女孩子——那些小野鸭子们你怎么看？"

回答是轻轻一笑。她的面颊上显现出一对色彩美妙的、浅浅的酒窝。细细的眉毛抬向她那严格按照女大学生式样梳成的云鬓。

"开始我的姑姑阿姨们不肯让我到美国来。她们怕那些小野鸭子，也怕我受她们的影响，也变成像她们一样。我得承认刚开始的时候我认为她们很傻，但是后来当你已看透了表面的时候，你就会发现她们是世界上最好的伴侣。在中国一个女孩子的价值完全取决于她的家庭。而在这里，有一种我所喜欢的民主精神。"

可能是因为林徽因那太过早熟、压抑的童年，让她能在这个自由的环境里感受到更大的快乐和放松。这一株青春的树终于可以肆无忌惮地碰触阳光了。这里的氛围是明朗的，同窗好友充满朝气的笑声让人愈发感到年轻的活力。她可以大声地讲笑话，开心地笑闹，没有人会干涉她。严格的父亲，愤愤不平的母亲，畸形的家庭关系……这些纠缠她多年的束缚终于解开了。在这个新世界，每个人都心无芥蒂地喜欢着她。虽然功课繁重，但她仍然可以和同学看戏、跳舞、聚会。她加入了"中华戏剧改进社"，生活看起来真是好极了。

可是作为林徽因的男朋友，准确说是未婚夫，梁思成可是有点介意了。自己的女朋友是这么耀眼又这么美丽，欢喜之余有着同样多的担心。她对所有人都那么友好，包括对着各式各样的仰慕者也不吝甜美的笑容。林徽因的长袖善舞让梁思成坐立不安。他在学业上比起林徽因毫不逊色，甚至更加优秀。他在大学里曾获得过两个建筑设计方面的金奖，但他觉得这样还不够，距离他的理想还差很远的距离。他写信给父亲坦白自己在学业上的迷茫和失落，梁启超回信鼓励他"但问耕耘，莫问收获"。他用的功不比林徽因少，成绩不比她差，但在性格上没有那么外放，总给人严肃的感觉。更重要的是，她是将要和他共度一生的人，难道不应该在交往上收敛一点？难道不应该凡事征求一下他的意见吗？但是女友似乎更愿意自由自在地做她的"菲利斯"，而把"梁夫人"丢在了一边。

这对日后携手为中国的建筑学研究做出重大贡献的年轻恋人，也像所有的小情侣一样有着这样那样的矛盾，为一些小事情争执不休。事实证明梁启超推迟孩子们的婚期的决定是对的，他们必须经过充分的了解、磨合，才能更理智地面对婚姻。不意百炼钢，化作绕指柔。两人在依恋、争吵、怀疑的轮回中找到了平衡之道，这也是后来他们几十年稳固婚姻的基础。

虽然有着不可避免的龃龉，林徽因和梁思成在宾大的大部分时间还是充实快乐的。他们常常会去博物馆。宾夕法尼亚大学博物馆规模不大，但名声颇不小，且离建筑系很近，不上课的时候，林徽因便拉了梁思成去那里转转。博物馆里珍藏着来自全世界各个国家的珍贵文物，唐太宗陵墓的六骏中的两骏"飒露紫"和"拳毛騧"竟也被放在这里。

六骏原是唐太宗李世民在创建唐王朝的各次征战中的坐骑，贞观十年（公元636年），天下大定，李世民命画家阎立本绘制其所骑骏马图，并分别雕刻在六块高1.7米、宽2米左右长方形石灰岩上。每块石灰岩的右上角刻有马的名字，注明此马是李世民对谁作战时所乘用的，并刻有李世民的评语。这些石雕原本存于昭陵，帝国主义入侵我国，这两骏被盗至美国费城大学博物馆。林徽因曾在昭陵见过的四骏的名字是："青骓""什伐赤""特勒骠""白蹄乌"。她曾惊奇于这艺术品的细腻和气派，一匹匹石马或奔跑，或站立，栩栩如生，仿佛看到它们在万里征尘之中飞扬的长鬃，仿佛听到它们在关山冰河之中划破长天的嘶鸣。她没有想到，它们中的两匹，竟孤独地远渡重洋，遗失在异国他乡，同她在这里邂逅。

梁思成主业虽然是建筑，但他在音乐和绘画方面都有很好的修养。他在宾大的第一件设计作品便是给林徽因做了面仿古铜镜。那是用一个现代的圆玻璃镜面，镶嵌在仿古铜镜里合成的。铜镜正中刻着两个云冈石窟中的飞天浮雕，飞天的外围是一圈卷草花纹，花环与飞天组合成完美的圆形图案，图案中间刻着：徽因自鉴之用，思成自镌并铸喻其晶莹不瑜也。

林徽因不由得赞叹梁思成的绝妙手艺："这件假古董简直可以乱真啦！"

梁思成说："做好以后，我拿去让美术系研究东方美术史的教授，鉴定这个镜子的年代，他不懂中文，翻过来正过去看了半天，说从来没见过这么厚的铜镜，从图案看，好像是北魏的，可这上面的文字又不像，最后我告诉教授，这是我的手艺。教授大笑，连说：Hey！ Mischievou simp（淘气包）！"

林徽因被逗得大笑起来。

但生活总是有笑有泪。入校不到一个月，梁思成就接到了李夫人病逝的电报。但是考虑到孩子们刚刚安顿下来，梁启超几次三番致电叮嘱梁思成不必回国奔丧，只梁思永一人回去便可。梁思成身为家中长子，母亲重病期间别说床前尽孝，就连去世也没法子回去见最后一面，这如何能不让他悔恨交加？林徽因看着他伤心欲绝的模样，知道现在说什么都没有用，她能做的就是陪在他身边用沉默安慰他，表达自己的关切。两人在校园后面的山坡上做了简单的祭奠，梁思成流着泪烧了写给母亲的祭文。林徽因采来鲜花和草叶，编织了一个精巧的花环，挂在松枝上，朝着家乡的方向。

丧母的悲痛还未完全平复，又一个晴天霹雳炸响了。这次痛失至亲的变成了林徽因。15个月后，梁启超从国内来信，告知林徽因的父亲林长民在反奉战争中身亡。

林徽因再一次病倒了，比在康大时的那次要严重得多。梁思成每天陪伴在她身边，徽因吃不下饭的时候，他就去学校的餐馆烧了鸡汤，一勺一勺喂她。林徽因每天处在恍惚的精神状态里。她远离家乡，被病痛困扰着，可是身体上的难过也抵不过巨大的悲绝。她哀悼为理想献出生命的父亲，又挂念着年迈多病的母亲，挂念着几个幼小的弟弟，她知道父亲身后没有多少积蓄，一家人的生计将无法维持。她执意要回国，无奈梁启超频频电函阻止，说是福建匪祸迭起，交通阻隔，会出意外，加之徽因已完全被这突如其来的噩耗所击倒，再也没有力气站立起来。

林徽因望着窗外肆意燃烧着的云霞。她感到那冰冷的火焰慢慢变成绳索，在慢慢地扼住她的咽喉。

那是命运的绳索。

我愿意

走过那段多梦的青春岁月，人的肩上便多了一份责任，思想自然也更加理性。爱亦不再轻浮，而是稳重深沉。只有爱做梦的年少之人才会认为诗情画意就可过一生。他们不知道现实的艰辛，不知道你侬我侬只是点缀而非生活的全部。

每个人都有做梦的资格，但错过了做梦的年龄，再想要肆无忌惮就要付出代价。林徽因即是选择清醒，便毅然与梦作别。同时代有那么多的女性为了爱情换得一身致命伤，唯独林徽因没有那些悲绝的回忆。

湿润清爽的西太平洋季风温柔地吹拂着。针叶林将三月的落矶山麓蒙上一层漫不经意的灰色。大概是由于春季越走越近，这灰色并不萧条，渥太华浸染在这片独特的温暖中。

中国驻加拿大总领事馆此刻庄重圣洁宛如天使庇护的古老教堂。林徽因穿着自己设计的嫁衣——一件具有中国传统风格的"凤冠霞帔"，领口和袖口都配有宽边彩条，头戴装饰有嵌珠、左右垂着两条彩缎的头饰。与她并肩而立的梁思成一身简洁庄重的黑色西装，端正的面孔更加神采飞扬。

这天是 1928 年 3 月 21 日。林徽因、梁思成之所选择在这一天举行婚礼，是为了纪念宋代建筑家李诫。

1927 年 9 月，林徽因结束了宾夕法尼亚大学的学业，获美术学士学位，4 年学业 3 年完成，转入耶鲁大学戏剧学院，在 C.P. 贝克教授的工作室，学习舞台美术半年，成为我国第一位在国外学习舞美的学生。这年 2 月，梁思成也完成了宾大课程，获建筑学士学位，为研究东方建筑，转入哈佛大学研究生院，半年之后，他获得了建筑学硕士学位。1928 年 2 月，他们各自完成了自己的学业。

1926 年 10 月 4 日，梁启超给林徽因和梁思成写信说：

> 昨天我做了一件极不情愿做之事，去替徐志摩证婚。他的新妇是王赓夫人，与志摩恋爱上，才和赓离婚，实在是不道德之极。我屡次告诫志摩而无效，胡适之、张彭春苦苦为他说情，到底以姑息志摩之故，卒徇其请。我在礼堂演说一篇训词，大大教训一番，新人及满堂宾客无不失色，此恐是中外古今以来所未闻之婚礼矣。徐志摩这个人其实很聪明，我爱他，不过这次看着他陷于灭顶，还想救他出来，我也有一番苦心，老朋友们对他这番举动无不深恶痛绝，我想他若从此见摈于社会，固然自作自受，无可怨恨，但觉得这个人太可惜了，或者竟弄到自杀。我又看着他找得这样一个人做伴侣，怕他将来痛苦更无限，所以对于那个人当头一棍，盼望他能有觉悟（但恐更难），免得将来把志摩弄死，但恐不过我极痴的婆心便了。

梁思成读完信，不自觉地松下一口气。关于徐志摩一直不死心地追求林徽因这件事他是清楚的。林徽因是个大方坦诚的女孩，对她和徐志摩之间的事情从未隐瞒，只当他是他们共同的朋友。三人之间的关系往简单了说也没什么好担心的，徐志摩是徽因父亲的好友，是梁思成父亲的学生。但是梁思成自认沉稳儒雅有余却温柔浪漫不足，诗人的才情也令他感到一丝不安。现在这个"定时炸弹"总算解除警戒，怎么说都是件好事。至于父亲担心陆小曼伤害徐志摩，恐怕是多虑了。梁思成见过这位京城名媛，并不是传说中的交际花做派，而是个温婉庄重的大家闺秀。如今竟然有勇气离婚也要和徐志摩携手，倒也令人生出几分敬佩。

林徽因放下信纸，心中五味杂陈，竟然不知道是喜悦还是失落。她和陆小曼交情很浅，仅仅限于新月社的活动。她们都知道彼此不是同道中人。陆小曼是京城最光艳的景，她是柔媚的，举手投足间尽是女性极致的风情；林徽因则是率直的，棱角分明的。陆小曼若是一幅氤氲的江南水墨画，林徽因就是浓墨重彩的油画。令人

惊异的是，在陆小曼风情娇媚的外表下，竟然隐藏着如此叛逆、果敢、热烈的灵魂。这一点林徽因自叹不如。或许是因为自己喜欢徐志摩不够多吧？她替她爱了这个人，就算是火坑也毫不犹豫地跳下去。是不是该祝福她呢？自己到底是怅然还是欣慰呢？果然时间是能带走一切的。或许对于林徽因来说，徐志摩和陆小曼的结合能让她更安心地嫁给梁思成吧？她不必再为了无法回应他的追求而感到愧疚不安，亦能与徐志摩做一生的知己。双方都给灵魂找到了归宿，再无须惧怕不可预测，或许将是颠沛流离的人生路。

在与梁思成相伴的几年里，她失去了父亲，他没有了母亲。他们共同面对了痛失至亲的悲伤，紧握双手支撑着彼此。正是这些风风雨雨巩固了他们的感情基础，是时候建立一个共同生活的家庭了。

梁思成、林徽因正式订婚是在 1927 年 12 月 18 日。订婚仪式在北京的家里按照传统礼仪举办。林徽因因为父亲过世，由姑父卓君庸履行仪式。梁启超在致女儿思顺信中，言其行文定礼极盛：

这几天家里忙着为思成行文定礼，已定于（1927 年 12 月）十八日在京寓举行，因婚礼十有八九是在美举行，所以此次行文定礼特别庄严慎重些。晨起谒祖告聘，男女两家皆用全帖遍拜长亲，午间大宴，晚间家族欢宴。我本拟是日入京，但（一）因京中近日风潮正来，（二）因养病正见效，入京数日，起居饮食不能如法，恐或再发旧病，故二叔及王姨皆极力主张我勿往，一切由二叔代为执行，也是一样的。今将告庙文写寄，可由思成保藏之作纪念。

聘物我家用玉佩两方，一红一绿，林家初时拟用一玉印，后闻我家用双佩，他家中也用双印，但因刻玉好手难得，故暂且不刻，完其太璞。礼毕拟两家聘物汇寄坎京，备结婚时佩带，惟物品太贵重，深恐失落，届时当与邮局及海关交涉，看能否确实担保，若不能，即仍留两家家长，结婚后归来，乃授与保存。

梁启超大小事情亲力亲为，从聘礼的红绿庚帖，到大媒人选的择定，甚至买一件交聘的玉器，从选料到玉牌孔眼的大小方圆，都考虑得面面俱到。这些烦琐的事情，虽然让他劳累不堪，但他心里却有难以掩饰的高兴。几天后又给儿子寄去一封信：

这几天为你们的聘礼，我精神上非常愉快，你想从抱在怀里"小不点点"，一个孩子盼到成人，品性学问都还算有出息，眼看着就要缔结美满的婚姻，而且不久就要返国，回到怀里，如何不高兴呢？今天的北京家里典礼极庄严热闹，天津也相当的小小点缀，我和弟妹们极快乐地玩了半天。想起你妈妈不能小待数年，看见今日，不免有些伤感，但她脱离尘恼，在彼岸上一定是含笑的。除在北京由二叔正式告庙外，今晨已命达达等在神位前默祷达此诚意。

我主张你们在坎京行礼，你们意思如何？我想没有比这样再好的了。你们在美国两个小孩子自己实张罗不来，且总觉得太草率，有姐姐代你们请些客，还在中国官署内行谒祖礼（礼还是在教堂内好），才庄严像个体统。

婚礼只在庄严不要侈靡，衣服首饰之类，只要相当过得去便够，一切都等回家再行补办，宁可节省点钱作旅行费。

曾经因为受母亲影响对林徽因有成见的梁思顺现在高高兴兴地成了婚礼的操办人。她的丈夫正担任中国驻加拿大总领事。于是他们没有按照梁启超的意思在教堂结婚，而是把仪式地点改到了领事馆。

婚礼开始了。

周希哲担任了牧师的角色。他身穿笔挺的正装，向前跨了一步，庄重地说："你们即将经过上帝的圣言所允许，而结为夫妇，上帝必然在你心中向你说，每个灵魂对另一个灵魂，都是他神圣的圣地。人的心灵有他的安息与喜庆日，你们的婚礼与欢乐世界一般，都是曲曲恋歌。爱，作为动机与奖赏，是无处不在的，你们不要亵渎上帝的荣耀。爱是崇高的语言，它与上帝同义。"然后他转向一对新人，说："现在我要求你们，在一切心灵的秘密都要宣布出来之时，你们需要回答——"面对梁思成："你愿意娶这个姑娘做你正式的妻子，爱她并珍惜她，无论贫富或疾病，至死不渝？"

"我愿意！"梁思成朗声说道。

"你愿意接受这个男人为夫，爱他并珍惜他，无论贫富和疾病，至死不渝？"

"我愿意。"林徽因轻声回答。

梁思成把一枚镶嵌着孔雀蓝宝石的戒指，戴在林徽因左手的无名指上。他温文尔雅地亲吻了他的新婚妻子。

站在傧相席位上的梁思顺，眼里激动地流出泪水。李夫人去世后，梁启超不间断地写信给大女儿，弥合她与未来儿媳之间的感情。梁思顺也慢慢冰释了思想上的芥蒂。今次在婚礼上见到林徽因，觉得她又有了些许变化，出落得更加美丽大方，气质不凡。梁思顺觉得，父亲果然眼光不错，弟弟有了这样一个好的伴侣，这一生幸福就有望了。

这次婚礼的费用，也都是梁思顺筹措的。在中国领事馆，她和周希哲还为林徽因、梁思成张罗了几桌丰盛的婚宴。这对小夫妻也欢欢喜喜给姐姐、姐夫行了三鞠躬。

第二天，参加婚礼的记者把梁思成和林徽因的结婚照作为头条登在报纸上，林徽因东方式的美丽在当地刮起一阵小小的旋风。

二人完婚后，就要按照梁启超的安排周游南欧。梁启超为此做了详细的筹划：

你们由欧归国行程，我也盘算到了。头一件我反对由西伯利亚回来，因为……没有什么可看，而且入境出境，都有种种意外危险，你们最主要的目的是游南欧，从南欧折回俄京搭火车也太不经济，想省钱也许要多花钱。我替你们打算，到英国后折往瑞典、挪威一行，因北欧极有特色，市政亦极严整有新意（新造之市，建筑上最有意思却为南美诸国，可惜力量不能供此游，次则北欧特可观。）必须一往。由是入德国，除几个古都市外，莱茵河畔著名堡垒最好能参观一二，回头折入瑞士，看些天然之美，再入意大利，多耽搁些日子，把文艺复兴时代的美，彻底研究了解。最后便回到法国，在马赛上船，中间最好能腾出点时间和金钱到土耳其一行……

林徽因呼吸着温哥华三月的空气，沐浴着玫瑰花雨，她看了一下身旁俊朗的丈夫，由衷地微笑了。

九泉之下的父亲，我知道你一定会为女儿祝福的。我一定会幸福，一定要幸福。

罗曼归途

总有一个人会令你甘愿舍弃自由不再流浪，不管行至何处，有他在的地方便是至高无上的乐园。从此有了一个人携手并肩，便不会再怕任何苦难。

最好的爱情大抵接近友情，一起工作、游玩和成长，共同分担两个人的责任、报酬和权利，帮助对方追求自我意识，同时又因为共同的给予、分享、信任和互爱而合为一体。

即使对方不在身边，只要想到那个人，就会感到幸福；哪怕正处于悲伤之中，也会变得坚强。和那个人在一起时，就能展现出真正的自我。能够遇到那个交换着信任、热情和梦想的人，无论之前要走过多少弯路，相信有那样一个人在等待着自己，就一定会到达那个两个人一起憧憬着的地方。

仲春的伦敦表情温柔。泰晤士河水静静流淌，岸边的建筑物被阳光洗刷得生机盎然，仿佛也有了生命。圣保罗大教堂穿一身灰色法衣，傲然立于泰晤士河畔，

沉默而坚韧。它是岁月的守望者,沉郁的钟声只让浪漫的水手和虔诚的拜谒者感动。

这是林徽因梁思成新婚旅行的第一站。按照梁启超的安排,他们这趟旅行主要是考察古建筑,圣保罗大教堂是他们瞩目的第一座圣殿。

伦敦之于林徽因,是故地重游,自然倍感亲切。对梁思成来说这里的一切则是陌生的,正因为陌生,乐趣和向往反而加倍。

圣保罗大教堂是一座比较成熟的文艺复兴建筑。高大的穹窿呈碟状,加之两层楹廊,看上去典雅庄重,整个布局完美和谐,在这里,中世纪的建筑语言几乎完全消失,全部造型生动地反映出文艺复兴建筑文化的特质。这座教堂的设计者是18世纪著名建筑师克里斯托弗·仑,埋葬着曾经打败拿破仑的威灵顿公爵和战功赫赫的海军大将纳尔逊的遗骨。

梁思成和林徽因走在雕刻着圣保罗旧主生平的山墙下。

梁思成问:“你从泰晤士河上看这座教堂,有什么感觉?”

林徽因说:“我想起了歌德的一首诗:它像一棵崇高浓荫广覆的上帝之树,腾空而起,它有成千枝干,万百细梢,叶片像海洋中的沙,它把上帝——它的主人——的光荣向周围的人们诉说。直到细枝末节,都经过剪裁,一切于整体适合。看呀,这建筑物坚实地屹立在大地上,却又遨游太空。它们雕镂得多么纤细呀,却又永固不朽。”

梁思成也赞叹道:“我一眼就看出,它并非一座人世间建筑,它是人与上帝对话的地方,它像一个传教士,也会让人联想起《圣经》里救世的方舟。”

伦敦的建筑大多典雅华美,不论是富有东方情调的铸铁建筑布莱顿皇家别墅,别具古典内涵的英国议会大厦,都让他们陶醉在这座文化名城浓厚的艺术氛围中。他们最倾心的是海德公园的水晶宫。这是一座铁架建构,全部玻璃面材的新建筑,摈弃了传统的建筑形式和装饰,展示着新材料、新技术的优势。他们选择在夜晚去到那里,水晶宫里灯火辉煌,玲珑剔透,人置身其间,如同身处安徒生笔下的海王的宫殿,许多慕名一睹为快的参观者,都发出了阵阵感叹之声。

林徽因在日记本上写道:“从这座建筑,我看到了引发起新的、时代的审美观念最初的心理原因,这个时代里存在着一种新的精神。新的建筑,必须具有共生的美学基础。水晶宫是一个大变革时代的标志。”

易北河笼罩在一片蒙蒙烟雨中。两岸的橡树和柠檬轻快地舒展着,荨麻、蓟草的头发被打湿了,蔷薇和百合的脸颊闪烁着珍珠样的光泽。

梁思成和林徽因共撑一把油纸伞,挽着手臂走在石板街上。这是德国波兹坦的第一场春雨。上天好像也眷顾这对金童玉女,特别为他们的旅途增添着罗曼蒂克的气氛。

雨中的爱因斯坦天文台,像一只引颈远眺的白天鹅,展翅欲飞。

“好美啊!”林徽因不由得感叹道。

"是啊。"梁思成注视着那高贵的艺术品说，"我觉得它好像一部复调音乐。塔楼的纵向轴线，和流线型的窗户，如乐曲中的两个主题，这个建筑与巴哈的《赋格曲》真是异曲同工。"

刚到波兹坦的时候，当地建筑界的朋友就告诉他们，爱因斯坦天文台是著名建筑师门德尔松表现主义代表作，是为纪念爱因斯坦的广义相对论的诞生而设计的。这个建筑刚刚落成 8 年，爱因斯坦看了也很满意，称赞它是一个本世纪最伟大的建筑和造型艺术上的纪念碑。

天文台造型设计十分特别，以塔楼为主体，墙面屋顶浑然一体，线的门窗，使人想起轮船上的窗子，造成好像是由于快速运动而形成的形体上的变形，用来象征时代的动力和速度。

林徽因站在塔楼下仰望着这栋神奇的天文台的一幕，被梁思成用相机记录了下来。

随后他们前往德绍市参观了以培养建筑学家而著称的包豪斯学院刚刚落成的校舍，这是一座洋溢着现代美感的建筑群，为著名建筑师格罗皮乌斯设计，由教学楼、实习工厂和学生宿舍三部分组成。根据使用功能，组合为既分又合的群体，这样不同高低的形体组合在一起，既创造了在行进中观赏建筑群体，给人带来的时空感受，又表达了建筑物相互之间的有机联系，以不对称的形式，表达出时间和空间上的和谐性。

林徽因拿出随身携带的素描本一笔一笔地临摹起来。她觉得落在纸上的每一条线都是有生命、有意志的。

这座建筑尚且年轻，其独特的美感和研究价值尚未被更多人发现。但林徽因认为："它终有一天会蜚声世界。"一年后她到东北大学建筑系任教，专门讲了包豪斯校舍。她说："每个建筑家都应该是一个巨人，他们在智慧与感情上，必须得到均衡而协调的发展，你们来看看包豪斯校舍。"她把自己的素描图挂在黑板上，"它像一篇精练的散文那样朴实无华，它摈弃附加的装饰，注重发挥结构本身的形式美，包豪斯的现代观点，有着它永久的生命力。建筑的有机精神，是从自然的机能主义开始，艺术家观察自然现象，发现万物无我，功能协调无间，而各呈其独特之美，这便是建筑意的所在。"

他们在德国考察了很多巴洛克和洛可可时期的建筑：德累斯顿萃莹阁宫、柏林宫廷剧院、乌尔姆主教堂，与希腊雅典风格的慕尼黑城门，历时 632 年才兴建成的北欧最大的哥特式教堂——科隆主教堂。这些建筑象征的是一个民族的文化积淀。

恋恋不舍地从德国离开，他们立刻出发去瑞士。有着独特神韵的湖光山色为这个精巧的北欧国家赢得了世界公园的美誉。阿尔卑斯山巅覆盖着层层白雪，山坡上却已披上了郁郁葱葱的新装。50 多个湖泊镶嵌在国土上，倒映着大自然的鬼斧神工。莱蒙湖上成群的鹳鸟展翅追逐着，在湖面嬉闹着；湖畔稠密的矮树林里，画眉正炫耀着歌喉；绿地上的莓子刚刚吐出淡红色的花蕊。这对新婚夫妇流连于湖边菩提树下，忘记了时间。

人与自然，人与建筑，建筑与自然……这里的一切都是无比的和谐舒适。

塔诺西是他们刚到罗马时结识的新朋友。这个刚满 20 岁，金发碧眼的漂亮女孩是罗马大学建筑系的三年级生。塔诺西讲一口道地英文，听说林徽因和梁思成考察文艺复兴时期的古建筑，便热情提出给他们当向导。

塔诺西建议他们先去看拜占庭艺术。"罗马是拜占庭的故地，不了解拜占庭，就不了解文艺复兴。"她说，"在你们中国魏晋南北朝时期，而欧洲也正处在罗马帝国分裂，奴隶制正在消亡的时期。每个民族每个历史时期，都会有它独特的文化实体和艺术成就，建筑文化和艺术的价值，它的伟大与骄傲也就在这里。"

塔诺西深邃的思想引起了林徽因的兴趣，她立刻喜欢上了这个女孩子。不过梁思成想从拜占庭艺术之前的建筑看起，这个建议得到了塔诺西的响应，他们决定先去庞贝古城遗址和古罗马角斗场。一行三人乘着塔诺西借来的车子前往那不勒斯维苏威火山。

塔诺西对他们强调说："意大利是一部世界建筑史，你们一定要多看一看。"

庞贝是一座沉睡在地下的城市。它曾经繁华过，但那是公元 1 世纪的事了。公元 79 年 8 月 24 日中午 1 点，这座拥有 25000 居民的美丽城市在一瞬间从历史上消失——沉睡了 1500 多年的维苏威火山突然爆发，铺天盖地的火山灰覆盖了庞贝，甚至飘到了罗马和埃及。庞贝就此成为一座废墟。

塔诺西领着两位中国朋友顺着街道参观。街道很整齐，笔直宽广，最宽处竟有 10 米左右。两旁的建筑多以石料堆砌建设，楼层则为木屋。他们按照塔诺西的指点，辨别出哪儿是鞋店，哪儿是成衣店，哪儿是酒馆，哪儿是银庄。中心广场的阿波罗神庙，还留着精美的石柱。许多室内还装饰着壁画，他们在一块石头上发现了一行斑驳不清的文字，塔诺西仔细辨认了一会儿，说那行字写的是"5月 31 日角斗士与野兽搏斗"。

林徽因被这残缺的壮美和历史的沉重感震动，感慨道："一座城市壮烈地死去了，可是它却以顽强的精神力量延续下去，它总是带着这种精神语言流传。思成，你说是吗？"

梁思成赞同地点点头。

而古罗马斗兽场则以一种苍凉的悲壮感震撼着他们。这座椭圆形的角斗场更像两个对接的半圆形舞台，柱子和墙身全部用大理石垒砌，总高 48.5 米，上下分为4层，全部用混凝土、凝灰岩、灰华石建造，虽然经过两千年的风雨剥蚀，整个结构仍然十分坚固。整个角斗场能够容纳8万名观众。

"古罗马是以武功发迹，崇武的国家，这种社会形态，也在建筑中得到了反映，整个古罗马的文化都可以在建筑中找到投影。罗马时代有好多进步的文化内容，其中有物质的，也有精神的，文艺复兴时期的建筑理论，主要受了罗马古建筑的影响。"塔诺西对林徽因说着自己的看法。

林徽因也表示同意："我也这么想过，罗马最伟大的纪念物是角斗场，是表现文化具体精神的东西，文艺复兴以来，与以后的建筑观念中，最重要的一个部分，就是建筑的纪念性。"

斗兽场在夕阳下沉默地伫立着，仿佛能背负所有的辉煌，亦能承受所有的苦难。残阳如血，斗兽场的平台被染得猩红。三人盘桓着不愿离去，他们好像听到勇士与困兽搏斗的嘶吼声，罗马人的欢呼穿越时光仍然回响在风中。

塔诺西热心又尽责，她带着他们几乎跑遍了整个罗马城。她领着二人参观了卡必多山上的建筑群，马西米府邸和维晋察的圆厅别墅，这些建筑都很鲜明地表述了文艺复兴的建筑语言和文化形态，洋溢着建筑与人的亲切感。他们也没错过圣彼得大教堂和圣卡罗大教堂的庄严神圣。前者建于17世纪初，全部工期曾历时120年，是整个文艺复兴建筑中最辉煌的作品。1505年，教皇朱里阿二世想为自己建造一座宏大的墓室，就拆掉了一座老教堂，公开征集设计方案。结果伯拉孟特十字形平面方案中选，这项设计，参照了罗马万神庙，但增加灯塔形的窗户和围廊。后来，文艺复兴时期的画家拉斐尔和米开朗琪罗又做修改方才最终定型。中央穹窿便是米开朗琪罗的遗作。

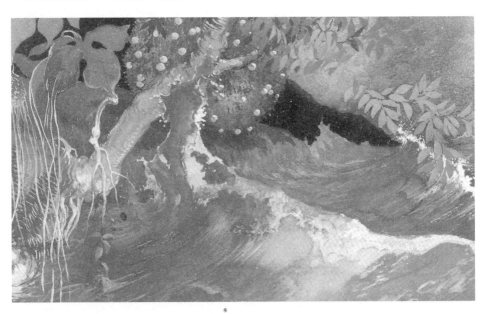

登上高达 137 米的顶点，罗马城风光尽收眼底。梁思成赞叹着："真是会当凌绝顶，一览众山小啊！"

塔诺西说："这座教堂是罗马全城的最高点，人们说它可与埃及的吉萨金字塔相比。"

随后，在年轻向导的建议下，他们搭火车去米兰参观世界上最大最有气魄的教堂——米兰大教堂。

米兰是意大利北部的一座小城，米兰大教堂是它闻名世界的城市坐标。远远看过去，那是一片尖塔的森林，乳白色的大理石吃了满嘴的阳光，闪烁出玉般的光泽。整整 135 座尖塔，塔上的雕像多达 3615 个，全都与真人一样大小。米兰大教堂从公元 1385 年开始建造，一直到 19 世纪才告完工，它是根据第一任米兰大公加米西佐·维斯孔蒂的命令建造的，可容纳 4 万人做大弥撒。大教堂有 168 米长，59 米宽，4 排柱子分开了一座宏伟的大厅，每根柱子高约 26 米，圣坛周围支撑中央塔楼的 4 根柱子，每根高 40 米，直径达 10 米，由大块花岗石叠砌而成，外包大理石。所有的柱头上都有小龛，内置工艺精美的雕像。

林徽因欣赏着教堂的环形花窗对梁思成说："你看这玫瑰形的窗子多么神奇呵，它就像圣经中描述的永恒的玫瑰，但丁的诗中也说，玫瑰象征着极乐的灵魂，在上帝身旁放出不断的芬芳，歌颂上帝。"

梁思成说："那玫瑰的叶子，一定是代表信徒们得救的心灵。"

塔诺西笑道："难怪看过这个教堂的人都说，这个玫瑰窗是傻子的圣经，因为它以象征和隐喻的语言说出了基督的基本精神。你们再看看那柱子上的雕刻——"

两人顺着她手指的方向望去，那些神像是工匠恶作剧的作品，故意雕得参差不齐。那些雕刻作品不是圣像，而是做弥撒的狼、对鸭子和鸡传道的狐狸，或者长着驴耳朵的神父，等等。

三人一路到了水城威尼斯。这座海中之城是意大利半岛的东北隅的一座别致的画廊。威尼斯建在 118 个小岛上，外面一道沙堤隔开了亚得里亚海，穿过全城的大运河，像反写的 S，这段河道便是大街。

威尼斯人使用一种叫作"贡多拉"的摇橹小船作为交通工具。三人入乡随俗，租了一条"贡多拉"，在花团锦簇的河道间惬意地穿行。两岸到处耸立着罗马时期的建筑。

威尼斯最负盛名的去处便是圣马可广场，拿破仑称赞这里是"最漂亮的客厅"。沿着弯弯曲曲的小巷穿过东北角门，他们走进了圣马可广场。眼前一片开阔。蓝天白云映衬着别致的建筑和高耸的尖塔，令人心旷神怡。连绵不断的券廊，把高低不同、年代不同、风格迥异的建筑，统一在一起，没有丝毫冲突之感。广场上栖息的鸽子起起落落，不时飞到游客身边盘旋着，甚至大胆地落在手中啄食。

　　圣马可教堂就在广场正面，修建者为《马可福音》的作者圣徒马可。这座建成于 11 世纪的教堂原为拜占庭式，14 世纪加上了哥特式的拱门装饰，17 世纪又掺入文艺复兴时期的栏杆，各种时期的建筑风格，集为大成。一座高 100 米，半面成方形的钟塔坐落于教堂的西南。钟塔初建于 9 世纪，14 世纪重建，16 世纪初又在塔顶建了一座天使像。教堂的左前方，是一座 15 世纪的钟楼，楼顶有一座巨钟，两个铜铸的敲钟人立于其旁。

　　河中红红绿绿燃着蜡烛的纸球灯温柔地点亮了水城之夜。两岸的窗户全部打开，不知名的乐手凭窗弹奏吉他，唱起动听的意大利民谣。威尼斯的歌女是非常出名的，她们乘坐着唱夜曲的歌船，穿着非常漂亮的彩衣，清亮的嗓音在河面飘散着。

　　塔诺西被这风情感染，随着节拍用英文唱起彼特拉克的《罗拉的面纱》：

我忍心的美人呀，你说吧，
为什么总不肯揭开你的面纱？
不论晴空万里，骄阳炎炎的日子，
或是浓云密布，天空阴沉的日子；
你明明看透我的心，明明知道，
我是怎样等待着要看你的爱娇。
一条面纱竟能支配我的命运？
残忍的面纱呀，不管是冷是热，
反正都已经证明我阴暗的命运，
遮盖了我所爱的，一切的光明。

　　林徽因和梁思成都听得入了迷。徽因拍手称赞着："塔诺西小姐，你真了不起，你的歌声美极了。威尼斯的夜景让我想起了中国的秦淮河，桨声灯影里，歌女们怀抱着琵琶，唱杨柳岸、晓风残月。"

　　相逢总是短暂的。两天之后，他们在威尼斯与塔诺西依依惜别。塔诺西赠给他们水城的特产——一只刻花皮夹和一个大理石小雕像作为纪念。

林徽因和梁思成从威尼斯走水路，经马赛上岸，沿罗纳河北上到达罗曼蒂克的代名词巴黎。先到中国领事馆稍事休息，第二天二人便迫不及待地去造访巴黎的宫室建筑了。

位于巴黎东南，原来称作"彼耶森林"的枫丹白露宫是他们的第一个考察对象。

法兰西国王闯入林中行猎，无意中发现这块风水宝地，遂辟为猎庄。1528年起，法兰西一世大肆扩建，以后直到路易十五时期，历代国王均加以扩大。参加设计的，除了法国的建筑师，还有意大利的建筑师。

枫丹白露宫形态上完全是意大利文艺复兴建筑语言，但又不完全像那些无生命感的建筑，而是充满自然的情趣。法兰西一世时期，建筑师布瑞顿先后改建了奥佛尔院，增建了夏佛尔。那座很大的长方形四合院就是勃朗克院，四面均有建筑物，屋顶的老虎窗、方塔和装饰性的小山墙，构成复杂的轮廓线。

1814年3月，拿破仑驾临枫丹白露，将其辟为寝宫，但他在这里只住了短短5天，便被迫退位。在前往流放之地厄尔巴岛之前，他在德鲁奥和贝特朗两位将军陪同下走出这座古堡，在一片静穆中向众人发表了慷慨激昂的演讲。演讲结束后拿破仑命人把鹰旗拿过来，他在帝国鹰旗上连吻了三次，低语道："亲爱的鹰啊，让你的吻声在所有的勇士心里震荡吧！"一年后，拿破仑"百日政变"，返回枫丹白露，再次在白马院重新阅兵，重整旗鼓，对欧洲的神圣同盟展开反扑。可惜终在滑铁卢一役失败被囚，死在大西洋中的圣赫勒拿岛上。

梁思成和林徽因漫步在为了见证拿破仑厄运而改名为"诀别院"的白马院，不禁感慨道："真是人事有代谢，往来成古今啊！"

从古堡出来，两人漫步在枫丹白露大森林。林徽因望着英吉利花园中迷迷蒙蒙的白露泉，问梁思成："你知道这儿为什么叫枫丹白露吗？"

梁思成说："传说那个打猎的国王，在这丢失了一条叫'白露'的爱犬，便急令士兵们去寻找，找了好久，终于在森林深处的一汪美丽的泉水边找到了它，探寻者们也迷醉于这水光山色之中，于是便把这泉水称作白露泉了。"

林徽因笑道："那是传说。你知道有一位公元1世纪的罗马诗人叫鲁卡纳斯的吗？他写过的史诗《法萨利亚》，对这片森林有过描述：岁月不曾侵犯，／这神圣的森林；／在浓密的树荫下，／长夜漫漫无垠……这白露，并非泉名，而是'美丽的流水'之意。"

林徽因还想去森林西边的巴比松看看那处19世纪农村画的发源地，梁思成不得不催促她去看卢浮宫，林徽因才恋恋不舍地离开。

坐落在塞纳河畔的卢浮宫，是号称太阳王的路易十四的王宫，也是欧洲最壮丽的宫殿之一。1204年，菲利普·奥古斯塔最先在这里建起一座城堡，1546年法兰西一世勒令将其改建成宫殿，至亨利二世时，完成了宫殿的最初部分，直到路易十四时代，才完成其全貌。到了 17 世纪末，这个宫殿最阔气的时代已一去不复返，随着路易十五、路易十六的皇权衰落，卢浮宫的功能也为之改变，后来改为国家美术馆。

古埃及的《司芬克斯》、米开朗琪罗的《奴隶》、卡尔波的《舞蹈》，还有鲁米斯的名画《玛丽·美第奇画传》、穆里洛的《年轻乞丐》、伦朗的《伊丽莎白》……这些古希腊、古罗马雕塑艺术品和油画深深吸引着林徽因。最令人沉醉的当属举世瞩目的《美洛斯的维纳斯》《萨莫色雷斯的胜利女神》和《蒙娜丽莎》。

林徽因被这些顶级的艺术作品震撼得心怦怦直跳。她想起徐志摩常说的"美必须是震颤的，没有震颤就没有美"，直到这里才真真正正地体验到了。

从《萨莫色雷斯的胜利女神》雕塑后面的台阶上楼就能进入"水浒画廊"。这是一条与塞纳河平行的长廊，长 275 米，存放有枫丹白露派的代表作《卡布里埃·德维拉尔公爵夫人》及勒南三兄弟的画《乡村生活场景》，画风质朴，充满生活气息。由此向后转入"等级大殿"，便有拉斐尔的《美丽的女教师》《圣米歇尔击败恶魔》，维罗奈斯的《丘比特雷劈罪恶》《加纳的婚礼》和提香的《乡野音乐会》。

林徽因感到自己穿越了时间，正置身于那个人类艺术史上最耀眼的时代之一，她的眼中噙满了泪水。

第二天，两人又去了巴黎西南的凡尔赛宫。这座宫殿集建筑、园林、绘画之大成，集中体现了法国 17、18 世纪光辉的艺术成就。这里原为一片沼泽和森林，有一座路易十三的猎庄，路易十四决定以此猎庄为中心，建造一座前所未有的豪华宫殿，便相继委任勒伏和孟莎担任主设计师。路易十四虽聘有一流的建筑师、造园师、画家参加营建，他仍亲临施工现场指挥，直到竣工。

古堡前的演兵场立着路易十四跃然马上的铜像。这位不可一世的皇帝曾问他的陪臣：你还记得这地方，曾看见过一座磨坊吗？——是的，陛下，磨坊已经消失了，但风照样在吹。

现在，风正静静地从水晶般的喷泉之间吹过来，在方圆数公里的大花园里播撒着玫瑰和蔷薇的幽香。

宫内有一座长达 19 间的大厅，这就是著名的镜厅。虽名为镜，却找不到一面镜子。转了半天，两人才发现那绿色和淡紫色的大理石柱子背面，有 17 面拱形的镜子，与廊柱浑然一色，难以分辨，只有阳光射进西面 17 扇高大的拱形窗子时，这座大厅才会陡然满壁生辉。

"这下我可知道路易十四为什么被尊为'太阳王'了。"梁思成恍然大悟。

林徽因说："太阳王不能垄断阳光，而这种宫室建筑文化和艺术，却带来了18 世纪洛可可艺术的兴起，大概建筑文化和艺术的演变，跟社会结构的形态是同步着的，它们同一个信息源，在一个因果链中，你想想北京的故宫，为什么与这种建筑风格有那么多一致的地方？"

"那时中国的漆器、纺织品和瓷器大量销往欧洲，"梁思成略一沉吟，说道，"路易十五这个贪财好货的皇帝也有点艺术灵感，可能是从中受了启发。如此说来，中国人还是他们的老师呢。"

从镜廊沿梯而下便是底廊。莫里哀曾于1664年5月14日在这里临时搭起舞台，演出了让他称誉全球的名剧《伪君子》前三幕和《丈夫学堂》，后来，这位戏剧大师还把剧团搬出宫殿，在花园的草坪上露天表演。从平台上能遥遥地看到大运河。阳光慷慨地为水面披上一件华美的袍子，平台周围装饰着酒神等四座青铜像，台下分列两座长方形水池，石桩上卧着象征卡隆河、多尔多涅河、卢瓦雷河、卢瓦尔河、塞纳河、马恩河、索纳河和罗纳河的一些水神像。仙子和捧花的婴儿塑像，也是个个栩栩如生，典雅脱俗。这些都是雕塑大师勒·格罗浮的杰作。

两人在返回领事馆的路上顺便去照相馆取回一路拍下的照片。林徽因看到冲出来的成品不禁哑然失笑，几乎所有的照片上，建筑物占据了大部空间，人却放在小小的角落里。她佯怒地对这个蹩脚的摄影师打趣道："你这家伙，看看你的杰作，把我当成比例尺了！"

刚一到领事馆，他们便收到了梁启超发来的催促他们回北京工作的电报。

于是二人放弃了对巴黎圣母院、万神庙和雄狮凯旋门的考察计划，去西班牙、土耳其等国家的旅行也取消了。他们由水路改道旱路，从巴黎乘火车取道波恩、柏林、华沙、莫斯科，横穿西伯利亚，一路从鄂木斯克、托木斯克、伊尔库茨克、贝加尔……颠簸而至边境，转乘中国列车，经哈尔滨、沈阳抵达大连，又换乘轮船到大沽上岸，冒着倾盆大雨登上开往北京的列车。

白山黑水

　　嫁一个实在的男人，平凡生养，有一份事业加持，无须惊涛骇浪，只求现世安稳……这些女人渴望的东西，在这一年，林徽因全部拥有了。

　　这只来自江南水乡的白鹭，终于将要振翅而飞，在岁月的柳岸扶摇直上，掠湖而过，朝着她想要的生活飞去了。

　　她的每一步选择，也许并非完美无缺，但总算是向着安然的方向前进着。即使同样的才情美貌，她不是那痴情至死的林黛玉，她不清高遗世而是努力让自己俯落尘埃，与众生一起饮食人间烟火。虽然灵魂依旧洁净透明。

　　美满的家庭让人陷落在幸福里不愿醒转，事业的成就更将林徽因的人生推向另一种极致。这一年，林徽因的生命里繁花滋长，冬季仿佛永不会来临。

　　只是回到现实，花期究竟会有多长？是否会有那么一天，繁花落尽君辞去，将一切交付给流水？其实谁都清楚，这世间又何来只开不落的花，何来只起不落的人生？

　　林徽因大抵懂得了宿命自有其安排，任何一种生活方式都有其不可逆转的规则。当初转身时难免也落寞了一阵子，只是不经历那阵痛，又怎会有今日岁月静好。上苍还是公平，今时今日的一切，或多或少得交付一些代价方能换取。就算有一天，所得幸福又要拱手奉还，又怎能奈何得了内心坚强之人？

应聘东北大学

　　病中的梁启超急切地想要见到儿子和儿媳妇，他已经和他们分别四年了。他写信给还在旅途中的孩子们：

　　　　（我）在康复期中最大的快慰是收到你们的信。我真的希望你能经常告诉我你们在旅行中看到些什么（即使是明信片也好），这样我躺在床上也能旅行了。我尤其希望我的新女儿能写信给我。

　　……你们俩从前都有小孩子脾气，爱吵嘴，现在完全成人了，希望全变成大人样子，处处互相体贴，造成终身和睦安乐的基础。

　　梁启超的"新女儿"自然就是林徽因。

林徽因从小称公公"梁伯伯"。在幼年的记忆里，梁伯伯身材不高但很结实，一双明亮的眼睛，说话时到了激动处，总是眉飞色舞的模样，非常有趣。这种印象太深，以至于等到徽因长大懂事后，一时间没办法把记忆中的"梁伯伯"和名满京城、学贯中西，活跃于政坛的一代宗师联系起来。

1928 年八月中旬，梁启超的儿子和新女儿回到了家。

几年不见，林徽因并没有像梁启超担心的那样变得"洋味十足"，他满意地告诉梁思顺：

"新娘子非常大方，又非常亲热，不解作从前旧家庭虚伪的神容，又没有新时髦的讨厌习气，和我们家的孩子像同一个模型铸出来。"

林徽因正式成为梁家的家庭成员。虽然梁启超一早就把她当成女儿看待，但她非常清楚自己的身份已经不同了，她不能再是那个总和梁思成耍点小脾气，总是"欺负"他的女孩子了。她要担负起为人妻为人母的责任，不能辜负梁家的期望和丈夫的包容疼爱。

梁启超为了两人的生活琐事操心，事业上更不敢轻心。早在小两口在欧洲新婚旅行时，梁启超就为了他们的职业筹划奔忙了。他在写给儿子的信中说：

所差者，以徽音（因）现在的境遇，该迎养她的娘才是正办，若你们未得职业上独立，这一点很感困难。但现在觅业之难，恐非你们意想所及料，所以我一面随时替你们打算，一面愿意你们先有这种觉悟，纵令回国一时未能得相当职业，也不必失望沮丧。失望沮丧，是我们生命上最可怕之敌，我们须终身不许它侵入。

梁启超原先的第一考虑是让儿子到清华大学任教，他请清华增设建筑图案讲座，让梁思成任教。校长不便做主，这需要学校评议会投票才可决定。当时时局混乱，南京国民政府想接管清华，1928 年 6 月，南京国民政府大学院和外交部会同致电清华学校教务长，委派他暂代校务。在清华归属问题上，大学院与外交部之间各不相让。大学院以统一全国教育学术机构的名义接管清华，而外交部却坚持要由它来承袭北洋政府外交部对清华的管辖权力，抢先一步接管了清华的基金，拒绝大学院插足，在梁思成和林徽因欧游期间，外交部派张歆海等八人来校"查帐"，以示接管了清华。第二天，大学院的特派接管人员高鲁等三人也接踵而至，声称"视察"，双方你争我夺，互不相让，各派势力，竞相逐鹿，一个校长的位子，竟有 30 多个人去争抢。

与此同时，远离京城纷争的东北大学却在积极招贤纳士。"皇姑屯事件"不久之后，张作霖死，少帅张学良主政，对东大实施改革，把原有的文、法、理、工 4 个学科，改为文学院、法学院、理学院、工学院。工学院又设建筑系，四处招聘人才，年轻的东大建筑系，成为中国首屈一指的人才库。张学良捐款 300 万元，又增建了汉卿南楼和汉卿北楼。东大新建建筑系，聘请毕业于宾夕法尼亚的杨廷宝担任系主任。但杨已经受聘于某公司，遂推荐还未归国的师弟梁思成。

东北大学前身是国立沈阳高等师范学校和公立文科专科学校，1922 年奉天省长王永江倡议筹设东北大学，并自任校长，在北陵前辟地五百余亩，依照德国柏林大学图纸建造。1923 年春季，正式成立东北大学，暑期招收第一届预科学生，分为文、法、理、工 4 科，两年毕业，可直接升大学本科。1925 年暑期，招收第一届本科学生，仍分 4 科 9 系，学制 4 年，毕业后授予学士学位。1926 年 5 月，又增设东大附属高中，分为文、理两种，毕业后经考试升入大学本科。另外还有东大夜校专修科，政法、数理专修科，招收在职公教人员。

清华悬而不决，东大求贤若渴，梁启超审时度势后，来不及征求儿子的意见，当机立断替思成作了应聘东北大学的决定。

1928 年，梁氏夫妇还在欧洲游学的时候，东北大学的聘书就寄到了梁启超手里。东大开出的待遇十分优厚，系主任梁思成月薪 800 元（亦有考证说合同中规定的月薪是 265 银元），教员林徽因月薪 400 元，是新聘教授中薪水最高的。

梁启超慈爱细心的续弦王姨（原来是李夫人的陪嫁丫鬟）早就为他们收拾好了东四十四条北沟沿 23 号的新房，他们举行了庙见大礼，又到西山祭谒了李夫人墓。

梁启超见爱子满面黑瘦、头筋涨起的风尘憔悴之色，老大不高兴。休息几天后，看到儿子脸上恢复了原来的样子，才算放下心来。林徽因的到来，给这个家庭添了许多喜气，不但博得长辈的喜欢，就连梁启超在信中屡次提到的"老白鼻"（old baby）小儿子思礼也整天黏着二哥、二嫂。梁启超原本还担心在外读了几年书的思成变成阴沉的"书呆子"，现在看到儿子学问长了，活泼开朗的本性并没有磨损半分，大大放了心。

欢聚的日子总嫌不够长，东大开学的时间已经很近了。梁思成先行北上，林徽因回福建老家接到母亲和二弟林桓，把他们安顿在东北，也带了堂弟林宣到东大建筑系就读。

在福州时，林徽因受到父亲创办的私立法政专科学校的热情接待，并应了当地两所中学之邀，作了《建筑与文学》和《园林建筑艺术》的演讲。

新风气

东北大学的开学典礼如期举行。

2000 多名师生，队伍齐整，在堡垒形的大礼堂前面的广场上站成一座森林的方阵。鼓乐队奏起了雄浑的音乐，乐声飘卷着松涛柳浪，如大海的波涛澎湃汹涌。

校长张学良将军一身戎装，胸前披挂着金色的绶带，英气逼人，立于主席台正中，副校长刘凤竹、文科学长周守一、法科学长臧启芳、工科学长高惜冰站立两旁。他们身后的一排是张学良亲自募聘的名流学者：数学家冯祖荀，化学家庄长恭，机械工程学家刘化洲、潘成孝，新开设的建筑系主任梁思成、美学教授林徽因和文法学院聘请的名教授吴贯因、林损、黄侃等。

这是一所充满青春朝气的大学。

东北大学因为聘请一批"海归"学者做教授，教学风气也焕然一新。学生上课时教授要点名，严格限制旷课。理工科几乎全部使用英美大学教材授课、实验、实习，报告也要全部用英文。

东大建筑系刚刚建成时只有两名教员，有 40 多个学生，他们也和其他院系一样完全采用西式教学，大家集中在一间大教室，座席不按年级划分，每个教师带十四五个学生。

林徽因是年 24 岁，教授美学和建筑设计课。她年轻活跃，知识渊博，谈吐直爽幽默，非常受学生欢迎。她还经常把学生带到昭陵和沈阳故宫去上课，以现存的古建筑作教具，讲建筑与美的关系。多年后，她的学生还能记起这名初出茅庐的教授给他们上的第一堂课。

第一次讲课，林徽因就把学生带到沈阳故宫的大清门前，让大家从这座宫廷建筑的外部进行感受，然后问："你们谁能讲出最能体现这座宫殿的美学建构在什么地方？"

学生们热烈地讨论起来，各抒己见。有的说是崇政殿，有的说是大政殿，有的说是迪光殿，还有的说是大清门。

林徽因听大家发表完看法，微笑着提示说："有人注意到八旗亭了吗？"

学生们看着毫不起眼的八旗亭，困惑地看着林徽因。

林徽因说道："它没有特殊的装潢，也没有精细的雕刻，跟这金碧辉煌的大殿比起来，它还是简陋了些，而又分列两边，就不那么惹人注意了，可是它的美在于整体建筑的和谐、层次的变化、主次的分明。中国宫廷建筑的对称，是统治政体的反映，是权力的象征。这些亭子单独看起来，与整个建筑毫不协调，可是你们从总体看，这飞檐斗拱的抱厦，与大殿则形成了大与小、简与繁的有机整体，如果设计了四面对称的建筑，这独具的匠心也就没有了。"

就着这个问题，林徽因给大家讲了八旗制度的创设。

1615 年，努尔哈赤完善了镶黄、正白、镶白、正蓝、正黄、正红、镶红、镶蓝八旗制度，这个制度的建立，在后金的发展中越来越显示了它的威力。据说努尔哈赤在立国之初凡遇军国大事，必在"殿之两侧搭八幄，八旗之诸贝勒、大臣入于八处坐"，共商大计。八旗的首领当然都是努尔哈赤的兄弟子侄。不会是旁门别支、平民百姓去充任。

她说："从大政殿到八旗亭的建筑看，它不仅布局合理，壮观和谐，而且也反映了清初共治国政的联合政体，它是中国宫廷建筑史上独具特色的一大创造。这组古代建筑还告诉我们，美，就是各部分的和谐，不仅表现为建筑形式中各相关要素的和谐，而且还表现为建筑形式和其内容的和谐。最伟大的艺术，是把最简单和最复杂的多样，变成高度的统一。"

林徽因讲课深入浅出，非常善于引导学生独立思考。在她教过的 40 多个学生中，走出了刘致平、刘鸿典、张镈、赵正之、陈绎勤这些日后建筑界的精英。她的学生当中还有堂弟林宣，晚年在西安冶金建筑学院担任教授。

因为刚刚建系，教学任务繁重，林徽因经常给学生补习英语，天天忙到深夜。那时她已怀孕，但她毫不顾惜自己，照样带着学生去爬东大操场后山的北陵。

沈阳的古建筑不少，清代皇陵尤其多。林徽因梁思成在教学之余忙着到处考察，落日余晖下有他们欣赏古建筑的沉寂之美的身影；他们深入建筑内部细心测量尺寸，一个个数据都详细记录在图纸上。林徽因知道，建筑不仅仅是一门科学，也是一门需要感知的艺术。建筑师不能只会欣赏城市的高楼大厦，也要经得住荒郊野外的风餐露宿。而他们的建筑生涯，也才刚刚开始。

第一件设计作品

1929 年 1 月，寒假还未开始，梁思成、林徽因就接到家里的急电，说是梁启超重病入住协和医院。两人匆匆收拾了一下，即刻赶回北平。

当夫妻俩心急如焚地赶回家时，得知梁启超已经住院快一个礼拜了。

林徽因和梁思成看到病床上的父亲已宛若暮年的老人，双目黯淡，脸上没有血色，喉中痰拥，亦不能言，见到儿子、儿媳也只能用目光表示内心的宽慰。

主治医师杨继石和来华讲学的美国医生柏仑莱告诉他们：梁启超的病已不大有挽回的希望了。刚住院时因咳嗽厉害，怀疑是肺病，经 X 光透视后，却没发现肺有异常，只是在血液化验中，发现了大量的"末乃利菌"，这是一种世界罕见的病症，当时的医学文献只有三例记载，均在欧美，梁启超是第四例。灭除此菌的唯一药剂是碘酒，而任公积弱过甚，不便多用，只好靠强心剂维持生命。

梁启超曾经患有尿血症，1926 年 3 月，去协和医院检查时，医生发现右肾有一黑点，诊断为瘤。医生建议切除右肾，梁启超素来信奉西医，便听医生建议做了手术。但手术后病情没有丝毫缓解，大夫又怀疑病根在牙齿，于是连拔了八颗牙，尿血症仍不减；后又怀疑病根在饮食，梁启超被饿了好几天，仍无丝毫好转。医生只得宣布"无理由之出血症"。梁启超是名人，更重要的是当时西医刚刚引进中国，推崇之人极少，本就存在中医西医孰优孰劣的争论。两相叠加，梁启超的手术就引起许多口水战。一时间舆论大作，对西医的谴责和质疑占了大部分。

反对西医科学的声音甚嚣尘上，梁启超公开为西医辩护，文章最后特别声明："我们不能因为现代人科学知识还幼稚，便根本怀疑到科学这样东西。"

那么，梁启超真的认为协和医院的诊治是完全正确的吗？答案是否定的。他对院方的诊治同样抱有怀疑，但医院始终对他含糊其词。直到他找到著名西医伍连德帮忙才了解到一些真实情况。1926年9月14日梁启超写信给孩子们，告诉他们现在已经证明协和医院确实是"孟浪错误"了。

梁思成和林徽因这才明白，梁启超之所以公开为协和医院辩白，并不是害怕和之前的言论自相矛盾。他是不想因为自己的个案，就阻断了作为"科学"象征的西医在中国的发展。虽然牺牲了自己，但可以让后世万千国人享受到西医的科学成果——这位维新派大人物的病，是在替众生病。

徐志摩匆匆从上海赶来探望老师，也只能隔着门缝看上两眼。他望着瘦骨嶙峋的梁启超，禁不住涌出眼泪。林徽因告诉他："父亲平常做学问太苦了，不太注意自己的身体，病到这个程度，还在赶写《辛稼轩年谱》。"

采用中药治疗一段时间，梁启超的病情竟然略有好转。他不但能开口讲话，精神也好了些。梁思成心里高兴，就邀了金岳霖、徐志摩几个朋友到东兴楼饭庄小聚，之后又一起去老金家探望他母亲。老金住在东单史家胡同，那是借凌叔华家的小洋楼。一进门庭，就看见地下铺的红地毯，那是新月社的旧物。大家触物伤情，忆起新月社当年的意气风发和现在的寥落，很是感慨了一番。

1月17日，梁启超病情再次恶化。医生经过会诊，迫不得已决定注射碘酒。第二天，病人出现呼吸紧迫，神智已经处于昏迷状态。梁思成急忙致电就职于南开大学的二叔梁启勋。当日中午，梁启勋就带着梁思懿和梁思宁赶到协和医院，梁启超尚存一点神智，但已不能说话，只是握着弟弟的手，无声地望着儿子儿媳，眼中流出几滴泪水。

当天的《京报》《北平日报》《大公报》都在显著的位置报道了梁启超病危的消息。

1929年1月19日14时15分，梁启超病逝于协和医院。当晚，梁家向亲友发出了简短的讣告：家主梁总长任公于1月19日未时病终协和医院，即日移入广惠寺，21日接三。20日下午3时大殓，到场亲视者除其家属外，尚有任公生前朋辈胡汝麟、王敬芳、刘崇佑、蹇念益等数十人。接三后举行佛教葬礼，仪式新旧参半，灵柩安葬于西山卧佛寺西东沟村，与李夫人合葬。长子梁思成和儿媳林徽因设计了墓碑。他们没想到，这竟然是毕业后的第一件设计作品。

墓碑采用花岗岩材质，高2.8米，宽1.7米，碑形似椁，古朴庄重，不事修饰。正面镌刻"先考任公政君暨先妣李太夫人墓"，除此之外再无任何表明墓主生平事迹的文字。这也是梁启超的遗愿。

直到40多年后，梁思成从为他治病的医生那里得到了父亲早逝的真相。因为梁启超是名人，协和医院安排了著名的外科教授刘大夫主刀肾切除手术。病人进了手术室后，值班护士用碘酒在肚皮上做的记号出错了。刘大夫手术时没有仔细核对X光片，误将健康的肾切除。这一重大的医疗事故术后不久就被发现了，医院当即将之当成"最高机密"隐瞒起来。不久后刘大夫辞去协和医院的工作，到国民党政府的卫生部当政务次长去了。

梁启超少年得意，被称为神童，维新变法失败后流亡日本，回国后曾做北洋政府的财务总长，后期闭门著述，成学问大家。称赞他的人说"过去半个世纪的知识分子，都受了他的影响"（曹聚仁），"他的功绩实不在章太炎之辈之下"（郭沫若），"为吾国革命第一大功臣"（胡适）；也有贬损痛骂者言"梁贼启超"（康有为），"有极热烈的政治思想、极纵横的政治理论，却没有一点政治办法，尤其没有政治家的魄力"（周善培）。梁启超本人对这些评价了然于胸："知我罪我，让天下后世评说，我梁启超就是这样一个人而已。"

最能概括梁启超一生的评价，于儿媳妇林徽因看来，莫过于沈商耆的挽联：

三十年来新事业，新知识，新思想，是谁唤起？
百千载后论学术，论文章，论人品，自有公平。

白山兮高高，黑水兮滔滔

开学后，林徽因和梁思成回到东大。

理工学院是东北大学教学和生活环境最好的一所学院，巍峨的白楼耸立于沈阳北陵的前沿，校门前浑河川流不息，学院的教学条件很好，图书、仪器格外充实，学生宿舍富丽堂皇，教授的住宅是每人一套小洋房。

1929 年夏季，林徽因、梁思成在宾夕法尼亚大学读书时的同窗好友陈植、童寯和蔡方萌应夫妇二人的邀请来到东北大学建筑系任教。几个老同学再次相聚，除了一起讨论建筑，切磋教学，下了班也会聚在梁家喝茶聊天，纵谈国事，日子过得非常充实。

建筑系的教学逐渐走上正轨，几个老同学便商量着能做点更有创造性、更有价值的事。"梁、陈、童、蔡营造事务所"就这么成立了。事务所不仅搞研究，也承揽建筑工程。时逢吉林大学筹建，事务所包揽了总体规划、教学楼和公寓楼的设计。后来还设计了交通大学在辽宁锦州开办的分校校舍、沈阳郊区的"萧何园"等建筑。林徽因没有挂名，但事事参与。她的主要研究方向是古建筑学，建筑规划和设计只是她的副业，留下的作品不多。她和梁思成一起设计的"萧何园"应该是她最初的实践。

东大改组后张学良亲任校长，公开悬赏征校歌。最终，刘半农填词，赵元任作曲的歌曲被选中了：

白山兮高高，黑水兮滔滔；有此山川之伟大，故生民质朴而雄豪；地所产者丰且美，俗所习者勤与劳；愿以此为基础，应世界进化之洪潮。沐三民主义之圣化，仰青天白日之昭昭。痛国难之未已，恒怒火之中烧。东夷兮狡诈，北虏兮骄骜，灼灼兮其目，霍霍兮其刀，苟捍卫之不力，宁宰割之能逃？惟卧薪而尝胆，庶雪耻于一朝。唯知行合一方为责，无取乎空论之滔滔，唯积学养气可致用，无取乎狂热之呼号。其自迩以行远，其自卑以登高。爱校、爱乡、爱国、爱人类，期终达于世界大同之目标。使命如此其重大，能不奋勉乎吾曹，能不奋勉乎吾曹。

这首校歌带有强烈的时代印记，倾注了诗人刘半农面对即将沦丧于列强铁蹄之下的东北山河的忧虑痛心，对学子的期望和鼓励，忧国之心，期望之情，跃然纸上。现在的东大校歌仍然是以这首歌为基础，精简而成。

1929年是东大六周年校庆，张学良将军携夫人于凤至女士进入会场并登台训话。随后，在教育学院的潘美如的指挥下，全校2000多名学生合唱《东北大学校歌》。一首歌，唱沸了2000多颗激昂的心。师生们群情振奋，他们仿佛听到了血液在脉管里汩汩奔流的声响。

随后，张学良公开悬赏征集东大校徽。最终，林徽因设计的"白山黑水"图案中标。它的整体图形是一块盾牌，正方上是"东北大学"四个古体字，中间有八卦中的"艮"卦，同样代表东北，正中为东大校训"知行合一"，下面两只猛兽——狼和熊面对巍峨耸立的白山和滔滔黑水虎视眈眈，象征列强环伺，形势紧迫。校徽构思巧妙，很好地呼应了校歌内容。

得知徽因的作品被选中，几个老同学到梁家又是一番庆贺。

惬意的生活仍然蒙着一层阴影，而且有越来越沉重的趋势。各派势力争夺地盘，时局混乱，社会治安极不稳定，"胡子"时常在夜间招摇而过。太阳一落山，"胡子"便从北部牧区流窜下来。东大校园地处郊区，"胡子"进城，必经过校园，马队飞一样从窗外飞驰而过。此时家家户户都不敢亮灯，连小孩子都屏声静气，不敢喧哗。梁家一帮人聊到兴致正好的时候，也只能把灯关掉，不再出声。林徽因在晚上替学生修改绘图作业，时常忙碌到深夜，有时隔窗看一眼，月光下"胡子"们骑着高头骏马，披着红色斗篷，很是威武。别人感到紧张，林徽因却说："这还真有点罗曼蒂克呢！"

这年7月，林徽因产期已近，借暑假之机，梁思成陪同林徽因返回北平。8月，林徽因在协和医院生下大女儿，取名梁再冰，意在纪念离世不久的祖父——梁启超的书房名曰"饮冰室"，他的著作叫《饮冰室文集》。

宝宝的第一声啼哭，引爆了窗外一片嘹亮的蝉鸣。从此，两颗心就像飘飞的风筝被这根纯洁的纽带系在一起，再也无法分开。

花海记忆

北平的香山，春花烂漫，肆无忌惮地张扬着生气。若不好好游玩畅饮，实在愧对于自然的恩赐。

但林徽因却是来养病的。

人间春色，万物生长，山中景致更是迷人，植物，是会说话的。那一捧落英是消得人憔悴的痴恋。虽是病着，但这难得悠闲的好时光，也让林徽因感到舒心畅快。

静心养病的日子，林徽因重拾往日心情，复诵着早已熟烂于心的天成佳句，在宁静的夜晚独自伏案写作。她早年最出名的诗歌和小说，大多是这期间写下的。

花瓣凋落，有人拾起那时的情怀，她能做的，唯有珍藏。

花海之中不知是谁许下的期盼。

则为你如花美眷，似水流年。

香山静养

渴望纯粹之人，总愿意自己像植物一样生长于人世间，安静美好中带着孤独骄傲，就像王维诗中所写：行至水穷处，坐看云起时。背负着沉重的行囊奔走红尘，行色匆匆却不问为何，亦不知哪一天会停留。当你我以为一生长远得望不到头，回首之时却仿若昨天。人的一生恰似午后至黄昏的距离。月上柳梢，茶凉言尽，一切便可落幕。

1930年末，徐志摩应胡适的邀请，到北京大学任教。旧历年前，返回南方过春节。在家时，徐志摩意外地收到了林徽因从北平寄来的照片。照片上的林徽因躺在病床上，很没精神。相片背面题了一首诗。旧历初三，徐志摩就回到了北平。他以为林徽因、梁思成已回沈阳，抱着试试看的心情到了梁家，夫妻俩仍在家中。

林徽因病得更厉害，脸瘦得吓人，只能看见一对大大的眼睛。梁思成也是满面愁容。

"怎么啦？"他问梁思成。

"徽因病了。"梁思成叹了口气，疲倦又无奈。"前些天，她陪人到协和医院看病，让一个熟悉的大夫看见了，就拉着她进去做了X光检查，一看说是肺结核，目前只能停止一切工作，到山上去静养。"

林徽因的病是旧疾，但多半也是累出来的。

东北大学建筑系还处在婴儿期，教学任务繁重，而林徽因又是个在工作上不能出一点问题的"偏执狂"，她觉得一件事情要么就不干，要么就干好。可是哪件事情能丢下不干呢？她是教师，备课总要精细负责吧；课还要讲得有深度，可不能让学生没有收获，觉得无聊；对英语水平不高的学生，更不能落下；建筑系学生要交绘图作业，学生的作业老师能不给认真批改吗……

这还不是全部，回到家里，林徽因是个小女孩的妈妈，孩子病了得细心照看；孩子学说话了，也得花时间耐心地陪着她。

为人妻为人母的林徽因，同时也是何雪媛的女儿。有些家务事是不能假他人之手的，即便是妈妈也不行，况且又是何雪媛那样的妈妈。何雪媛年轻时就不懂治家，年纪大了更学不会。帮不上忙就好了，有时候还会添乱。光宝宝（梁再冰的小名）的吃喝拉撒这件事，母女俩就常常会起争执。林徽因讲科学，说医生说的，不能给小孩穿太多，何雪媛却说东北这样冰天雪地的，不捂着点儿还不得冻出病来？林徽因想让宝宝练习爬行，何雪媛就嚷嚷开了，这丁点孩子穿这样厚的衣服，身子骨还不得被压坏啦！林徽因想锻炼孩子学会等待，何雪媛又会说，你这不是存心要弄哭孩子吗！这种鸡毛蒜皮的争执，一次两次都无伤大雅，林徽因撒撒娇，叫几声"娘！"就过去了。但次数一多，何雪媛就有怨气了，说林徽因心气儿高，嫌弃自己。林徽因纵是觉得委屈，但只要梁思成稍微流露出一点对何雪媛的不满，她立刻就会勃然大怒。后来丈夫也学乖了，凡是丈母娘做得不好的，千万别跟林徽因提；只要丈母娘做对一件事，就要在林徽因面前使劲夸奖。

外表优雅温婉的林徽因，脾气却相当急躁。据她的一个学生回忆，东大建筑系有绘画课程，有一回上素描课，画石膏像，有个男生翻来覆去也画不好，林徽

因耐心指导了一阵子，男生也不得要领，急得她脱口而出："这简直不像人画的！"那男生羞愤交加，一气之下转了系，后来在另一个专业做了教授。

梁思成和妻子在一起，大多时候都是温和、谦让的，朋友们干脆赠给他"烟囱"这个绰号。但日子一长，事情一乱，梁思成这"烟囱"也有堵了的时候。特别是梁启超重病的那段时间，东大教务缠身，不能守在医院尽孝，一些不知情的长辈总是责备梁思成，他就会特别烦躁。虽然在生活琐事上，梁思成总是尽到"烟囱"的职责，但有时候两人争论起专业问题，梁思成就会用知识分子特有的固执对林徽因寸步不让，最后难免演变成家庭战役。

梁思成不管怎么小心翼翼，大概是生着病的缘故，林徽因的脾气不可避免地变得更坏。她生性要强，永远有忙不完的事，身体又不好，一旦心有余而力不足就忍不住发火。她发火不会歇斯底里，但语言暴力更让人受不了。她说的伤人的话，都是用英文，但即使是英文，何雪媛也知道夫妻俩是在吵架以及吵架程度的严重性。因为林徽因发火的时候，并没什么激动的神色，但那冷冰冰的眼神让人心情跌倒谷底。

林徽因自己也清楚自己的弱点，什么事情到她这里都会被放大。因为求好心切，争强好胜，烦躁的感觉自然加倍。什么事情都想做好，凑在一起就成了平方，像大雪一样快要把她给淹没了。

不顺心的事好像总喜欢赶在一起凑热闹。1930年秋天，梁启超去世还不满一年，林徽因的肺病复发。这小时候的旧疾，好像生怕林徽因还不够烦似的，赶在这时候发作了。林徽因躺在东大教师宿舍里，下不了床，望着窗外沸沸扬扬的雪花发愣。忽听得丈夫喜悦的声音："徽因，看看哪个远客来看你了？"

林徽因恹恹地抬眼瞧去，脸上顿时亮了。虽然被厚厚的围巾遮了大半张脸，但那长脸形、瘦长的身子，不是徐志摩又是谁？

徐志摩听说林徽因病得严重，也劝说她听丈夫和医生的话好好养病。林徽因这次不得不乖乖听话，因为自己的身体实在是不行了。1931年春天，林徽因千不愿万不愿地去了香山静养。陪伴她的除了梁思成，还有母亲和宝宝。

杏花云的期盼

大抵是看多了繁华事态，想要一些安静与纯粹。尝试着改变自己，努力减去繁复，单薄亦是完美；努力摒弃浮躁，视清凉为超脱。生命虽然脆弱，但也固执，谁也不能删改情节或是结局。只是有一天，我们都会回归宁静，因为那是生命的本真。

香山总是和晚秋联系在一起，那满山的红叶妖娆热烈，一如惊世骇俗的恋情在燃烧。

一天一地粉白色的水在流动，这水，漫过所有的空间，没有堤岸，没有限制。孟春的杏花，就是以这样的热烈，宣谕着对这个季节的统治。这是香山的春。

与秋不同，这春天没有刺目的火红，但从娇柔中透出的生命的暗涌有一种令人迷惑的美。这其实是一种不安分的颜色，它会让人更多地想到生命最深处的骚动，它不能给人一种真正的满足，沿着不断上升的阶梯，在没有涯际的包罗万象的深沉之中，去接近严肃与崇高。作为一种脆弱的红，在肉体和精神的意志上，却具有一种奋起的因子。

早春的空气是湿润的，方便绿叶嫩芽随时喝水；阳光也是温和有加，这样游人就不必对着美景眯起眼睛了。树啊花啊草啊，攒了一冬天的劲儿都在比赛似的抽着新芽新骨朵。一晃眼，香山就成了花的海洋。桃花、杏花、海棠、迎春织成的云海浮动着。夹杂其间的绿意却显得宁静而和平，它淹没在那脆弱而汹涌的薄

红浅黄中，得到了像在某种单纯颜色上的休息，一种自我满足的安静，角落里的牡丹芍药急急地展示着身姿，它也不恼，腾出一小块舞台给它们去欢闹。它不向任何方向流动，似乎没有注入欢乐、悲哀和热情的感染力，它什么也不要求。

林徽因、徐志摩和林宣踩着石板小径，缓缓拾级而上，花雨落了满身。

林徽因为了养病，住在香山半坡上的"双清别墅"，这里淡雅幽静，亭映清泉，竹影扶疏，金时称"梦感泉"，乾隆题刻"双清"，1917年，熊希龄在此建别墅而得其名。她将在这里度过一个漫长的花季。

徐志摩微笑道："徽因，你还有什么可抱怨的呀？这山中的花儿，我辈奔走世俗，为稻粱谋，哪有缘观赏啊？"

林徽因笑答："香山是山珍海味，但是吃多了也腻呢！"

说话间，他们走到了一处缓缓的斜坡，林徽因穿着高跟鞋，却兴致勃勃地想要往下走。徐志摩和林宣赶紧一人一边扶着她的胳膊，"架"着她走到斜坡下面的平地上。

那里挤着密密的海棠、杏树，远看开得正盛，近看才发现花期将尽，更兼昨夜风雨，地上铺了一层落英，数不尽的白的粉的花瓣静静地受着春风的轻抚，又好像在用最后的力气凝视着被雨水洗刷明净的天空。她们就要进入泥土了，什么话都没有留下。

三人注视着这残缺的美，若有所思地沉默了半晌。

良久，林徽因率先打破沉默："你们说，这些落地的花瓣都会结果吗？否则，她们绚烂开过的意义又在哪里呢？"

"不会结果又有什么关系呢？"徐志摩轻声回答，"绚烂开过了，美丽过了，存在过了，这就是它的意义。对于所有美好的东西来说，结果永远不是最重要的——结果只在商人和政客那里才是最重要的。"

林徽因对林宣笑道："弟弟你看，跟诗人说话可得小心，一不小心就被他看扁了。"

徐志摩和林宣异口同声："你现在不也是女诗人吗？"

徽因嗔怪道："我可不会沾了徐大诗人的一点灵气就自诩女诗人，我只是个女病人！"

"徽因，你不是沾我的灵气，你本身就是很有才气的诗人，真的！我没有奉承你！时间会证明的，我的那点浊气，跟你相比，简直是天与地……"徐志摩的语气热烈而真诚。

两人不知不觉讨论起诗歌来了。林宣在旁边当忠实听众。

据林宣回忆，每次徐志摩上山看望林徽因，都由林宣作陪，住的是香山的甘露旅馆。梁思成极尽地主之谊，旅馆费用都是他付的。每天，林宣和徐志摩吃了早饭就去林徽因的住处，晚上回旅馆。

徐志摩每次来看林徽因，都会带一些诗集给她，雪莱、勃朗宁、拜伦……这些曾经充满了他们的英伦时光的美丽诗句，再度将他们包围，时光好像亦跟着倒流了。他们热切地谈论着诗，也写诗，沉浸在诗歌的世界里，忘了时间和空间。林徽因令人心焦的肺病，烦琐的家务事，徐志摩"走穴"般的讲课，捉襟见肘的经济状况，陆小曼的任性……他们几乎不提起这些消极的话题。

诗歌还是那些诗歌，但此时的徐志摩已经不是当年那个意气风发的青年了。那几年，他正在度一生中最凶险的桥。世界上唯有两件事是痛苦，求而不得，求而得。徐志摩以前大概不明白，现在是彻底知晓了。十年前，他爱慕林徽因而不得，痛苦；十年后，他娶了陆小曼，又知道原来得到也是苦。这个求得的并不是自己原先追求的，忽然之间，她就变得面目全非。陆小曼仍然美丽，仍然娇媚，但是不一样了，全不是那么回事了。

徐志摩和陆小曼热烈浪漫的恋爱，到了最后终成泥淖，与他原先期望的大不相同。他曾经以为陆小曼会是他的归宿，她会像热恋时那样看他写诗，鞭策他，给他源源不断的灵感。但现在他的妻整日笼在鸦片烟的烟雾中，渐渐模糊了身影。

可是谁能不心疼呢？鸦片烟解救不了陆小曼，徐志摩是知道的，他不是没设法子令她振作。他总是一遍遍劝她少抽烟，少打牌。但陆小曼充耳不闻，她甚至觉得丈夫没有结婚前那么浪漫了，对她管头管脚，不让她打牌，不让她抽鸦片烟，真是拘束。

如果时间能够倒流，也许他不会向那个十六岁的女中学生吐露原配妻子的土气、婚姻的压抑，更不会向她那么热烈地告白。就像十年后的现在似的，把一切不如意都埋在心底，不要流露出分毫，只给她，和她的丈夫轻快的氛围和舒心的笑颜，这不是最好的吗？

很多个寂静的夜，徐志摩沐浴着冷冷的月光，遥望着香山的方向，也许还有山中的她，写下了著名的《山中》：

庭院是一片静，
听市谣围抱，

织成一地松影
看当头月好！

不知今夜山中，
是何等光景：
想也有月，有松，
有更深曲静。

我想攀附月色，
化一阵清风，
吹醒群松春醉，
去山中浮动；

吹下一针新碧，
掉在你窗前；
轻柔如同叹息——
不惊你安眠！

这首诗写在徐志摩生命的最后一年。很多人都认为这首诗表达了一种对昔日恋人、今日好友的超乎友情又异于爱情的细腻情怀。但他还是陆小曼的丈夫，他深爱她，也知道外界对他和林徽因之间的"浮言"，所以他有责任对妻子做出解释：

至于梁家，我确是梦想不到有此一番；况且此次相见与上回不相同，半亦因为外有浮言，格外谨慎，相见不过三次，绝无愉快可言。如今徽因偕母挈子，远在香山，音信隔绝，至多等天好时与老金、奚若等去看她一次。（她每日只有两个钟头可见客）。我不会伺候病，无此能干，亦无此心思，你是知道的，何必再来说笑我。

（爱眉小札（之二），1931 年 3 月 7 日自北平。）

6 月 12 日，徐志摩、罗隆基、凌叔华、沈从文，再次同去香山看望林徽因。

林徽因的病情又有些加重，刚刚发了 10 天烧，人也显得疲乏。老友们看到她这副模样，心情也跟着沉重起来。

徐志摩这次上山，带了英国唯美派作家王尔德等人的著作和新出版的第三期《诗刊》给徽因。《诗刊》上发表了他的新作《你去》，徐志摩曾在信中说，这首诗是为她而写的。

你去，我也走，我们在此分手；
你上哪一条大路，你放心走，
你看那街灯一直亮到天边，

你只消跟这光明的直线！
你先走，我站在此地望着你，
放轻些脚步，别叫灰土扬起，
我要认清你远去的身影，
直到距离使我认你不分明，
再不然我就叫响你的名字，
不断地提醒你有我在这里
为消解荒街与深晚的荒凉，
目送你归去……
不，我自有主张
你不必为我忧虑；你走大路，
我进这条小巷，你看那棵树，
高抵着天，我走到那边转弯，
再过去是一片荒野的凌乱：
有深潭，有浅洼，半亮着止水，
在夜芒中像是纷披的眼泪；
有石块，有钩刺胫踝的蔓草，
在期待过路人疏神时绊倒！
但你不必焦心，我有的是胆，
凶险的途程不能使我心寒。
等你走远了，我就大步向前，
这荒野有的是夜露的清鲜；
也不愁愁云深裹，但须风动，
云海里便波涌星斗的流汞；
更何况永远照彻我的心底；
有那颗不夜的明珠，我爱你！

下山的时候，徐志摩没交代什么，只是亲了亲宝宝的小脸儿。
徽因送他们到一座山的弯口处，徐志摩回过头去，徽因还定定地站在那里。
满山的杏树已结出了累累青果。那是代替一片落英成长的新生命。

谁爱这不息的变幻

　　山间春色开启了林徽因封尘已久的诗情，她为此写下许多曼妙的诗篇。对于习惯奔忙的她而言，这清净好似一种修行。怎见浮生不若梦，但我们不能为此就沉浸梦中，虚度春风秋月。人活一世，即使不求惊天动地，也还是留下些什么为好，让活着的人有迹可循，哪怕只是简单平凡的故事亦算一种功德。

　　5 月 15 日，徐志摩叫上张歆海、张奚若夫妇，到香山看望林徽因。

　　林徽因在香山静养了两个月，气色明亮不少，不像重病时那么瘦骨嶙峋了。见到他们高兴得像个小孩子，直说："你们看我是否胖一些了？这两个月我长了三磅呢。"

　　张歆海的夫人韩湘眉说："看你的脸让太阳晒的，简直像个印度美人了。"

　　大家全都笑起来。

　　吃过茶，一行人就去游山。从"双清别墅"到半山亭，从西山晴雪到弘济寺，这一路上说说笑笑，不觉已近中午，便去弘济寺吃素斋。张歆海不知怎么的看上了寺旁的一块大石头，对徐志摩说："志摩，你看这个神鸡石是公鸡还是母鸡？"

　　林徽因笑道："当然是母鸡了，你看它尾巴下有个石洞，人都说这是一只神鸡，每天下 5 个鸡蛋，乡亲们都叫它下蛋石啊！"

　　张奚若却认定那是公鸡："你看它的脖子高高扬着，还有它的冠子，哪像个母鸡的样子！"

　　张歆海说："母鸡就不能把头昂得高一点？人家生了蛋，也该骄傲一下嘛。你看我家的湘眉，生了孩子，一天比一天神气！"

　　"别胡说八道。"韩湘眉嗔道，"还是让徽因读读她写的诗吧。"

　　林徽因说："好久没有这样开心了，我一个人在山上，真是闷死了。诗倒是写了不少，可不好给你们拿出来，就给你们读读我那《一首桃花》吧。"

　　桃花，
　　那一树的嫣红，
　　像是春说的一句话：
　　朵朵露凝的娇艳，

是一些

玲珑的字眼，

一瓣瓣的光致，

又是些

柔的匀的吐息；

含着笑，

在有意无意间，

生姿的顾盼。

看，——

那一颤动在微风里

她又留下，淡淡的，

在三月的薄唇边，

一瞥，

一瞥多情的痕迹！

一首诗颂罢，引来老友们的交口称赞。

韩湘眉说："真是太好了，看来我们是来晚了，没见上那一树桃花。"

张奚若说："士别三日，当刮目相看。林小姐成了大诗人啦！你在《诗刊》上那组诗我也读了，写得满有味道嘛！"

林徽因笑说："学长过奖了，还不是志摩催稿子，硬逼出来的，生涩得很。"

徐志摩被"攻击"，并不辩白，而是高兴地说："徽因的诗，佳句天成，妙手得之，是自然与心灵的契合，又总能让人读出人生的况味。这《一首桃花》与前人的'记得绿罗裙，处处怜芳草'是同一种境界。"

在香山养病的那段时光，林徽因接触最多的就是诗歌，读得最多的自然是徐志摩送她的诗集，和徐志摩谈论得最多的也是诗。熟读唐诗三百首，不会作诗也会吟，更何况林徽因本身就有天然的诗人的灵气。静谧的香山，刚好唤起了她体内潜藏的诗意的因子。1931年4月，林徽因在《诗刊》第二期发表了处女作《谁爱这不息的变幻》，此后又接连发表《那一晚》《仍然》《笑》《深夜里听到乐声》。

> 谁爱这不息的变幻，她的行径？
> 催一阵急雨，抹一天云霞，月亮，
> 星光，日影，在在都是她的花样，
> 更不容峰峦与江海偷一刻安定。
> 骄傲的，她奉着那荒唐的使命：
> 看花放蕊树凋零，娇娃做了娘；
> 叫河流凝成冰雪，天地变了相；
> 都市喧哗，再寂成广漠的夜静！
> 虽说千万年在她掌握中操纵，
> 她不曾遗忘一丝毫发的卑微。
> 难怪她笑永恒是人们造的谎，
> 来抚慰恋爱的消失，死亡的痛。
> 但谁又能参透这幻化的轮回，
> 谁又大胆的爱过这伟大的变幻？

《谁爱这不息的变幻》起点颇高，行文并无初出茅庐的稚拙之感。当时林徽因正肺疾缠身，在香山静养，但这首诗并没有流露出消极的情绪，而是间接表达了对世事无常的感悟——通过一系列的意象，譬如"急雨""云霞""日影""花放蕊树凋零，娇娃做了娘""河流凝成冰雪""都市喧哗，再寂成广漠的夜静""恋爱的消失，死亡的痛"等。这首诗也被看成是林徽因初入诗坛的标志作品。

波动在世事沉浮中的情感，悲哀中绽放的微笑，是林徽因惯用的作诗手法，亦是她做人的珍贵之处。1936年，林徽因在《大公报·文艺副刊》发表了一篇随笔《究竟怎么一回事》，认为诗歌就是要抓住灵感，跟随潜意识和内心的情感，用语言文字把各种意象组合起来。

林徽因的诗意境优美，内容纯净，形式纯熟，语言华美而毫无雕琢之嫌。她的诗歌体现了新月派的美学原则：讲求格律的和谐、语言的雕琢美和音律的乐感。

后来，林徽因又陆续在天津《大公报》《文学杂志》等刊物上发表了几十篇作品，其中包括诗歌60多首，小说6篇，还有散文、戏剧以及文学评论。林徽因并未刻意要成为一名作家，留下的文学作品并不多。但正因为如此，她的文字往往是有感而发，充满真挚的情感和天然的灵气，宛如山涧潺潺流淌着的溪水，比不上大海的波澜壮阔，却别有一番清丽动人。

林徽因的文学才华不仅得到徐志摩的欣赏，在当时也颇有影响力。她被北平女子文理学院聘请讲授《英国文学》课程，负责编辑《大公报·文艺丛刊·小说选》，同时担任《文学杂志》编委。她经常参加北平文学界读诗会等活动。1936年，平津各大学及文化界发表《平津文化界对时局宣言》，向国民政府提出抗日救亡的八项要求，林徽因是发起人之一。

　　一代才女去世后，她的墓碑上镌刻的是"建筑师林徽因"，但对于仰慕她的无数人来说，还有一个不能忽略的身份，那就是"文学家林徽因"。

生死两茫茫

有谁不害怕面对他？那黑色的长袍一张开，一个鲜活的生命便不复存在。那死去的人，再不知痛苦，而活着的人，还要煎熬着。

人的一生，没有不经历生离死别的，突如其来的离别总是让人措手不及。人生何处不相逢，但有些转身，真的就是一生，从此后会无期，永不相见。

人存在于世，又是多么艰难。无论内心有多坚强，在死亡面前总是软弱无力。平静安稳的日子里亦会害怕，害怕至亲至爱之人先我而去。这种巨大的悲伤，自诩坚硬之人就能轻易承担吗？多希望每个人都可以活到白发苍苍，等一切夙愿了结，再从容地微笑着死去。可人生的转弯处总有这样那样的劫数冲出来，过不了那道最难的坎，就只能坠落山崖，粉身碎骨。

纵是你风华绝代，那悲剧也要瞅准了空子落在你头上。

然每一次变故都是人生的转弯。这一生总有那么一些人，是过河时必须投下的石子，寒夜旅途中的薪火，是晚归照明的街灯。但这些人终将成为过客。就是自己，有一天也要将生命交还给岁月。那时候，孤帆远影，又将飘向何方？

没有你的世界，没有我的世界，落在别人眼里，又是何种模样？

轰然倒塌的天空

林徽因头一次面对死亡，是在 7 岁那年，祖母游氏的仙逝。虽是早慧早熟，但再怎样说也只是一孩童，至多跟着大人们懵懵懂懂流几行眼泪罢了。切肤之痛的死亡，却是来自父亲林长民。

当时林徽因和梁思成还是宾夕法尼亚大学的学生。入学不到一个月，梁思成母亲李夫人病逝。李夫人去世不久，梁思成接到父亲梁启超的信，讲林叔叔要去奉军郭松龄部做幕僚，他不听朋友劝告，乱世之中，安危莫测。

林徽因心急如焚。

令人忧心的消息不断从大洋彼岸传来。报上有消息说：郭松龄在滦州召集部将会议，起事倒戈反奉，通电张作霖下野，并遣兵出关。又有消息说：郭军在沈阳西南新民屯失利，郭部全军覆没。

林徽因在坐立难安中总算盼到了家书，是梁启超写给梁思成的：

我现在总还存万一的希冀，他能在乱军中逃命出来。万一这种希望得不着，

我有些话切实嘱咐你。

　　第一、你自己要十分镇静，不可因刺激太剧，致伤自己的身体。因为一年以来，我对于你的身体，始终没有放心，直到你到阿图利后，姐姐来信，我才算没有什么挂念。现在又要挂起来了，你不要令万里外的老父为着你寝食不安，这是第一层。徽因遭此惨痛，唯一的伴侣，唯一的安慰，就只靠你。你要自己镇静着，才能安慰她，这是第二层。

　　第二、这种消息，看来瞒不过徽因。万一不幸，消息若确，我也无法用别的话解劝她，但你可以将我的话告诉她：我和林叔叔的关系，她是知道的，林叔的女儿，就是我的女儿，何况更加以你们两个的关系。我从今以后，把她和思庄一样看待，在无可慰藉之中，我愿意她领受我这十二分的同情，度过她目前的苦境。她要鼓起勇气，发挥她的天才，完成她的学问，将来和你共同努力，替中国艺术界有点贡献，才不愧为林叔叔的好孩子。这些话你要用尽你的力量来开解她。

　　林徽因看了这封信，心上依然坠着那块沉甸甸的石头。实际上，自从她赴美留学那天开始，她就在为父亲担惊受怕。这种情绪伴随着林徽因的成长，年纪越大，这片乌云就压得越低，简直快让她成了惊弓之鸟。

　　小的时候，林徽因是不怎么喜欢父亲的，或者说，她不喜欢和父亲聚少离多的那种相处方式。父亲永远在自己看不见的地方忙忙碌碌。家里有这么大的宅子，生活处处安逸方便，父亲为什么不爱留在家中呢？小徽因对祖父提出过疑问，林孝恂摇头叹气，说："名教叛徒，你爹是名教叛徒啊！"等林徽因长大后才知道，那一年（1901年），林长民从早稻田大学政治经济专业毕业回国，清政府为了笼络留学生，特别开设廷试考核他们，通过者便可获得进士。林长民拒绝参加廷试，以致林孝恂大动肝火。

　　在徽因幼小的记忆中，父亲经常带她去大嘉山南麓拜谒南宋爱国将领李纲墓，父亲教她背诵的第一首诗，是文天祥《过零丁洋》中的诗句："人生自古谁无死，留取丹心照汗青。"并且随着年岁的增长，林徽因也从父亲那里明白了什么叫"君子有所为，有所不为"。林长民为了自己的政治理想，并非只是参与，也有不断的拒绝。拒绝参加廷试只是一个开端罢了。

　　虽然林长民没有参加廷试，但已在留学界享有名望，得不少督抚垂青。林长民回到家乡担任福建省谘议局书记长兼福建官立法政学堂教务长，创办福建私立法政学堂。后来，这所学堂发展为福建学院、福建大学，培养出不少人才。

1911年武昌起义爆发后，林长民出任中华民国临时参议院议员，参与制定《临时约法》，后又被推为临时参议院秘书长、众议院秘书长。

袁世凯窃取辛亥革命果实成为大总统后，1912年8月，同盟会改组为国民党。1913年5月，林长民、汤化龙、刘崇佑等人创立的民主党与共和党合并为进步党，拥戴梁启超为党魁，林长民为政治部长。进步党在国会中的势力仅在国民党之下。袁世凯与国民党决裂后，极力拉拢进步党和林长民。林长民敏锐地预判到袁世凯复辟帝制的企图，毅然离去。

后来，林长民入阁段祺瑞政府担任司法总长，梁启超担任财政总长。不久后，拥护袁世凯复辟的军阀张镇芳为逃避治罪，用十万巨款贿赂林长民，希望特赦。林断然拒绝，并由此拒绝一切说客，辞去官职。事后林长民治了一枚闲章，曰"三月司寇"，意为当了三个月的司法总长。

1918年第一次世界大战结束，外交总长陆徵祥奉派出席巴黎和会。时任总统的徐世昌为此特设外交委员会，聘林长民为委员会委员兼事务主任。10月，人在巴黎的梁启超致电林长民，日本将继德国仍享有霸占青岛的特权。林长民连夜撰写短文《外交警报警告国民》，发表于5月2日北京《晨报》，疾呼"胶州亡矣！山东亡矣！国不国矣"。这篇文章成为导火索，全国同胞的激愤被点燃了。三天后就爆发了划时代的"五四运动"。与上次拒绝受贿一样，林长民再次辞官，当月25日便卸任外交委员会委员，在职5个月。

1920年，林长民携长女林徽因以国际联盟同志会成员的名义前往欧洲游历。

林徽因在英国上学时，林长民还给她讲起自己的政治抱负，他谈起在上海与汤化龙、张嘉森组建"共和建设讨论会"，后组成民主党；他谈起与梁启超一起，组织"宪法研究会"，总是眉飞色舞，仿佛又回到那叱咤风云的年代。只是在谈

起他在段祺瑞政府当了 5 个月的司法总长时，却感慨万端，心中似有不平块垒，他怅然自己的政治抱负无法得以实现。他曾对徽因说过："爸这条潜龙，迟早有一天还要飞到空中去，只是需要一个风云际会的时机。"

1921 年，林长民回国后立即与梁启超、蔡元培一道向政府建议恢复国会，制定宪法。总统黎元洪采纳了这一建议，并任命林长民为宪法起草委员会委员长。1923 年 10 月，林长民主持制定的宪法刚刚由小组会三读通过，直系军阀曹锟以每张选票五千元的高价贿选总统，林长民断然拒绝。曹锟贿选成功，登上大总统宝座，林长民被迫避祸天津，生活窘困，不得已靠卖字维持生计。但他并无怨尤，更不后悔，自题打油诗曰："去年不卖票，今年来卖字。同以笔墨换金钱，遑问昨非与今是。"

彼时林徽因早已懂事，她深深明白父亲是为什么而坚持，又是为什么而放弃。在父亲心目中，宪法的制定和实施是救国的唯一出路。有一线希望，便要孜孜以求。

1924 年，段祺瑞重掌北京政权，林长民再次受命担任宪法起草委员会委员长，并终于主持起草了一部宪法，最大限度地反映了他的政治观点。这是他一生中最后一次主持制定宪法。他厌烦了动荡的局势，这部宪法实际上是自己从政生涯的一个了结。他告诉女儿，第二年他将"谢绝俗缘，亲自教课膝前子女"，回复"书生逸士的生涯"。

然而，宪法草案刚一提交给政府，1924 年 10 月 18 日，冯玉祥发动"北京政变"，段的统治被推翻，其亲信亦遭到搜捕。林长民处境十分凶险。恰在此时林长民接到奉军将领郭松龄的邀请密函，后者深受少帅张学良信任，手握奉军精锐部队，他看不惯张作霖和日本人勾结，遂决定自立门户。为网罗政治人才，郭通过各种途径向林长民发出邀请。为表诚意和迫切，他不等林长民应承，就派出专列在京恭候三天。

林长民一番犹豫之后接受了邀请。1925 年 11 月 30 日午夜，林长民乘坐专列离开北京。在他还未抵达东北时，郭松龄已在滦州起兵，并将所部队伍改名为"东北国民军"。郭松龄这期间发出了一些脍炙人口的电文，皆出自林长民之手。最初东北国民军进军顺利，后来因为日本关东军暗中破坏，加上内部回归奉军旧部的阻挠，内忧外患的夹击，局势急转直下。

林徽因战战兢兢地关注着大洋彼岸的局势，郭松龄兵败的消息一传来，她就有了不祥的预感，紧接着是林长民死于流弹的传言。徽因咬紧牙关让自己镇静，

一遍遍祈祷着奇迹发生，希望父亲平平安安回家，从此远离乱世，永不涉足混乱的梦魇一般的政坛。

所谓奇迹，就是十之八九实现不了的期望。消息终于来了，却是兜头泼下的冷水：

> 初二晨，得续电又复绝望。昨晚彼中脱难之人，到京面述情形，希望全绝，今日已发表了。遭难情形，我也不必详报，只报告两句话：（一）系中流弹而死，死时当无大痛苦。（二）遗骸已被焚烧，无从运回了。……徽因的娘，除自己悲痛外，最挂念的是徽因要急煞。我告诉她，我已经有很长的信给你们了。徽因好孩子，谅来还能信我的话。

> 我问她还有什么话要我转告徽因没有？她说："没有，只有盼望徽因安命，自己保养身体，此时不必回国。"我的话前两封信都已说过了，现在也没有别的话说，只要你认真解慰便好了。

如果说李夫人的病逝对梁思成来说，就像天空永远塌陷了一角；与父亲永诀，对林徽因来讲，是整个天空的轰然倒塌。

不久，林徽因也接到了叔叔林天民的信和寄来的报纸。她从《京报》《益世报》《大公报》《盛京时报》等报刊上知道了父亲亡故的详细经过。东北国民军全线失守后，郭松龄遂宣告他率一部突围，同夫人韩淑秀、幕僚饶汉祥、林长民及卫队乘马车向锦州方向奔逃，在行至新民县西南四十五里苏家窝棚时，被穆春师、王永清骑兵追上，郭松龄带领卫队进入村中，凭借村舍进行抵抗，卫队死伤过半，林长民被流弹击中，后来又被认为是日本人而焚烧了尸体，死于沈阳西南新民屯。

郭松龄夫妇藏于民家菜窖中，后被搜出押往辽中县老达镇，25日被押至距老达镇五里许的地方枪杀。

林徽因放下手中的报纸，已是泣不成声。

林长民一生两袖清风，家中积蓄不多，遭此变故，林家定是大乱。林徽因挂念着母亲和弟妹，也没有太多时间悲哀，只急着回国。但梁启超频频电函劝阻，说是福建匪祸迭起，交通阻隔，容易出意外。林徽因就想回国考清华官费或者休学一年在美国打工，解决留美经费问题，又被准公公阻止。梁启超写信给梁思成："徽因留学总要以和你同时归国为度。学费不成问题，只算我多一个女儿在外留学便了。"

当时梁家的经济也不宽裕，梁启超准备动用股票利息救急。虽然林徽因尚未过门，但梁启超早已把她看作梁家的一员，对徽因多了一份舐犊之情。同时，他也尽心照料林家老小。梁启超写信给朋友说："彼身后不名一文，孀稚满堂，饘粥且无以给，非借赈金稍微接济，势且立濒冻馁。"梁启超为此四处奔波筹集赈金，筹建"抚养遗族评议会"为林家集资。虽然因为集资有限，评议会不了了之，但毕竟耗费了大量心力，实属难能可贵。

林长民去了，殉了自己的道——宪政。而女儿林徽因，一夜长大。

这个林徽因生命中最重要的男人，用他的死给她上了与众不同的最后一课。追求理想必将付出代价，这代价可能是旁人的非议、攻击，亦可能是自己的性命。林长民生前不曾为己辩解，死后，林徽因也没有为父亲申诉半句。因为，任何人不可能像女儿那样了解自己的父亲。林徽因以一个平辈人的身份理解着林长民，理解他的坚持，懂得他的放弃，亦懂得他的"圆滑"，懂得他的选择。这样足矣。

不带走一片云彩

梁实秋眼中的徐志摩，太单纯，以为理想可以托住他飞在云端，但最终在现实中折了翅膀。当初飞得多高，最后便跌得多痛。今时今日，有关他的一切爱和恨，围绕于他身边的众多形象，都被嵌进了"民国"这一相框，安放于各自的位置。只是无论何时，赤子般纯情的理想，哪怕实现的方式再不现实，也总能从时代烟尘中透出光亮来。

林徽因在香山休养半年之后，身体基本复原。下山那天，徐志摩、沈从文、温源宁等陪了梁思成去接她。并在北京图书馆办了一桌宴席，给林徽因接风。见徽因神采飞扬，无丝毫病容，徐志摩十分高兴。但当徽因问他近况，却只听得一声长叹。

徐志摩最近颇不顺遂，前段时间母亲去世，父亲徐申言与儿子撕破了脸，也没有允许陆小曼戴孝。在北平，他只身住在米粮库胡同四号胡适的家中，也多亏了胡大哥和江冬秀的照应。他在两所大学讲课，月薪差不多有600元，仍然不够陆小曼挥霍。徐志摩为了赚更多家用，疲于奔命，身体也不好了，不是感冒就是闹肚子。只顾着挣钱，一些朋友也疏远了。当时，陆小曼在上海开支不够，正巧徐志摩的朋友蒋百里要卖掉一间大屋，让他来上海在契约上签个字，做个中介，可以分得一笔"中佣钱"贴补家用。这些斯文扫地的铜臭俗事，怎么好跟林徽因提起呢。

宴席结束的时候，一群朋友拉上他们去看京戏，徐志摩对林徽因说："过几天我回上海一趟，如果走前没有时间再来看你，今天就算给你辞行了。"

林徽因说："11月19日晚上，我在协和小礼堂，给外国使节讲中国建筑艺术。"

"那太好了，"徐志摩高兴地说，"我一定如期赶回来，做你的忠实听众。"

11月19日晚上，协和小礼堂灯火通明，座无虚席。十几个国家的驻华使节和专业人员济济一堂，听林徽因开设的中国古典建筑美学讲座。林徽因身着珍珠白色毛衣、深咖啡色呢裙款款走上讲台。在场的人纷纷惊叹起这位中国第一代女建筑学家的年轻和美丽。

林徽因上台后，下意识地环视了一下全场，没有看到那张期待中的面孔。上午她曾接到徐志摩由南京打来的电报，讲他将搭乘"济南"号飞机到北平，下午

3 点派辆汽车到南苑机场去接他。梁思成租了一辆汽车去南苑机场，结果等到 4
点半，人仍未到，汽车只好又开了回来。来协和礼堂之前，她跟梁思成说："志
摩这人向来不失信，他说要赶回来听我的讲座，一定会来的。"

11 月 11 日，徐志摩回到上海，一进家就和陆小曼吵了一架。这次回来，他
给小曼带来不少画册、字帖、宣纸、笔墨，满心指望小曼能够改掉恶习，沉浸在
艺术氛围中，造就一番事业，没想到小曼一如故我。志摩不想把关系弄僵，只好
探访故友，消愁解闷。

第二天早晨，徐志摩去拜访好友刘海粟，中午在罗隆基家吃了午餐。15 日，
他的学生何家槐又来看他，两人兴奋地谈了一天。因他一心想着赶回北平，听林
徽因的讲座，感到无论如何也要在 17 日离开上海。

徐志摩临走前，陆小曼问他："你准备怎么走呢？"

"坐车。"徐志摩回答。

陆小曼说："你到南京还要看朋友，怕 19 日赶不到北平。"

徐志摩说："如果实在来不及，我就只好坐飞机了。"

陆小曼央求道："不要坐飞机罢。坐火车，权当省费用。"

"你知道我多么喜欢飞啊，你看人家雪莱，死得多么风流。"

其实小曼不知道，坐飞机反而比坐火车省钱。徐志摩的朋友保君健在航空公
司当财务主任，常常给他免费机票。

"你不要瞎说。"小曼不知怎的有点害怕。

"你怕我死吗？"

"怕什么！你死了大不了我做风流寡妇。"

18 日凌晨，徐志摩提着箱子匆匆出门了。他要乘早车到南京去。

在火车上，徐志摩买了一张报纸，报纸上正好登载着北平戒严的消息。他担心赶不上林徽因的演讲，又因为张学良在南京，便决定也许可以搭乘他的"福特"专机去北平。于是下车后他先到张歆海家去问情况。

当徐志摩赶到张歆海家时，张歆海夫妇和朋友到明孝陵灵谷寺去玩了。于是他便去金陵咖啡馆吃茶，然后到在硖石长大的同窗好友何竞武家闲坐。何竞武跟他说，张学良现在还在北平，他的飞机一时半会儿到不了南京。徐志摩着急了，手伸进衣兜里，突然触到一张硬纸片，他这才想起原来手上还有一张保君健送他的免费机票。他说："我明天搭乘邮件飞机，当天准能赶到北平。"

何竞武说："邮件飞机明早八点起飞，我家离飞机场很近，今晚你就睡在这里吧。"

晚上九点钟，徐志摩又去了张歆海家一趟。等到十点多夫妇二人回来了，老朋友们开心地拥抱问候。韩湘眉注意到徐志摩穿着一件又短又小、腰间破着一个洞的西装裤子，徐志摩转过来转过去想寻一根腰带，引得大家大笑，他自我解嘲地说，那是临行仓促中不管好歹抓来穿上的。又说了一阵笑话，韩湘眉忽然问："Suppose Something Happens Tomorrow（明天或许有事发生）？"

徐志摩伸出手，笑说："我的生命线可长呢！"

韩湘眉又说："志摩，说正经话，总是当心一点好，驾机的是中国人，还是外国人？"

"不知道，没关系，I always want to fly（我总想飞）。"徐志摩不在意地回答。

韩湘眉又问："你这次乘飞机，小曼说什么没有？"

"她说我要出了事，她做风流寡妇！"

"All widows are dissolute（寡妇都风流）." 杨杏佛打趣说。

老友们都被逗笑了。他们谈论着朋友，谈起国事和文化界的轶事，谈起徐志摩在北平的生活，一直到深夜才依依惜别。

11 月 19 日上午 8 点之前，徐志摩同何竞武一起吃过早点，又拍了封简短的电报给林徽因，便登上了由南京飞往北平的"济南"号飞机。这是一架司汀逊式 6 座单叶 9 汽缸飞机，1929 年由宁沪航空公司管理处从美国购入，马力 350 匹，速度每小时 90 英里，在两个月前刚刚换了新机器。飞机师王贯一是个文学爱好者，徐志摩搭乘他的飞机，他非常高兴，说："早就仰慕徐先生大名，这回咱们可有机会在路上好好聊一聊了。"

副机师叫梁壁堂，他跟王贯一都是 36 岁，与徐志摩同龄。

飞机起飞时，蓝天白云，一派万里晴空。看样子是个好兆头。徐志摩感到惬意。他特别喜欢坐飞机，飞在空中，他觉得自己像挂在夜空中闪亮的星星一样。不再是一个地球上的凡人，万物众生，悲欢离合都是那么的渺小。在这样的时刻，灵魂能飞离闹市，飞过高山大湖，就像徐志摩在《想飞》中写的那样：

是人没有不想飞的，老是在这地面上爬着够多厌烦，不说别的。飞出这圈子，飞出这圈子！到云端里去，到云端里去！哪个心里不成天千百遍的这么想？飞上天空去浮着，看地球这弹丸在太空里滚着，从陆地看到海，从海再看回陆地。凌空去看一个明白——这才是做人的趣味，做人的权威，做人的交代。这皮囊要是太重挪不动，就掷了它，可能的话，飞出这圈子，飞出这圈子！

10 点 10 分，飞机降落在徐州机场。徐志摩忽然感到疼得厉害，他在机场写了封信给陆小曼，不拟再飞。10 点 20 分，飞机又将起飞，他看看天气晴朗，心想再坚持一下，便能赶到北平，如约去听林徽因的讲座，他又转身钻进了机舱。

11 月 19 日，林徽因直到演讲结束也没有等到徐志摩。回到家中，梁思成告诉她徐志摩未回到北平。他已给胡适打过电话，胡适也很着急，他也怀疑途中有变故。

1931 年 11 月 20 日《北京晨报》刊发了一条消息：

京平北上机肇祸，昨在济南坠落！

机身全焚，乘客司机均烧死，天雨雾大误触开山。

济南十九日专电：十九日午后二时，中国航空公司飞机由京飞平，飞行至济南城南三十里党家庄，因天雨雾大，误触开山山顶，当即坠落山下。本报记者亲往调查，见机身全焚毁，仅余空架。乘客一人、司机二人全被烧死，血肉焦黑，莫可辨认。邮件被焚后，邮票灰仿佛可见，惨状不忍睹……

林徽因和梁思成赶到胡适家中，胡适声音嘶哑地说："我这就到中国航空公司去一趟，请他们发电问问南京公司，看是不是志摩搭乘的飞机出事了。"

中午时，张奚若、陈雪屏、孙大雨、钱端升、张慰慈、饶孟侃等人都来到胡适家中打听情况，电话铃声响个不停。胡适回来了。他带来的消息打碎了大伙儿最后一丝侥幸。南京公司已回电，证实出事的是徐志摩搭乘的"济南"号飞机，南京公司今天早晨已派美籍飞行师安利生赶往出事地点，调查事实真相。

林徽因被钉在椅子上，全身的血液从头顶倾泻到脚底，又从脚底倒灌回天灵盖。她两眼一黑，失掉了知觉。醒来之后，她感觉眼前是一团闪动的火光，脑中翻搅着徐志摩的《想飞》中的那几句话："同时天上那一点子黑的已经迫近在我的头顶，形成了一架鸟形的机器，忽的机沿一侧，一球光直往下注，砰的一声炸响——炸碎了我在飞行中的幻想，青天里平添了几堆破碎的浮云。"

是早有预感吗？预感到自己会这般幻灭，不声不响，连一个招呼都不打地走了？

下午，《北京晨报》又发布了一篇号外：

《诗人徐志摩惨祸》济南二十日五时四十分本报专电：京平航空驻济办事所主任朱凤藻，二十日派机械员白相臣赴党家庄开山，将遇难飞机师王贯一、机械员梁壁堂、乘客徐志摩三人尸体洗净，运至党家庄，函省府拨车一辆运济，以便入棺后运平，至烧毁飞机为济南号，即由党家庄运京，徐为中国著名文学家，其友人胡适由北平来电托教育厅长何思源代办善后，但何在京出席四全会未回。

雨滴冷冷的，敲打在福缘庵的青瓦上，零星地唱着挽歌。这座小庵原来是个卖窑器的店铺，院子里堆放着大大小小的坛坛罐罐。徐志摩的遗体就放在庵内入门左边贴墙的一侧。负责整理遗容的是济南中国银行工作的一位姓陈的办事人。徐志摩穿着当地传统的蓝色的绸布长袍，上罩一件黑马褂，头戴红顶黑绸小帽。左额角一个李子大小的洞露了出来，这是他的致命伤。他的眼睛微微张开，鼻子略微发肿，门牙已脱落，静静地躺着。这是那个为爱、为理想燃烧灵魂，永远渴望自由飞翔的诗人徐志摩。

梁思成、金岳霖、张奚若3人，11月22日上午9时半赶到济南，在齐鲁大学会同乘夜车到济的沈从文、闻一多、梁实秋、赵太侔等人，一起赶到福缘庵。梁思成带来一个希腊风格的小花环，这是林徽因亲手编织的，徐志摩的照片嵌在中间。照片上是徐志摩年轻的面孔，一双明亮的眼睛好像随时要诉说着情怀。人生渺茫，人如沧海一粟，只能在命运的波浪中摇摆，不知何时才能靠岸。而这场凄风苦雨，更让人感到无限悲凉。

下午5时，徐志摩的长子徐积锴和张幼仪的哥哥张嘉铸，从上海赶到济南，朱经农夫妇也来了。晚8时半，灵柩装上了一辆敞篷车，将由徐积锴、张嘉铸、郭有守等人，护送回沪。徐志摩的灵柩运到上海万国殡仪馆，上海文艺界在静安寺设奠，举行追悼仪式。前来吊唁的人络绎不绝，大多是青年学生，他们排着队来瞻仰这位中国的拜伦。

北平的公祭设在北大二院大礼堂，由林徽因主持安排，胡适、周作人、杨振声等到会致哀。文化界的名人、故交纷纷题写挽联、挽诗和祭文。

蔡元培题挽联曰：谈话是诗，举动是诗，毕生行径都是诗，诗的意味渗透了，随遇自有乐土。乘船可死，驱车可死，斗室生卧也可死，死于飞机偶然者，不必视为畏途。这大概算是对徐志摩一生最好的概括。

徐志摩去世以后，林徽因卧室中央墙上多了一块焦黑的飞机残骸。这是梁思成捡来的。他按照林徽因的嘱托，从事故现场捡来了这块"济南"号飞机残骸的一块小木板。这是徐志摩留给林徽因最后的念想。

朋友们都爱徐志摩，因着他的单纯、浪漫的理想。在那样一个纷乱的年代，他的浪漫和理想带给世人一个关于爱、自由、信仰的美梦。他的朋友们用各种各样的方式纪念他，称颂他，但就是这样一群朋友，在陆小曼说想要收集徐志摩的作品出版时，竟没有人愿意帮她。他们不回应，不是因为他们不爱徐志摩，或许仅仅是因为发起人是陆小曼。

朋友中的很多人都认为徐志摩的死和陆小曼脱不了干系。陆小曼的挥霍无度和任性令徐志摩的生活和精神状态都陷入危机，他不得不在北京上海乘飞机两地奔波，最终横死于飞机失事。所以陆小曼在徐志摩死后遭受到冷眼和指责。这样的女人要给徐志摩出文集，朋友们解不开心中的芥蒂。甚至，徐志摩的乡亲们也没有原谅陆小曼，他们不让她和自己的丈夫合葬。最终，她的一生光艳风流沉寂在苏州，与埋在硖石的徐志摩离得很远。

再别康桥

轻轻的我走了，
正如我轻轻的来；
我轻轻的招手，
作别西天的云彩。

那河畔的金柳，
是夕阳中的新娘；
波光里的艳影，
在我的心头荡漾。

软泥上的青荇，
油油的在水底招摇：
在康河的柔波里，
我甘心做一条水草！

那榆荫下的一潭，
不是清泉，是天上的虹
揉碎在浮藻间，
沉淀着彩虹似的梦。

寻梦？撑一支长篙，
向青草更青处漫溯，
满载一船星辉，
在星辉斑斓里放歌。

但我不能放歌，
悄悄是别离的笙箫；
夏虫也为我沉默，
沉默是今晚的康桥！

悄悄的我走了，
正如我悄悄的来；
我挥一挥衣袖，
不带走一片云彩。

徐志摩写下这首《再别康桥》，几年后，他真的如诗中所写，挥一挥衣袖，不带走一片云彩。并非所有人都相信命运，只是人生之不测，有时让人连分秒的挣扎都无从。人生有太多意外是我们无法预测、无力把握的，无法占卜未来，就只有默默承受苦楚。

不喜欢林徽因的人，因徐志摩的死，又多了一条罪名给她。倘若不参加她的演讲，又怎会发生这样的意外？也有更多的人，愿意把徐志摩的死当作一场惊心动魄纵身情海的殉身。仿佛只有这样，才足够回报他一生的多情，为他浪漫诗意的一生留下深情的绝笔。

徐志摩的一生，热烈而短暂，也似乎正应了那句天妒英才。三十多岁，留几段感情给后人评说，创一个文学流派供世人景仰，但他的墓碑上只刻着"诗人徐志摩"。诗人，是徐志摩一生的理想和全部的热情的灵魂所在，无须更多的解释，短短五字，已经给他的一生做了最浪漫的注脚。

飞往天堂的战机

为了躲避战火，1937 年 8 月，林徽因一家离开北平前往天津，后辗转至昆明。林徽因就是在这里多了几个"弟弟"。她和这群"弟弟"的结识也颇具戏剧性。

从长沙前往昆明时，车行至湖南与贵州交界处的晃县，林徽因忽然得了肺炎，高烧不退，梁思成左扶着虚弱的妻子，右搀着岳母，还要照应着 9 岁的女儿和 6 岁的儿子，忙乱不堪，急需一个小旅馆安顿休整。但他们踏着泥泞走了几条街，也没能找到一个床位。好几班旅客滞留在这里，所有的旅馆都满员了。

林徽因烧到四十度，直打寒战，走到一间茶馆再也走不动了。但是茶馆老板嫌占了他的地方，又怕晦气，连打个地铺都不准，连连赶他们走。梁思成急得一个头两个大，小儿子又困又乏，已经倒在行李上睡着了。

正在梁思成困兽一样团团转的时候，一阵优雅的小提琴声隐约飘入耳际。梁思成差点以为自己着急得幻听了，在这个偏僻之地，谁会演奏这么高雅的乐器呢？他侧耳细听，这次听清楚了，真的是小提琴！这拉琴的定是来自大城市，受过高等教育的文化人。也许他会发发善心帮他们一把也说不定。

梁思成怀抱着最后的希望，冒雨循着琴音，贸然敲开了传出琴声的旅馆的房门。优美的演奏戛然而止，梁思成惊讶地看着眼前一群穿着空军学员制服的年轻

人，一双双明亮的眼睛正流露着疑问的神色。梁思成硬着头皮说明了来意。青年们出乎意料地热情，立刻给他们腾出一个房间。交谈之下梁思成知道了他们二十来号人是中国空军杭州笕桥航校第七期的学员。在往昆明撤退的途中被阻在晃县，已经好几天了。

等林徽因一家子在昆明安顿下来后，这些意外结识的古道热肠的飞行学员也成了朋友聚会的座上宾。而且，作为航空学校第十期学员的林恒也奉命撤往昆明。这些年轻人在昆明都没什么亲戚，热心健谈的林徽因在他们看来就像姐姐一样。他们向她讲德国教官严酷的训练方式，倾诉他们对沦陷区的亲友的思念，分享在西南联大交到女友的快乐。

航校毕业的时间到了，梁思成和林徽因收到了一张请柬。这些学生的家人都在沦陷区，第七期毕业的飞行员的家长没有一个在昆明，因此校方邀请两人做他们的名誉家长，参加"孩子们"的毕业典礼。

那一天，夫妇俩早早就到了学校。梁思成坐在主席台上致辞，然后颁发了毕业证书，毕业生们还驾着战机做了飞行表演。林徽因看着这一张张兴奋年轻的面孔，默默地祈祷着，祈求战争永远不要带走她的弟弟们，这些鲜活的热情的生命。

然而祈祷是没有用的，战争的残酷不会饶过善良的人们。从1940年，梁思成和林徽因成为这些学员的"名誉家长"以来，噩耗就像商量好了似的接踵而至。参加完毕业典礼，作为"家长"的梁氏夫妇等来的不是胜利的捷报，而是接二连三的阵亡通知书。

那位在雨夜拉小提琴的男孩叫黄栋全，可以说是林徽因的救命恩人了。他是学员中牺牲较早的一位，阵亡在昆明的战斗中。黄栋全死得特别惨，被击落后，尸体都找不全，梁思成去一块骨头一块肉地寻找拼凑尸体。他是名誉家长，学员一牺牲，阵亡通知书就都寄到家里去了。一封一封的阵亡通知书压得梁家人喘不

过气。他们还未来得及为上一个"孩子"多洒几滴眼泪，后面的死讯又劈了下来。他们的心碎了又碎，直到成为粉末。

除了心碎，更多的是愤怒、屈辱和焦虑。因为，这些年轻的生命根本就是懦弱无能的政府的陪葬。当时国内的空军装备严重落后，远不能和日本侵略者相抗衡。空军作战使用的主要还是20世纪初的古董，一种帆布蒙皮，敞着驾驶舱的双翼战机，飞行员称这种飞机为"老道格拉斯"，又笨又慢，火力也很弱，和日军的飞机性能天差地别。空战中高度是制胜点，日军战机能一下子拉高，"老道格拉斯"就只能一圈一圈往上爬。如果侥幸占了优势而一次俯冲射击不中的话，就很难再有攻击机会，只能等着挨打。可悲的是，即使是这样，一些后勤部门的官员居然发国难财，盗卖零件汽油，使地勤工作全无保证，飞机经常出故障。

淞沪抗战爆发以来，中国空军能参战的飞机已经所剩无几，飞行员甚至只能驾驶由民用飞机改装的战机，许多年轻的飞行员还来不及还击敌人就献出了生命。据说那时候空军由航校毕业到战死，通常寿命只有半年。

林徽因的飞行员弟弟中，最后一个牺牲的是林耀（林恒阵亡于1941年3月）。1943年的一个黄昏，死亡通知书飞进了林家，林耀在衡阳保卫战中被敌机击落。由于中国军队仓促撤退，他的飞机和遗体都没能找到。一个那么明亮鲜活的生命，就这样消失了，就像从未来过。林徽因在病榻上翻看着这些孩子的遗照和日记，度过一个个被泪水浸透的漫漫长夜。

因为林徽因一家和这群飞行员特殊的情谊，每年的七七事变纪念日中午十二点，梁思成都要带领全家，在饭桌旁起立默哀三分钟，悼念所有认识和素不相识的抗日英魂。这三分钟是全家最肃穆的时刻。多年后，林徽因的儿子梁从诫数次写文章，专门回忆和悼念这几位飞行员烈士。

哭三弟恒

　　1941年3月，林徽因弟弟林恒阵亡于成都。那天，由于后方防空警戒系统的无能，大批敌机已经飞临成都上空，我军仅有的几架驱逐机才得到命令，仓促起飞应战。林恒驾驶的飞机刚刚飞离跑道，还未来得及拉起来就被日军击落在离跑道尽头只有几百米的地方。他没能参加一次正式的战斗，就献出了自己年轻的生命。

　　当时，林徽因正是重病，梁思成匆匆从重庆赶到成都收殓了林恒的遗体，掩埋于一处无名墓地。一套军礼服，一把刻有蒋介石名字的毕业纪念佩剑，这就是林恒全部的遗物。梁思成把东西包在一个黑色包袱里带回了李庄。病弱的林徽因默默地咽着这杯苦酒。

　　三年后，林徽因的最后一个飞行员弟弟战死。日夜的祈祷，换来的竟是阵亡通知书。

　　山雨滂沱。是老天在恸哭这些无辜的生命吗？

　　林徽因坐在窗前，凝视着在雨中颤抖的夜晚。闪电在空中挥舞着猩红的血光，整个世界在恐怖的夜雨中睡得平稳而安详。

　　一首长诗刚刚写罢，这是一首写给三弟林恒的诗。

　　悲伤到深处，一切华丽的语言都是虚无，只有悲痛和呐喊力透纸背。这声声呼喊不仅是为了自己至亲的弟弟（他已经去世三周年了），也是为了航校那八个，不，是无数个年轻蓬勃的早早凋零的生命！

> 弟弟，我没有适合时代的语言
> 来哀悼你的死；
> 它是时代向你的要求，
> 简单的，你给了。
> 这冷酷简单的壮烈是时代的诗
> 这沉默的光荣是你。
> 假使在这不可免的真实上
> 多给了悲哀，我想呼喊，

那是——你自己也明了——
因为你走得太早，
太早了，弟弟，难为你的勇敢，
机械的落伍，你的机会太惨！
三年了，你阵亡在成都上空，
这三年的时间所做成的不同，
如果我向你说来，你别悲伤，
因为多半不是我们老国，
而是他人在时代中辗动，
我们灵魂流血，炸成了窟窿。
我们已有了盟友，物资同军火，
正是你所曾经希望过。
我记得，记得当时我怎样同你
讨论又讨论，点算又点算，
每一天你是那样耐性的等着，
每天却空的过去，慢得像骆驼！
现在驱逐机已非当日你最理想
驾驶的"老鹰式七五"那样——

那样笨，那样慢，啊，弟弟不要伤心，
你已做到你们所能做的，
别说是谁误了你，是时代无法衡量，
中国还要上前，黑夜在等天亮。
弟弟，我已用掉这许多不美丽言语
算是诗来追悼你，
要相信我的心多苦，喉咙多哑，
你永不会回来了，我知道，
青年的热血作了科学的代替；
中国的悲怆永沉在我的心底。
啊，你别难过，难过了我给不出安慰。
我曾每日那样想过了几回：
你已给了你所有的，同你去的弟兄
也是一样，献出你们的生命；
已有的年轻一切，将来还有的机会，
可能的壮年工作，老年智慧；
可能的情爱，家庭，儿女，及那所有

生的权利，喜悦；及生的纠纷！

你们给的真多，都为了谁？你相信

今后中国多少人的幸福要在

你的前头，比自己要紧；那不朽

中国的历史，还需要在世上永久。

你相信，你也做了，最后一切你交出。

我既完全明白了，为何我还为着你哭？

只因你是个孩子却没有留什么给自己，

小时我盼着你的幸福，战时你的安全，

今天你没有儿女牵挂需要抚恤同安慰，

而万千国人像已忘掉，你死是为了谁！

这是 1944 年凄冷的秋，三弟已经逝去整三年了。时间这个万能的医生，也有治愈不了的伤口。三年了，一切历历在目，新鲜如初的伤，不经意一碰，就会鲜血奔涌。

那天梁思成自重庆回来，面如土色。林徽因注视着丈夫欲言又止的表情，就知道不用问什么了。他们已有 3 个月未收到林恒的信，一颗心被吊着，现在啪的一声掉下来摔个粉碎，是不是也是一种解脱？3 个月来，孩子们日日望着天空发愣，不知道哪一朵云上有舅舅驾驶战斗机的英姿。一种不祥的预感罩住了林徽因，父亲去世时，这种令人坐立难安的心绪每天缠绕着她，这感觉很熟悉，代表着希望的破灭的不幸的消息。她徒劳地祈祷着，何雪媛也似乎预感到什么，每天的话题都离不开林恒，还偷偷去庙里烧香为儿子祈福。

当看到林恒的遗物时，何雪媛昏倒了，孩子们哭作一团。而林徽因早已流干了眼泪。

林恒阵亡的时候才 23 岁，还是个大孩子。在姐姐的记忆里，他还是那个夏天长了一头痱子，哭起来惊天动地，闹得全家人彻夜难眠的小不点，还是那个经常把自己的名字写反，父亲来信说该打的小淘气。林徽因也不能忘弟弟刚刚毕业回家辞行，兴奋地说，自己要成空军上尉了，多么年轻的空军上尉呀！他稚气未脱的脸，好像还在眼前晃呢。

林徽因的目光穿过黑沉沉的雨雾，好像看到弟弟驾驶着他的"老鹰七五式"冲上云霄，舷窗外是燃烧着的彩云，整个天空在雷与火之中翻滚着。机翼下面是一座安然的城市，人们忙着自己的琐事，对外界的一切毫不知晓。而年轻的飞行员只听到云的嘶吼，敌机机身上火红的"太阳"，刺痛了他的眼睛。

这架飞机太老了，又那么笨，每一位飞行员都抱怨过自己的座驾。学生们聚在一起，谈论的话题总离不了飞机，人人都幻想着自己有一架威风灵敏的战斗机，

驾着它去捍卫国家的尊严。林徽因有时会在一边看，看他们用模型比画着，设想了各种各样的战斗场面，还会被弟弟们拉去做参谋。那房间里的"空战"像游戏一样轻松，可他们是那么认真。在他们看来，那也许就是真正的短兵相接，尽管死亡还很遥远。

林家的孩子，从童年就读懂了死亡，读懂了战争。林长民在战争中的遇难好像是一个楔子。办完丧事，三弟把几个兄弟召集到一起，将军一样宣布，要组织童子军，杀到关外去，给爹爹报仇。几个孩子趁着夜色悄悄离开家，被母亲发现哭着给拖了回来。林恒就是从那时候开始变的，原本是兄弟中最活泼的一个，都不怎么爱说话了。他的沉默与 8 岁的年纪是那么不协调。

中学毕业后，林恒想要报考清华机械系，将来实业救国。然而，1935 年 12 月的那场运动彻底改变了他的抉择。走在游行的学生队伍最前面的林恒遭到宪兵的暴打。那天他失踪了，梁思成跑遍北平所有接收受伤学生的医院，林徽因寸步不离地守着电话，直到半夜才有三弟的消息。林徽因把林恒接回家，林恒的伤还没有痊愈就放弃了进清华的设想，转而报考空军学院。弃文从武，家人谁也拦不住他。

大概林恒早就把生命的意义看穿了吧，在他穿上军装以前。

战争爆发后林恒随学院南迁，1939 年夏到达昆明。1940 年春，林恒以优异成绩毕业，在同班 100 多名学生中排名第二。

可是，就是这样一位优秀的学员，还未来得及参加一次像样的战斗，就随着那架笨拙的铁鸟燃烧在满目疮痍的成都。好像什么都没有发生过，没有人听到那声如雷的爆炸声，没有更多人知道在他们头顶上发生或结束过什么。

除了巍巍的峨眉山，除了奔腾的岷江水，谁会记得这个英俊的年轻飞行员的牺牲呢？

战争，原本是让女人走开的，但林徽因却一步步走进了它，战争夺去了她的至亲。

男人和女人

受男人欢迎的女人，很难与女人相处。

这话是绝对了，并非真理，但有证可循。

亦不是嫉妒那么简单。有道是谈笑有鸿儒，往来无白丁。若是让白丁鸿儒共处一室，实在很难融洽地谈天说地。正所谓：道不同，不相为谋。

林徽因的生活就是如此。

北京总布胡同三号，一群优秀的男宾众星捧月，以他们的才智和热忱，成就了一位光彩照人、名满京华的沙龙女主人。

林徽因之所以为林徽因，不是陆小曼，也不是冰心，也许和父亲林长民有关。其他的民国名媛不是没有受到好的教育，亦不乏欧美教育。但她们没有像林徽因这样，少年时代跟随父亲游历，青年时代和未婚夫一道求学。她人生中最重要的成长期都是和优秀的男性在一块儿的。林长民对这个长女的期望，不是做一个温婉贤良的顾家妻子，他期望她像男性一样有独立的职业、独立的见解和独立的精神。而徽因也确实做到了。

人艳如花，又有多方面的才情，直爽甚至急躁的脾性，高傲的眼界。男人有多欣赏林徽因，女人就有多排斥林徽因。

邂　逅

在梁思成、林徽因留下的书信中，与两位朋友的通信和其他人颇有不同。他们不是中国人，来自大洋彼岸的美利坚合众国，却有味道十足的中文名字。他们就是后来成为著名社会学家、汉学家的费正清（费尔班克·约翰·金）和费慰梅（威尔玛）夫妇。

当时，费正清和费慰梅都是刚刚大学毕业的学生，费正清来自南达科他，费慰梅则来自马萨诸塞州的剑桥，这一对如痴如狂喜欢中国的人文历史和艺术的年轻人，就是在那里相遇并相爱的。因为共同的追求，他们到古老的北平结了婚。

在北平东城一座漂亮的四合院里，这一对来自异国的年轻夫妇怀着一腔新奇，过起了老北京人的日子。他们的早餐是胡同口的豆浆油条，挎篮子吆喝"萝卜赛梨"的小贩，也引起他们极大的兴趣。夫妇俩最爱做的一件事儿莫过于坐上人力拉车，串北平的街道和胡同，那种古老的文化氛围，让他们进入了一个古典的东方梦境。

费正清夫妇找了中文老师从头学习中文，神秘的方块字有一种别样的魅力。

课余时间，他们便去紫禁城或香山的佛教寺庙里考察，但对他们更具吸引力的却是北平的门楼和城墙，尽管这大墙内外上演着的一幕幕活剧，对于他们却还是那样陌生。

费正清和费慰梅是在结婚后两个月遇见梁思成夫妇的，四个人的友情维系了一生。晚年的费慰梅回忆起他们相识时的感受说：

当时他们和我们都不曾想到这个友谊今后会持续多年，但它的头一年就把我们都迷住了。他们很年轻，相互倾慕着，同时又很愿回报我们喜欢和他们做伴的感情。徽——他为外国的亲密朋友给自己起的短名——是特别地美丽活泼。思成则比较沉稳些。他既有礼貌而又反应敏捷，偶尔还表现出一种古怪的才智，两人都会两国语言，通晓东西方文化。徽以她滔滔不绝的言语和笑声平衡着她丈夫的拘谨。通过交换美国大学生活的故事，她很快就知道我们夫妇俩都在哈佛念过书，而正清是在牛津大学当研究生时来到北京的。

这两对夫妇的邂逅并不是什么奇遇。他们在一次聚会上认识，并互相吸引，一交谈，才知两家居然是相距不远的近邻，这使他们喜不自胜。

费正清、费慰梅的中文名字就是梁思成夫妇取的。后来抗战时费正清以美国情报局官员身份来华，曾改名字为"范邦国"，梁思成却颇不以为然，说："范邦国这三个字听起来像番邦之国，也像藩子绑票国，而正清乃是象征正直、清朗，又接近 John King 的发音，是个典型的中国名字。"从此，费正清的中文名字就没有变过。

这份上天赐予的新的友谊给林徽因的生活注入了阳光。当时她和梁思成刚刚由沈阳迁回北平，开始在中国营造学社的工作，事业还未走上正轨，又有家务琐事缠身，让本就急性子的林徽因心烦意乱。费慰梅怀念这段日子时记叙道：

那时徽因正在经历着她可能是生平第一次操持家务的苦难，并不是她没有仆人，而是她的家人，包括小女儿、新生的儿子，以及可能是最麻烦的、一个感情上完全依附于她的、头脑同她的双脚一样被裹得紧紧的母亲。中国的传统要求照顾她的母亲、丈夫和孩子们，她是被要求担任家庭"经理"的角色，这些责任要消耗掉她在家里的大部分时间和精力。

费慰梅作为一个来自不同文化环境的女性，对林徽因的感知是深层次的，她在中西方文化的穴结点上，一下子找到了她的中国朋友全部痛苦的症结，费慰梅说：

林徽因当然是过渡一代的一员，对约定俗成的限制是反抗的。她不仅在英国和美国，而且早年在中国读小学时都是受的西方教育。她在国外过的是大学生的自由生活，在沈阳和思成共同设计的也是这种生活。可是此刻在家里一切都像要使她铩羽而归。

她在书桌或画报前没有一刻安宁，可以不受孩子、仆人或母亲的干扰。她实际上是这十个人的囚犯，他们每件事都要找她作决定。当然这部分是她自己的错。在她关心的各种事情当中，对人和他们的问题的关心是压倒一切的。她讨厌在画建筑的草图或者写一首诗的当中被打扰，但是她不仅不抗争，反而把注意力转向解决紧迫的人间问题。

费正清 1946 年回到哈佛历史系教书，专注于学术研究，开创了费正清学派，建立哈佛东亚研究中心，把费氏夫妇深爱的中国文化传播向全世界。回国后，他们的友谊只能靠书信传达。梁家被战争困在李庄时，生活极端拮据，连信纸都只能用剪开的小纸片，邮费也够一家人生活一阵子。即使是这样，他们的联系也没有中断。

1993 年，费慰梅完成书稿《梁思成和林徽因：一对探索中国建筑的伴侣》，1995 年由宾州大学出版，以纪念二人曾在宾夕法尼亚大学求学的渊源。费慰梅于 2002 年 4 月 4 日逝世，享年 92 岁，与林徽因的忌日只差三天。她的名气虽然不如丈夫费正清大，但她对中国艺术的深深热爱，和中国才女林徽因至死不渝的情谊，写下了中美知识分子交流史上的动人诗篇。

至 交

林徽因多才多艺，幽默活泼，人又心直口快，想什么说什么，批评起人来毫不留情面。费慰梅曾经这样形容她的犀利言谈："她的谈话同她的著作一样充满了创造性。话题从诙谐的轶事到敏锐的分析，从明智的忠告到突发的愤怒，从发狂的热情到深刻的蔑视，几乎无所不包。"照理说，这么一个牙尖嘴利的女性，长得再漂亮，恐怕也会让人敬而远之。但林徽因和梁思成却有许多共同的朋友，他们是一生的挚友和知己。

费正清、费慰梅夫妇在这一群朋友中，因为是外国人而有些特殊。但参加了几次聚会，就和大家都成了谈得来的老朋友，他们的中文水平也就在这样的聚会中飞快地提高。

不欢迎费氏夫妇的似乎只有林徽因的母亲和仆人们，老太太总是用一双疑惑的眼睛直盯着这一对黄头发、蓝眼睛的外国人。每当费氏夫妇扣响梁家的门环，开门的仆人总是只把大门打开一道缝，从上到下把他们打量一会儿，然后才把他们放进院子，而老太太却踮着小脚一直把他们追到客厅里，每次都是徽因把她的母亲推着送回她自己的屋里。

有时候林徽因心情不好，费氏夫妇就拉上她去郊外骑马，将城市里的尘嚣远远地隔在灰色的城墙和灰色的心情之外。林徽因很有骑师的天赋，她坐在马背上的身姿看上去棒极了，连号称美利坚骑士的费正清也啧啧称赞。因为经常去骑马，林徽因索性买了一对马鞍、一套马裤，穿上这身装束，她俨然成了一位英姿勃发的巾帼骑师。

那段日子是林徽因一生中最值得留恋的一段时光之一。费氏夫妇回国后，她在信中对往事的回顾，依然是那样神采飞扬：

自从你们两人在我们周围出现，并把新的活力和对生活、未来的憧憬分给我以来，我已变得年轻活泼和精神抖擞得多了。每当我回想到今冬我所做的一切，我都十分感激和惊奇。

你看，我是在两种文化教养下长大的，不容否认，两种文化的接触和活动对我来说是必不可少的。在你们真正出现在我们（北总布胡同）三号的生活中之前，我总感到有些茫然若失，有一种缺少点什么的感觉，觉得有一种需要填补的精神贫乏。而你们的"蓝色通知"恰恰适合这种需要。另一个问题，我在北京的朋友年龄都比较大也比较严肃。他们自己不仅不能给我们什么乐趣，而且还要找思成和我要灵感或让我们把事情搞活泼些。我是多少次感到精疲力竭了啊！

今秋或不如说是初冬的野餐和骑马（以及到山西的旅行）使整个世界对我来说都变了。想一想假如没有这一切，我怎么能够经得住我们频繁的民族危机所带来的所有的激动、慌乱和忧郁！那骑马也是很具象征意义的。出了西华门，过去那里对我来说只是日本人和他们的猎物，现在我能看到小径、无边的冬季平原风景、细细的银色树枝、静静的小寺院和人们能够抱着传奇式的自豪感跨越的小桥。

费氏夫妇在中国时最先熟悉起来的除梁氏夫妇，就是逻辑学家金岳霖了。大家都叫他"老金"。看上去他似乎是梁家的一个成员，住在梁家院后一座小房子里，梁氏夫妇住宅的一扇小门，便和老金的院落相通。每次聚会，老金总是第一个来。有时候，这样的聚会也在老金家进行。作为一个逻辑学家，老金的幽默是独特的。林徽因和梁思成免不了拌嘴，闻声而来的老金从不问青红皂白，而是大讲特讲其生活与哲学的关系，却总能迅速让两口子"熄火"。

老金和梁家的关系有些特殊，因为不少人都认为他和林徽因有一段情缘。至于事实的真相早已不可考，老金也从未承认过他和林徽因之间有过爱情。但老金和梁家的确是莫逆之交。他可不是只在安逸的年代才陪在你身边高谈阔论的朋友。梁家困顿李庄时，老金从昆明赶了过去，像在北平时一样陪伴在他们身边。为了给病重的林徽因滋补身体，他从自己微薄的薪水中拿出一部分，到镇上买了十几只鸡饲养，盼望着早日生蛋。老金养鸡很厉害，在北平总布胡同时就养着几只大斗鸡。据梁从诫说，在李庄的时候"金爸在的时候老是坐在屋里写呀写的。不写的时候就在院子里用玉米喂他的一大群鸡。有一次说是鸡闹病了，他就把大蒜整瓣地塞进鸡口里，它们吞的时候总是伸长脖子，眼睛瞪得老大，我觉得很可怜。"这十几只鸡，长势很快，一只都没生病，后来还下蛋了，所有人都特别开心。

至于老金自己，他对生活的艰难和通货膨胀总是用哲学家的观点对待，他对梁思成和林徽因说："在这艰难的岁月里，最重要的是，要想一想自己拥有的东西，它们是多么有价值，有时你就会觉得自己很富有。同时，人最好尽可能不要去想那些非买不可的东西。"老金的"金口玉言"使处在艰难困苦中的朋友们得到了精神上的宽慰。

林徽因是典型的"刀子嘴，豆腐心"，但是了解她的亲友们都不会计较。林徽因和二姑子梁思庄的关系并不"符合"很多人理解的那种姑嫂之间必处不来的"定律"，梁思庄的女儿吴荔明女士回忆道：

> 我的妈妈，一直和二舅妈相处得很好，他们还在十几岁的时候就相识了，后来又一起在国外留学。由于共同接受了西方教育，使他们有很多共同语言，亲如姐妹。妈妈说二舅妈林徽因是"刀子嘴，豆腐心"，别看她嘴巴很厉害，但心眼好。她喜怒形于色，绝对真实。正因为妈妈对二舅妈的性格为人有这样深刻的认识，才能使她们姑嫂两人始终是好朋友。

1936 年 1 月，丧夫的梁思庄带着女儿从广州回到北平，初到北平时住在梁家，林徽因还写信给费慰梅唠叨了一番——事实上，林徽因面对琐碎的家务事，经常会发牢骚。但是牢骚归牢骚，林徽因当时对母女俩特别好，即使在外地考察也要特意写信，询问她们是否安顿好了。中华人民共和国成立后，林徽因和梁思庄联系也很频繁，吴荔明小时候爱吃雪糕，夏天的时候林徽因去梁思庄家，总是用一个小广口暖瓶装着满满的雪糕给孩子。梁思庄见到林徽因第一句话总是"Are you all right？"林徽因身体不好，梁思庄一直放心不下。

林洙在《梁思成、林徽因与我》中提到一件事，林洙以"同乡"身份到清华先修班学习，被介绍给林徽因，林徽因主动热心地给她补习英文；后来，林洙要和在清华任教的男友结婚，但经济困窘。林徽因知道后找到她，告诉她营造学社有一笔款项专门用来资助青年学生，让她先用。看到对方一脸窘迫，立刻安慰说："不要紧的，你可以先借用，以后再还。"不由分说把存折塞给了她，还送了一套青花瓷杯盘做贺礼。后来林洙想还这笔钱，却被林徽因"严厉"地退了回来。

"林徽因式"的热诚，包裹着尖锐的刺。如果你不能接受这些尖利的表象，就无法触及她的真心的柔软。好在林徽因的朋友们都能宽容她最"坏"的那一面。因为他们知道，这个美丽的嘴上不饶人的女学者，"好"的那面是值得结交一生的。

妇女的敌人

现在看林徽因留下的照片，会觉得这是一个温柔如水的女性：说话细声细气，也许还带着点小惆怅，总之是一派江南弱女子的情调。但她不是别人，她是林徽因，不是一句美丽，一句温柔就能概括的。

林徽因是一个混合体，她是建筑师，这个即使是在现在也充满男性气息的职业，需要科学严谨的精神去考察，更要吃得风餐露宿的苦；她是诗人，清丽的诗句中流露出细腻复杂的情感。

面对徐志摩和金岳霖的追求、守护，她表现出令女性惊异的理智，选择了志同道合的梁思成做丈夫，但同时她对他们有深刻的了解。她的性格和外表也是矛盾的。貌美如花的表象之下隐藏的是男人气的豪爽，爱骑马，也能吸烟喝酒，颇有几分当下备受追捧的"爷"的气派。她直爽甚至是急躁，但又心思缜密，对亲友的关照事无巨细。

林徽因就是这样一个奇怪又矛盾的混合体，她把科学和艺术、理智和情感、男性化和女性化这些看似对立的特质完美地结合于一处。

其实，像女人的女人，魅力并不致命，像男人的女人才最吸引男人——因为他们需要被了解。林徽因就是这样，她那令人目眩神迷的光彩，令男人倾倒，将女人压迫。

晚年的梁思成这样评价她的这位"万人迷"妻子：

林徽因是个很特别的人，她的才华是多方面的。不管是文学、艺术、建筑乃至哲学她都有很深的修养。她能作为一个严谨的科学工作者，和我一同到村野僻壤去调查古建筑，测量平面和爬梁上柱，做精确的分析比较；又能和徐志摩一起，用英语探讨英国古典文学或我国新诗创作。她具有哲学家的思维和高度概括事物的能力。所以做她的丈夫很不容易。中国有句俗话："文章是自己的好，老婆是人家的好。"可是对我来说，老婆是自己的好，文章是老婆的好。我不否认和林徽因在一起有时很累，因为她的思想太活跃，和她在一起必须和她同样地反应敏捷才行，不然就跟不上她。（林洙《梁思成、林徽因与我》）

林徽因的儿子梁从诫先生认为母亲能够把多方面知识才能汇集于一身，是一位有着"文艺复兴色彩"的知识分子。费慰梅则是这么分析林徽因的敏锐和复杂：

> 当我回顾那些久已消失的往事时，她那种广博而深邃的敏锐性仍然使我惊叹不已。她的神经犹如一架大钢琴的复杂的音弦。对于琴键的每一触，不论是高音还是低音，重击还是轻弹，它都会作出反应。或者是继承自她那诗人的父亲，在她身上有着艺术家的全部气质。她能够以其精致的洞察力为任何一门艺术留下自己的印痕。

> 年轻的时候，戏剧曾强烈地吸引过她，后来，在她的一生中，视觉艺术设计也曾间或使她着迷。然而，她的真正热情还在于文字艺术，不论表现为语言还是写作。它们才是她最新的表达手段。

一个无可争议的才女，在建筑、文学上都有其贡献，凑巧，又生得美丽，个性呢，又不是传统的小鸟依人。这样的林徽因，对于 20 世纪 30 年代的大部分的中国女性来说，确实是一个不可想象的存在。她是一个高不可攀的"神话"，一个"异端"，林徽因在中国没有几个亲密的女性朋友，几乎是正常的。文学家李健吾这样说林徽因："绝顶聪明，又是一副赤热的心肠，口快，性子直，好强，几乎妇女全把她当作仇敌。"

林徽因才华过人，事业心又很强，交往的都是当时文化界的精英，比如经济学家陈岱孙，政治学家张奚若，逻辑学家金岳霖，物理学家周培源，文学界的有胡适、徐志摩、朱光潜、沈从文等，全都是各自领域的鼎鼎大名的人物。

出身高贵，貌美如花，又有过人的才华，男性化的职业和事业心，使林徽因在男性的世界如鱼得水。受男性欢迎的女性本就不容易被同性认可，况且林徽因心气又高，不通世故，不屑于与她们周旋敷衍，同性的误解甚至嫉妒就可想而知了。这其中也包括林徽因的大姑子，梁思成大姐梁思顺。

1936 年，林徽因写信给费慰梅说：

> 对我来说，三月是一个多事的月份……主要是由于小姑大姑们。我真羡慕慰梅嫁给一个独子（何况又是正清）……我的一个小姑（燕京学生示威领袖）面临被捕，我只好用各种巧妙办法把她藏起来和送她去南方。另一个姑姑带着孩子和一个广东老妈子来了，要长期住下去。必须从我们已经很挤的住宅里分给他们房子。还得从我已经无可再挤的时间里找出大量时间来！到处都是喧闹声和乱七八糟。第三位是我最年长的大姑，她半夜里来要把她在燕京读书的女儿带走，她全然出于嫉妒心，尽说些不三不四话，而那女儿则一直在哭。她抱怨说女儿在学生政治形势紧张的时候也不跟她说就从学校跑到城里来，"她这么喜欢出来找她舅舅和舅妈，那她干嘛不让他们给她出学费"等等。当她走的时候，又扔出最后的炸弹来。她不喜欢她的女儿从他舅舅和舅妈的朋友那里染上那种激进的恋爱婚姻观，这个朋友激进到连婚姻都不相信——指的是老金！

这里提到的"小姑"，是梁启超的三女儿梁思懿，后来加入共产党，成为著名社会活动家；"另一个姑姑"自然是梁思庄，后来成为图书馆学家，当时她的丈夫刚去世，带着年幼的吴荔明从广州来到北平。"最年长的大姑"就是梁思顺了，善诗词，曾编写了一本《艺蘅馆词选》，但其思想，总的来说还是传统的中国妇女那一套，性格也有些怪，不容人。

在正式成为梁家的媳妇之前，这个大姐就和林徽因"道不同不相为谋"，后来经过梁启超的调解才有所修复。现在，大姐眼看着自己的女儿居然如此喜欢这个自己极其不满的二舅母，怎能没有怨气？

和林徽因有过有名的"康桥日记之争"的凌叔华，晚年时曾这样评价这位"妇女的仇敌"："可惜因为人长得漂亮又能说话，被男朋友们宠得很难再进步。"——这里面的"男朋友"当是一种泛指。

林徽因的男性朋友始终多于女性，她一生都没能学会絮絮叨叨的"女性特质"。她最亲密的女性朋友是外国人，她超前于那个时代，自然不能被同时代的女性所理解了。

太太客厅和慈慧殿三号

无论林徽因成为煮饭浣纱的凡俗妇人，抑或风云不尽的女建筑学家，那些仰慕她才情的人，还是愿意把她定格在人间四月，在每个姹紫嫣红的季节都会不由自主地想起她，那不曾被岁月埋没的伶俐的话语，像是被种植在流年里，已然无法擦去。

梁氏夫妇搬到北平总布胡同的四合院以后，由于梁思成、林徽因所具有的渊博学识和人格魅力，他们身边很快聚集了一批当时中国文化界的精英。这些学者和文化精英，经常在星期六下午陆续来到梁家聚会。大家一起吃茶聊天，谈论天下事。女主人林徽因思维敏捷，擅长引起话题，极具亲和力和感染力。他们的话题既有思想深度，又有社会广度，既有学术理论高度，又有强烈的针对现实性，可谓谈古论今皆成学问。慢慢地，梁家的这个聚会的名气越来越大，渐成气候，形成了 20 世纪 30 年代北平最出名的文化沙龙，时人称之为"太太的客厅"。这个具有国际俱乐部特色的"客厅"，曾引起过许多知识分子特别是文学青年的心驰神往。

有个在燕京大学读书的文学青年就是其中之一。

那天林徽因被一阵急促中带着怯意的敲门声唤出来，开了门，两张年轻的脸庞出现在面前。一个是沈从文，他是常客，已是蜚声全国文坛的青年作家；另一个是个陌生的男孩子，大约二十出头年纪，微微泛红的脸上，还带着点稚气，他穿着一件洗得干干净净的蓝布大褂，一双刚刚打了油的旧皮鞋。

沈从文介绍说："这是萧乾，燕京大学新闻系三年级学生。"

"啊，原来是《蚕》的作者。快进屋吧。"林徽因利落地把两人让进来，然后给他们倒上热茶。

萧乾听沈从文说，林徽因的肺病已相当严重，本以为她会躺在床上见客，没想到林徽因却穿了一套骑马装，十分潇洒，她的脸上还带一点病容，精神却很饱满。

"喝茶，不要客气，越随便越好。"林徽因招呼着拘谨的萧乾，又说道，"你的《蚕》我读了几遍，刚写小说就有这样的成绩，真不简单！你喜不喜欢唯美主义的作品，你小说中的语言和色彩，很有唯美主义味道。"

林徽因在屋子里来回走动着，脸庞因为兴奋而微微潮红。

多年后萧乾这样讲起那次会面的缘由和感触：

> 几天后，接到沈先生的信（这信连同所有我心爱的一切，一直保存到 1966 年 8 月），大意是说，一位聪明绝顶的小姐看上了你那篇《蚕》，要请你去她家吃茶。星期六下午你可来我这里，咱们一道去。那几天我喜得真是有些坐立不安。……那是我第一次见到林徽因。如今回忆起自己那份窘促而又激动的心境和拘谨的神态，仍觉得十分可笑。然而那次茶会就像在刚起步的马驹子后腿上，亲切的抽了那么一鞭。

慈慧殿三号是朱光潜和梁宗岱在景山后面的寓所，也是与"太太的客厅"同样有影响的文化沙龙。沙龙每月集会一次，朗诵中外诗歌和散文，因此又称"读诗会"。林徽因也是这里的主要参加者。

这个沙龙实际上是 20 年代闻一多西单辟才胡同沙龙的继续。冰心、凌叔华、朱自清、梁宗岱、冯至、郑振铎、孙大雨、周作人、沈从文、卞之琳、何其芳、萧乾，还有英国旅居中国的诗人尤连·伯罗、阿立通等人都是沙龙的成员。

沙龙主持人是朱光潜，他是香港大学文科毕业生，20 年代中期先后留学英法，也游历过德国和意大利。1933 年 7 月回国，应胡适之聘，出任北京大学西语系教授，主讲西方名著选读和文学批评史，同时还在北大中文系、清华大学、辅仁大学、女子文理学院和中央艺术研究院主讲文艺心理学和诗论。

读诗会聚会形式轻松活泼，大家畅所欲言，时有"争论"发生。林徽因总是辩论中的核心人物，她言辞犀利，从不给对方留面子。有一回，她就和梁宗岱为了一首诗的翻译争执得面红耳赤。

梁宗岱在那天的聚会上朗诵了一首由他翻译的瓦雷里的《水仙辞》。朗诵完毕，林徽因第一个发言，一点台阶也没给大诗人留："宗岱，你别得意，你的老瓦这首诗我真不想恭维。'哥啊，惨淡的白莲，我愁思着美艳，／把我赤裸裸地浸在你溶溶的清泉。／而向着你，女神，女神，水的女神啊，／我来这百静中呈献我无端的泪点。'这首诗的起句不错，但以后意象就全部散乱了，好像一串珠子给粗暴地扯断了线。我想起法国作家戈蒂耶的《莫班小姐》序言里的一段话——谁见过在哪桌宴席上会把一头母猪同 12 头小猪崽子统统放在一盘菜里呢？有谁吃过海鳝、七鳃鳗炒人肉杂烩？你们真的相信布里亚·萨瓦兰使阿波西斯的技术变得更完美了吗？胖子维特尤斯是在什维食品店里用野鸡、凤凰的脑、红鹳的舌头和鸟的肝填满他那著名的'米纳夫盾'的吗？"

　　梁宗岱在法国上学时可是做过瓦雷里的学生的，他亲耳听过瓦雷里讲授这首诗，这也是他最喜欢的一首诗。他马上站起来，高声回敬道："我觉得林小姐对这首诗是一种误读，作为后期象征主义的主要代表，瓦雷里的诗，是人类情绪的一种方程式，这首《水仙辞》是浑然一体的通体象征，它离生命的本质最近，我想你没有读懂这样的句子：'这就是我水中的月与露的身，顺从着我两重心愿的娟娟倩形！／我摇曳的银臂的姿势是何等澄清！／黄金里我迟缓的手已倦了邀请。'瓦雷里的作品，忽视外在的实际，注重表现内心的真实，赋予抽象观念以有声有色的物质形式，我想林小姐恰恰是忽视了这点。"

　　林徽因毫不让步，也不自觉地提高了嗓门："恰恰是你错了。我们所争论的不是后期象征主义的艺术特点，而是这一首诗，一千个读者，可以有一千个哈姆雷特。我觉得，道义的一些格言，真理的一些教训，都不可被介绍到诗里，因为他们可以用不同的方法，服务于作品的一般目的。但是，真正的诗人，要经常设法冲淡它们，使它们服从于诗的气氛和诗的真正要素——美。"

梁宗岱涨红了脸，急急地说："林小姐，你应该注意到，诗人在作品中所注重的，是感性与理性、变化与永恒、肉体与灵魂、生存与死亡冲突的哲理，这才是美的真谛。我认为美，不应该是唯美，一个诗人，他感受到思想，就像立刻闻到一朵玫瑰花的芬芳一样。"

林徽因也站起身回击道："我想提醒梁诗人，诗歌是诉诸灵魂的，而灵魂既可以是肉体的囚徒，也可以是心灵的囚徒。一个人当然不可以有偏见，一位伟大的法国人，在一百年以前就指出过，一个人的偏爱，完全是他自己的事，而一旦有所偏见，就不再是公正的了。"

朋友们没有一个去"拉架"，反而津津有味地听着他们"打嘴仗"。

萧乾头一回参加这个沙龙活动，被这火药味儿十足的讨论吓了一跳，悄声问带他来的沈从文："他们吵得这么热闹，脸红脖子粗的，你怎么不劝劝？"

沈从文摆摆手："在这儿吵，很正常，你不要管他，让他们尽兴地吵，越热闹越好。"

林徽因重新坐回沙发上，平静地结案陈词道："每个诗人都可以从日出日落受到启发，那是心灵的一种颤动。梁诗人说过，'诗人要到自然中去，到爱人的怀抱里去，到你自己的灵魂里去，如果你觉得有三头六臂，就一起去。'只是别去钻'象征'的牛角尖儿。"

梁宗岱心服口服地笑起来。朋友们也哈哈大笑。

笑得最响最轻快的，当然是"得理不饶人"的林徽因。

橡树旁的木棉

走出京城的"太太客厅"，她是和一帮男人一样风餐露宿，坐三等车厢，睡鸡毛小店的古建筑学家。

她不是凌霄花，不是鸟儿，不是泉源。她是一株木棉。她和她的丈夫站在一起，平等地，相互映衬着彼此的光芒，为中国建筑学的历史填上了浓墨重彩的一笔。

自古以来，红颜多是陪衬，红袖添香多少有些低人一等的意味。若无有价值的遗产，又何以让人书写铭记。红颜却又总是跟着祸水，要获得赞许，更是难上加难。任你生前风情万种，死后亦只留无人问津的骸骨，谁还能辨认出当年的绝代容姿？又有谁知晓他们曾经有过的风华故事？

但终究有人没被禁锢，被记住了。

林徽因便是如此。

中国营造学社

尽管肺病的阴影一直挥之不去，但对林徽因来说，20世纪30年代仍然是一生中最好的时光——丰沛的物质生活，志同道合的朋友，体贴的丈夫，可爱伶俐的女儿。对于一个女性来说最珍贵的东西她都拥有了。

但林徽因并不是一个只能养尊处优地坐在客厅里高谈阔论、不事生产的"太太"。1932—1935年，只要一有机会，林徽因就和梁思成还有一帮营造学社的同人一起进行野外勘察，考察中国古建筑。

中国营造学社是一个私立机构，费慰梅将之形容为"一个有钱人业余爱好的副产品"。创始人朱启钤曾在北洋政府担任交通总长、内政总长、国务总理，他下野后，创办了营造学社，专门研究中国古代建筑。

1931年，梁氏夫妇离开东北大学回到北平，加盟中国营造学社，梁思成任研究部主任，林徽因担任校理。截至抗战爆发，营造学社先后考察了全国137个县市的古建殿堂房舍1823处，

其中详细测绘的有 206 组，完成测绘图稿 1898 张。他们在春夏外出考察，秋冬两季用来整理照片和测稿，撰写考察报告。他们编撰了《中国营造学社汇刊》，在上面接连刊登最新的发现，在当时的欧美和日本都有读者。人们由此知道了中国的古建筑并不只有日本人在研究。他们针对急需抢救的古建筑制订出相应的保护修葺的方案，提交给当地政府和中央古物保护文员会。

虽然林徽因的职位仅仅是校理，但这些成就也倾注了她许多心血。

营造学社的考察，从 1932 年夏天开始，他们的第一个目标是平郊的古建筑。同年，梁思成在《中国营造学社汇刊》发表第一篇科考报告——《蓟县独乐寺观音阁山门考》，在中国考古界乃至于国际考古界都引起了轰动。

1932 年 6 月 11 日，梁思成带着营造学社一个年轻社员和一个随从前往这野外调查的第二站——宝坻的广济寺。他在《宝坻县广济寺三大殿》中记录了这次考察的收获：

抬头一看，殿上部并没有天花板，《营造法式》里所称"彻上露明造"的。梁枋结构的精巧，在后世建筑物里还没有看见过，当初的失望，到此立刻消失。这先抑后扬的高兴，趣味尤富。在发现蓟县独乐寺几个月后，又得见一个辽构，实是一个奢侈的幸福。

可惜的是，作为妻子的林徽因没有办法和丈夫共同体验这种幸福，因为她这时候是一个大腹便便的孕妇，还有两个月，他们的儿子就要出生了。

虽然不能跟随丈夫去实地考察，但林徽因还可以用另一种方式参与、扶持梁思成的事业——撰写建筑论文或著作。夫妇俩于 1932 年共同撰写了《平郊建筑杂录》。林徽因在开篇写道：

这些美的存在，在建筑审美者的眼里，都能引起特异的感觉，在"诗意"和"画意"之外，还使他感到一种"建筑意"的愉快。这也许是个狂妄的说法——但是，什么叫做"建筑意"？我们很可以找出一个比较近理的定义或解释来。

顽石会不会点头，我们不敢有所争辩，那问题怕要牵涉到物理学家，但经过大匠之手泽，年代之磋磨，有一些石头的确是会蕴含生气的。天然的材料经人的聪明建造，再受时间的洗礼，成美术与历史地理之和，使它不能不引起赏鉴者一种特殊的性灵的融会，神志的感触，这话或者可以算是说得通。

无论那一个巍峨的古城楼，或一角倾颓的殿基的灵魂里，无形中都在诉说，乃至于歌唱，时间上漫不可信的变迁；由温雅的儿女佳话，到流血成渠的杀戮。他们所给的"意"的确是"诗"与"画"的。但是建筑师要郑重郑重的声明，那里面还有超出这"诗"，"画"以外的"意"存在。眼睛在接触人的智力和生活所产生的一个结构，在光影恰恰可人中，和谐的轮廓，披着风露所赐与的层层生动的色彩；潜意识里更有"眼看他起高楼，眼看他楼塌了"凭吊兴衰的感慨；偶然更发现一片，只要一片，极精致的雕纹，一位不知名匠师的手笔，请问那时锐感，即不叫他做"建筑意"，我们也得要临时给他制造个同样狂妄的名词，是不？

以优美的文笔和富有创造性的文思对枯燥的古建筑进行委婉的描述，把科学考察报告写得像散文一样具有可读性，这是林徽因对于丈夫最好的帮助，也是她作为一个建筑学者的独特贡献。

同年，林徽因又发表了《论中国建筑之几个特征》：

因为后代的中国建筑，即达到结构和艺术上极复杂精美的程度，外表上却仍呈现出一种单纯简朴的气象，一般人常误会中国建筑根本简陋无甚发展，较诸别系建筑低劣幼稚。这种错误观念最初自然是起于西人对东方文化的粗忽观察，常作浮躁轻率的结论，以致影响到中国人自己对本国艺术发生极过当的怀疑乃至于鄙薄。外人论著关于中国建筑的，尚极少好的贡献，许多地方尚待我们建筑家今后急起直追，搜寻材料考据，作有价值的研究探讨，更正外人的许多隔膜和谬解处。

林徽因的论述也解释了为什么她和梁思成不利用自己的专业去做工程做设计，轻松快速地赚钱（当时北平只有两家中国人开办的建筑事务所，以梁林两人的留学背景，做这样的事情轻而易举），而是选择了冷门的中国古建筑作为研究对象。

1932年8月，梁家的第二个孩子出生了，是个男孩。夫妇俩给孩子命名为"从诫"，意在纪念宋代建筑学家李诫。

日子一天天过去，孩子们慢慢长大，可以经受与母亲短暂的离别了。林徽因迫不及待地加入营造学社的考察队伍，和丈夫一起跋山涉水，风餐露宿，辗转于穷乡僻壤、荒郊野外，对中国的古建筑进行详细的考察。

1934年，梁思成的《清式营造则例》由中国营造学社出版，林徽因为该书写了《绪论》。

石窟与塔的旋律

从北平开来的火车停在了大同站。一下车，梁思成、林徽因还有营造学社的同事都愣住了，这就是辽、金两代的陪都西京吗？

从火车站广场上望出去，没有几座像样的楼房，大都是些窑洞式的平房，满目败舍残墙。大街上没有一棵树，尘土飞扬直迷眼睛。

车站广场上聚集着许多驼帮。林徽因头一回看到大群大群的骆驼，成百上千的骆驼一队队涌进来。这些傲岸而沉默的生物的影子，被九月的夕阳拉得长长的，驼铃苍凉地震响了干燥的空气。这大群的骆驼总是让人想起远古与深邃，想起大漠孤烟与长河落日，这情景，仿佛是从遥远年代飘来的古歌。

林徽因、梁思成加上刘敦桢和莫宗江一行四人，沿着尘土飞扬的街道搜寻旅馆，强烈的骆驼粪尿气味熏得他们捂着鼻子直咳嗽。偌大一个大同城，竟然找不到一家能够栖身的旅馆。街上全是大车店一类的简陋的旅社，穿着羊皮服的骆驼客成帮结伙蹲踞在铺面的门口，呼噜呼噜喝着盛在粗瓷蓝花大碗里的玉菱稀粥，剃得精光的头顶冒着热气。

林徽因走到哪里，就在哪里引起一片骆驼客的骚动。刘敦桢打趣道："真是耕者忘其犁，锄者忘其锄，来归相怨怒，但坐观罗敷啊！"

可是很快他们就高兴不起来了。

跑了大半个城，天都快黑了，也没找到可容身的住处，四个人只好又折回火车站。本来身体就有旧伤的梁思成，这一折腾腰酸背痛，连连讨饶："看来只有蹲火车站啦！"

大家认命地进了候车室。还没安顿好，突然有谁喊了一声："这不是梁思成？"

梁、林二人惊诧地转过身，一位穿着铁路制服的大汉站在他们面前。两个人一起惊喜地喊起来："刘大个子，你怎么到这儿了？"

刘大个子说："这话该我问你们啊。"

梁思成说："我们来考察古建筑，跑遍了大同城，连个住处都找不下。"

林徽因高兴地跟刘敦桢和莫宗江介绍："这是我们在宾大的同学老刘，他是学铁路的。看样子我们今晚不用蹲车站了。"

老刘朗声笑道："我这个站长还能让你们蹲车站？走，到我家去。"

老刘用莜麦片炒山药蛋和黄糕做晚餐招待他们。莫宗江吃多了，肚子胀得像鼓一样，跑了好几次厕所。林徽因说："莜麦片吃多了就这样，真忘记告诉你了。"

翌日一大早，老刘开着弄来的敞篷吉普车陪同他们去云冈。

出大同城西 30 多里，便是云冈石窟。

石窟依武周山北崖开凿，面朝武烈河，50 多座洞窟一字排开。这座石窟开凿于北魏文成帝和平初年（公元 460 年），与中原北方地区的洛阳龙门石窟和西北高原的敦煌莫高窟为中外知名的三大石窟。《魏书·释老志》有记载，北魏和平年间（公元 460—465 年），高僧昙曜主持在京城郊武周塞开凿了五所石窟，即云冈 16 至 20 窟，后人称"昙曜五窟"。它是云冈石窟群中最早的五窟。其他各洞窟完成于北魏太和十九年（公元 495 年）迁都洛阳之前。其主要洞窟大约在四十年间建成。北魏地理学家郦道元在《水经注·漯水》中写道："凿石开山，因岩结构，真容巨状，世法所希。山堂水殿，烟寺相望，林渊锦镜，缀目新眺。"使后人可窥当时之盛况。

营造学社的一行人完全被这石窟的壮美镇住了。云冈石窟的开凿，不凭借天然洞窟，完全以人工劈山凿洞。昙曜五窟，平面呈马蹄形，弯窿顶是苦行僧结茅为庐的草庐形状，主佛占据洞窟的绝大部分空间，四面石壁雕以千佛，使朝拜者一进洞窟必须仰视，才得窥见真容。这五尊佛像，是昙曜和尚为了取悦当时的统治者，模拟北魏王朝五位皇帝的真容而雕凿的。主佛像高大威严，充满尊贵神圣的气息。

《华严经》响起来了，排箫、琵琶、长笛奏出的美妙的仙乐缭绕在耳畔。这穿越了 1500 年时光的声音没有丝毫的消损，仍然轰轰烈烈地震荡着现代人的灵魂。在这里，活着的不是释迦牟尼，活着的是石头一样顽强的历史，是把这历史雕凿在侏罗纪云冈统砂岩上的无名的太史公们。远在西方雕塑之父米开朗琪罗没有诞生之前，这些无名艺术家的生命便活在这云冈统砂岩上了，便活在这有血有肉的石头里了。石头的灵魂是永远醒着的，他们要把一个个梦境千年万年地守护下去。

林徽因怔怔地聆听着这乐声，泪流满面而不自知。

他们用三天的时间考察了云冈石窟，搞了许多素描和拓片。接着他们又考察辽、金时代的巨刹华严寺和善化寺。这项工作结束以后，梁思成和莫宗江要去应县考察木塔，林徽因和刘敦桢返回北平，整理资料。

1934年夏天，梁氏夫妇继去年9月云冈石窟考察之后，又来到山西吕梁山区的汾阳。

他们原本计划到北戴河度假，临行时费正清和夫人费慰梅告诉他们，美国传教士朋友汉莫在山西汾阳城外买了一座别墅。梁思成原来也想到洪洞考察，两地相距很近，于是便一同前往。

这是他们第二次山西之行。虽名为消暑避夏，怎奈夫妇二人一看到古建筑就迈不开腿，又把度假变成了工作，还请了两个免费外国帮工。费正清回忆道：

> 菲利斯（林徽因英文名）穿着白裤子，蓝衬衫，与穿着卡其布的思成相比更显得清爽整洁。每到一座庙宇，思成便用他的莱卡照相机从各个方位把它拍摄下来，我们则帮助菲利斯进行测量，并按比例绘图，工作往往需要整整一天，只是中午暂停下来吃一顿野餐。思成虽然脚有点跛，但他仍然能爬上屋顶和屋椽拍照或测量。

梁思成、林徽因在费氏夫妇的协助下，对太原、文水、汾阳、孝义、介休、灵石、霍县、赵城一带汾河流域的古代寺庙进行了一系列的考察，发现古建筑40余处。这次调查最有价值的发现，莫过于赵城的广胜寺和太原的晋祠。1935年3月，林徽因与梁思成把这次山西之行的成果写成了《晋汾古建筑预查纪略》：

> 我们夜宿廊下，仰首静观檐底黑影，看凉月出没云底，星斗时现时隐，人工自然，悠然溶合入梦，滋味深长。

> 后二十里积渐坡斜，直上高冈，盘绕上下，既可前望山峦屏嶂，俯瞰田陇农舍，乃又穿行几处山庄村落，中间小庙城楼，街巷里井，均极幽雅有画意。

> 小殿向着东门，在田野中间镇座，好像乡间新娘，满头花钿，正要回门的神气。

《晋汾古建筑预查纪略》是梁、林二人合写的。那文字中的俏皮、生动，和诗情画意，应该就是这位聪明绝顶的女诗人留给山西的印记吧。

与宁公遇对话

1936 年 5 月 28 日，梁氏夫妇和营造学社的同事去河南洛阳龙门石窟、开封及山东历城、章丘、泰安、济宁等处作古建筑考察。林徽因在写给梁思庄的信中透露了旅途的艰苦：

……但是出来已两周，我总觉得该回去了，什么怪时候，赶什么怪车都愿意，只要能省时候。…… 每去一处都是汗流浃背的跋涉，走路工作的时候又总是早八至晚六最热的时间里。这三天来可真真累得不亦乐乎。吃得也不好，天太热也吃不大下。因此种种，我们比上星期的精神差多了。……整天被跳蚤咬得慌，坐在三等火车中又不好意思伸手在身上各处乱抓，结果浑身是包！

考察中国古建筑，必定是一项艰苦的工作，舟车劳顿只是其中的一部分。对发现的古建筑进行拍照、测量、绘图、整理，也远非容易的事情。到了 1937 年，梁思成已经带着营造学社的学员几乎跑遍了整个华北地区。虽然有很多惊喜发现，但仍然有一个令人揪心的事实摆在眼前：迄今为止发现的所有木结构建筑都是宋辽以后的遗存。日本学者曾经断言，中国已经不存在唐代以前的木构建筑，只有在奈良才能看到真正的唐代建筑。营造学社的努力似乎也印证了这一尴尬的现实。

但是梁思成和林徽因一直没有放弃希望，他们以科学家的敏感相信着在中国某一个偏僻的角落，一定还存有真正的唐代建筑。眼下战争形势越来越紧迫，时间不多了，梁思成和林徽因加紧了野外考察的步伐。

1937 年 6 月，他们上路了，先坐火车到太原，而后转乘汽车抵达五台县，再从那里骑乘骡轿，在崎岖陡峭的山路上走了整整两天终于到达了佛光寺。考察这座寺庙的契机很偶然。梁思成和林徽因无意间在法国汉学家伯希和的《敦煌石窟》一书中，发现了两幅描绘佛教圣地五台山全景的唐代壁画，壁画描绘了五台山的山川与寺庙，并标注了寺庙的名称。这燃起了他们内心深处残存的希望。他们决定立刻前往大山深处，看看能否找到一点儿唐代木结构建筑的残迹。

眼前的佛光寺业已失去往昔的光彩。推开沉重的殿门，黑暗的屋顶藻井是一间黑暗的阁楼，厚厚的尘土在藻井上累积了千年。成千上万只黑色的蝙蝠倒挂

在屋檐上，尘土中还堆积着许多蝙蝠的死尸。蝙蝠聚集在黑暗的角落，三角形的翅膀扇动着令人窒息的尘土和秽气。藻井里到处爬满了臭虫，它们以吸食蝙蝠血为生。

这光景真是恐怖又凄凉。

梁思成和林徽因连忙戴上口罩。惊起的蝙蝠在他们身边飞来撞去，他们只顾得不停地测量、记录和拍照，在呛人的尘土和难耐的秽气中一待就是几个小时。身上和背包里爬满了臭虫，浑身奇痒难耐。

在殿堂工作了三天，他们的眼睛已适应了屋顶昏暗的光线。林徽因发现大殿的一根主梁上有模糊的刻字。于是他们在佛像的间隙搭起了脚手架，清除梁上的灰尘以看清题字。林徽因从各个角度仔细辨认着，庆幸自己是个远视眼。那些隐隐约约的字迹中有人名，有长长的官职称谓。她断断续续地读出了几个字："女弟子宁公遇"。忽然灵光一闪：大殿外的经幢上好像看到过类似的名字！她急忙跑出去核实，果然，经幢上刻着"佛殿主女弟子宁公遇"。

林徽因马上向大家报告了这个喜悦的发现，原来，他们先前看到的、大殿中那尊身着便装、面目谦恭的女人坐像，并不是寺僧所说的"武后"塑像，而是这座寺庙的女施主宁公遇夫人。

一行人在佛光寺整整工作了一个星期，对整座寺院做了详细的考察记录。这座寺庙已经有超过1000年的历史，是思成他们历年搜寻考察中所找到的唯一一座唐代木结构建筑，比他们以前发现的最古老的建筑还要早一百多年。不仅如此，他们在这里还发现了唐代的壁画、书法、雕塑。

那一个星期是他们从事野外考察工作以来最高兴的日子，这份巨大的快乐把所有的疲倦都冲去了。

离开之前，梁思成特别给山西省政府写了报告，请求他们保护好这一处珍贵的建筑遗存。

林徽因恋恋不舍地向这座在他们的学术生涯中意义重大的古建筑告别。梁思成帮她和"女弟子宁公遇"的塑像拍了一张合影。她面对着宁公遇塑像仁蔼丰满的面容，遥想着这位女性的生平和性行，这是怎样一位女性呢？她为了信念捐出了家产修筑这座寺院，当寺院落成时，她把自己也永远地留在了这里，日日倾听着暮鼓

晨钟和诵经声，谦卑地守护着缭绕的香火和青灯黄卷。

英文版《亚洲杂志》1941年7月号发表了梁思成的《中国最古老的木构建筑》，其中特别提道："佛殿是由一位妇女捐献的！而我们这个年轻建筑学家，一位妇女，将成为第一个发现中国最难得的古庙的人，这显然不是一个巧合。"

没错，这不是一个巧合，而是一场注定的缘分。几千年过去了，女建筑学家林徽因和佛光寺的宁公遇四目相对，她们都是有坚韧信念的女性，为了心中的理想和信念，她付出了什么？她又付出了什么？宁公遇谦卑地沉默着。林徽因默默无言，只想自己也化为一尊塑像，让"女弟子林徽因"永远陪伴这位虔诚的唐朝妇女，在肃穆中再盘腿坐上一千年。

1937年7月的五台山佛光寺考察是中国建筑史上最伟大的发现。另外还有唐代塑像30余尊和一小幅珍贵的唐代壁画与大殿一同被发现。这是除敦煌以外，梁思成所知道的中国本土唯一现存的唐代壁画。从那以后日本人再也不敢说要看唐代木结构建筑只能去日本这样的话了。

第一部中国人的建筑史

1939 年，中央博物院筹备处聘请梁思成担任建筑史料编纂委员会主任，梁思成和林徽因开始了中国建筑史的构思。这是他们夫妇十几年的一桩心事。

工作开始没多久，1941 年，他们得到一个不幸的消息，因为天津发大水，银行的地下室被淹，他们战前存放在那里的建筑考察资料几乎全部被毁。战前无数个日日夜夜的辛苦成果毁于一旦，林徽因和梁思成禁不住抱头痛哭。

哭过了，还是要振作精神重来。夜长梦多是他们最不愿看到的，当时正在李庄的夫妇俩决定就随身携带的资料，和营造学社的同事们一起全面系统地总结整理他们的调查成果，着手撰写《中国建筑史》。同时，用英文撰写说明并绘制一部《图像中国建筑史》，这是梁思成和林徽因从留学美国时就埋在心底的夙愿。

但梁思成的身体状况已经不允许他如此超负荷地工作。他的脊椎病复发了，写作的时候，身体支不住，只好拿一只玻璃瓶垫住下巴。

林徽因这时身体也已经不好，时常大口大口地咳血，大部分时间只能在床上靠着被子半躺半坐。即使是这样，她仍然为《中国建筑史》倾注了大量心血。她翻译了一批英国建筑学期刊上的学术论文，让丈夫从史语所给她借回来许多书，通读二十四史中关于建筑的部分，帮助丈夫研究汉阙、岩墓。

用金岳霖的话说，林徽因那段时间"全身都浸泡在汉朝里了，不管提及任何事物，她都会立刻扯到那个遥远的朝代去，而靠她自己是永远回不来的"。

梁思成在这段时间给费正清写的信当中也提到了这件事情：

徽因这些日子里，她对汉代的历史入了迷。有人来看她时，无论谈到什么话

320

题，她都能联系到那个遥远的朝代去。她讲起汉代的一个个帝王将相、皇后嫔妃，就像在讲自己最要好的朋友一样熟悉。她把汉代的政治经济、礼仪习俗、服饰宴乐与建筑壁画结合在一起进行研究，做了大量的摘录和笔记。她甚至想就这段历史写一部剧本。

战时经济困难，梁思成的中国营造学社已经"挂靠"到中央研究院，纳入正式编制，学社的同事有了固定的工资，一些资助也陆续到位。林徽因特别高兴，她写信给费慰梅，难掩喜悦之情：

思成的营造学社已经从我们开始创建它时的战时混乱和民族灾难声中的悲惨日子和无力挣扎中走了出来，达到了一种全新的状态。它终于又像个样子了。同时我也告别了创作的旧习惯，失去了同那些诗人作家朋友们的联系，并且放弃了在我所喜爱的并且可能有某些才能和颖悟的新戏剧方面工作的一切机会。

林徽因和梁思成在艰苦的环境中忘我地工作着。梁思成给费正清写信说：

很难向你描述也是你很难想象的：在菜油灯下做着孩子的布鞋，购买和烹调便宜的粗食，我们过着我们父辈在他们十几岁时过的生活但又做着现代的工作。有时候读着外国杂志看着现代化设施的彩色缤纷的广告真像面对奇迹一样。我的薪水只够我家吃的，但我们为能过这样的日子而很满意。我的迷人的病妻因为我们仍能不动摇地干我们的工作而感到高兴。

1942年年底，从李庄回到重庆的费正清，给夫人写信讲述了梁氏夫妇撰写中国建筑史的情况：

思成的体重只有四十七公斤，每天和徽因工作到夜半，写完十一万字的中国建筑史，他已透支过度。但他和往常一样精力充沛和雄心勃勃，并维持着在任何情况下都像贵族一样的高贵和斯文。

肺病缠身的林徽因全然忘我的投入在工作中，承担了中国建筑史全部书稿的校阅，并执笔写了书中的第七章 五代、宋、辽、金部分。这一章是全书的主干，共有七节，分别为：五代汴梁之建设；北宋之宫殿范围寺观都市；辽之都市及宫殿；金之都市宫殿佛寺；南宋之临安；五代、宋、辽、金之实物；宋、辽、金建筑特征之分析。她介绍了宋、辽、金时代，中国宫室建筑的特点和制式，以及宗教建筑艺术，中国塔的建筑风格，辽、金桥梁建设，乃至城市布局和民居考证。仅是中国的塔，她就列举了苏州虎丘塔、应县木塔、灵岩寺辟支塔、开封祐国寺铁色琉璃塔、涿县北塔及南塔、泰宁寺舍利塔、临济寺青塔、白马寺塔、广惠寺华塔、晋江双石塔、玉泉寺铁塔等数百种。细心地研究了它们各自的建筑风格、特点、宗教意义，成为集中国塔之大成的第一部专著。

另外，林徽因还以详实的资料，分析了中国佛教殿宇的建筑艺术，对正定县文庙大成殿、山西榆次永寿寺雨华宫、辽宁义县大奉国寺大殿、山西五台佛光寺文殊殿、正定龙兴寺摩尼殿和转轮藏殿、宝坻广济寺三大士殿、山西大同华严寺薄伽教藏及海会殿、善化寺大雄宝殿、河北易县开元寺毗卢、观音、药师三殿、少林寺初祖庵大殿、山西应县净土寺大雄宝殿、河南济源奉仙观殿、江苏吴县玄妙观三清殿等殿宇的建成年代、廊柱风格、斗拱结构、转角铺作诸方面进行了论证与分析。这些都是前人没有做过的事情。

尽管身体承受着痛苦，但梁思成和林徽因在工作中得到了极大的快慰，倾注在创作中的时候，他们早就忘记了病痛，忘记了时间和空间。

他们梦想着，等仗打完了，等病好了，能再去全国各地考察。梁思成对妻子描述着他的憧憬："我做梦都想着去上一趟敦煌呢！如果上帝肯给我健康，就是一步一磕头，也要磕到敦煌去！"林徽因则说她最向往去考察江南民居，在江南呆了这许多年，没来得及实地考察实在是个遗憾。

《中国建筑史》成书于1944年，它的问世，结束了没有中国人写的《中国建筑史》的缺憾，纠正了西方人对中国建筑艺术的偏见和无知。

这部划时代的著作的作者署名是梁思成。是的，没有林徽因。她收集资料、提供灵感、执笔写作、文字加工，到最后校对书稿，亲自用钢板和蜡纸刻印。但是她却不曾署名！

对林徽因存有偏见的人，认为她的文学造诣比不上谁谁谁，在建筑学上，又沾了丈夫的光。他们忽略了，诗歌也好，小说也好，散文也罢，并不是林徽因刻意为之。写诗，是她耳濡目染，有感而发，只不过灵气浑然天成，恰好在现代文学中留了一笔。建筑，她倾心热爱，一生不悔。也许对她来说，这已经不仅仅是

一项事业，更是与梁思成爱情的见证和根基。那时候她不过是营造学社的一个小校理，又凭着对文学的热爱和朋友的邀请做了一些诗或者有关的事情。她一生中的大部分时间仅仅是梁思成的妻子，林家的长女，一个跟肺病耗了半生的弱女子。

林徽因深深爱着建筑，在做那些忙不完的家事时，她的心也放在建筑上。她在

给费慰梅的信上说：

> 每当我做些家务活时，我总觉得太可惜了，觉得我是在冷落了一些素昧平生但更有意思、更为重要的人们。于是，我赶快干完手边的活儿，以便去同他们谈心，倘若家务活儿老干不完，并且一桩桩地不断添新的，我就会烦躁起来，所以我一向搞不好家务，因为我的心总一半在旁处。

虽然林徽因在当时是个反传统的女性，但她还是跟现在的职业女性不同，顶多算一个"准职业女性"吧。她在大学教书，在营造学社也有职位，但永远在丈夫之后。这是那个时代决定的。任凭你再怎么"异端"，也改变不了这有些无奈的事实。那让人眼前一亮的清丽诗句，第一代女建筑学家的头衔，都是从"梁太太"和"肺病患者"的间隙当中偷来的。这样来看林徽因的成就，会不会有另外一番感慨呢？

这也许是林徽因没有在《中国建筑史》上署名的原因吧？到底是梁思成成就了林徽因，还是林徽因成就了梁思成？对于已经不分彼此的他们，不必说，也早已说不清楚了。

颠沛流离

是谁说过，人生定要起伏有致方可平安，太过顺畅反而不得长久。

林徽因的好日子，其实是太短了。

那个年代自有它的浪漫热血，那时的知识分子，跃马横刀，在这个古老而命数坎坷的国家遭遇大变故时，挥动他们犀利的笔刀。但，纸上谈兵的危险，怎能敌得上战火中的奔逃？

动乱年代，无论你多么想要安稳，都免不了颠沛流离。这一路上，任何落脚之处都是人生驿站。我们可以把这驿站当作灵魂的故乡，却永不能当作安身立命的归宿。人这一生，只有当结束的那一瞬间，才是真正的归宿。不，甚至你还不知道你的骸骨将要被放置于何处。

这是昆明，这里有最美的云，最轻柔的风，最艳的花。可是因了战争和病痛，一想起来，尽是酸楚。

知道她为了建筑事业奔波田野都市，但她的人生中，还有这么多坎坷。人在漂泊的时候，总会感到自己力量的薄弱，许多时候，我们无力填平人生的沟渠，就只能任由流水东逝。

到底怎样才能全然不怕伤痛，怎样才能求得一时平稳。

可还是有人，始终不愿向岁月低头。

九死一生

如水岁月如水光阴，本该柔软多情，而它偏生是一把锋利的刀，雕刻着容颜，削薄了青春，剐去残存的一点梦想，只留下支离破碎的记忆。这散乱无章的前尘过往，还能拼凑出一个完整的故事吗？

1937 年 7 月，梁思成和林徽因正与营造学社的同人在山西考察，12 号到达代县，他们就听到了"卢沟桥事变"的消息。一路上

发现佛光寺的兴奋，立刻被当头浇下一桶冷水。想到九一八事变之前，日寇在沈阳的种种暴行，大家的心情沉重无比。山中一日，世上千年，他们在深山老林中辛勤工作的时候，外界已经发生了翻天覆地的变化。梁思成不禁一声长叹，道："事不宜迟，还是快点回北平吧。"

刚回到北平，浓烈的火药味即刻扑面而来。宋哲元二十九军的兵车从大街上呼啸着开过，卷起的尘土像不祥的狼烟。回到总布胡同，又见士兵们在门口挖起了堑壕，好像要打一场大仗的样子。朋友们听说梁氏夫妇考察归来，便相约来到总布胡同。那时北平人心惶惶，大家都用实际行动支持宋哲元，梁思成、林徽因和刘敦桢一起，在北平教授致政府要求抗日的呼吁书上签了字。

战云压城，营造学社的工作无法继续，大家最担心的就是这几年积累下来的资料落入敌手，他们决定把这些资料转移到天津英租界英资银行保险库中存放。

战争烧到了太太客厅门口，但"我们的太太"却没有惊慌失措，她给女儿梁再冰写信，沉着地说：

> 如果日本人要来占北平，我们都愿意打仗！那时候你就跟着大姑姑那边，我们就守在北平，等到打胜了仗再说。我觉得现在我们做中国人应该要顶勇敢，什么都不怕，什么都顶有决定才好。

林徽因什么都不怕，政府可不这么想。不久之后，他们听到了守军撤兵的消息。看着满街的太阳旗，一种强烈的耻辱感涌上林徽因和梁思成的心头。

有一天，夫妇俩受到署名为"大东亚共荣协会"的请柬，邀请他们参加一个会议，林徽因愤怒地把请柬撕碎了。北平已经在日寇铁蹄之下，他们决定举家南迁。

1937年的夏末秋初，总布胡同三号的四合院里仍然像往年那样生机勃勃，矮墙边的指甲花逗引着蜜蜂蝴蝶，粉红色的夹竹桃，也正开得绚烂。丁香花散播着幽幽的香气。院落被浓郁、和平、宁静的芬芳包围着。

但林徽因却和丈夫扶老携幼，带着简单的行李，在8月的一个黄昏，匆匆离开了这里，在弥漫的狼烟中向天津出发。

梁氏夫妇、金岳霖和清华的两位教授，下了从北平来的火车，眼前的情景比他们想象的还糟糕。车站里到处是荷枪实弹的日军，天桥上驾着机关枪，每一个过往的旅客都受到严厉的盘查。日军把他们认为可疑的人集中到角落里，用枪托在他们头上身上打着。一时间，日本兵的叫骂声，小孩惊恐的哭闹声和大人的哀求声混成一片。

临街的墙上到处刷满了"中日亲善""东亚共荣""建设大东亚新秩序"之类的黑色标语。街道上行人寥落，一队队巡逻的日本兵列队走过，树上的蝉也噤了声。

天津在血与火中颤抖着呻吟。

回到英租界红道路的家，还能稍微得到点安全感，但睡梦中总会被枪炮声吵醒。他们不敢久留，决定先乘船到青岛，然后南下到长沙。

之所以选择长沙，是因为他们从朋友处得到消息，国民党政府教育部指定清华大学、北京大学和南开大学三校联合，以长沙为校址组建第一临时大学。校址选在长沙，受益于清华的政治敏锐度。早在 1935 年，清华出于对局势动荡的考虑，就打

算在长沙建立分校。他们一早就把贵重的中英文图书和精密仪器悄悄装箱，秘密运到了汉口，同时拨款在长沙岳麓山下建立新校舍，预计 1938 年初即可完工使用。

9 月初，他们搭乘一艘英国商船，从新港出发，驶入烟波浩渺的大海。船到烟台，那里也已战云密布，中日军队正在烟台对峙着。一行人上有老下有小，不敢在这里留宿，马上转乘去潍坊的汽车，在那里住了一夜，第二天一早，又坐上了开往济南的第一班火车。

胶东半岛已经满目疮痍。火车在胶济线上行驶，不时有日军的飞机呼啸着掠过。每当这时火车就立刻停下来拉响警报，乘客大呼小叫地跑下车。飞机飞得很低，几乎能看见机身上的"太阳"标记。小弟天真地问："妈妈，那是舅舅的飞机吗？"

林徽因说："不是，那是日本鬼子的飞机。"

"那舅舅的飞机为什么不来打他们呀？"

"会来的，会来的。"林徽因摸着儿子的头，不知道是在对孩子说还是给自己打气。

火车走走停停，下午三点总算到了济南。济南所有的旅店都爆满，梁思成跑到山东省教育厅，有他们帮忙，总算在大明湖边找到一间条件尚可的旅店栖身。

在济南住了两天，他们继续南下，经徐州、郑州、武汉，终于在 9 月中旬到了长沙。9 月的长沙热得像蒸笼，下了火车，在路边摊吃了几块西瓜解暑，林徽因一家就在火车站附近租了两间房子。这是一座二层灰砖楼房，房东住在楼下，楼后有个阴暗的天井。

在担惊受怕中疲于奔命，何雪媛支撑不住第一个病倒了。梁思成、林徽因只好承担起烧饭洗衣这些家务事。好在南方暂无战事，他们可以稍微喘口气观望局势，再作打算。

林徽因的其他朋友——一些北大和清华的教授也陆续来到长沙，张奚若夫妇

和梁思永一家也来了。梁氏夫妇这个刚刚安置下来的简陋的家，又成了朋友们的聚会中心。现在他们讨论的话题总是战局和国内外形势。有时晚上聊到激动处，就一起高唱抗日救亡歌曲，有时用中文唱，有时用英文唱。梁思成担任指挥。连宝宝也学会了好几首歌，天天唱着"向前走，别退后"。

11月下旬的一个下午，天空忽然出现大批飞机。小弟在阳台上喊着："妈妈，妈妈，舅舅的飞机来了！"梁思成跑到阳台上远远望去，还没看清楚，乌鸦一样的机群，号叫着投下了炸弹。梁思成还没反应过来，炸弹便在楼下开了花。他一把抱起小弟，林徽因抱着宝宝，搀着母亲下楼。门窗已经被震垮，到处是玻璃碎片。刚走到楼梯拐角处，又一批炸弹在天井里炸响。林徽因被气浪冲倒，顺着楼梯滚到院子里。楼房倒塌了，一家人逃到大街上。街上黑烟弥漫，好几所房子正烧着大火，四处是人们惊慌的哭叫。

清华、北大、南开挖的临时防空壕就在离他们家不远处。一家人往那里跑的时候，飞机再次俯冲，炸弹呼啸而至，其中一颗落在他们身边。林徽因和丈夫紧紧护住两个孩子，只一个瞬间，他们绝望地对视了一眼，然而这颗炸弹却没有爆炸。

飞机飞走后，他们从焦土里扒出还能找得见的几件衣物。刚刚安置好的家，又化作一堆废墟。一家五口东一家西一家在朋友那里借住了好一段日子，直到和金岳霖一起住在了长沙圣经学院。

那是日军第一次轰炸长沙，4架飞机在长沙上空投弹6枚，死伤300余人。等国民党空军飞机起飞时，日机已经扬长而去。

林徽因在1937年给费慰梅写信描述了这次轰炸：

炸弹就落在我们房门口大约十五米的地方，天知道我们怎么没被炸成碎片！先听到两声稍远处的爆炸和接着传来的地狱般的垮塌声音，我们各自拎起一个孩子就往楼下冲，随即我们自己住的房子就成了碎片。你们一定担心死了，没事！如果真有不测发生，对我们来说算是从眼前这场厄运中解脱。天啊，什么日子！

有了这样的开头，长沙也不再是一片净土了。日军隔三岔五地扔炸弹，长沙城很快就满目疮痍。

沅陵梦醒

可怕的空袭越来越多,长沙已经待不下去了。有消息说临时大学会继续撤退,搬迁到云南昆明,中央研究院这样的一些研究机构也会跟随。梁氏夫妇的古建筑研究资料很多时候要依赖于这些研究机构。而且林徽因的好友大多是清华、北大的教授,他们已经习惯在逃难的时候互相照应,就像一家人一样。所以,梁思成和林徽因决定也要前往昆明。

1937年11月末,梁家离开长沙,乘公共汽车,取道湘西,前往昆明。

从长沙到昆明,要经过沈从文的老家凤凰。林徽因早就在他的小说中领略过凤凰的风光了。凤凰城在湘、川、黔接壤处的山洼里,四面环山,处处可见自然造化的鬼斧神工。茂密的原始森林是这座石头城的天然屏障。沱江自贵州的铜江东北流入湖南境内,过凤凰城北,在东北向注入湘西著名的武水。一架飞桥架在沱江江面,住家的房子在桥西两侧重叠着,中间是一道自然被分割出来的青石小街。桥下游的河流拐弯处有一座万寿宫。从桥上就能欣赏到万寿宫塔的倒影。凤凰城以多泉著名,泉水从山岩的缝隙中渗出来,石壁上是人们凿出的壁炉一样的泉井,泉井四周生满了羊齿形状的植物,山岩披上了青翠的纱裙。

这新鲜生动的景色让日夜担惊受怕的一家人心情放松了一些。

沈从文人在武昌,连连写信给林徽因,邀请梁家去自己老家小住几日,还说不方便的话,自己的哥哥住在沅陵,它被称为"湘西门户",是长沙到昆明汽车的必经之地。林徽因盛情难却,便同梁思成商量,决定路过沅陵时停留两天看看沈从文笔下的湘西,看看沈从文的家乡和亲人。

湘西是传说中土匪横行之地。一家人提心吊胆地在沅陵下了车,在官镇住了一晚,竟是出乎意料地安全平静。店家很淳朴,满目的青山绿水更是令人心情格外沉静。第二天一大早,梁思成和林徽因就带着孩子们去拜访沈从文的大哥。沈家大哥的房子盖在小山上，四周溪流淙淙，宛如世外桃源一般。

林徽因不禁对梁思成感叹道："真是不虚此行，不来湘西，永远认为翠翠那样的人物是虚构的，来了才知道这里肯定有许多个翠翠。"

梁思成戏道："嗯，说不定在沈大哥家就有一个翠翠在等着我们呢。"

他们在沈大哥家受到了热情的款待。那热情不是用语言，而是用饭桌上一道又一道美味的菜肴，一碗又一碗香醇的美酒，一杯又一杯清冽的鲜茶表达出来的。晶莹饱满的米饭，风味十足的蒜苗炒腊肉，肉质鲜美的沅水鲢鱼，还有在北平亦很少有机会品尝的山鸡、野猪肉……他们太久没有享受到这样优渥的物质生活了。小弟和宝宝狼吞虎咽的吃相让林徽因有点尴尬，不断小声提醒孩子们斯文客气一些。女主人倒是善解人意，沈太太说："没关系，孩子这是在吃长饭呢！爱吃这里的饭菜，以后一定还要来啊。"

当然，沈家没有一个翠翠让他们见，倒是意外地见到了另一个人，沈从文的三弟。他在前线打仗负了伤，回家来休养。吃了饭，他们在廊边吃茶，一边畅谈时事，不知不觉时间就过去了。

林徽因和梁思成依依不舍地告别了沈家大哥，离开了梦一样的沅陵。

在颠簸的汽车上，林徽因提笔给沈从文写信：

我们真欢喜极了，都又感到太打扰得他们（注：沈从文大哥）有点不过意。虽然，有半天工夫在那楼上廊子上坐着谈天，可是我真感到有无限亲切。沅陵的风景，沅陵的城市，同沅陵的人物，在我们心里是一片很完整的记忆，我愿意再回到沅陵一次，无论什么时候，最好当然是打完仗！

说到打仗你别过于悲观，我们还许要吃苦，可是我们不能不争到一种翻身的地步。我们这种人太无用了。也许会死，会消灭，可是总有别的法子，我们中国国家进步了弄得好一点，争出一种新的局面，不再是低着头的被压迫着，我们根据事实时有时很难乐观，但是往大处看，抓紧信心，我相信我们大家根本还是乐观的，你说对不对？

这次分别，大家都怀着深忧！不知以后事如何？相见在何日？只要有着信心，我们还要再见的呢。

无限亲切的感觉，因为我们在你的家乡。

牧歌般的沅陵梦一般的消失了，一家子在战争的缝隙之间偷得一口气，现在又要挣扎在残酷的现实中。夫妇俩扶老携幼继续颠簸的旅途。从湖南到昆明，海拔也越来越高，山路越来越险。他们乘坐的汽车是老掉牙的铁家伙。林徽因在途中写给费慰梅的信透露了这个苟延残喘的交通工具是怎么把他们弄到目的地的：

每天凌晨一点，摸黑抢着把我们少得可怜的行李和我们自己塞进长途车，到早上十点这辆车终于出发时，已经挤上二十七名旅客。这是个没有窗户、没有点火器、样样都没有的玩意儿，喘着粗气、摇摇晃晃，连一段平路都爬不动，更不用说又陡又险的山路了。

经过晃县时，林徽因发起高烧，幸好意外遇见一群航空学校地学员，腾了一处地方给他们。梁思成又找了一位懂得中草药的女医生，给林徽因开了中药，养了半个月，才退了烧。一家人告别朝夕相处的8个学员和女医生，又继续赶路。

他们乘坐的这辆汽车，经常抛锚。有一回，车子开到一处地势险峻的大山顶上，突然停住不动了。天色已晚，大病初愈的林徽因在寒风中快被冻僵了。乘客们都很害怕，因为这里常有土匪出没，大家不停地抱怨着。

梁思成懂得机械原理，主动和司机一起修车，寻找车"罢工"的原因。他把手帕放进油箱，拿出来一看，手绢是干的，原来是汽油烧完了。这地方前不着村后不着店，又不能在车上过夜，梁思成召集乘客，大家一起推着车慢慢往山下走。太阳落山的时候，忽然一个村子奇迹般出现在路旁。大家都欢呼起来。

过了贵阳、安顺和镇宁，前面就是举世闻名的黄果树瀑布了。远远就听到轰鸣的水声。汽车在距离瀑布两公里的地方停下来，大家急不可待地循着水声的方向奔去。

一道宽约30多米的水帘飞旋于万丈峭壁，凭高做浪，发出轰然巨响，跌入深深的犀牛潭。飞瀑跌落处掀起轩然大波，水雾迷蒙中，数道彩虹若隐若现，恍若仙境。

林徽因立于百丈石崖之下，出神地凝望着眼前壮美的白练，听着奔腾的仿佛具有生命的活力的水声，对站在身边梁思成说："思成，我感觉到世界上最强悍的是水，而不是石头，它们在没有路的绝壁上，也会直挺挺地站立起来，从这崖顶义无反顾地纵身跳下去，让石破天惊的瞬间成为永恒，让人能领悟到一种精神的落差。"

梁思成说道："你记得爸爸生前跟我们说过的话吗？失望和沮丧，是我们生命中最可怖之敌，我们终身不许它侵入。人也需要水的这种勇敢和无畏。"

车子再一次徐徐启动，过晋安，下富源，奔曲靖，春城昆明已经遥遥在望。

那里将有一片全新的生活天地。

黄果树瀑布雷奔云泄的声音还响在耳畔，一面刚毅的白色旗帜在林徽因的心头招展着。

那不是生命向死亡投降的白旗。

昆明艰难

人活着，总要有一份信念在支撑，心里有了寄托，有了依靠，那些深楚的思想和情感才得以维系。否则这磕磕绊绊的人世，早晚会将你的意志瓦解，原本清雅的不再清雅，原本端然的不再端然。

人的力量，又是多么微不足道，抵不过一寸光阴的削减。过尽流年，以为可以让自己更加深邃成熟，内心却总是面临巨大的洪荒，一刻都不能消停。

饶是这老掉牙的破车时不时就要歇口气，到底还是把一行人带到了昆明，林徽因都惊叹这不可思议的顽强"生命力"，也许是他们的父亲的在天之灵在冥冥中庇佑自己的儿女呢。

穿过陡峭的悬崖绝壁和凹凸不平的土路，1938年1月，林徽因一家晃晃悠悠，奇迹般地被驮到了春城。

昆明的春天不是奢侈之物。那垂柳，好像一天就换一件新衣裳似的，永远是翠绿中透出新鲜的鹅黄。季节的变迁只从天空的色泽中才能感知一二。早春的天空，是玻璃样的青色，是画家的画板上调制不出来的那种颜色。云总是疏疏懒懒地在天空的边角挂着，如果你不在意，八成会以为那是谁挂在那儿的一张网片。

天气好的时候，那远处的金马山和碧鸡山，也带上了水的意蕴，迷蒙飘忽，云梦沼沼。两三声鹈鹕好像从水里传来，淡远了一脉苍茫的记忆。

林徽因和梁思成还算幸运，通过老朋友的关系很快找到了居所。而且环境相当不错，就在翠湖巡律街前市长的宅院里。虽然是借住，但毕竟有了一个舒适的落脚之地了。个把月的奔波，早就疲惫不堪，终于能从那破车上爬下来好好休整了。

张奚若夫妇与梁家比邻而居。出门不远，便是阮堤。散步时，穿过听莺桥，就能到海心亭去坐坐。

林徽因很喜欢海心亭。作为建筑，它倒是没什么特色，林徽因喜欢的是里面的对联：有亭翼然，占绿水十分之一；何时闲了，与明月对饮两三。

但落难的人没有太多闲情逸致。

从长沙到昆明这一个多月的长途跋涉，梁思成这个家里的顶梁柱也倒下了。脊椎病痛排山倒海地袭来，即使穿了那件从不离身的铁背心，由于背部肌肉痉挛，也难以直起身子。

痛得最厉害的时候，梁思成整夜整夜无法入睡。医生诊断说是扁桃体化脓引起的，于是切除了扁桃体，又引发了牙周炎，满口的牙也给拔了，只能躺在一张帆布床上。医生让他找点简单的事情做做，分散一些注意力，以免服用过量的镇痛剂引起中毒。

于是梁思成就只有两件事情可做，一是拆旧毛衣，二是补袜子。梁思成有一双灵巧的手，画得一手好图，他做梦也没想到，这种技能也能用来补袜子。多年之后，梁再冰还能清楚地回忆起父亲半躺在帆布床上补袜子的情景。他做得非常专心，简直把手中的破袜子当成了艺术品，细心地穿针引线，反复搭配颜色，然后用彩线把袜子织补起来。建筑学家补出来的袜子果然相当漂亮。梁思成当了大约一年的"织补匠"，身体逐渐好转，可以下地自如活动了。

家中顶梁柱倒了，老母亲卧病在床。林徽因，这个昔日太太客厅优雅美丽的女主人，现在是一个被肺病折磨着的女病人，必须要撑起这个家。为了赚钱，林徽因给云南大学的学生补习英语，每周六节课，每月可以挣到四十块钱的课时费。每次上课，她都得翻过四个山坡，昆明海拔高，稀薄的空气对林徽因脆弱的肺是个巨大的考验。

月底拿了钱，林徽因就去昆明城里转悠。她想买外出考察古建筑用的皮尺，这个是现在急需的工具。转了半天，终于在一间杂货店看到了皮尺。一问价钱，23块——这也太贵了！但林徽因咬咬牙买了下来。然后呢，还得给小弟和宝宝一人买一双鞋了。孩子们的旧鞋子早就开了花，天冷了，冻脚。还得去割一点肉来，家里已经几月不知肉味了。老的老，小的小，病的病，营养不能太缺……林徽因精打细算着身上的几十块钱，到后来还是所剩无几。天快黑了，她拖着疲倦的身子，回家烧饭。

一个人怎么分配手头有限的金钱，大体就能看出这一样样事物在他心里的分量。皮尺代表她钟爱的建筑事业，这份事业是她的生命，被她排在第一位。她是幸运的，那个与她相爱的人，支持着她的选择。他们开创了一片事业的新天地，他们的爱情亦开了花，结了果。

林徽因痴迷于建筑，家务活自然成了拖后腿的"元凶"。林徽因觉得没有比做家务更无聊更浪费时间的了。即使风餐露宿的野外考察，也没有比这来得更糟心。家务活，这个大部分女性无法分离的伙伴，几乎困扰了这个女学者的一辈子。她在给费慰梅的信中这样描述自己的生活：

我一起床就开始洒扫庭院和做苦工，然后是采购和做饭，然后是收拾和洗涮，然后就跟见了鬼一样，在困难的三餐中根本没有时间感知任何事物，最后我浑身痛着呻吟着上床，我奇怪自己干嘛还活着。这就是一切。

即使是偏于一隅的春城，也逃不开无处不在的战争。1938年9月28日，日军第一次轰炸昆明。从那天开始，这个他们原本以为安全的世外桃源，也要裸露在战争的伤口中。

昆明五华山的山顶有一座铁塔，塔上挂一个灯笼，叫预行警报；挂上两个灯笼，叫空袭警报；要是挂上了三个，就是紧急警报了。预防警报一挂出来，马上就得跑。躲警报成了昆明人日常生活的一部分。到最后，大家都对它习以为常了。

最最亲爱的慰梅、正清，我恨不能有一支庞大的秘书队伍，用她们打字机的猛烈敲击声去盖过刺耳的空袭警报，过去一周以来这已经成为每日袭来的交响乐。别担心，慰梅，凡事我们总要表现得尽量平静。每次空袭后，我们总会像专家一样略作评论："这个炸弹很一般嘛。"之后我们通常会变得异常活跃，好像是要把刚刚浪费的时间夺回来。你大概能想象到过去一年我的生活的大体内容，日子完全变了模样。我的体重一直在减，作为补偿，我的脾气一直在长，生活无所不能。
（1939年致费慰梅的信）

尽管林徽因用轻松的口吻安慰着好友，但事实可不是那样轻松，昆明的形势也越来越严峻了。1940年7月，日军攻占了越南，战时中国海路运输的国际交通线被切断了。云南成为前线，昆明自然变成了日军的主要轰炸目标。五华山的警报越来越频繁，警报级数也越来越高。有时候，一天就能轰炸好几次，轰炸之前活生生的一个人刚才还跟着大家一块儿逃命，等飞机离开，那个人已经在混乱中被炸弹带离了这个令人绝望的世界。

昆明的天空失去了往日的宁静，日本人的飞机不断前来骚扰。联大的教授们为了保全性命，只好拖家带口地疏散到昆明郊外各处。

当时，美国有好几所大学和博物馆聘请梁思成和林徽因到美国工作和治疗，梁思成婉言谢绝道："我的祖国正在灾难中，我不能离开她；假如我必须死在刺刀或炸弹下，我要死在祖国的土地上。"

营造学社的几位骨干陆陆续续来到昆明，于是梁思成把大家组织起来，打算恢复工作，考察西南地区的古建筑。这一阶段，后来成为营造学社起死回生的关键时期。为了尽快筹到资金，梁思成致信中华教育文化基金会董事会的周诒春，申请基金补助。周诒春回信说，只要有梁思成和刘敦桢，基金会就会承认营造学社，也会继续提供补助。正好刘敦桢从湖南新宁老家来了信，说愿意到昆明来。这样，营造学社西南小分队就组建起来了。

1938 年 10 月到 11 月间，考察组调查了圆通寺、土主庙、建水会馆、东西寺塔等 50 多处古建筑，几乎涵盖了昆明的主要古建筑。

为了躲避空袭，梁家和营造学社由傅斯年任所长的中央研究院历史语言研究所搬到了昆明市东北八公里处的龙泉镇龙头村附近的麦地村，借住在一间名为"兴国庵"的庵堂里。绘图桌与菩萨们共处一殿，只用麻布拉了一道帐子。梁思成和林徽因的家就安在大殿旁一间半泥土铺就的小屋里。由于屋内非常潮湿，他们只能把石灰洒在地上吸走潮气。

1939 年 9 月至 1940 年 2 月，梁思成率领考察队对四川西康地区 35 个县的古建筑进行了野外勘察，发现古建筑、摩崖、崖墓、石刻、汉阙等多达 730 余处。在这期间，梁思成又为西南联合大学设计了校舍。林徽因身体不好，便留在兴国庵主持日常工作，但也完成了云南大学女生宿舍"映秋院"的设计。

战争把本就遥遥无期的归期推到了完全看不见的黑暗之中。总是在庵堂住着不是办法，梁氏夫妇决定在龙头村北侧棕皮营靠近金汁河埂的一块空地为自己设计建造一座住房。

1940 年春天，梁思成和林徽因亲手设计并建造完成了这间 80 多平方米的住宅，有 3 间住房和 1 间厨房。这座小屋背靠高高的堤坝，上面是一排笔直的松树，南风习习吹拂着，野花散发出清新的香，短暂的平静让人错觉又回到了往昔的生活。

这是梁思成、林徽因夫妇一生中唯一一次为自己设计建造住房。

后来，老金在他们住房的尽头又加了一间耳房，权当作他的居室。他每天白天去联大讲课，晚上才能赶回来，好不辛苦。钱端升等一群老友也在这里建了房子，大家都为这"乔迁之喜"自豪，这里的每一块砖，每一块木板，每一根钉子都浸透着他们的汗水。此时，北平太太客厅的欢乐，又得以在这里重聚了。

梁家为了建造这三间住房，花光了所有的积蓄。为了省钱，"不得不为争取每一块木板，每一块砖，乃至每根钉子而奋斗"，还得亲自运木料，做木工和泥瓦工。尽管这样，这个家也已经到了山穷水尽的地步。还好在此时，费正清、费慰梅夫妇寄来一张给林徽因治病的支票，才算付清了建房欠下的债务。

梁思成1940年在昆明写给费氏夫妇的信，流露出当时他们所处的窘境：

我们奇缺各种阅读和参考书籍。如果你们能间或从二手书店为我们挑选一些过期的畅销书，老金、端升、徽因、我，还有许多朋友都将无上感激。我们迫切希望阅读一些从左向右排列的西文书籍，现在手边通通都是从上到下排列的中文古书。我发现，我在给你们写信索要图书时，徽因正在给慰梅写信索要一些旧衣服，看来我们已经实实在在地沦为乞丐了。

不仅仅是梁家陷入绝境，随着国军节节败退，更多的内地难民涌入昆明，人口激增导致昆明物价节节攀升，昔日生活富足的教授、学者们全都陷入赤贫。为了贴补家用，联大的教授到中学兼职上课，闻一多打出了刻章广告，梅贻琦校长等13名教授联名为他推荐。生物系的教授发动大家开垦荒地，住地唐家花园被他们变成了菜园，梅贻琦的夫人韩永华和另外两位有名教授的夫人一起做了点心，拿到冠生园去寄卖。教授夫人们给这种点心取名"定胜糕"，寓意抗战一定能胜利。

为了糊口，一直清高的梁氏夫妇也不得不加入这场兼职大潮，给有钱人设计私人住宅，可往往得不到应得的报酬。他们也曾不情愿地出席权贵们的宴会，避不开的时候，林徽因必做声明：思成不能酒我不能牌，两人都不能烟。

没有钱，但不能没有节。他们可以接受最好的朋友的救济，可以在最好的朋友面前"沦为乞丐"，但是，对于别人，他们始终保持着知识分子的尊严，不食嗟来之食。

竹林深处

我想象我在轻轻地独语：

十一月的小村外是怎样个去处？

是这渺茫江边淡泊的天；

是这映红了叶子疏疏隔着雾；

是乡愁，是这许多说不出的寂寞；

还是这条独自转折来去的山路？

是村子迷惘了，绕出一丝丝青烟；

是那白沙一片篁竹围着的茅屋？

是枯柴爆烈着灶火的声响，

是童子缩颈落叶林中的歌唱？

是老农随着耕牛，远远过去

还是那坡边零落在吃草的牛羊？

是什么做成这十一月的心，

十一月的灵魂又是谁的病？

写下这些诗句时，橘红色的阳光正洒在窗前。林徽因的目光循着阳光里那对靛蓝色的小鸟，它们在窗外的竹梢上唱着，跳着，享受着阳光梳理着它们轻盈的羽毛。它们有时候会跳上窗台，在这个窄窄的舞台上展示自己的身姿和舞步。

孩子们在窗外笑闹着跑动着。孩子们的快乐很简单，一朵野花、一只蝴蝶、一只田螺或是拇指大的棒棒鸟，都能让他们在甜梦中笑出声响。

林徽因多么羡慕窗外的世界，羡慕在窗台上舞蹈的小鸟，羡慕在窗外玩乐的孩子们。她也需要那么一丁点简单的微小的快乐。但现在她只能躺床上，能做的唯有看阳光在窗棂上涂抹着晨昏。

1940年底，营造学社迁往更偏僻的四川李庄。这是一次无奈的迁徙。中央研究院历史语言研究所要搬到四川，营造学社靠史语所的资料生存，不得不跟着搬迁。用梁思成的话说，这次迁徙"真是令人沮丧，它意味着我们将要和一群有着十几年交情的朋友分离，去到一个远离大城市的全然陌生的地方"。

　　李庄位于宜宾市城区东郊长江下游 19 公里的南岸，梁思成当年称之为"谁都难以到达的可诅咒的小镇"。梁思成不能和妻子同行，因为营造学社经费严重短缺，已经无法维持运转。梁思成要找在重庆的教育部要一些补贴。他从昆明出发，先到重庆，再到李庄。

　　林徽因带着老母亲和两个孩子，坐着四面透风的敞篷卡车，走了两个星期，才从昆明到达李庄。

　　在营造学社同人的协助下，林徽因拖家带口在李庄镇外的上坎村找到一间"L"形平砖房安顿下来。

　　战争的阴影尚未完全笼罩李庄，但另一个可怕的敌人毫不留情地扑向了这个本已摇摇欲坠的家庭，那就是林徽因的肺病。肺病在当时是一种痨病，没有能治愈的法子，只能靠静养。但整个中国都卷入抗战，一家人居无定所，颠沛流离之中何来静养？晃县那次长达半个月的高烧，侵蚀了林徽因的病体。现在，经过两个星期的颠簸，加之已是对肺病患者极为不利的严冬，旧疾再次疯狂反扑，击倒了林徽因。

　　四十几度的高烧，好几个礼拜退不下去。林徽因每天晚上躺在床上，大汗淋漓，什么也吃不下，瘦成皮包骨。何雪媛已经是个六十多岁的老太太，孩子们又太小，谁也没法子去李庄找医生。而且，李庄这个穷乡僻壤，没有西医，农民生了病只吃中药，生死在天。林徽因也跟他们一样了。她强打精神安慰着被吓坏的幼子幼女：
"宝宝，小弟，妈妈没有事！"

林徽因挣扎着给丈夫写了封信，但只说她病了，盼着他早点回来，没有提到
自己病成什么样子。她知道那只会给焦头烂额的梁思成徒增负担和烦恼。而全家
人能做的，就只有焦急地等着一家之主的归来。

这边，梁思成在重庆心急如焚，但是筹不到款，妻子的病也没有办法。梁思
成四处奔走，和教育部的官员们做着踢皮球的游戏。他已经下了决心，就是当了
乞丐，也得多少筹一些款子回去。他身上担着妻儿老小和营造学社的生计。

直拖到1941年4月14日，梁思成终于赶到了李庄。一回到家，就看到病得
不成人样的妻子。他的心里充满了内疚。他立即给费正清夫妇去了封信：

直到4月14日我才从重庆抵达李庄，发现徽因病得比信中告诉我的要严重
许多。家徒四壁混乱不堪，徽因数月病重在床令我十分痛心……比听到文章被《国
家地理》杂志拒绝还难受。不否认给他们投稿的目的是为了挣一些额外的报酬。
在通货膨胀中，一些外币的确可以让人略有安全感。你们先后寄来的两张支票简
直是天外礼物，如此真挚情谊，我们心存感激，无以言表。支票已被收藏起来做
应急之用。

丈夫回来了，林徽因才能享受到一些病人的待遇，不用一己操持整个家了。
但物质生活依然清苦。村子里无医无药，林徽因发了烧，梁思成请来史语所的医
生为她诊治，无奈之下他也学会了打针。

川南的冬天来了，这意味日子将更加艰苦。营造学社的经费几近枯竭，中美
庚款基金会已不再提供补贴，只靠着重庆教育部杯水车薪的资助。成员的薪水也
失去了保障，亏得史语所、中央博物院筹备处的负责人傅斯年和李济伸出援手，
把营造学社的五人划入他们的编制，每个人才能领到一些固定的薪水。

梁思成和林徽因两人的薪水大半都买了昂贵的药品，生活上的开支自然拮据

起来。每月得了钱，必须马上去买药买米。通货膨胀如洪水猛兽，稍迟几日，钱就会化成一堆废纸。小弟有一回失手打碎了家里唯一一支体温计，就再也买不到，林徽因大半年都没办法量体温。

因为吃得少，林徽因身体越来越瘦，不成人形。在重庆领事馆工作的费正清夫妇托人捎来一点奶粉，吃油一样珍惜地用着，算是给林徽因补身子的"奢侈品"。为了改善伙食，梁思成学会了蒸馒头、煮饭、烧菜。他还去跟老乡学着腌菜，用橘子皮做果酱。

家里实在没钱可用的时候，梁思成就只得到宜宾委托商行去典当衣物。每当站在当铺高大的柜台下面，梁思成就觉得双腿发软，自己正一节一节地矮下去。留着山羊胡子的账房先生，总是用嘲弄的眼神注视着这个一脸焦急的斯文的男人，他只对他递过来的东西感兴趣，可是每一次都把价钱压得极低。梁思成拙于讨价还价，换得的钱总是不多。

衣服当完了，就只好去当当作宝贝一样留下来的派克金笔和手表。账房先生对梁思成无比珍惜的宝物，却越来越表现得冷漠和不耐烦。一支陪伴了建筑学家20多年的金笔，一只在美国绮色佳购得的手表，当出的价钱只能到市场上买两条草鱼。

但梁思成从未在林徽因面前流露出抱怨和消极情绪。他拎着草鱼回家时，还开玩笑地跟妻子说："把这派克金笔清炖了吧，这块金表拿来红烧。"他轻快地、有条不紊地做着家务，甚至哼起了轻松的小曲。林徽因看着丈夫进进出出的忙碌背影，眼睛慢慢地湿了。一丝愧疚同时涌上心头。一年以前，梁思成在昆明病倒的时候，自己也是这样忙进忙出，却是满心牢骚，而不是这样快乐。

病情稍微有点好转的苗头，林徽因就闲不住了。白天她拖着瘦弱的病身上街打油买醋，晚上就在灯下给丈夫和孩子们缝补几乎不能再补的衣物。孩子们冬天也只有布鞋可穿，其他季节都是打赤脚，至多穿上草鞋。南瓜、茄子、豇豆成了全家人的主食。后来，同在李庄的傅斯年实在看不下去了，悄悄写信给教育部长朱家骅和国民政府委员长蒋介石，恳请对梁家给予救济。其理由是梁思成的父亲梁启超"于新教育及青年之爱国思想上大有影响启明之作用"；"思成之研究中国建筑，并世无匹"；林徽因"今之女学士，才学至少在谢冰心前辈之上"。林徽因得知傅斯年出手相帮，特别写信表达感激之情："尤其是关于我的地方，一言之誉可使我疚心疾首，夙夜愁痛。"

更多的时候，林徽因以书为伴，雪莱、拜伦的诗歌支撑着她挨过无数个病痛、孤寂的白天夜晚。那些美丽的字句已经深植于她的内心：

你那百折不挠的灵魂——
天上和人间的暴风雨

怎能摧毁你的果敢和坚韧！

你给了我们有力的教训：

你是一个标记，一个征象，

标志着人的命运和力量；

和你相同，人也有神的一半，

是浊流来自圣洁的源泉。

当林徽因觉得自己的生命快要被困苦和病魔消耗殆尽的时候，她就从这些诗句中积蓄力量。就像一个在沙漠中跋涉许久的旅人，终于找到了绿洲和甘泉。

身子不那么难受的时候，林徽因就躺在小帆布床上整理资料，做读书笔记，为梁思成写作《中国建筑史》做准备。那张小小的简易帆布床周围总是堆满了书籍和资料。

林徽因只能从窗外风景的变化感受着季节的变迁。夏天来了，小屋里的气温骤然升高，闷热难当。宝宝正在放暑假，偶尔闲下来，她就教宝宝学英语——课本是一册英文版《安徒生童话》。宝宝很聪明，等暑假结束，已经能用英文流畅地背诵里面的故事了。

小弟也上了小学。虽然生活艰辛，孩子的个头倒也长起来了。一年到头，他都是光着脚，快上学了，才穿上外婆给做的一双布鞋。

生活就这样步履蹒跚地前进着。

由于营造学社的资金严重不足，对西南地区古建筑的考察已经完全停滞了。梁思成、林徽因跟大家商量着恢复营造学社停了好几年的社刊。

但是抗战时期的四川，出版刊物是极其困难的，尤其是李庄这样的偏远乡下。

没有印刷设备，他们就用原始的药水、药纸书写石印。莫宗江的绘图才能此时得到了最大的发挥，他把绘制那些平面、立体、刨面的墨线图一己承担下来，描出的建筑图式甚至可以与照片乱真。抄写、绘图、石印、折页、装订，营造学社的同人全都自己动手。紧张的时候，家属和孩子们也来帮忙了。一期刊物漂漂亮亮地出版的时候，大家高兴得又笑又跳。

继抗战前的六期汇刊后，第七期刊物就诞生在这两间简陋的农舍里。

皇天不负有心人，在梁思成坚韧不拔的努力和朋友们的帮助下，教育部和英国庚子赔款基金给予了一些赠款，费正清夫妇也从重庆捎来了食品。梁家的生活状况稍有改善，他们有能力从当地请了一个热心的女佣人。尽管她有时会因为过于热心勤快洗坏了梁思成的衬衫，打坏了杯盘器皿。无论如何，林徽因总算能从拖累人的家务中完全解脱，接近于静养了。

窗子外面的景色变幻着，田野重新焕发出生机，几乎可以听到雨后的甘蔗林清脆的拔节声。棒棒鸟仍然是窗台上的常客，它们洞悉所有季节的秘密。阳光透过窗子，把林徽因纸上的诗句都染成了充满生命力的橘红色：

> 山坳子叫我立住的仅是一面黄土墙；
> 下午透过云霾那点子太阳！
> 一棵野藤绊住一角老墙头，斜睨
> 两根青石架起的大门，倒在路旁
> 无论我坐着，我又走开，
> 我都一样心跳；我的心前
> 虽然烦乱，总像绕着许多云彩，
> 但寂寂一湾水田，这几处荒坟，
> 它们永说不清谁是这一切主宰
> 我折一根柱枝，看下午最长的日影
> 要等待十一月的回答微风中吹来。

何处是归程

那是这一季最后的繁花盛开。

林徽因是春天枝头的那朵繁花，一开，就是许多年，迟迟不肯凋谢。

连上天都不忍早早接走她。十年前，医生就已下了判决书，林徽因将不久于人世。以为最多只有三五年的光景，然而生命的奇迹总是眷顾有着超凡毅力的人，她熬过了十年。这十年不是在病榻上度过。她用最珍贵的十年在中国古建筑研究的领域取得了巨大的成就。这是既孤独又充实的十年。她创造了生命里最后的传奇，哪怕提前透支光阴也在所不惜。

出身名门，少女时代就随父亲周游欧洲，阅尽人世繁华的是她。战争时期困顿李庄，一病不起，拖着病体上街打油买盐，灯下缝补衣裤的还是她。在太太客厅被众星捧月的是她，为了野外考察餐风饮露的是她。素衫黑裙，梳着两根辫子的小仙子是她，肺疾缠身，容颜更改的也是她。这样的女人，无论从哪个角度看过去，都是一道别致的风景。在她身上，永远有耐人寻味的故事发生。

即使离去，也要选在春风沉醉的夜晚。当清晨人们发现她，痛苦早已远离，只留平静的面容接受晨光的洗礼。

这就是林徽因。

悲喜交加

抗日战争已经打了八年了，多灾多难的中国人，被无处不在的战火拖得奄奄一息。林徽因的病情在一天天恶化。膀胱部位时不时传来一阵阵剧痛。林徽因感到从未有过的恐慌，或者说绝望。

太久了，以至于胜利的消息传来时，大家一瞬间还反应不过来。也是，这消息确实来得颇为突然。

1945 年 8 月 14 号晚上大约 8 点钟，重庆正显示着它火炉的威名，连晚风吹来的都是热气。梁思成、费慰梅还有两个年轻的中国作家，一起吃了晚饭，就在美国大使馆门前乘凉。

梁思成现在的头衔是中国战地文物保护委员会的副主席。他需要负责编制一套沦陷区重要的文物建筑目录，并在军用地图上标注出他们的具体位置，以防止这些建筑在战略反攻中被毁坏。

费慰梅则是作为美国大使馆的文化专员在这年夏季来到中国的。老朋友相见，分外激动。他们怎么也想不到，会一起见证这个历史性的时刻。

梁思成正在跟费慰梅讲着多年前泰戈尔访问北京的事，忽然间，四周骤然安静下来。这不寻常的寂静让人摸不着头脑，大家面面相觑，仔细地听着动静。警报声从远处传来，经久不息，江上的汽笛也跟着长鸣。人们一开始是压抑地喊喊喳喳，接着有人在大街上飞跑，再接着就是"胜利了！胜利了！"的欣喜若狂的欢呼。轰然炸响的鞭炮声中，全城的人都跑到了大街上。

梁思成和费慰梅也来到大街上，到处是欢笑的市民，到处是挥舞的旗帜和"V"形手势。吉普车、大卡车和客车满载着欢庆的人群自发组成车队，陌生的人们在车上彼此握手拥抱庆祝这来之不易的胜利。

夜已经深了，中央研究院招待所却灯火通明。梁思成和学者们聚在一起高兴地笑啊说啊，还开了一瓶存了许久的白酒。梁思成在这非凡的热闹中忽然感到怅然若失。苦苦盼了 8 年，熬了 8 年，等了 8 年，可是当胜利的时刻到来，自己却没有陪在妻儿身边。

费慰梅看穿了梁思成的心思。在她的努力下，梁思成和她坐上了一架由美国飞行员驾驶的 C-47 运输机飞到宜宾。从那里去李庄就近多了。

在李庄的陋室，费慰梅和病床上的林徽因相拥而泣。她们分别已经有十个年头了。

第二天，林徽因下了床。尽管病得厉害，但她还是想用自己的方式庆祝。她和费慰梅坐着轿子到茶馆去，以茶代酒庆祝中国的胜利。这是她四年以来第一次离开她的居室。梁思成兴致勃勃地拿了家里仅有的一点钱，买了肉和酒，还请了莫宗江一起相庆。林徽因也开了酒戒，痛快地饮了几杯。

费慰梅给林徽因留下了治疗肺病的药品，然后离开了李庄，与林徽因相约在重庆再见面。

随着抗战的胜利，林徽因心头的阴霾也一扫而空。在李庄晴天是稀罕物，赶上的话，林徽因一定不会放过。这年宝宝梁再冰已经是个 16 岁的花季少女，她陪伴着体弱的妈妈，一起到李庄镇上，在小面馆吃面，去茶铺喝茶，还去看了梁再冰的同学的排球赛。有一天阳光特别好，林徽因兴致来了，穿上以前在北平穿的漂亮衣服，到女儿的校园里散步，竟引起一阵小小的轰动。

孩子们看到将要随父母回到阔别多年的北平了，也雀跃无比。

然而，林徽因看到和听到的消息，让不安在她的心中一点点扩散开来。虽然日本已经宣布投降，可是歌乐山上空仍然战云密布。蒋介石调兵遣将，准备打内战了。

1946 年 1 月，她从重庆写信给费慰梅说：

正因为中国是我的祖国，长期以来我看到它遭受这样那样雁难，心如刀割。我也在同它一道受难。这些年来，我忍受了深重的苦难。一个人一生经历了一场接一场的革命，一点也不轻松。正因为如此，每当我觉察有人把涉及千百万人生死存亡的事等闲视之时，就无论如何也不能饶恕他……我作为一个"战争中受伤的人"，行动不能自如，心情有时很躁。我卧床等了四年，一心盼着这个"胜利日"。接下去是什么样，我可没去想。我不敢多想。如今，胜利果然到来了，却又要打内战，一场旷日持久的消耗战。我很可能活不到和平的那一天了（也可以说，我依稀间一直在盼着它的到来）。我在疾病的折磨中就这么焦灼烦躁地死去，真是太惨了。

在这同时，还有另一桩心事困扰着林徽因。营造学社经费来源完全中断，已经无法继续维持，刘敦桢和陈明达先后离去，留下的也是人心涣散。梁思成觉得，中国古建筑的研究，经过营造学社数年的努力，已经基本厘清了各个历史时期的体系沿革，战后最需要的是培养建设人才。

一家人准备先到重庆去。虽然早早收拾好了行李，但雨一直不停，没有船。林徽因写信给费慰梅抱怨"显然你从美国来到中国要比我们从这里去到重庆容易得多"。

终于等到船了，梁思成带着衰弱的妻子踏上了重庆的土地。

林徽因五年来头一次离开李庄。她身体不行，在重庆的大部分时间都待在中研院招待所里。费慰梅一有时间就开着吉普车带林徽因去城里玩，有时去郊外接在南开中学读书的小弟，有时到美国大使馆的餐厅一起进餐，有时到费氏夫妇刚刚安顿下来的家里小聚。在重庆，费慰梅请了美国著名的胸外科专家里奥·埃罗塞尔博士为林徽因检查病情。当她身体略好的时候，费慰梅还带他们全家去看戏看电影。林徽因和小弟还参加了马歇尔将军在重庆美新处总部举行的一次招待会，在那里见到了共产党高级领导人周恩来和"基督将军"冯玉祥等名人。

后来，他们又找了一家医疗条件较好的教会医院检查。梁思成说："咱们一定得把身体全面检查一下，回去路上心里也踏实。"

X光透视之后，医生把梁思成叫到治疗室，告诉他："现在来太晚了，林女士肺部都已空洞，一个肾也已感染。这里已经没有办法了。她最多还能活五年。"

梁思成顿时如五雷轰顶，一下子瘫倒在椅子上。他不能接受这个宣判。最艰难的日子已经过去了，至爱之人难道只能与自己共苦，却不能与自己同甘？

林徽因却很坦然，她对丈夫说："我现在已经感觉好多了。等回了北平，很快就能恢复过来的。"她拉起还在呆呆地望着自己的梁思成的手，轻声说："思成，咱们回家吧。"

重返春城

　　人在病中，就格外容易想家。可是家在哪里呢？北平，是林徽因魂牵梦绕的故都。奈何山河破碎今何在，她现在还不能回去。就是李庄，那个偏僻的小山村，竟也回不去了。因为长江航运局正在清理河道，重庆到李庄的船全都停运了。

　　梁家在昆明的老朋友知道了情况，邀请他们去昆明住一段时间。老金在张奚若家附近找了一处房子，是军阀唐继尧后山上的祖居。那祖居的窗户很大，有一个豪华的大花园，几棵参天的桉树，婆娑的枝条随风摇曳，散发着阵阵芳香。

　　林徽因一到昆明就病倒了，但是与朋友相聚的喜悦压倒了一切。长期的分离之后，张奚若、老金和钱端升夫妇这一群老友又围绕在她身边，床边总是缭绕着没完没了的话题。他们用了十多天，才把各自在昆明和李庄的点点滴滴，包括所有琐事弄清楚。他们谈着每个人的情感状况、学术近况，也谈论国家情势、家庭经济，还有战争中沉浮的人物和团体，彼此都有劫后余生之感。林徽因体验到了缺少旅行工具的唐宋诗人们在遭贬谪的路上，突然和朋友不期而遇的那种极致的喜悦。

　　林徽因给费慰梅写信说：

　　……我们都老了，都有过贫病交加的经历，忍受了漫长的战争和音讯的隔绝，现在又面对着伟大的民族奋起和艰难的未来。此外，我们是在远隔故土，在一个因形势所迫而不得不住下来的地方相聚的。渴望回到我们曾度过一生中最快乐的时光的地方，就如同唐朝人思念长安，宋朝人思念汴京一样。我们遍体鳞伤，经过惨痛的煎熬，使我们身上出现了或好或坏或别的什么新品质。我们不仅体验了生活，也受到了艰辛生活的考验。我们的身体受到了严重损伤，但我们的信念如故。现在我们深信，生活中的苦与乐其实是一回事。

　　春城气候宜人，但海拔高度对林徽因的呼吸和脉搏有不良影响。但她周围总是有老朋友陪伴，有聊不完的话题，看不完的书，还有女仆和老金热心周到的照料，令她心中感到十分惬意。

　　云南的彩云很是奇特，并非那多变的模样，也不在于洁净的气质，而在于它即使远在天边却仿若触手可及一般。特别是夜晚来临，月亮挂在树梢，彩云依依地追着月亮。林徽因就是在那时相信云南的彩云是有生命的，那是多情的姑娘的精魂的化身。

有时候好好的天也会下雨。但是不是李庄那种混合着煤矿的酸雨。昆明的雨不染纤尘，雨中是繁花和青草的气息，也有泥土发酵的气味。昆明的雨也像林徽因的脾气，来得快去得也快，不像李庄那样慢吞吞地拖啊拖啊烦死人。

林徽因给费慰梅讲述了住在唐继尧"梦幻别墅"的感受：

所有最美丽的东西都在守护着这个花园，如洗的碧空、近处的岩石和远处的山峦……这是我在这所新房子里的第十天。这房间宽敞、窗户很大，使它有一种如戈登·克雷早期舞台设计的效果。甚至午后的阳光也像是听从他的安排，幻觉般地让窗外摇曳的桉树枝丫把他们缓缓移动的影子映洒在天花板上！

…………

昆明永远那样美，不论是晴天还是下雨。我窗外的景色在雷雨前后显得特别动人。在雨中，房间里有一种难以言状的浪漫氛围——天空和大地突然一起暗了下来，一个人在一个外面有个寂静的大花园的冷清的屋子里。这是一个人一生也忘不了的。

这时候西南联大已经北返，老朋友们都归心似箭，中国营造学社的历史使命也已完成。再加上梁思成受聘清华大学建筑系主任等缘故，1946年夏，梁家和西南联大的教授们一起，乘包机顺利从重庆返回北平。

故都惊梦

九年了，日日夜夜走进梦中的北平，会用什么样的姿势拥抱病弱的林徽因？

她在心中无数次勾勒过的北平的形象，却变得扑朔迷离。铺天盖地的太阳旗已经不复踪影，取而代之的是酒幌似的青天白日旗，如经幡一般在每家每户的门上招摇着。林徽因茫然不知所措，拽住路过的行人一打听，原来今天是教师节。北平政府正准备举行八年来的祭孔大典。

前三门大街上，一辆辆十轮卡车吼叫着驶过。炮衣下裸露出的粗大的炮管泛着金属特有的冷冷的光，看得人本能地畏惧。士兵们坐在炮车上，趾高气扬地向街上的人们打着口哨。

林徽因领着孩子站在"信增斋修表店"的屋檐下，这纷乱的街景让她迷惑了。大成至圣先师重新被邀请到这座故都，虽然没有异族的刺刀对准他的胸膛，但这满街的炮车，不知该让他怎样"发乎情，止乎礼"。她有预感，这暗涌马上就要演变成一场海啸。

北返后的清华大学有了自己的建筑系，梁思成是第一任系主任。1946年夏季，林徽因一家搬进了清华园新林院8号，这是清华的教授楼，环境优雅，住宅也十分宽敞。

匆匆组建的建筑系刚刚安顿下来，梁思成很快又要赴美考察战后的美国建筑教育。同时应耶鲁大学的聘请讲学一年，教授《中国艺术史》。

战后的北平经济萧条，物价飞涨，工商业纷纷倒闭，国统区的钞票像长了翅膀似的。他们回来只几个月，北平的大米由法币900元一斤猛涨到2600元一斤。清华的学生食堂前常常挤满了出售衣物的学生，旁边铺着旧报纸，上书"卖尽身边物，暂充腹中饥"。

饥饿的阴影笼罩了北平，也笼罩了清华园。清华园的民主墙上写满了反饥饿的标语："内战声高，公费日少，今日丝糕，明日啃草。""饿死事大，读书事小。""向炮口要饭吃！"

　　上海、南京等地也开始了抢救教育危机的运动，反饥饿反内战的浪潮由南向北，汹涌澎湃。清华开始罢课，高音喇叭播送着学生的罢课宣言："今天饥饿迫使我们不能沉默。今天为了千千万万在死亡边缘挣扎的人民，为了在内战炮火下忍受饥饿的全国同胞，我们不得不放下了我们的书本。……一切根源在于内战。内战不停，则饥饿将永远追随人民。"

　　梁家的日子越来越不好过了。

　　一家人颠沛流离，9年之后回到故土，已是两手空空。贫困和饥饿仿佛认准了他们，跟着回来了。林徽因的病也愈来愈厉害。

　　好日子真的是遥遥无期。

　　梁思成临出发去美国前，交代系里的年轻教师，有事情可以找林徽因商量。于是，开办新系的许多工作暂时就落在了她这个没有任何名分的病人身上。

　　建筑系刚成立，图书馆的资料不多，林徽因就把家中藏书推荐给年轻教师，任他们挑选借阅。除此之外，林徽因也同青年教师们建立了亲密的同事情谊，热心地毫无保留地与他们交流和探讨学术思想。她还结交了复员后清华、北大的文学和外语专业的教师，大家畅谈文学和艺术，各抒己见，好不热闹。

　　当时更有一些年轻学子慕名而来求教于林徽因，其中就包括后来成为梁思成第二任夫人的林洙。当时校方为了让林徽因能清静地养病，在她的住宅外面竖了一块一人高的木牌，上面写着：这里有位病人，遵医嘱需要静养，过往行人请勿喧哗。来访的学生们，都以为自己将看到一个精神萎靡的中年女子恹恹地靠在床上待客，没想到这位林先生虽然身体瘦弱，却神采飞扬。她滔滔不绝地谈论着文学、艺术、建筑，融会贯通，妙语连珠。谈到兴奋处，林徽因自己都忘了，她是个被医生判了死刑的重病人。

　　只是当难熬的夜晚来临，林徽因在床上辗转反侧，整夜咳嗽着不得安宁，半夜里一次次吃药、喝水、咳痰……这一切都只能孤身承受，没有人能帮上她一点忙。她在孤单和绝望中凝视着窗外的黑夜，那么深那么长的夜，不知道何时才是个头？！往往也是这样，白天的林徽因就显得越兴奋，好像是在攫取某种精神上的补偿。

　　这年夏天，梁思成回到北平。一年来，他在耶鲁大学讲学，同时作为中国建筑师代表，参加了设计联合国大厦建筑师顾问团的工作。在那里，他结识了许多现代建筑权威人物，如勒·柯布西埃、尼迈亚等。他还考察了近二十年的新建筑，同时访问了国际闻名的建筑大师莱特·格罗皮乌斯、沙理能等。

　　他在美国与老朋友费正清、费慰梅夫妇见了面，并将在李庄时用英文写成的《中国建筑史图录》，委托费慰梅代理出版，后因印刷成本高，而没有找到出版人。1948年，一位英国留学生为写毕业论文，将书稿带到马来西亚。直到1979年，这份稿子才辗转找回，并经费慰梅奔波，1984年在美国出版，获得极高的评价。

　　梁思成是接到林徽因重病的消息提前回国的。林徽因的肺病已到晚期，结核转移到肾脏，需要做一次手术，由于天气和低烧，也需要静养，做好手术前的准备。

梁思成又恢复了他"护士"的角色。尽管回国后工作很忙，但他还是抽出尽可能多的时间照料妻子。住宅里没有暖气，室内温度高低关系到林徽因的健康和术后恢复。梁思成就在家里生了三个半人高的大炉子，这些炉子不好伺候，收拾不好就"罢工"。添煤、清除煤渣，这些烦琐细致的活儿，梁思成全都亲力亲为，怕佣人做不好误了事。他遵医嘱每天给林徽因搭配营养餐，为她肌肉注射和静脉注射，为她读英文报刊。每次去学校上班前，他总是在林徽因身边和背后放上大大小小各种靠垫，让她在床上躺得舒服一点。

秋凉以后，林徽因身体状况略有改善，她被安排在西四牌楼的中央医院住院。这个白色世界好像有禁锢生命能量的威力似的，没有流动，没有亢奋，只有白得刺目的安静煎熬着灵魂。

《恶劣的心绪》就是她在这个时期写下的：

我病中，这样缠住忧虑和烦忧，
好像西北冷风，从沙漠荒原吹起，
逐步吹入黄昏街头巷尾的垃圾堆；
在霉腐的琐屑里寻讨安慰，
自己在万物消耗以后的残骸中惊骇，
又一点一点给别人扬起可怕的尘埃！
吹散记忆正如陈旧的报纸飘在各处彷徨，
破碎支离的记录只颠倒提示过去的骚乱。
多余的理性还像一只饥饿的野狗
那样追着空罐同肉骨，自己寂寞的追着
咬嚼人类的感伤；生活是什么都还说不上来，
摆在眼前的已是这许多渣滓！
我希望：风停了；今晚情绪能像一场小雪，
沉默的白色轻轻降落地上；
雪花每片对自己和他人都带一星耐性的仁慈，
一层一层把恶劣残破和痛苦的一起掩藏；
在美丽明早的晨光下，焦心暂不必再有，——
绝望要来时，索性是雪后残酷的寒流！

这种恶劣的心绪时时刻刻缠绕着她。她隐隐觉得，生命就要走到尽头了。这时她才感到了命运的强悍，似乎是她早已期待过这样的结局了。生命是一个圆，从一点出发，终要回到那个点上，谁都无法违抗这种引力。

通货膨胀还在持续着，市场上蔬菜几近绝迹，偶尔有几个土豆挑子，立刻就被抢购一空。梁思成开着车跑到百里外的郊县，转了半天，才能买回一只鸡。

10月4日，林徽因给在美国的费慰梅写信说：

我应当告诉你我为什么到医院来。别紧张。我只是来做个全面体检。作一点小修小补——用我们建筑术语来说，也许只是补几处漏顶和装几扇纱窗。昨天下午，一整队实习和住院大夫来彻底检查我的病历，就像研究两次大战史一样。我们（就像费正清常做的那样）拟定了一个日程，就我的眼睛、牙齿、肺、肾、饮食、娱乐和哲学建立了不同的分委员会。巨细无遗，就像探讨今日世界形势的那些大型会议一样，得出了一大堆结论。同时许多事情也在着手进行，看看都是些什么地方出了毛病；用上了所有的现代手段和技术知识。如果结核菌现在不合作，它早晚也得合作。这就是其逻辑。

12月手术前的一天，胡适之、张奚若、刘敦桢、杨振声、沈从文、陈梦家、莫宗江、陈明达等许多朋友来医院看她，说了些鼓励和宽慰的话。

为了以防万一，林徽因给费慰梅写了诀别信：再见，我最亲爱的慰梅。要是你忽然间降临，送给我一束鲜花，还带来一大套废话和欢笑该有多好。

她对梁思成绽出一个安静的笑颜，然后被推进了手术室。

她躺在无影灯下，却看到命运被拖长的影子。她渐渐感觉到，自己在向一个遥远的、陌生的地方走去，沿着一条隧道进入洞穴，四周是盘古初开一样的混沌。

不知过了多久，她隐隐听到了金属器皿的碰撞声。

新生与弥留

1948 年，反饥饿、反内战的浪潮方兴未艾。11 月 6 日，清华开始总罢课，全校师生频频举行演讲会，第一次喊出"只有反抗，才能生存"的口号。与此同时，北平政府对学生的镇压也随之开始了。北平政府发出逮捕进步学生的通令之后，清华园被反动军警和"棍儿兵"包围了数日，特务们还在西校门外的围墙上写上"消灭知识潜匪"的反动标语。校园被围之日，清华园内菜粮来源断绝，学生和住在园内的教授们只能靠一点咸菜和辣椒度日。

生命的奇迹又一次回到林徽因身上。肾脏切除手术很顺利，虽然由于体弱，刀口愈合很慢，但在梁思成的精心照料下也慢慢复原了。有一天半夜，几个脸上涂着油彩，身穿黑衣的人带着几个"棍儿兵"闯进梁家，砰砰地砸着门，嚷着"抓学匪！抓共产党！"林徽因气愤难当，从床上跳下来，大声斥骂着，把他们赶了出去。

梁思成和林徽因都感到蒋家王朝气数已尽，中国就快要有一场翻天覆地的变革了。

远处不时有炮声传来，人民解放军兵临城下。北平外围的国民党飞机经常来清华园骚扰。梁思成为北平的古建筑担忧着。他想起"历代宫室五百年一变"的说法，看样子北平在劫难逃。有一天梁思成开会回来，在路上就遇到了飞机轰炸，炸弹落在梁思成身前不远的小桥边，一声巨响，弹片从耳边呼啸而过，竟毫发未伤。回家后梁思成讲及这番历险，一家人都吓出一身冷汗。宝宝却说："还是爹爹命大，全国那么多寺庙，成千上万的菩萨保佑着你呢！"

有天晚上，张奚若领着两位身穿灰色军装，头戴皮帽子的军人来到梁家。张奚若介绍说："这二位是解放军十三兵团政治部联络处负责人，他们有件事情想请你帮忙。"

两位军人给梁思成和林徽因敬了军礼说："梁先生、林先生，我们早闻二位先生是国内著名的古建筑学家，现在我们部队正为攻占北平做准备，万一与傅作义将军和平谈判不成，只好被迫攻城，兵团首长说要尽可能保护古建筑，请二位先在这张地图上给我们标出重要古建筑，划出禁止炮击的地区，以便攻城时炮火避开。"

两人愕然片刻，随即紧紧握住军人的手，一个劲地说："谢谢你们！谢谢你们！"

当晚，梁思成和林徽因悬着的心终于放下了，在炮火声中睡得特别踏实。

　　1949年1月22日，傅作义宣布起义，北平和平解放。4月21日，全国解放的命令下达，中国大地上摆开了人类战争史上最大的战场。解放军的代表再次来到清华园，听取梁思成和林徽因的建议。梁思成立即召集建筑系部分教师和学生，夜以继日地赶工，在一个月的时间手工完成了厚厚一本《全国重要文物建筑简目》，供人民解放军作战及接管保护文物之用。

　　光的道路，从历史的一端铺展过来。

　　林徽因的生命也出现了前所未有的奇迹，在同死神的角力中，她又一次成了胜者。1949年，她在新政权接管的清华大学被聘为一级教授，主讲《中国建筑史》课程，并为研究生开设《住宅概论》的专业课。林徽因再次沉浸在工作中，像以前那样，拖着病体陀螺一样忙碌着。值得庆幸的是，困扰她多年的家务事像秋后蚂蚱一样越来越少了。再冰参加了解放军南下工作团，从诚考上了北京大学历史系。买菜、烧饭、洗洗涮涮这些烦琐的家务事终于不再困扰她了。

　　1949年7月10日，中华人民共和国成立前夕，《人民日报》等各大报刊刊登了公开征求国旗、国徽图案和国歌词谱的启示，征稿截止日期为8月15日。梁思成和林徽因领导了清华大学国徽设计组的工作，同时，梁思成还担任了国旗、国徽评选委员会顾问。

　　自从接受了国徽设计的任务，林徽因的生活就像拧满了发条的钟，每一天都以分钟计。忙碌了两个多月，清华送审的第一稿却没有通过，原因是这个方案体现"政权特征"不足。

　　梁思成回来，传达了国徽审查小组要求在国徽图案中有天安门图像的意见。林徽因认为这是一个很好的构想，立刻派朱畅中去画天安门的透视图。营造学社藏有测绘天安门建筑的图纸，有百分之一比例和二百分之一比例的天安门立面、平面、剖面图。当时在北京，其他单位要找这样的图纸是不可能的，幸亏营造学社保留了这么完整的资料。

　　一张又一张图纸，一场又一场讨论，一次又一次修改，大家的设计思想越来越明确了。林徽因始终主张，国徽应该放弃多色彩的图案结构，采用中国人民千百年来传统喜爱的金红两色，这是中国自古以来象征吉庆的颜色，用之于国徽的基本色，不仅富丽堂皇，而且醒目大方，具有鲜明的民族特色。

　　林徽因和梁思成一连数日通宵达旦地工作着。再冰从南方回来探家，一进门大吃一惊，家里成了一个国徽的作坊，满地堆的都是资料和图纸，还有各个国家的国徽，小组每一次讨论的草图，几乎没有下脚的地方。

　　平日病得爬不起来的林徽因，完全顾不得自己的身体了。她靠在枕头上，在床上的小几上画图。累得实在支持不住了，就躺下去喘口气，起来再接着画。

　　三个多月的日夜奋战，最后的图案终于出来了：图案外圈环以稻麦穗，下端用红绶带绾接在齿轮上，国徽中央部分和下方是金色浮雕的天安门立面图，上方绘有金色浮雕的五星，衬在红色的底子上，如同天空中飘展的五星红旗。整个图案左右对称，庄严肃穆。

　　迎接最终评选的那天，大家兴奋中带着不安。梁思成和林徽因都病倒了，于是便让兼任秘书工作的朱畅中去参加评选会议。林徽因一遍遍叮嘱着："畅中，我等候你的消息，评选结束了，多晚也要赶回来。"

　　评选会议在中南海怀仁堂举行。会议厅的中间墙上，左边挂着清华的设计方案，右边是中央美院的设计方案。美院设计的天安门的图像是一幅彩色的风景画，天安门形象一头大、一头小、一头高、一头低，有强烈的透视感，华表只画一个，立在一侧，碧蓝的天空，金色的琉瓦，红柱红墙，加上金桥的白石栏杆和白石华表，铺地的大石块依稀可见，石缝里还画着青草。

　　参加评审的委员们，在两个国徽之间穿梭着，热烈地争论着。朱畅中心里没底了，脸上浸出了热汗。

　　正在这时，周恩来总理来了。

　　周总理跟大家打了招呼，就站到两个图案前仔细审视着。过了一会儿，他让大家发表意见。田汉说："我认为中央美院的方案好，透视感强，色彩比较明朗。"

　　他的看法得到了许多评委的赞同。

　　坐在后排的朱畅中心脏都不会跳了。

　　张奚若站起来说："我认为清华的方案好，有民族特色，既富丽，又大方，布局严谨，构图庄重，完全符合政协征求图案的三条要求。"

　　周总理注意到坐在右边沙发上的李四光，就问："李先生，你看怎样？"

　　李四光沉吟片刻，指了指清华的设计方案说："我看这个有气魄，有中国特色。"

　　周总理再次仔细端详了两个图案，然后再次让大家发表意见，多数委员赞成清华的方案。

　　周总理说："那么好吧，我也投清华一票。"

　　朱畅中又听到胸腔里传来咚咚咚的心跳声。他真想飞跑出去，给林徽因打电话。

　　周总理问："清华的梁先生来了没有？"

张奚若说："梁先生和林夫人都病倒了，清华小组的秘书来了。"又叫朱畅中，"小朱到前头来。"

周总理把朱畅中叫到清华的图案前指点着问："这是什么？"

朱畅中回答："这是稻穗。"

"能不能向上挺拔一些？"周总理比画着。朱畅中回答："稻穗下垂是表示丰收，向上挺拔，可以改进。"

周总理说："稻穗向上挺拔，可以表现时代的精神风貌嘛，从造型上也更为美观。1942年冬天，宋庆龄同志在她的寓所，为欢送董必武同志返回延安举行的茶话会上，桌上就摆着重庆近郊农民送来的两串稻穗，被炉火映得金光灿灿，当时有人赞美这稻穗像金子一样。宋庆龄说：'它比金子还宝贵，中国人口百分之八十都是农民，如果年年五谷丰登，人民便可以丰衣足食了。'当时我就说，等到全国解放，我们要把稻穗画到国徽上去。"

评选结束已是深夜，朱畅中没吃夜宵就急着赶回了清华。

清华国徽设计组用了两三天就完成了修改任务，重新画了大幅国徽图案，在图纸上首，林徽因用红纸剪了"国徽"两个字，图的下方写了"国徽图案说明"：国徽的内容为国旗、天安门、齿轮和麦稻穗，象征中国人民自五四运动、新民主主义革命斗争和工人阶级领导的以工农联盟为基础的人民民主专政的中华人民共和国的诞生。

1950年6月23日，仍然是中南海怀仁堂。全国政协第一届第二次会议在这里召开。林徽因被特邀出席会议。在今天这个会议上，新政权要正式确定中华人民共和国国徽。在毛泽东的提议下，全体代表起立，以鼓掌的方式通过了由梁思成、林徽因主持设计的国徽图案。

当掌声在大厅里潮水般回荡的时候，林徽因已经是热泪盈眶。一个视艺术为生命的人，还有什么比凝聚着自己心血的作品成为国家形象的代表更令人激动呢？幸福的眩晕感淹没了林徽因。

她病弱的身体，甚至无法从座位上站立起来答谢了。

这一年，林徽因被任命为北京市都市计划委员会委员兼工程师。

中华人民共和国成立后的第二个国庆日，梁思成、莫宗江搀着林徽因来到天安门金水桥头。仰望着天安门城楼上悬挂的国徽，林徽因的泪水模糊了双眼。

人民英雄纪念碑从1949年9月30日破土奠基，到1956年7月建成，用了7年的时间。林徽因生前没能看到纪念碑落成，但她生命的最后几年一直与这项工作紧密相连。

1952年，梁思成和雕塑家刘开渠主持纪念碑设计；参加设计工作的林徽因，被任命为人民英雄纪念碑建筑委员会委员。此时她已经病得不能下床了，在起居室兼书房里，她安放了两张绘图桌，与她的病室只有一门之隔。

当年夏天，郑振铎主持召开会议，决定碑身采用梁思成的设计方案，对碑顶暂作保留；因为有人坚持要在碑顶上放置英雄群像雕塑，梁思成坚决不同意。11月，北京市人民政府开会，最后决定，碑顶采用梁思成的构想，建成我们现在看到的"建筑顶"。同时放弃碑顶雕塑，因为在高达40米的碑上放置群塑，无论远近都看不清，而且主题混淆，相互冲突。

林徽因主要承担的则是纪念碑须弥座装饰浮雕的设计，从总平面规划到装饰图案纹样，她一张一张认真推敲，反复研究。每绘一个图样，都要逐级放大，从小比例尺全图直到大样，并在每个图上绘出人形，保证正确的尺度。在风格上，则主张以唐代风格为蓝本进行设计。

林徽因对世界各地的花草图案进行反复对照研究，描绘出成百上千种花卉图案。枕头边上，床头桌上，书桌前，沙发上到处都是一沓沓图纸。梁思成把林徽因废弃在一边的大堆图纸收集起来。他知道林徽因性子急，哪天嫌这些图稿碍事，就会让女佣给烧了。梁思成认定这些画稿是有价值的，他找来一个纸箱，在林徽因废弃的画稿中挑了一些装进箱子保存起来。

在成百上千种图案中，林徽因和梁思成最终选定了以橄榄枝为主题的花环图案。

在选用装饰花环的花卉品种上，他们很伤了一段时间脑筋。最初选用了木棉花，经咨询花卉专家，得知木棉并非中国原产，随后放弃这一构想。最后，他们选定了牡丹、荷花和菊花三种，象征高贵、纯洁和坚韧的品格精神。

须弥座正面设计为一主两从三个花环，侧面为一只花环。同基座的浮雕相互照应，运用中国传统的纪念性符号，如同一组上行的音阶，把英雄的乐章推向高潮。

林徽因和梁思成是海王村古文化市场的常客。早在二三十年代就经常同张奚若、徐志摩、沈从文等一班朋友到这里光顾。这一天，她又由梁思成陪着来到了海王村。她被一个小小的古玩摊上一只景泰蓝花瓶吸引了。这只花瓶几乎同她小时候在上海爷爷家看到的那只一模一样，她拿在手里仔细观赏着。

摊主见林徽因很喜欢这只花瓶，便说："二位先生还是有眼力的，这是正宗老天利的景泰蓝，别处你见不到了。就是老天利这家大字号，也撑不住，快关张了，北京的景泰蓝热闹了几百年，到这会儿算绝根儿了。"

林徽因买下花瓶后，摊主还跟他们说，北京景泰蓝以老天利和中兴二厂为最大，都是清康熙的老厂，现在已经办不下去了。至于德兴成、天瑞堂、全兴城那几家小厂，就更加难以为继。

林徽因为景泰蓝的命运担忧起来。

1952年，北京将召开亚太地区和平会议，筹备组决定要给每位代表送上一份既有鲜明的中国特色，又精致典雅的礼物。礼品分成四类，第一类是丝织品，第二类是手工艺品，第三类是精印的画册，第四类是文学名著。筹备组将第一和第二类礼物交给林徽因负责。

林徽因和梁思成商议，在清华建筑系成立一个美术组，她想借这次制作和平礼物的机会，抢救景泰蓝这一濒临灭绝的中国独有的手工艺品。景泰蓝是国宝，绝不能让它在中国失传。

美术小组除了营造学社多年的伙伴莫宗江，还有两个年轻的女学生常莎娜和钱美华。林徽因和他们跑了一整天，才找到几间不起眼的小作坊，都是一副凄凉破败的惨象，三五个老师傅，几副小炉灶，产量很低，产品也销不出去。他们为了搞清景泰蓝的生产工艺，整天泡在作坊里看工人们的操作过程。林徽因看着那些灰不溜秋的坯胎变成炫丽的艺术品，感到又神奇又惊讶。

但很快林徽因就感到不满足了。北京的几家景泰蓝厂早就处在倒闭边缘，新老艺人青黄不接，几百年来一直是作坊式的操作，图案单调，尽是些牡丹、荷花、如意之类。林徽因认为想要让景泰蓝起死回生，必须要全面更新设计。她发动大家为景泰蓝设计新的图案，每人画若干幅。林徽因已经不能自己动笔，她的创作构想就由莫宗江完成。

景泰蓝厂的老师傅看林徽因病成这样子，不忍心让她一趟趟往厂里跑，他们就主动到梁家切磋。这样，一批又一批新品试制出来了。美术小组设计的祥云火珠简洁明快，敦煌飞天的形象浪漫动人。

林徽因像虔诚的教徒一般，对这项工作投入了全部的心力和热情。看着她工作时那双神采奕奕的眼睛，谁也不会相信这是个身患重疾，非常清楚自己将不久于人世的人。

和平礼物被送到了亚太各国代表的手中。这些富有民族特色的礼物令他们赞不绝口。苏联著名芭蕾舞蹈家乌兰诺娃得到了飞天图案的景泰蓝，这位"天鹅公主"欣喜不已："这是代表中华人民共和国的新礼物，太美了！"

1953 年第二届文代会召开，林徽因由于拯救景泰蓝艺术的成果被邀请参加。开会那天，萧乾坐在会场后面的位子，林徽因远远地冲他招手，萧乾走过去坐在她旁边，还像以前一样轻声说："林小姐，您也来了！"

林徽因笑道："还小姐哪，都成老太婆了！"

林徽因已经 49 岁了。最好的年华，就在与肺病的拉锯中被一点点消磨光了。她瘦得令人不忍目睹，只有那双沉淀着智慧的眼睛，诉说着"太太客厅"的林小姐的热情和对这个世界的虔诚的留恋。

她的生命，只剩下最后短暂的两年了。

山雨欲来

1953 年完成景泰蓝抢救工作之后，林徽因的身子彻底垮了下来。她生命的热能仿佛彻底耗尽了。每到寒冬，她的病情就愈加严重，药物已不能奏效，只能保持居室的温度。即使是一场感冒，对林徽因也是致命的。每到秋天，梁思成就要用牛皮纸把林徽因居室的墙壁和天花板全都糊起来，几个火炉也早早地点上。

10 月，中国建筑学会成立，梁思成被推举为副理事长，林徽因被选为理事。他们二人还兼任了建筑研究委员会委员。

北京城兴起了"拆城墙"的运动。这是梁思成和林徽因做梦也没想到的。

他们深深爱着这座高贵沧桑的城市，从金碧辉煌的宫殿到气势巍峨的城墙城门，从和平宁静的四合院到建筑群落上开阔醇和的天际线。这些固有的风貌，怎能如此轻易地就损失掉呢？他们为此殚精竭虑。

梁思成和南京的建筑学家陈占祥一起拟定了《关于中央人民政府行政中心区未知的建议》（后被称作"梁陈方案"），建议在月坛以西、公主坟以东的位置另设中央行政厅，这样就能把北京旧城的古建筑完整地保留下来。

但是"梁陈方案"被否定了。因为中华人民共和国刚刚成立，中央政府没有资金来建一个新区；更重要的是，决策者们认为以天安门作为北京的中心有重大的政治意义，它从来就有强烈的政治色彩，理应成为中华人民共和国的行政中心。

在一次大型庆典活动上，北京市的一位市领导告诉梁思成，中央的一位负责人说过，将来从天安门城楼望出去，看到的处处都是烟囱。

梁思成吃惊得说不出话来。他无法理解为什么要把北京变成这个样子，也无法想象一座有这么悠久的历史的古都会变成烟囱的丛林。在他的构想中，北京应该像罗马、巴黎和雅典那样，成为全世界仰慕的文化名城。

林徽因等人拿出实际行动，他们提出"城市立体公园"的构想，在城墙上面修建花池，栽种植物，供市民登高、乘凉；城墙角楼等可以辟为陈列馆、阅览室、茶点铺。

因为这个构想，他们被划成"城墙派"。主张拆墙的人说，城墙是古代的防御工事，是封建帝王为镇压农民起义而修建的，乃是封建帝王统治的遗迹，是套在社会主义首都脖子上的枷锁，必须要拆除。

1953 年 5 月开始，对古建筑的大规模拆除开始在北京蔓延。梁思成和林徽因，为北京城的城墙疲于奔命。1953 年，林徽因的肺病已经越来越重了，她在一次聚会中掷地有声地撂下一句话："你们现在拆的是真古董，有一天，你们后悔了，想再盖，也只能盖个假古董了！"

林徽因说中了。2004 年 8 月 18 日，"假古董"——重建的永定门城楼竣工。

1955 年春节刚过，建工部召开了设计和施工工作会议，各部、局的领导和北京市委宣传部门的负责人参加了这次大会。会上，针对近年来各报陆续披露的基本建设中的浪费情况和设计工作中的"复古主义""形式主义"偏向，进行了激烈的讨论和批判。这次会上，还组织了一百多篇批判文章，已全部打好了清样。

于是，对"以梁思成为代表的资产阶级唯美主义的复古主义建筑思想"的批判，在全国范围内开始了。其中一篇批判文章《论梁思成对建筑问题的若干错误见解》刊登在《学习》杂志上。梁思成只好自我批评，从此在城墙保护运动中沉默下来。

你是人间的四月天

　　林徽因就是一个那么奇妙的人，无关山河的年岁，她的心总能守住春天，守住那片绿意。谁都知道，姹紫嫣红的春光固然赏心悦目，却也得从了四季流转，开幕时开幕，散场时散场。但心灵却可以栽一株长青的植物。林徽因这样聪慧，漫步红尘烟火里，灵魂却是一只青鸟，栖息在春花盛开的枝头。所以，即使她的生命里也有残缺，而我们看到的却是花好月圆。

　　该来的还是会来。

　　1954 年秋冬之际，林徽因再一次病倒了。这次是真的再也起不来——连挣扎着起床的力气也被肺病抽得一干二净。《中国建筑彩画图案》序文的校样已经送来好几天了，她刚读了几行就头昏眼花。光是靠在床上什么也不做，冷汗就止不住地淌。她整夜整夜地咳嗽，片刻安睡都是奢侈。林徽因面如死灰，双眼深陷得吓人。

　　梁思成也病了，但他还是拖着病体照顾着妻子。从清华园进城一次很不容易，每次去城内的医院做检查对他们来说都是一次考验。而林徽因的身体也实在不能抵御郊外的寒冷。为了方便治疗，梁思成计划到市区内租房子。可还没等他安排妥当，他就病倒了。他从妻子那里传染的肺结核复发，必须住院治疗。

　　梁思成和林徽因都住进了同仁医院。他们的病房紧挨着，虽然从这一间到那一间只要走两分钟，但他们都没力气走动。

　　梁思成没有住院的时候，还能三天两头到医院来一趟。现在他就在他隔壁，却一步都不能走近她。他们只得拜托送药的护士每天传一张纸条，相互问候。

　　一道墙壁，却像隔着万水千山，似乎要把他们永远地分开了。

　　林徽因已经很久不敢照镜子了，她怕在那块明亮的玻璃上，看到自己瘦骨嶙峋的面容和一生跌跌撞撞的路程。

　　林徽因的床头一直放着一本《拜伦诗选》，医院的医生和护士常常能听见她低声地诵读着那些诗句。

　　在她没有力气翻动书页的时候，她就把手放在书本上，仿佛要从书本里汲取一些力量。

　　1955 年的春节，夫妻俩是在医院里度过的。再冰和从诫回来了。他们从父亲的病房到母亲的病房，给他们讲学校里发生的趣事，社会上的见闻。这是梁思成和林徽因一天中最快乐的时光。孩子们离去后，幸福的微笑还久久地停留在他们憔悴的脸上。

　　一些老朋友和清华建筑系的师生也不时前来探病。他们大多住在学校，进城不方便，梁思成和林徽因总是劝他们不要再折腾了。

　　春节过后，梁思成病情稍微好了些，医生允许他轻微活动活动。每天等医生查完房，护士打完针，他就来到林徽因的病房陪着她。他们挨在一起小声地聊着天。一直以来，妻子都是说话的主角，丈夫是听众。现在他们的角色终于互换了。林徽因惊讶地发现，原来丈夫竟然是这么健谈，而且记忆力惊人。从年少时的趣事，到他们初次相见，到宾大的甜蜜和争吵，到李庄的相濡以沫不离不弃……每一件事他都记得这么清楚。林徽因听着梁思成的回忆，那些往事又像放电影一样在眼前上演了，青春的影子在飘摇着。梁思成说现在没什么遗憾的，再冰写了入党申请书，正在积极地争取入党呢！这是再冰的秘密，想要等被批准后给妈妈一个惊喜。林徽因听了高兴坏了，答应和丈夫"合谋"严守秘密。

梁思成担心林徽因会疲劳，说一阵子，就让她闭目养神。这时候他或者回到自己房间，但大部分时候还是留在妻子身边陪着她。什么都不说，什么都不做，只是安静地待在一起。这是一段静谧的，完全属于他们的时间。从美国读书回来后，他们就很少有这样的时光了。每一天都为事业、为生活忙碌着不得闲。现在，反倒是这场病，给了他们难得的清闲时光。

林徽因非常平静，她丝毫没有表现出对死亡的恐惧。十年前，甚至更早，她就已经做好了一切准备。她来过这个世界，每天都没有浪费地努力地活着；她的爱人还在她身边，战争和疾病都没能把他们分开；孩子们长大了，有自己的主见和未来；她有自己钟爱一生的事业，建筑、文学、艺术，这些给了她莫大的快乐和安慰，支撑她熬过一个个病痛的白天夜晚。什么她都有了，没有遗憾了。

梁思成的心情却截然相反。看着妻子一天天衰竭，他心如刀绞，却又无能为力。他绝望地向老天乞求着，祈求生命的奇迹再一次降临。他害怕林徽因这次真的要走了，丢下他在这个他越来越不懂的世界里彷徨。她常常在剧烈的咳嗽之后闭着眼睛微微喘气，好一会儿才能缓过来。她垂着眼睑的样子，那安静的神态让他想起他们的第一次相遇。

那时候，她是一个 14 岁的小仙子。小仙子施了魔法，令他再也放不下她。明知道这不是一条容易的路，还是陪她走了一程又一程。

直到生命的尽头。

外面已经是山雨欲来风满楼，梁思成不怕。他怕的是她离他而去。

夜晚又来了。

林徽因半夜醒来，呼吸忽然变得急促。往事像走马灯似的在她眼前飞掠而过。杭州陆官巷的栀子花开了，祖母摘了一朵插在小徽因的发间，祖父严肃的脸露出不易察觉的慈爱的神色；不是啊，那是父亲吧？那清奇的相貌不是父亲是谁？他在问："徽徽，你幸福吗？"刚要开口回答，母亲又来了，她在抱怨父亲的离去。康桥上，那个戴着玳瑁眼镜的长衫青年在对她吟诗，是她没听过的新的诗句。老金来了，手上拿着两个鸡蛋，高兴得像个孩子……不不，那分明是思成，他躺在帆布床上补着破袜子，一会儿他又起来了，去给那三个半人高的炉子扇风添煤。思成忽然变成了再冰，她和从诫在哭呢……什么事情那么伤心？妈妈在这里……

思成告诉他们不要哭了……妈妈在这里……

"思成！思成！"林徽因挣扎着拼尽力气呼喊。实际上她只发出微弱的声音。

灯亮了，是护士走进来。她轻声问："林小姐，您需要什么？"

"我想见一见思成。"林徽因忽然变得清醒又镇静，她知道这一次，自己的命真的留不住了。她清楚地说："我有话要对他讲。"

护士柔声说："已经很晚了，有什么事情明天再说吧。"

没有"明天"了。

黑夜的幕布一点点拉开了，死神的黑袍却落了下来。曙光悲怆地将温热献给这间雪白的房间，和病床上雪白的人。

林徽因神情安详，恍若剥离了痛苦一般安然沉睡着。

这是 1955 年的 4 月 1 日，清晨 6 点。

中国第一代女建筑学家走完了 51 年的人生。

在一天中最清新的时刻，世界刚刚睡醒，朝露还没有被蒸发。这样的时刻，其实是很适合天堂打开大门，迎接这个美丽绝伦的灵魂的。

1955 年 4 月 2 日，《北京日报》发表了林徽因病逝的讣告。

治丧委员会由张奚若、周培源、钱端升、钱伟长、金岳霖等 13 人组成。

4 月 4 日，林徽因的追悼会在北京市金鱼胡同贤良寺举行。北京市市长彭真送了花圈。

在众多的挽联中，她一生的挚友金岳霖教授和邓以蛰教授合写的挽联最引人注目：

一身诗意千寻瀑，万古人间四月天。

这是对林徽因一生最好的注解。

由于林徽因生前设计国徽和人民英雄纪念碑的特殊贡献，北京市人民政府决定，将她的遗体安葬于八宝山革命公墓。

林徽因曾和梁思成互有约定，谁先去世，活着的那个要为他（她）设计墓碑。梁思成履行了最后的承诺。他设计的墓体简洁、朴实、庄重——也许，林徽因在他的心中，就是这个样子。

人民英雄纪念碑建筑委员会决定，把林徽因设计的一方白玉花圈刻样移作她的墓碑。墓碑上镌刻着"建筑师林徽因之墓"几个字。

生如夏花之绚烂，死若秋叶之静美。51 年的生命，不短不长，比起长寿者，还是有些许遗憾；但一生华美，断不是庸常之人所能企及，亦足以无悔。活着的时候喜欢热闹，死去时，却像青鸟一样倦而知返，在月色还未散去的清晨踏着薄雾而去。

一代才女的人生，被季节封存在四月天。

林徽因年表

● **1904 年 1 岁**

6 月 10 日，林徽因生于浙江杭州陆官巷住宅。

原籍福建闽侯，祖父林孝恂，光绪己丑科（1889 年）进士，初为政知县候选，历任浙江海宁、石门、仁和各州县，受他资助赴日留学的青年学生，多参加孙中山领导的革命运动。祖母游氏，生有子女七人。

徽因父林长民（1876 年生），字宗孟，为孝恂长子，1906 年赴日留学，不久回国，在杭州东文学校毕业，后再度赴日早稻田大学，习政治法律；叔林天民（1887 年生），字希实，早年亦留学日本，习电气工程；大姑林泽民，嫁王永昕；二姑生一女后去世；三姑林嫄民，嫁卓定谋；四姑林丘民，嫁曾仙舟；五姑林子民，嫁李石珊。

徽因之堂叔林觉民、林尹民均为黄花岗革命烈士。

● **1909 年 5 岁**

是年，迁居蔡官巷一宅院，林徽因随祖父母、姑母等居此，由大姑母林泽民发蒙读书。

● **1910 年 6 岁**

是年，林长民毕业于早稻田大学，善诗文、工书法，回国后与同学刘崇佑创办福州私立法政学堂，并任校长。

● **1911 年 7 岁**

是年，祖母游氏因心脏病逝世于杭州。

是年，武昌起义后，林长民赴上海、南京、北京等地宣传辛亥革命。

● **1912 年 8 岁**

1 月 1 日，南京临时政府成立，林长民为福建代表，任参议院秘书长。并与汤化龙等人在上海发起组织"共和建设讨论会"

4 月 13 日，正式成立"共和建设讨论会"，拥在日的梁启超为领袖，电其归国。

10 月 27 日，将"共和建设讨论会"、国民协会等团体合并，林长民参与组织民主党。

是年，林长民住北京，全家由杭州移居上海，住虹口区金益里，徽因与表姐妹们入附近爱国小学，读二年级，并侍奉祖父。

● 1913年9岁

是年，林长民被选为众议院议员，任秘书长。母亲何雪媛（1882—1972年，林长民第二夫人，浙江嘉兴人）带妹妹麟趾（后夭折）去北平，住前王公厂旧居，徽因留沪。

是年，林长民与第三夫人程桂林（上海人）成婚，一说1912年。

● 1914年10岁

是年，林长民任北京政府国务院参事，全家迁居北京。

祖父林孝恂因胆石症病逝。

是年，二娘程桂林生妹燕玉。

● 1915年11岁

是年，二娘程桂林生弟桓。

● 1916年12岁

4月，袁世凯称帝后，全家迁居天津英租界红道路，林长民仍留北京。

5月，林长民去津，又同二娘程桂林回京。

秋，举家由津返京。

9月，在梁启超支持下，林长民参加并组织"宪法研究会。"

是年，林徽因与表姐们同入英国教会办的培华女子中学读书。

是年，二娘程桂林生弟恒。

● 1917年13岁

张勋复辟，全家迁居天津，唯徽因留京。后徽因同叔叔林天民至津寓自来水路，诸姑偕诸姊继至。林长民由宁归，独自回京。

7月17日，因支持段祺瑞讨伐张勋复辟，林长民被任命为司法总长。

8月，举家由津返京。

11月15日，"安福系"崛起，林不再受重视，辞司法总长之职。

● 1918年14岁

3月24日，林长民与汤化龙、蓝公武赴日游历。家仍居北京南长街织女桥，徽因自信能编字画目录，及父归，阅之以为不适用，颇暗惭。但徽因料理家事，屡得其父褒奖。

是年，认识梁启超之子梁思成。

是年，成立国际联合协会中国分会，林长民是发起人之一，任协会总干事，为国联事务常住欧伦。

● 1919年 15岁

是年，林长民任巴黎和会观察员，著书立说，抨击亲日派，反对日本承认德国在华权益。

是年，二娘程桂林生弟暄。

● 1920年 16岁

春，林长民赴英讲学，林徽因亦随父去读中学。

3月，林长民赴瑞士开国联会，由法去英，居阿尔比恩门27号。

7月，林徽因随父到巴黎、日内瓦、罗马、法兰克福、柏林等地旅行，9月回伦敦，以优异成绩考入 St.Mary's College（圣玛莉学院）学习。

9月24日，徐志摩由美到英。

10月上旬，与在伦敦经济学院上学的徐志摩初次相遇。

● 1921年 17岁

是年，徐志摩与林徽因有论婚嫁之意。林谓必先与夫人张幼仪离婚始可。

8月，徽因随柏列特全家赴英南海边避暑。林长民独居伦敦。

9月14日，租屋期满，因归期延至10月14日，徽因借住柏列特家，林长民住他处。

10月14日，徽因随父由英赴法，乘"波罗加"船归国。

11月、12月间，林长民、林徽因抵上海，梁启超派人接林徽因回北京，仍进培华女中读书，林长民暂居上海。

● 1922年 18岁

在教会女中读书。

3月，徐志摩赴柏林，经金岳霖、吴经熊作证，与张幼仪离婚。

春，林徽因、梁思成婚事"已有成言"，但未定聘。

9月，徐志摩乘船回国，10月15日抵达上海，不久北上来京，林、徐暂告不欢。

是年，二娘程桂林生弟垣。

● 1923年 19岁

在教会女中读书。

春，新月社在西单石虎胡同七号成立，林长民、林徽因等参加并祝贺。

5月7日，梁思成带梁思永骑摩托车去追赶"国耻日"游行队伍，至南长街口被一大轿车将左腿撞断，住协和医院。彼时林徽因到医院探望。7月出院后，终身留下残疾。

是年，林长民任宪法起草委员会委员，曹锟贿选总统时，他在沪参与反直运动。

是年，林徽因经常与表姐王孟瑜、曾语儿参加新月社俱乐部文学、游艺活动。

是年，林徽因毕业于培华女中，并考取半官费留学。

● 1924年 20岁

4月23日，印度诗哲泰戈尔来华访问，在日坛草坪讲演，林徽因搀扶上台，徐志摩担任翻译。文载："林小姐人艳如花，和老诗人挟臂而行，加上长袍白面，郊寒岛瘦的徐志摩，犹如苍松竹梅的一幅三友图。"一时成为京城美谈。5月8日，为庆祝泰戈尔先生六十四诞辰，林徽因、徐志摩等在东单三条协和小礼堂演出泰翁诗剧《齐德拉》，林徽因饰公主齐德拉，徐志摩饰爱神玛达那。演出前，林徽因饰一古装少女恋望"新月"，以示新月社组织的这场演出活动。

泰戈尔在京期间，由林徽因、徐志摩等陪同，前往拜会了溥仪、颜惠庆。

6月，林徽因、梁思成、梁思永同往美国留学，7月7日抵达绮色佳康奈尔大学。林选户外写生和高等代数；梁选水彩静物画、户外写生和三角。

9月，结束康校暑期课程，林、梁同往宾夕法尼亚大学就读。

同月，梁思成母亲李惠仙病故。

是年，"有几个月（林徽因、梁思成）在刀山剑树上过活。比城隍庙十五殿里画出来还可怕。思成后来忏悔了。"

● 1925年 21岁

在宾夕法尼亚大学学习。

1月18日，林徽因与闻一多等在美参加"中华戏剧改进社"。

11月22日，郭松龄在滦州倒戈反奉，通电张作霖，林长民受邀为"东北国民军"政务处长。

12月24日，郭部兵败，林长民被流弹击中，死于沈阳西南新民屯，年49岁。

● 1927年 23岁

9月，林徽因结束宾大学业，得学士学位，后转耶鲁大学戏剧学院，在G.P.贝克教授工作室学习舞台美术半年。

12月18日，梁启超在北京为梁思成、林徽因的婚事"行文定礼"。

● 1928年 24岁

3月，结束舞美学业。

3月21日，林徽因与梁思成在加拿大温哥华姐姐家结婚。之后按照其父梁启超的安排，赴欧洲参观古建筑，于8月18日回京。

9月，梁思成、林徽因受聘于东北大学建筑系，分别为主任、教授。林徽因回福州探亲，受到父亲林长民创办的私立法政专科学校同人欢迎和宴请。

11月，梁启超病重住院，梁思成、林徽因赶赴北京。

● 1929年 25岁

1月19日，梁启超病故，梁思成、林徽因为其父设计墓碑。

8月，林徽因从东北回到北平，在协和医院生下其女儿，取名再冰，意为纪念已故祖父梁启超"饮冰室"书房雅号。

是年，张学良以奖金征东北大学校徽图案，林徽因设计的"白山黑水"图案中奖。

● 1930年 26岁

秋，徐志摩到沈阳，劝林徽因回北平治病。

12月，林徽因肺病日趋严重，协和医院大夫建议到山上静养。

● 1931年 27岁

3月，林徽因到香山双清别墅养病。先后发表诗《那一晚》《谁爱这不息的变幻》《仍然》《激昂》《一首桃花》《山中一个夏夜》《笑》《深夜里听到乐声》《情愿》及短篇小说《窘》。

9月，梁思成、林徽因应朱启钤聘请，离开东大，到中国营造学社供职。梁任法式部主任，林为"校理"。

秋，林徽因病愈下山。

11月19日，林徽因在协和小礼堂为驻华使节讲中国古代建筑。

同日，徐志摩为听林徽因学术报告，乘机遇雨触济南党家庄开山身亡。

11月22日，林徽因、梁思成得悉徐志摩坠亡，即以铁树、白花编制小花圈，梁思成遂与金岳霖、张奚若赶到徐遇难处处理后事。

同月，由林徽因等主持，在北平为徐志摩举行追悼活动。

12月7日，发表散文《悼志摩》。

● 1932年 28岁

元旦、正月初一，分别两次致胡适信。

6月中旬，林徽因再次到香山养病。

夏，林徽因、梁思成去卧佛寺、八大处等地考察古建筑，并发表《平郊建筑杂录》。

7月至10月，作诗《莲灯》《别丢掉》《雨后天》。

8月，子从诫生。意为纪念宋代建筑学家李诫。

是年，在一次聚餐时林徽因结识美籍学人费正清、费慰梅夫妇。

1933年29岁

是年，林徽因参加朱光潜、梁宗岱举办的文化沙龙，每月集会一次，朗诵中外诗歌和散文。

秋，林徽因与闻一多、余上沅、杨振声、叶公超等筹备并创办了《学文》月刊。

9月，林徽因同梁思成、刘敦桢、莫宗江去山西大同考察云冈石窟。

10月7日，发表散文《闲谈关于古代建筑的一点消息》。

11月，林徽因同梁思成、莫宗江去河北正定考察古建筑。

11月18日，发表诗《秋天，这秋天》。

同月，林徽因请萧乾、沈从文到北总布胡同谈《蚕》的创作。

12月，作诗《忆》。

1934年30岁

1月，中国营造学社出版梁思成的《清式营造则例》一书，林徽因为该书写了《绪论》。

2月、5月，发表诗《年关》《你是人间四月天》，小说《九十九度中》。

年初，为叶公超主编的《学文》月刊一卷二期设计了富有建筑美的封面。

夏，林徽因、梁思成同费正清夫妇、汉莫去山西汾阳、洪洞等地考察古建筑。

9月5日，发表散文《窗子以外》。

10月，林徽因、梁思成应浙江建设厅邀请，到杭州商讨六和塔重修计划，之后又去浙南武义宣平镇和金华天宁寺作古建筑考察。

1935年31岁

3月，林徽因与梁思成合著《晋汾古建筑预查纪略》一文。

6月，发表诗《吊玮德》，短篇小说《模影零篇：一、钟绿，二、吉公》。

10月，作诗《灵感》《城楼上》。

11月19日，发表散文《纪念志摩去世四周年》。冬，林徽因经常与费氏夫妇到郊外练习骑马。

● 1936年 32岁

1月至11月，发表诗《深笑》《静院》《风筝》《记忆》《无题》《题剔空菩提叶》《黄昏过泰山》《昼梦》《八月的忧愁》《冥思》《空想外四章：你来了、"九一八"闲走、藤花前、旅途中》《过杨柳》《静坐》；散文《蛛丝和梅花》《究竟怎么一回事》；短篇小说《模影零篇：三、文珍》。

5月28日，林徽因、梁思成等去河南洛阳龙门石窟、开封及山东历城、章丘、泰安、济宁等处作古建筑考察。

9月，担任《大公报》文艺作品征文评委。

10月，在《平津文化界对时局的宣言》中，向国民党当局提出抗日救亡八项要求，林徽因为文艺界发起人之一，并在宣言上签名。

是年，选编《大公报文艺丛刊小说选》并为之作序。

● 1937年 33岁

1至7月，发表诗《红叶里的信念》《十月独行》《时间》《古城春景》《前后》《去春》；话剧《梅真同他们》；短篇小说《模影零篇：四、绣绣》。

是年，任朱光潜主编的《文学杂志》编委。

是年，林徽因、梁思成应顾祝同邀请，到西安做小雁塔的维修计划，同时还到西安市城区、西安市长安区、西安市临潼区、西安市户县（今鄠邑区）、耀县（今铜川市耀州区）等处做古建筑考察。

7月，林徽因同梁思成、莫宗江、纪玉堂赴五台山考察古建筑，林徽因意外地发现榆次宋代的雨花宫及唐代佛光寺的建筑年代。

7月12日，林徽因一行到代县，得知发生"卢沟桥事变"，于是匆匆返回北平。

8月，林徽因一家从天津乘船去烟台，又从济南乘火车经徐州、郑州、武汉南下，9月中旬抵长沙。

11月下旬，日机轰炸长沙，林徽因一家险些丧生。不久，他们离开长沙，经常德、晃县、贵阳、镇宁、普安、曲靖到昆明。

● 1938年 34岁

1月，林徽因一家住昆明翠湖前市长巡律街住宅，不久，莫宗江、陈明达、刘志平、刘敦桢也到昆明，经与中美庚款基金会联系，组建营造学社西南小分队。

是年，作诗《昆明即景：一、茶铺，二、小楼》。

● 1939年 35岁

年初，因日机轰炸，林徽因一家搬至郊区龙泉镇麦地村。

2月5日，发表散文《彼此》。

6月28日，发表诗《除夕看花》。

冬，梁思成、刘敦桢等去云南、四川、陕西、西康等地做古建筑考察，林徽因为云南大学设计女生宿舍。

● 1940 年 36 岁

初冬，营造学社随史语所入川，林徽因一家亦迁四川宜宾市南溪县(今南溪区)李庄镇上坝村。不久，林徽因肺病复发，从此抱病卧床四年。

● 1941 年 37 岁

在李庄镇。

春，三弟恒在对日作战中身亡。

● 1942 年 38 岁

在李庄镇。

春，作诗《一天》。

是年，梁思成接受国立编译馆委托，编写《中国建筑史》，林徽因为写作《中国建筑史》抱病阅读二十四史，做资料准备。她写了该书的第七章，五代、宋、辽、金部分，并承担了全部书稿的校阅和补充工作。

11月4日，费正清、陶孟和从重庆溯江而上，去李庄访问林徽因、梁思成。

● 1944 年 40 岁

在李庄镇。

是年，作诗《十一月的小村》《忧郁》《哭三弟恒》。

是年，费慰梅到李庄访问林徽因。

● 1945 年 41 岁

在李庄镇。

8月，日本侵略者宣布无条件投降。

是年，梁思成陪林徽因到重庆检查身体，大夫告诉思成，徽因将不久于人世。

● 1946 年 42 岁

2月，林徽因在费慰梅陪同下乘机去昆明拜会西南联大校长梅贻琦，建议清华大学增设建筑系，住唐继尧后山祖居一座花园别墅，与张奚若、钱端升、金岳霖等旧友重聚。

7月31日，同西南联大教工由重庆乘机返回北平。为清华大学设计胜因院教师住宅。

10月，梁思成应聘赴美耶鲁大学做访问教授。

11月24日，发表散文《一片阳光》。

是年，作诗《对残枝》《对北门街园子》。

1947年 43岁

夏，饱经欧战浸染的萧乾，由上海来清华园探望林徽因，二人长谈七年来各自的经历。

是年，作诗《给秋天》《人生》《展缓》《病中杂诗：小诗（一）、小诗（二）、写给我的大姊、恶劣的心绪》。

12月，做肾切除手术。

1948年 44岁

2月18日，作诗《我们的雄鸡》。

2至5月，发表诗《空虚的薄暮》《昆明即景》《年青的歌》《病中杂诗九首》。

11月，国民党当局迫使北平高校南迁。清华园展开反迁校斗争，林徽因说："我们不做中国的'白俄'。"

是年，大军攻城前夕，张奚若带两名解放军到林徽因家，请梁、林划出保护古建筑目标，为此深感新政权对他们的信任。

是年，叔林天民故。

1949年 45岁

北平解放，林徽因被聘为清华大学建筑系一级教授。

2月，为配合百万大军挥师南下，与梁思成等编印《全国重要文物建筑简目》。

春，送女儿再冰参加南下工作团。

7月，政协筹委会决定把国徽设计任务交给清华大学和中央美院。清华大学由林徽因、李宗津、莫宗江、朱畅中等七人参加设计工作。

1950年 46岁

6月，经过三个多月的努力，清华大学和中央美院设计的国徽图案完成并在中南海怀仁堂评选，经周总理广泛征求意见，清华小组设计图案以布局严谨、构图庄重而中选。

6月23日，林徽因被特邀参加全国政协一届二次会议。

9月30日，中央人民政府主席毛泽东发布国徽图案命令。

是年，林徽因被任命为北京市都市计划委员会委员兼工程师，提出修建"城墙公园"设想。

是年，妹燕玉故。

● 1951 年 47 岁

是年，为挽救濒于停业的景泰蓝传统工艺，抱病与高庄、莫宗江、常莎娜、钱美华、孙君莲深入工厂做调查研究，并设计了一批具有民族风格的新颖图案，为"亚洲及太平洋区域和平会议""苏联文化代表团"献上一批礼品，深受与会人员欢迎。

● 1952 年 48 岁

是年，梁思成、刘开渠主持设计人民英雄纪念碑，林徽因被任命为人民英雄纪念碑建筑委员会委员，抱病参加设计工作，与助手关肇邺一起，经过认真推敲，反复研究，终于完成了须弥座的图案设计。

5 月，为迎接即将到来的建设高潮，林徽因、梁思成翻译了《苏联卫国战争被毁地区之重建》一书，并由上海龙门书局印行，为国家建设提供了借鉴。

是年，应《新观察》杂志之约，撰写了《中山堂》《北海公园》《天坛》《颐和园》《雍和宫》《故宫》等一组介绍我国古建筑的文章。

● 1953 年 49 岁

10 月，当选为建筑学会理事，并任《建筑学报》编委。

是年，被邀参加第二届全国文代会，江丰在美术家协会的报告上，对林徽因和清华小组挽救景泰蓝的成果，给予了充分肯定和高度评价。

● 1954 年 50 岁

6 月，林徽因当选为北京市人民代表大会代表。

秋，林徽因不抵郊外风寒，由清华园搬到城里去住。不久，因病情恶化住同仁医院。

● 1955 年 51 岁

4 月 1 日 6 时 20 分，病逝于同仁医院。

4 月 2 日，《北京日报》发表讣告，治丧委员会由张奚若、周培源、钱端升、钱伟长、金岳霖等 13 人组成。

4 月 3 日在金鱼胡同贤良寺举行追悼会，遗体安放在八宝山革命公墓。